佳姻

杨山东 —— 著

中国海洋大学出版社

· 青岛 ·

图书在版编目（CIP）数据

佳姻 / 杨山东著. —青岛：中国海洋大学出版社，2018.4

ISBN 978-7-5670-1668-2

Ⅰ. ①佳… Ⅱ. ①杨… Ⅲ. ①长篇小说－中国－当代

Ⅳ. ① I247.5

中国版本图书馆 CIP 数据核字（2017）第 327138 号

出版发行	中国海洋大学出版社
社　　址	青岛市香港东路 23 号　　邮政编码　266071
出 版 人	杨立敏
网　　址	http://www.ouc-press.com
电子信箱	oucpublishwx@163.com
订购电话	0532－82032573（传真）
责任编辑	王　晓　　　　　　　电　　话　0532－85901092
印　　制	青岛国彩印刷有限公司
版　　次	2018 年 4 月第 1 版
印　　次	2018 年 4 月第 1 次印刷
成品尺寸	168 mm × 240 mm
印　　张	18
字　　数	300 千
印　　数	1～1 000 册
定　　价	40.00 元

目 录

Contents

第一章

　　李淑雯小姐虽然出身于丰港镇一个并不富裕的家庭,但是她运气好,再加上人又长得很漂亮,所以后来能嫁给一个公务员做妻子也就很正常了。她当然是觉得这门亲事攀得好,她的父母对此也感到十分满意,因为女婿张先生不仅每年的收入相当可观,而且婚前就已经在县城一高档社区买了新房——总之,女儿真可谓是"嫁得其所"了。而张太太自上月下旬搬到新房以来,每天的日子就过得更加惬意,从来没有遇到什么不顺心的事。

　　这天张太太兴冲冲地坐车去丰港镇探望父母,并庆贺弟弟大学毕业。光想着这些事就够开心的了,可是她的开心程度又远远超出了人们的想象。原来她此次回家还有一个重要目的,那就是准备邀请全家人去她的新家住上几天,认识一下她对门的邻居,一想到这里她就十分得意。

　　说起来她已经有半个月没有回来了,可就在这段时间里她和对门邻居家的小姐成了很知心的朋友,关系日益密切。虽然两人的性格有很大不同,却依然谈得很投机,彼此打得火热,这是因为她极善闲谈,与她在一起聊天总是会让人感到很轻松,而且她又擅长迎合别人,因而不管她走到哪里,都会受到人们的欢迎,所以对门的邻居也喜欢她。人家总共请她和丈夫吃了差不多有十次饭,喝了十六次茶——对于认识时间不长的这两家人来说,次数是相当多了。这让他们充分感受到了对方的慷慨热情和对饮食的讲究。当然他们也回请了人家,但人家总是推说很忙,因此只去过他们家一两次。

　　在频繁的交往中张太太和丈夫了解到对门的邻居是非常富有的,这一发现令他们有些喜出望外,因为他们以前还不曾与这样的人家有过如此密切的往来。其实他们也只是偶然在一些小事上对邻居有所帮助,原不应该受到人家这样的礼遇,可是事情偏偏就是这样出人意料;人家既然把他们奉为上宾,那么他们自然就受宠若惊了。你想啊,和这样的有钱人家拉上了关系,这是别人求都求不来的好事,他们得来却不费吹灰之力,又怎能不感到欣喜万分呢?

　　尽管张太太在到达父母家的时候满脸是笑,可是母亲还是不免要责怪她最近与家里的联系太少。张太太的母亲说:"淑雯,自打你搬了新家,总共只给我们打过两个电话,而且通话时间又很短——你这两个多星期到底在忙些什么?"

　　"不瞒你说,妈妈,平常我除了做家务和熟悉周围的环境之外,剩下的事情就是与对门邻居应酬了,虽然这花费了我大量的时间和精力,但是我认为这样做是很值得的。"女儿有点得意地回答道,"因为她们家非常有钱,还热情好客,我已经和这家的小姐成了很好的朋友。她多次盛情邀请我们去她府上做客,并很殷勤地招待我们,却很少接受我们的回请。我常常感到过意不去。因此如果我不用心和她交往,恐怕就对不住与她的友谊了!"

李太太对女儿只想着和有钱人家的女孩交往却不把娘家人放在心上的做法不以为然;而痴迷于垂钓的李先生听到女儿居然在短期内和一位富家小姐交上了朋友,则不禁表示怀疑。

"怎么了,爸爸,你不相信我的话吗?难道这不是你一直希望我做的事吗?"

"不错,我以前是不止一次地给你说过,'要多结交几位有钱的同性朋友,将来或许能派上用场',可是你能保证那位姑娘真的很有钱——你确信没有弄错吗?"

"当然不会弄错!她是我的邻居,就住在我家对面。我天天都到她家里去,最了解情况。她家里的装修十分豪华,本人又很有品位,穿的用的都是名牌;她还有一辆宝马轿车,就停在一楼的车库里;据说她家在银行的存款达到了八位数——你说我的邻居可不可以被称作'千万富翁'呢?"

"她完全可以当得起这个称号!"李先生非常肯定地说,"那你的邻居家都有哪些人,你与人家又有怎样的交情?"

"这户人家的家里只有母女俩。母亲刘女士容貌端庄,气质高贵,对人非常客气。社区的邻居无不赞扬她的好处,都以能与她交往为荣。虽说她已年近半百,可是看起来却非常年轻,这是因为她保养得好;除此以外,她的穿着也很时尚,我猜想她去美容院的次数大概比上银行还要频繁。可惜她和我一样,不会开车。她的女儿刘小姐是一位二十五岁的漂亮姑娘,性情温和,举止文雅,平时很少外出,总喜欢把自己关在画室里作画。由于怕受到打扰,所以基本上不见客,也只有我去了,她才会起身相迎。她的画可真多呀!我敢说每一幅画都达到了专业水平。据她讲,她是上海某某艺术学院的毕业生,画画是她的专业。她和母亲已经在社区住了两年多,和我做对门邻居的时间却只有半个月。尽管如此,在熟识了之后,我们还是觉得相见恨晚。刘小姐经常邀请我们去她家吃饭或者是喝茶聊天,我和她聊得很开心,几乎是无话不谈,所以我们能天天见面。"

李太太说:"你刚才说这位小姐的年龄竟然比你还大一岁,老实说,这确实出乎我的意料。不过她还没有结婚,人长得还算标致——这些条件勉强还说得过去。抛开她的财产不说,即使仅仅知道她是个艺术家,我对她就很欣赏了。"

能得到这样的评价,刘小姐算得上是幸运的了;而能给出这样的评价,对李太太而言也确实是不多见的。

"我想,刘小姐大概是位出身名门的大家闺秀吧。"李先生这样评论道。他对女儿谈论的这个话题越来越感兴趣,想知道的远不止这些,希望她继续讲下去。于是他提出了如下的问题:

"刘女士没有丈夫吗?难道她是个单身女人不成?再有,她是我们本地人吗?"

"她当然有丈夫了,只不过目前她丈夫并不在她身边。刘小姐曾经告诉过我,他们一家都是南方人,只因三年前的夏天想换个环境生活,便把老家的房子卖了,来到县城旅游,看到这里景色宜人,并且房价合理,于是就在社区买下了这套房子。可是这件事做好后仅仅过了一天,她爸爸就被调到北京去了,因其工作岗位非常重要,性质上又需要严格保密,所以暂时不能公布他的姓名、单位和职务,也不能与他通信和打电话,他所有的照片和档案都锁在保险柜里,不能让人知道,就连刘小姐本人的姓氏也改成了她妈妈的,而她妈妈也从来都不会在外人面前主动提起她爸爸。虽然她爸爸说三年后才有可能回来,可是自他走后到如今都没有一点与他有关的消息传来,她常常因为思念爸爸而感到莫大的痛苦,但也无可奈何。她觉得和我有缘,希望能与我经常聚会,说说心里话,这样她就能少些伤心和寂寞了。最近我发现她的心情一天比一天好,有一次她甚至对我说,她坚信她爸爸在今年年底一定会回来。由此可见,我对她持续不断的安慰和鼓励还是起到很好的效果的。"

"真是奇怪,到底是从事什么样的职业才会需要这么高的保密程度,才会让他们夫妻及父女在分别了整整三年之久仍不得见面?"李先生感到很困惑,"我还有一点想不通:按照刘小姐的说法,她爸爸应该是一名公职人员,其工资再高,年薪也不过十余万元而已,但是他们每天也得有花销呀,如此又怎么可能积攒下上千万元的家产呢?这是无论如何也对不上账的呀!莫非刘小姐家的主要收入来源不是工资,而是其他进项?"

"爸爸,你提出的这些问题我一个也不能回答,因为我也不知道。在刘家母女坚持不肯说出他们家秘密的情况下,我当然也就不方便问了。因为我如果再问的话,一定会损害我与她们之间的友好关系以及我在她们心目中的形象。我能告诉你的是:刘女士开了一家中等规模的超市,就在离社区不远的一条街上,虽说生意还算不错,可是它开张的时间还不到三年;刘小姐大学毕业已有三年了,一直都待在家里,压根儿就没有找过工作。"

"我明白了,"李先生说,"这些情况足以说明他们家先前就很有钱。"

"要我说,我们最好还是不要谈什么钱了!"李太太有些感伤地说,"因为一家人要是不能幸福地生活在一起,要那么多钱又有什么用?"

"你说得在理,太太,我完全赞同。"她丈夫回答道,"她们是得面对骨肉分离、夫妻离散的痛苦现实——不过她们毕竟在银行还有大量存款,这就得到极大的安慰了,况且他们一家终究会团聚的,否则情况那才叫真糟。"

他们的女儿得意地说:"关于她们的财产数量,在小区的所有邻居中谁也没有我知道得详细。她们在这件事上并没有对我隐瞒什么,这就充分表明她们非常信任我。我真是太高兴了!"

"既然她们能和邻居相处得这么融洽,那我就有理由相信她们都是些知书达理、颇有见识的女人——她们待人的态度如何?"李先生继续问道。

"你的这种看法用来说明通常的情况非常合适,要是我再说她们和蔼善良、温婉可亲的话,那就更全面、更完美了。她们邀请我们吃饭的时候,宴席的菜肴总是丰盛而精美。她们也并不因为自己富有而怠慢客人,反而态度十分谦恭。我不得不承认她们的做法确属难能可贵。不过由于她们在本地没有亲戚,所以能经常被邀请到她们家去吃饭的人并不多,而只有我才是刘府宴会上的常客呀!"

她就这样自得其乐地说着,最后提到了自己受到多次宴请的原因,就更加兴高采烈了。她说:

"这固然是因为人家心肠好,待人热情;可是我一贯很有魅力,又善解人意,再加上人缘好,自然就会受到人们的欢迎——这些因素也不能完全排除,否则就难以解释了。"

第二章

张太太的弟弟李思平先生刚刚从南方的某高校毕业归来,虽然还没有找到工作,可是他在情绪上并没有受到什么影响。在经过短暂的休息后,他的精神变得和以前一样饱满,而姐姐的到来让他更加愉快。他是一个有着许多美好理想的优秀青年,这其中自然就包括了希望姐姐生活幸福以及他们姐弟的关系会更加和睦的愿望;而张太太也与弟弟分别了数月之久,非常想念他,所以当这姐弟二人再见面时那种欣喜的感情便自然地流露了出来,而真挚的问候也是必不可少的——这些都是情理之中的事。

李思平发现姐姐像往常一样快快乐乐的,他也就没有理由不快乐了;而姐姐对他的关心也是显而易见的,还没等他坐下来,她就已经开始急切地询问他的近况了，并提了一大堆问题。李思平对此都做了认真而详细的回答。姐姐只是在某些事情上略感遗憾，但觉得整体情况良好，因为他取得的成绩还是最主要的。她心情愉快，极想和弟弟好好畅谈一番。

"我想，你在上大学期间一定有很多女朋友吧？"张太太突然谈起了这样一个相对轻松的话题，"我记得去年暑假有一位赵小姐打电话找你，说要和你一起去泰山旅游，并且不见不散——她打的居然是我们家的座机！我当时就怀疑这里面可能有什么暗语。你和她的关系应该很不一般吧——电话都打到家了，不会是她也快要进这个家了吧？"

"亲爱的姐姐，你想哪里去了？我早就告诉过你和爸妈，在成就一番事业之前，还不想谈女朋友。到目前为止我都没有谈过一次恋爱，又何来'有很多女朋友'之说？而你刚才提到的那位赵小姐是我们的班长——我们只是普通同学关系。当时学校组织了一个环泰山风景区的社会调查实践活动，我也有幸参加了。赵班长打电话只是通知我去的具体时间和方式。那段时间我的手机欠费停机了，幸亏我给她留了座机的号码，否则就错过了一次很好的学习机会，那就太可惜了！"

"这么说你到底还是和她一起出去游玩了，不用说那几天你们一定很开心喽……这期间都发生了哪些事，我还没有听你说过——因为暑假中那段时间我一直忙于谈恋爱，而暑假过后又把这件事给忘了——赶快告诉我实情吧。"

"班长明明说是去旅游，可是我们到了泰山，根本没有去游山玩水；好在实践活动一切顺利，完全达到了预期的效果，但在此期间并没有你所期待的好玩或有趣的事情发生。我倒是很想谈谈沿途的风土人情，但又怕这将会超出我们讨论的话题。"

姐姐没有得到什么有价值的信息，当然不会甘心，于是她接着说道：

"要说有趣，恐怕再也没有什么能比那位叫卢春梅的女孩给你写的匿名情书更有意思了！——她也是你的同学吗？"

"我倒不记得是否有这事了，不过她确实是我的同学；但既然是匿名，是不是她又有什么关系？"

"如此说来，你从来就没有打算过要和同学谈恋爱，对她们的一切优点也都视而不见，对不对？这真是太奇怪了，你知不知道这样做是不公平的！难道你不认为同学关系是最好的恋爱借口吗？"

"我并不是说同学之间就不许谈恋爱，我只是尽最大努力与所有女同学保持正常的同学关系；要是有一天我真的与某一位女同学谈起了恋爱，你就会认识到你这种想法的错误了。不过在目前情况下，我还是希望多结交朋友，多见见世面,或许这样才能让我获得最大的乐趣。我并不着急考虑个人问题。"

"说得不错,人们确实能在交友中得到快乐。就比如说我吧,最近忙得不亦乐乎,因为我和一位有钱人家的小姐交上了朋友……"

既然切入了正题,张太太自然不会放过这么好的机会,便兴高采烈地把自己新结识的朋友的情况做了详细叙述:凡是提到刘小姐的容貌、性情、才艺和财产的地方都着重强调了一遍,以期望引起弟弟的注意;然后她说,能与这样的人家交上朋友,她感到非常荣幸,相信他也一定会为她高兴的;末了她才说,非常愿意介绍他和刘小姐认识,到时候刘小姐一定会设宴招待他,因为她与刘小姐是最好的朋友,凭这个关系刘小姐必定会给她这个面子的。

她说得这样得意非凡,自然希望得到弟弟的热烈回应。李太太认为既然这位姑娘确有才学,那就应该对她稍加重视;李先生说,不管怎样,这件事总算是给全家带来了喜庆气氛——因为刘小姐的身价超过千万,如果儿子也能像他姐姐一样和她交往,他们家自然就可获得更大的好处。李思平虽然觉得这母女俩是谜一样的人物,但是既然姐姐这么看重她们,那么她们就一定值得结交,所以他立刻就向姐姐表示了祝贺,并说如果可能的话,他倒非常愿意去拜访刘家母女,但不一定要在刘府用餐,因为姐姐家的饭菜才更香啊!他的这些话让张太太的虚荣心得到了最大程度的满足。她满心欢喜地说,她与刘小姐一定会成为永远的朋友的,希望弟弟能给她做个证明。

张太太虽然能说会道,但如果与弟弟比较起才艺来,可就差得远了。因为李思平不仅喜欢唱歌和跳舞,就是对绘画也有较高的鉴赏水平。在上大学期间,他就一直是班里的文娱活动积极分子,在学校组织的各种比赛中多次获奖;他喜欢文学,课余时间不仅阅读了古今中外的大量文学作品,而且参加了学校文学社团的活动,是社团的骨干力量。他的个性很是乐观开朗,对未来充满信心——这一点倒是和姐姐很相似。

吃过午饭后,张太太便邀请全家人明天上午去她的房子参观,再住上几天,顺便认识一下她的邻居,以此来证明她所言非虚。她不等大家回答,就急忙跑出门去,原来她是要去拜访以前的朋友朱太太和夏小姐。五点钟的时候她回来了,可是让人没有想到的是,她竟然一脸不悦!她说:

"我告诉你们是怎么一回事吧……我和朱太太、夏小姐见面以后,她们先是羡慕我找了一个工作好、收入高的丈夫,并过上了城里人的生活,话说得真诚动听,让我感到很受用。但是接下来她们却用大量时间为我再也找不到像她们这样的好朋友而感到惋惜,好像她们对我有多重要似的,真是自作多情!难道我到了县城就找不到朋友了吗?你们应该可以猜得出我当时觉得她们有多可笑。

我说:'不用发愁,我已经找到了替代你们的合适人选了!'于是我就把与刘小姐亲密交往的情况详细地告诉了她们,谁知她们听后不仅不信,反而一口咬定刘小姐是我杜撰出来的人物,是自欺欺人,因为没有哪个傻瓜会经常让我去他家里白吃白喝!尽管我一再解释这一切都是真的,然而她们仍然嘲笑我在痴人说梦。你们说这是不是很气人?我知道她们这样说一定是出于嫉妒……"

这时突然响起了一阵可怕的雷声,只见天空乌云密布,马上要下雨了。张太太在镇定下来之后,便再次邀请全家人明天去县城,并强调说这也是张先生的意思。在她的多次要求下,提议终于获得了通过。尤其是李思平,举双手赞成,原来自从姐姐搬了新家,他还一次没有去过呢。对于姐姐的好意,他实在不该辜负。至于李先生,他本来打算这几天好好垂钓一番,好在他对城里生活也很向往,所以答应起来格外痛快;可是李太太并不认为城里人的生活就比乡下好多少,她之所以最终同意前往,只是为了要换一下环境而已。

张太太说:"思平,你大概还没有忘记以前的愿望吧。你说若干年之后你将拥有属于自己的公司,成就一番宏伟的事业。我相信你一定会成功,虽说现在距离这个目标还很远——你近期有什么打算啊?"

"现实与理想之间有些距离也很正常,可是这一状况并不会持续太久。我在徐州近郊有一个关系很好的大学同学王林,在毕业的当天曾向我承诺说,他可以帮我在徐州找到一份正式工作。我相信他一定会说到做到,就把毕业证、获奖证书等材料都交给他了。而就在刚才他在电话里告诉我,他的一个表哥在一家计算机服务公司里做事,他已经与这位表哥说好了,一旦公司里需要招聘计算机方面的人才,首先就会考虑我。我认为这样做比把个人信息传到网上等待招聘单位的电话要靠谱些。我现在所需要做的,就是耐心等待王林的电话。等找到工作后稳定下来,我就会着手准备创业的事情了。但愿在经过几年的辛勤努力之后,我能创建一家一流的电脑公司。我希望在愿望实现之后能在徐州安家。"

"要是你能发大财的话,何止能在徐州安一个家呢?安几个家恐怕也不成问题。不过,你可一定要给我找个特别有钱有本事的弟媳呀——可是你为什么一定要在徐州安家呢?在县城买一栋别墅不也很好吗?"

"以后我要是在徐州开了公司,那我的事业就在徐州了,我在那里安家不也很正常吗?"

"你有这样的梦想当然很好。但是眼下你还没有找到愿意接收你的单位,那么我们这次去县城,我认为你不妨先在那里暂时找个工作,这样有一份收入不说,顺便也可以积累一些工作经验,平时可以住在我家里,直到王林通知你去他亲戚的公司上班,你再离开县城,怎么样?尽管在县城找工作也不容易,我还是觉得不妨试一试,也许会有好运。"

李先生夫妇也认为目前儿子去县城找工作不失为一个好主意,于是都表示赞成。在此情况下,李思平不得不接受了亲人们的建议,到县城去碰碰运气。这样一来,他与刘小姐的相识就是不可避免的了。

且说张太太的这次回乡探亲,刘小姐事先也是知道的,因为就在昨天晚上张太太到刘府向她辞行的时候,就把自己今天的行程告诉她了。

"原来令弟已经大学毕业了,"她微笑着说,"很高兴听到这个好消息,请代我向他表示最真挚的祝福!我虽然没有见过他,可是也并不觉得陌生,因为在我们以前的谈话中你可不止一次地提到他呀。毫无疑问,他是一个帅气的男生,对人热情,讨人喜爱,又有极高的艺术天赋,你怎么夸奖他也不为过。只是可惜,我一直无缘见到他,这大概是我目前最大的憾事。"

"谢谢你对我弟弟的祝福,丽莎。不过,你根本用不着感到遗憾,因为你的愿望很快就能实现。我这次回丰港镇的一个重要目的就是带他到县城来,这样你不就能见到他了吗?"

刘小姐对她的想法表示赞赏,并希望她这次回乡一切顺利。

明天去县城的事情就这样确定了,他们每个人都少不了要忙碌一番——收拾行装,携带好个人物品,这其中就包括了雨伞和雨衣。既然他们已把旅行中可能遇到的困难都考虑到了,并为此做了充足的准备,那么尽管当天晚上下了特大雷暴雨,并且持续了整整一夜,他们也不会退缩,出去旅行的想法也就丝毫没有改变过。

第三章

第二天早上,暴雨仍然丝毫没有要停止的迹象,可是这一家四口人的心思却完全与它无关了。他们都聚在餐厅吃早饭,讨论着即将开始的旅行,并没有人因为天气不好而抱怨。然而当他们在马路上等车的时候,张先生来电话了,他说今天上午的天气如此糟糕,为了大家的健康及安全着想,请他们下午雨下得小一点的时候再到县城来吧。张太太挂断电话后却认为:箭在弦上,不得不发,哪能等到下午再去啊,现在就得出发!他们拦下了一辆出租车,只用了二十多分钟,便到达了仙居苑小区。

说来也怪,他们刚一下车,雨就停了,又过了几分钟,太阳便露出了笑脸,天气也变得炎热起来。张太太开玩笑说,早知如此,他们昨天就应该到县城来,因为如果这样的话，大雨也就不会持续那么久了。

此时张先生已经去上班了。他们进了家，先在起客厅里坐下来休息。随后李思平便和父母细细欣赏了整个房间的布局和装修，都认为在新奇方面还是值得称道的。然而张太太还是觉得遗憾：因为如果有张先生在家，现场的气氛可以更活跃些，而他不到下班时间通常又是不会提前回来的。尽管如此，人们也没有因为他不在家而变得不快乐起来，他们每个人都找到了适合自己的娱乐活动：李思平打开了电脑准备查询网上的招聘信息；李太太看着电视，坚持认为古代的书画比今人的书画挂在屋里更能增光添彩；李先生的表现比他太太要现实得多，他对城里主要河流的泄洪情况高度关注，以此来提醒大家他确实是一名称职的钓鱼爱好者。

喝过了茶，张太太满心喜悦地带领家里人去按刘府的门铃，哪知半天都不见里面有动静，打过了电话才知道，刘小姐刚开车离开小区，因为她妈妈给她打电话说要用车，有重要的事情要办，中午能不能回来还不一定，与客人们见面的事只好往后推迟了。张太太虽觉得出师不利，但也只能和亲人们转身回自己家了。

中午十二点张先生才下班回来。在上班期间他就接到了太太的电话，知道太太的娘家人上午就来了，于是他请他们接电话，对他们极尽殷勤问候之意。现在他当着大家的面，又说出了很多漂亮的话，再次对他们的到来表示最热烈的欢迎。他那灿烂可亲的笑容，诚挚而兴奋的话语，礼貌周全的举止，讨得了在场每个人的欢喜。之后他便请大家原谅他的迟到，因为他对工作一向认真负责，并且严格按照各项规章制度办事，所以既然他迟到的理由无可指责，那么自然也就是正当的了；而他的工作虽说悠闲，但也很重要，人们羡慕他非常正常，这正是他感到得意的地方。他的相貌本来也值得夸奖，可是与他的财产相比就显得不那么重要了——他每年收入 6 万元。这一点让李先生满意，更让李小姐倾心；李太太认为他应该有更大的发展空间，只要他下定决心考研，不浪费任何一次机会就行。按说他也受过高等教育，在机关的环境中原本可以变得知识渊博、谈吐优雅，可惜他把全部的心思都放在交际和应酬上了，所以在学问上没有取得丝毫成就。幸好他表现得十分谦虚，在交谈中一再说，房子面积远不如广场的面积大、客厅里的灯光远不如街道上的霓虹灯辉煌，等等，对此他感到非常惭愧。

他脾气极好，与客人谈话时脸上总是挂满笑容。他对李先生夫妇的态度绝对说得上是恭敬；至于对李思平，则又显得很亲切。这倒和李思平想得完全一样。虽然他们以前只见过三次面，但是李思平觉得和姐夫聊上半个小时还是很值得的，所以吃中饭的时候，他们的座位离得很近。

　　张先生曾一度非常担心太太的娘家人今天不能来家里做客。他说："昨天晚上天气那么糟——电闪雷鸣,狂风四起;后来又下了一整夜的暴雨,就连天气预报都没有说会出现这么严重的情况!今天早上我看到大雨还在下,便对自己说:'恐怕他们不能按时来做客了,可是出现这种情况是可以理解的,我也决不能做让他们冒险的事。'所以就给你们打了那个电话。后来的事实证明我这么做纯属多此一举,你们今天下午要是还不能来的话,我确实是会感到遗憾的。因为今天清早我刚给你们打过电话,恰巧就遇到了要去超市的刘女士,我十分肯定地告诉她:'我们家下午将会有客人来,淑雯昨天就已经动身去接他们了,届时请一定赏脸光临寒舍共进晚餐。'你想,"他对着李思平说,"你们要是不能来,我会多失望!当然刘女士是个宽宏大度的人,绝不会因我一时的食言而有所怪罪,不过我的信用还是会受到一定程度的损害。我一直在思考着这件事的后果。还好到九点钟的时候,天气转晴,于是我就想到你们一定不会让我失望,极有可能会上午来!果然不久以后,我就接到了淑雯打来的电话,这样我就可以避免受到任何责备了。"讲到这里,他似乎如释重负般地松了一口气。

　　李太太回答说:"你能处处为我们的安全着想,这实在太好了!你做得对,无论做什么事,安全总是要放在第一位的,任何头脑清楚的人都应该这样认为。我看刘女士必定是个通情达理的女人,做事也会根据客观情况做出合理的判断,所以事情没有你想象得那么严重。要是雨一直下个不停,并且再持续数日的话,她一定会原谅我们的缺席,你也一定不会失去她的信任。"

　　这时只听见张太太对她丈夫说:"你真的以为天气预报错了吗?我可从来没有这样认为,我对天气预报的信任超过了天气本身!要我说,上天就不该下这么大的雨,企图阻止我的亲人们的出游计划,可喜的是它失败了,而我们取得了最后的胜利。让我们喝点饮料,隆重地庆祝一下吧!"大家都干了一杯。

　　过了一会儿,张先生说:"今天的糖醋牛排味道好极了!我记得上个礼拜一我们曾在刘府吃过一次,当时刘女士为做好这道菜可是花了不少工夫。淑雯,这道菜是你亲自做的还是让饭店送的?"

　　"所有的菜都是我亲手做的;而这道菜是我那天跟刘女士学的——她教我的,不过她可没有打算把她所有的本事都教给我。"

　　"要是这样的话,这道菜倒是很值得细细品尝;我又仔细回忆了一下,觉得它确实很有刘府菜肴的风格,只不过在技艺方面稍逊于刘女士罢了。想不到你这么聪慧!要是你每次都做得这么好,有口福的可就不止我一个人了!"

　　李先生说:"这位女士连做菜都这么用心,我完全没有想到!可是她这么富有,居然又做的一手好菜,说起来实在令人难以置信——她都是亲自下厨而不雇人吗？"

"是呀，爸爸。"张太太回答说，"据我所知的确是这样；我从未见过她请过保姆或是雇过厨子。她总是自己能干了的事就自己做，能亲自做的事就不肯再麻烦别人。她的这些做法虽说常常让我感到惊奇，却也正是值得我佩服的地方。"

这时张太太问她丈夫，丽莎今天上午没有在家，知不知道她和她妈妈去做什么了。她丈夫回答道："你是刘小姐最知心的朋友，要是连你都不清楚她今天的行踪的话，别人又怎么可能知道呢？"她认为他说得对，只是她心中的那个疑惑却更大了。

谈到刘小姐的豪华轿车，张先生说："那是一部非常漂亮的车子，全身涂着明丽的石榴红珠光漆，在阳光下熠熠生辉，煞是好看！我认为它的主人是配拥有它的。说实话，为了全家人出行方便，我确曾考虑过要买一部汽车，可是我又想到：如果我真的开车去上班，那就一定不环保了！"

他们边吃边聊，还谈了其他方面的话题。李先生吃的和说的一样多，他的胃口确实很好；李太太却是边吃饭边盯着电视机看，因而话说得并不多；李思平则一直在想象刘小姐到底是怎样的一个人，不过他也没有忘记夸奖姐姐的手艺。张先生在用餐结束时谦虚地说，其实他家的饭菜与刘府相比，有天壤之别。

茶端上来后，张先生指着墙上的几幅画对他的内弟说："思平，看到墙上的这些画了吗？那可是刘小姐最新的画作——是作为礼物送给我们的，你觉得怎么样？虽然我很幸运能成为她的对门邻居，但是由于我对艺术知之甚少，所以就无法做出准确的评价。我很想听到你客观公正的看法，只希望你对它们的赞美不要太明显就行了！"

李思平早就看到了。原来上午他们刚进家门的时候，张太太就已经把这些画向他们介绍过了。当时李太太只是匆匆扫了一眼，便不再看了，她虽说有爱才的美德，可是这又与崇古思想毫不冲突；既然她一向认为艺术创作今不如昔，那么对她的一些古怪说法我们也就不足为奇了。与母亲的表现不同的是，李思平盯着这些画看了足足有五分钟，觉得它们无论在技法、线条还是色彩上，都正合自己的心意，因此他这样回答说：

"我承认这三幅画是值得人们称赞的好作品，并没有一般画作常见的那些毛病。它们看起来都那么赏心悦目，让人有心旷神怡之感，除了体现出作者理解深刻、见识高远的艺术天赋外，还说明她心灵高尚、热爱生活，并憧憬幸福美好的未来。她似乎要告诉我们一个真理：快乐才是生活的主题，如果预测到做某件事不能给你带来快乐的话，那么你最好还是放弃的好。"

第四章

　　当李太太晚上七点钟还在厨房忙碌的时候,只听见防盗门被打开,接着又响起一阵脚步声,还有张太太和其他女性说话的声音,这一切都表明:全家人最希望看到的客人——刘家母女——终于出现了。想到这就是他们两天来一直"苦苦"等待的结果,李思平不由微微一笑。虽说马上就要见到传说中的刘小姐,他可并没有因此而激动万分,觉得用平常的心态来对待她就可以了。但是李先生却认为,既然这是与这对有钱的母女的第一次见面,能给人家留下好印象就显得十分重要了,他迫切希望自己在她们面前说话更自然,态度更热情。可是人一旦有了这种想法,反而会手足无措,心情难免就更加紧张了。至于说李太太,她还在厨房忙着一些事务,那么上述所有的问题就统统没有考虑到。

　　他们并不是在张太太的房子里度过整个下午的,而是在午饭后不久就来到了楼下,先逛了小区里的一个小广场和花园,后来又坐车去了风景秀丽的滨湖公园游玩,欣赏美景。他们并没有因为晚上有客人来访而不敢出去游览,或者心事重重而使自己情绪不佳;他们也不会对别人议论他们出游是否合适而感到不安。他们来县城拜访刘小姐只是此次出行的目的之一,但不是全部。

　　他们走进公园,发现湖面浩渺,游客众多,各种娱乐设施齐全,看来这里真是一个消遣的好地方,这更让他们确信了出来游玩的决定正确无误。李先生不停地向工作人员询问,因为他很想知道不同位置的湖水的深度,以寻找最佳的钓鱼地点;李太太突发奇想,觉得此刻他们一家人要是能在湖面上划船,才能更加体会到此地的诗情画意之美,可是到处都找不到一只船,因为在这个湖里是禁止划船的,她因此而变得闷闷不乐;而李思平和姐姐却是无论到了什么地方都是不可能不快活的,所以他们的表现与父母不同:既不会因为无意义的小事而难过,也不会因为收获颇丰而欢呼,他们出来游玩就是想痛痛快快地陶醉一番,以便充分地享受生活——就这样他们度过了一个愉快的下午。

　　且说这时张先生听到刘家母女进来了,连忙起身前去迎接。他首先代表全家对刘家母女的大驾光临表示热烈欢迎,并说她们肯应邀来参加他们家的宴会,实在太给他面子了,这是他全家人莫大的荣幸,真可谓蓬荜生辉……他这番文雅而合乎礼节的辞令还没有讲完,张太太就迫不及待地给她们和爸爸、弟弟相互做介绍了,这其中对弟弟的介绍尤其郑重其事——她这样做的目的无外乎是希望弟弟能引起她们的高度关注,进而会对他另眼相看。随后她母亲也被要求从厨房出来相见,此刻张家客厅里充满了欢快的气氛。在所有的人都认识了之后,他们便分宾主坐了下来,由此便进入了下一个环节——开始进行亲切而友好的谈话。

虽说此时刘女士也与她的女儿同样的快乐,可是很明显她的表现要更热情一些。她极有礼貌地与客人们聊天,询问他们家里的情况以及一路上来的情形,并希望他们在县城多多住上几天。她说话的时候态度很是真诚,这表明她对他们的来访是真心感到高兴;同时她脸上不断显露的充满温意的笑容也说明她谈话的兴致确实很高。她夸奖李先生夫妇养了一对好儿女:女儿聪明伶俐,活泼可爱,又嫁得张先生这样的佳婿,真可谓是郎才女貌,实在令她羡慕不已;儿子虽说刚大学毕业,尚未高就,但其仪表堂堂,风度翩翩,将来一定会出人头地,前程不可限量。但这一番恭维话虽说廉价但出自刘女士这样的富有女士之口,意义自然非同小可,她似乎是在暗示他们两家应建立更加紧密的关系。其实李先生也怀有这样的想法,由此他便认定她对他们全家很有好感,心中非常高兴,于是马上就对她的谦虚和友善的美德大加赞赏。李太太认为刘女士实在太过奖了,他们恐怕承受不起;道过谢以后她才说,希望能借刘女士吉言,让她儿子找到个好工作,她就心满意足了。李思平听出来刘女士说话确实有些南方口音,觉得她们以前的那些说法应该是不错的。

当李先生一家人的目光密切注视刘小姐时,他们当然希望她会像小说中描写的豪门名媛那样表现得矜持一些;而她果真就是这样做的,而且她自己也认为干得漂亮。可是她虽然矜持,却并不等于说她不轻易开口,只要有了合适的说话机会,她就从未想过放弃,而且她可是一直都善于抓住机会的。所以一等到客人们向她提问,她就大大方方地和他们聊了起来。她谈吐文雅,见解不凡,声音又悦耳动听,让客人们听得着了迷,自然就希望和她聊的时间能再长一些。

她身材高挑,眉目娟秀,形象光彩照人,在人群中非常惹人注意;她的举手投足之间都充满了年轻女性成熟的魅力,这远胜于时尚女郎的娇艳妩媚;虽说她戴着一副眼镜,与李思平想象中的大家闺秀形象稍有不同而有些美中不足,可这样一来,却让人感到一股浓郁的书卷气息从她身上散发出来,反而使她的淑女气质更加动人,其秀外慧中的风度尽显无遗。所以说初次见面,她即给李思平留下了相当不错的印象,这对于他们今后的交往显然是有利的。

当做好的菜肴被一道道端上来的时候,张先生便邀请大家到餐桌前就座,随后他发表了热情洋溢的祝酒词。他当然是想让客人们看出他待客的恭敬真诚以及他生活的优裕,因此他讲得很精彩,而客人们也吃得津津有味,并不断夸奖所有的菜都烧得美味可口。张先生非常开心,话说得可就更多了。最后看看时间差不多了,他站起来"庄严宣布":本次聚餐活动圆满结束……谁知他太太却说还有几道大菜没上呢,请大家稍等,马上就好。看到丈夫一脸困惑的样子,她别提有多得意了——原来她是要以此来告诉亲友们她才是这个家真正的当家人啊。

张太太高兴之余,却想起了一件特别想知道的事,于是她就笑着询问刘小姐她们母女今天到哪里去了,不会是开车去外面兜风了吧。

刘小姐知道张太太在跟她开玩笑,于是她便以同样的口吻回答道:"淑雯,你知道的,我开车的时候从来就没有过兜风的打算,并且也从来没有兜过风;要是我真的有了这种想法,那恐怕就要飙车了!不过今天我们是去做一件很重要的事——不是吗,妈妈?"

刘女士微笑着点点头,把整个事情的经过都讲了出来。原来她这段时间正在筹划再开一家超市,但是社区附近没有合适的店铺。今天上午天晴了之后,她就想到城西新区的凤凰街去看看,便给女儿打了电话,让女儿开车带着她去。她们一直待到中午,才看中了一处正在出租的商铺,觉得它无论是从地段上、面积上还是周围环境上,都非常合适。于是刘女士就拨打卷帘门上留的电话号码与铺主钱老板取得了联系,并进行了面谈。结果钱老板不仅同意了刘女士提出的租用方案,而且他们一家还请她们母女俩去酒店吃了饭,最后双方约定明天再签合同。离开凤凰街之后,她们又逛了商场,买了几件衣服,最后刘女士还到美容院做了美容——这样做的目的就是要以全新的姿态欢迎客人们的到来,不过这也让她的心情变得更加愉快和轻松。

得知刘家的生意要扩大了,张先生和他岳父都抢着向刘家母女表示祝贺,并说了很多祝福的话——毫无疑问他们认为自己的做法是合情合理的,那其他人见了自然也不甘落后,这其中就包括了对这种事情一向都缺乏热情和兴致的李太太,由此也可见她对刘家母女的推崇。等到所有的人都举起了酒杯,刘小姐却又向李思平再次表示热烈祝贺——因为在场的所有人中只有她还牢牢记得他刚刚大学毕业,而他这个时候是最需要得到鼓励和支持的。她祝他圆满毕业,万事如意,这表明她是一个有心人,对他的一切很是在意,并希望他能充分感受到人们对他的关心——她诚挚的祝福将作为美好的记忆永存在他的脑海中。

当他们回到客厅喝茶的时候,张先生谈起了李思平对刘小姐画作的评价,不过他显然夸大了内弟的说法,因为在他的叙述中内弟是把这些画当作杰出的艺术品来看待的。刘小姐听了马上向李思平表示感谢,然后又说他自身各方面的条件都很优秀,一定在艺术鉴赏方面受过正规训练,绝对是一个全才,并且她也承认她那些画作的创作意图与他的见解完全一致。最后她说,他对自己的夸奖确实太高了她实在愧不敢当,话虽然是这样说,但不表明她不喜欢,因为她一向都是很在意别人对她的画作的评价呀。

　　李思平正准备回答,恰在这时刘女士的手机响了,而刘女士从未在邻居家接打过电话,这是因为她怕影响到别人而让人家觉得她不懂礼貌,因此她不顾张先生他们的劝阻,坚持要回家去接电话。她打开了房门之后,刘小姐也马上跟大家告别,所以李思平一直没有时间来回答刘小姐对他的赞扬了。

第五章

　　李先生在刘女士走后依然对她赞不绝口,并且一直持续到第二天;他夸她到底是有钱人家的太太,既雍容华贵又待人热诚,丝毫没有架子,很显然她见过大世面,连接个电话都会考虑到别人的利益,足见她具有十全十美的教养。李太太对她的赞美主要集中在才干和魄力上,她认为她很有商业眼光,善于捕捉和把握商机,并且做事果断,相信她的生意一定会红红火火,蒸蒸日上。李思平虽说与刘小姐刚刚认识,但明显感觉到她是一个性情温柔、感情丰富且艺术修养极高的女生,自然就很希望能和她继续交往下去。他因为错过了向刘小姐道谢的机会而颇感遗憾,便期待下次与她再见面的时候,这个问题能得到很好地解决。张太太在得知弟弟的心事后胸有成竹地说:"见面当然不会有任何问题,我敢说刘女士明天一定会请我们去她府上吃饭,请大家拭目以待。"

　　事情果然正如张太太预料的那样。第二天上午张先生去上班后不久,刘家母女就来登门拜访了,对他们昨天的盛情招待表示感谢。之后刘女士说,今天晚上请他们全体务必要到她们家去吃饭,因为这是关系特好的邻居之间为表尊重而应有的礼节,是不可以推辞的;其实她原本计划中午就请客的,可是中午她们要去凤凰街和钱老板签合同,并且要回请他们一家,所以此事只好推到晚上来办了,请大家多多原谅。张太太表示理解,并代表大家满怀喜悦地接受她们的邀请。

　　看到自己的预言这么快就得到了应验,张太太很是开心。这让她在亲人面前赚足了面子,同时又表明她与刘家母女的关系确实非同一般,由此可见她之前一点都没有说谎。

　　送走刘家母女后,张太太便十分得意地讲述了以前多次受到宴请时的见闻以及刘府各个房间的讲究陈设,从厨房一直讲到画室,每一件物品都没有放过,非常详细和具体。尽管她讲得有声有色,可是李太太不久就觉得疲倦了,很快就声明要去起居室听音乐;李思平虽说并没有离开姐姐和爸爸,可是在此过程中他没说一句话，这表明他早就走神了，原因是他一直在思考刚才向刘小姐道谢时所说的话是否发自肺腑。不过这些不利因素都没有影响到张太太讲话的兴致，因为她爸爸是听得很认真的，且还不断地向她提问。眼看着一个上午就要这样过去，张太太赶紧最后断言：他们将会是今晚唯一受到邀请的客人。

张先生中午下班回来后，他们就谈得更起劲了，因为张先生的加入让他们多了一支生力军，而今晚刘府的宴会上可能会出现哪些菜肴则成了他们讨论的焦点。到了下午，张太太让她的父母和弟弟留在家里好好想象刘府金碧辉煌的光景，而她自己则去打麻将了。她整个下午都处在兴奋之中，在牌场上连连得手，不仅赢了很多钱，而且而且受到牌友的称赞，这在以前还是从未有过的事。回到家里她并没有忘记询问亲人们想象的结果，大家都说他们已经把刘府当作天堂了，因而非常向往。张太太听后十分满意。晚上随着刘女士一声热情的招呼，他们都高高兴兴地去赴宴了。

李先生一家去刘府做客，本来先是想欣赏一下它的富丽堂皇，不料这事从一开始就进行得不顺利。他们在通过了门厅之后，举目四望，已经明显感受到非常奢华的气氛了。这时他们兴头正浓，注意力却被客厅里的说话声吸引住了，原来是刘小姐正在陪一位太太聊天。这位太太五十多岁，长得又高又瘦。张先生夫妇虽说经常出入刘府，但也不认识她。然而她的表现就像是与他们相识多年的老熟人一样，满脸笑容且礼貌周全地向他们问好；她不等刘家母女给他们做介绍，马上就开始自报家门，这说明她是个急人所急、擅长为他人着想的热心肠，况且她心情愉快，性格豪爽，做起事来风风火火——她的这种个性人们要是找到不喜欢的理由那才叫怪呢。

张太太在得知她也是本小区的居民，同时又是刘女士的好朋友，之所以能出席今晚的宴会同样也是受到了刘女士的邀请后，感到很是奇怪：因为这位宋太太既然也是她的邻居，为什么她以前从未见过她呢？而且刘家母女以前怎么也从未提到过她呢？竟然还有一位客人受邀并且已经比他们先到了刘府——这是张太太想都没有想到的事——可是刘女士却从未说过今晚还邀请了其他客人呀，这究竟是怎么回事？

张先生夫妇极想知道宋太太与刘家母女的关系，而刘女士也从未打算要隐瞒。她先让女儿去厨房照看一下，然后说：

"刚才宋太太说了，她是这里的老住户。虽然如此，她却一向欢迎新住户，这主要是因为她特别喜欢社交，并且乐于助人。三年前的夏天她在社区偶然遇见了我们，就欢喜得不得了，当她听说我们想在此处购房时，便非常热情地向我们推荐了这套房子，然后又到售楼处和开发商讨价还价，帮我们以相对较低的价格把它买下来，从而为我们省下了一大笔钱。她又以给新房'美容'为乐事，所以这个房子的装修也是由她找人来完成的。她虽说在这些事上帮了大忙，却不曾到处炫耀，这一点甚至连丽莎都十分佩服，而在此以前她从未说过佩服过谁。就这样我们成了好朋友，宋太太便经常到我家来串门，后来她又帮助我装修好了超市。可是就在超市开业后不久，她却不得不向我们辞别了。原来虽然她丈夫于前年不幸去世，可是她还有个儿子在上海工作，并且已经结婚生子，她此次之所以这么匆忙地离开小区，就是要到上海去照看刚刚出生的孙子，而去之前她的房子也已租出去了。她本来打算在上海呆六年，等孙子上小学后再回来的，不料身为副教授的亲家母今年暑假却退休了。这位副教授级的亲家决定把剩下的时间都用来照顾和教育外孙，这样一来就没有她什么事了。于是她在上海待了三年之后便重返故里，并于今晚七点刚刚回到家中，而租她房子的人在一个月前就已退租离开了。她放下行李后的第一件事就是想到我这里来看看，而为了给我们一个惊喜，她也没有打电话，而事实上她因为怕有辐射连手机都没有买，这更可以作为她不打电话的一个绝好的理由。当听到敲门声的时候，我本以为是你们过来了呢，谁能想到来人竟然是三年未见的宋太太！我们感到太吃惊了，因为她居然提前三年回来了，而事先并没有得到一点她要来的消息呀，而她却开心地大笑起来，并娓娓道出了事情的缘由。我听后便告诉她：'您来得真巧，正好可以与我们所请的客人们一块共进晚餐，欢迎您参加我们的小型宴会。我现在就去请客人，他们就在对面。'这样你们就明白了，由于宋太太回来得突然，而宴会马上就要开始，我们还没有来得及向你们通报此事。至于说我们以前为什么从未向你们提到过她，那是因为你们不认识她，且她本人又去上海了，数年内都不在小区，因此我们觉得没有必要跟你们说。"

大家这才明白原来刘小姐家的房子是在宋太太的帮助下购得的，但是刘家母女以前却从未说过此事；而刘女士在叙述的过程中果然一个字也没有提到她丈夫，李先生认为这与女儿对她的描述完全吻合，只是他还有一个疑问，但在此场合不便讲出来。

宋太太补充道："其实我这次这么早回来还有一个原因：老家的侄子这个月的十九号要结婚，我早已收到参加他婚礼的通知……"

这时刘小姐走过来说："宴会可以开始了，请大家入座，我们边吃边谈吧。"

由于见到了三个素未谋面的年轻人，宋太太在席间显得更加快活。因为她一向喜欢和年轻人说说笑笑，觉得只有这样宴会才会充满活力，而年轻人越多她就越高兴，因此她先请刘小姐把他们一一介绍给她。她边听边称赞，夸奖李思平的话尤其多——她夸他不仅生得面如白玉，而且对人又彬彬有礼，还受过良好的教育,所以他真算得上是一个出类拔萃的男生。刘女士没有忘把李先生夫妇向她介绍。刘女士的话刚说完,李太太就对宋太太说:"太太,您刚才夸奖的那三个年轻人不是外人,分别是我的女儿、女婿和儿子,我觉得您的说法并没有什么过分的地方。"这时李先生走上前去,把宋太太的种种优秀品质大大恭维了一番。宋太太不但对所有的年轻人都感到满意,而且认为与这对中年夫妇也是值得交往的。

大菜端上来之后,张太太问刘女士凤凰街的商铺是否已经租下了。刘女士说:"是的,我们已经签约,租期两年;而装修的事钱老板表示愿意帮我解决,只等他选好了装潢公司,就可以按照我的要求开工了。"

宋太太问:"你是不是又要开一家超市呀?那太好了,反正我回来闲着无事,可以到店里帮你盯着点儿,看看有没有人偷工减料或者干活马虎。"然后她就饶有兴致地讲起了旅途中许多有趣的见闻。说到上海的盛事繁华,当首推目前正在举行的世博会了,她一提到这件事就住不了嘴,而且一定要把心里最想说的话都讲出来——因为她无论见到什么人都要劝人家去世博会上见见世面。且听听她与刘小姐的对话吧。

"哎哟,丽莎小姐,你为什么不去上海呢?我觉得世博会真是太完美、太精彩了!世上不会有什么事能比它更好。真的!如果你不去看,就等于是遭受很大损失了!我觉得凡是年轻人都应该去感受一下现场的美妙氛围。再说,你不是在上海上了几年大学吗?故地重游,探访旧友,这也是人之常情——还有比这更可喜的事吗?"

"谢谢您的好意,太太!上海的确是个让人留恋的地方,不过我暂时还没有去那里的打算;再说我已经连续两天没有画画了,所以我当前的主要工作应是在接下来的时间里把这两天应画的画给补上,而不是千里迢迢地去往人群里挤。"

虽说自己的提议没有得到刘小姐的赞同,可是宋太太不但没有泄气,反而游说得更加起劲——她把同样的意思对在场的每个人几乎都说了一遍,她相信通过自己的不懈努力会找到对此感兴趣的人的。但是大家的反应却说明情况很不乐观:张先生虽然一直向往上海,可他总是身不由己,最近又公务缠身,所以不能离开县城;李太太说她在家看电视就可以了,根本没有必要到上海参观,何况她也尚未想过要出远门……最后只剩下李思平没有表态。

"啊,李思平先生,你大概还没有去过上海吧,相信你到了那里一定会比现在更快乐!"宋太太仍然在做着最后一次尝试,"不要为住处担心,我会替你找到一所离中国馆最近的房子,到世博园去都不用坐出租车,而做成这件事只需我的一个电话即可。世博会办得这么隆重,这么成功,你不可能不动心吧?"

听到了宋太太这番鼓动之辞,刘小姐当即中止了与张太太的谈话,因为她似乎很关注李思平接下来的回答。

"尊敬的太太,您太抬举我了,对此我深表谢意!我完全相信您是一个宽容友爱的人,所以我的回答即使不能让您满意,也一定会取得您的谅解。想必您已经知道了,我刚刚大学毕业,还没有什么职业——当然也不会有任何收入。由于我在经济上还没有独立,所以我不能答应您的要求。"

他以为这样一说,宋太太一定会死心。不料她决不肯轻易罢手,她说:"你的意思是说你还没有工作,这太好了!那你更应该去上海,因为那里可是找工作的好地方,到处都在招人,你仅凭英俊潇洒的形象就会如愿以偿的!在你工作的同时还不影响你看演出,这不是'一举两得'是什么?我明天就给亚龙打电话,看看他能否帮上忙。"

"太太,我不得不说,我出来找工作是凭借自己的真本事,而不是靠外在的形象!当然我不是说外在的形象就不重要,而是说只有真才实学才最可依仗!"

刘小姐为了阻止宋太太继续讲下去,也马上说道:"太太,在上海找个正式工作恐怕不像您说的那么容易吧。据我所知,如果没有几年工作经验的话,是很难在那里找到好工作的。即使你找到了工作,顶多也只能干个临时工,工资很微薄。上海是个高消费的城市,你很快就将入不敷出了。所以李思平先生现在最好不要去上海,因此也就不要麻烦亚龙了。"

"在上海不好找工作也没关系,丽莎。"张太太说道,"因为思平一心想到徐州去做事,可是他徐州近郊的那个承诺要帮他找工作的同学却一直没有给他找到工作,就这样等着可真让人发愁!"

"李思平先生真的很想找个工作吗?"刘小姐望了望他说,"我看在县城找就不错。实不相瞒,我倒想到了一个好去处——不知道你愿意屈尊吗?"

张太太急忙代弟弟回答:"你说吧,丽莎,我们都听你的!只要工作体面,有一份稳定的收入就行。"

"李思平先生愿意在我们家的超市工作吗?——妈妈,你早上不是说店里要招一名主管吗?我觉得李思平先生很合适,难道不是吗?"她给妈妈使了个眼色。

"是呀,我确实正准备招聘一名主管,协助我经营超市。你们还记得昨天晚上的那个电话吗?"刘女士一本正经地说,"那是我超市的主管打来的——她下个月要生孩子,因而向我请了三个月产假,这样主管的位置就空出来了……李思平先生各方面条件都很优秀,当个超市主管自然是绰绰有余;再加上又是我女儿极力推荐,我岂有不答应之理?至于说工资,当然是按超市行业的最高标准支付了——不知你意下如何?如果你觉得还满意的话,那就请明天来正式上班吧。"

刘家母女的用意显而易见——她们很希望他能留在店里。对此他充满了感激之情,不忍心拒绝。不过他在表示了感谢之后,却提出了一个要求,即他一旦找到了正式工作或者是有其他重要的事情要做,就随时可以离开超市。刘家母女也同意了。

宋太太对于此事的反应极其迅速,因而她成了第一个向李思平表示祝贺的人;她还说从今以后将称呼他为"李主管"。

其时虽说李先生为儿子不能到上海工作而颇感遗憾,李太太又为儿子仅当个小小的超市主管而很有大材小用之叹,可是他们这次进城为儿子找个工作的目的还是实现了,并且儿子又是为女儿的对门邻居打工,这样的话两家的联系可就更紧密了,在客观上是有利于两家关系发展的。

再说张太太本来从未想过要把弟弟安排在刘家超市里,可是刘小姐却偏偏替她想到了,并且做成了此事,这不仅帮她解决了一个大难题,更给她带来了意想不到的惊喜!由此她认为,刘小姐这样做,完全是看她的面子,这不正好可以说明她们的关系非同一般吗?

虽然宋太太游说李思平去上海没有成功,但她也不是一点成绩也没有的:正是由于她的不断游说,才促使刘小姐决定要慷慨相助,从而让李思平很意外地得到了工作——她这么大的功劳怎么可能会被人忽视呢?然而更可喜的是,李思平那阳光帅气的美好形象,让她突然产生了一个新想法:要是他还没有谈妥对象的话,她就可以把她在徐州当医生的侄女介绍给他当女朋友了。

原来早在几个月之前她还在上海的时候,远在家乡的弟媳给她打电话,以她"走南闯北、见多识广"为由,让她给她侄女介绍个男朋友。但是宋太太以前却从来没有给谁做过媒,也从未想过要这样做,所以当时她只是随口敷衍了弟媳几句,便挂断了电话。然而现在她的思想却发生了巨大转变,觉得必须要认真对待这件事了,这是因为虽说她以前确实做了不少好事,很受小区的居民的称赞和尊敬,可是她仍然觉得缺少成就感,想再干一两件漂亮事,让所有的人都来为她传颂,免得此生留下遗憾。而实现这一目标的最佳捷径就是给人说媒了,这是她经过深思熟虑的结果。她认为,说媒是一种高收益的行业,不仅能名利双收,而且极易获得成功;而一个女人到了50岁的年纪如果还没有当上月老的话,那就是一种罪过了。如果她能撮合李思平和侄女最终迈进婚姻的殿堂的话,她自然就会觉得自己很有成就感，那可就太美妙了！

于是宋太太说："李主管，我可以再问你个问题吗？"

"当然可以，太太，您请说吧。"

"你有女朋友了吗？"

大家对宋太太初次与李思平见面就提出这样敏感的问题感到意外，刘小姐急切地想知道他会怎么答复她。

他笑了笑说，他连恋爱都没有谈过，怎么可能有女朋友！而在成就一番事业之前，他还没有找女朋友的打算，而这件事家里人都知道，也支持他。

宋太太得知他并没有女朋友，心中大喜，就劝他放弃这个"先创业，后谈恋爱"的不切实际的想法，因为等到他功成名就了，他可能已变成"大叔"，不会有哪个女孩再喜欢他，不如趁现在年轻，早点谈恋爱吧。他虽然承认她说得有道理，但依然坚持自己的观点不动摇。他说：

"很抱歉，太太，我目前的人生规划不会轻易改变。您说的这个理由我也很清楚，谢谢您一心为我着想！正因为时间宝贵，又很紧迫，我才要变压力为动力，趁着年轻抓紧时间创业，争取尽早拥有属于自己的公司，以实现人生梦想，其他方面的事情都暂且放在一边。一旦我那个很要好的同学王林帮我找到了接收单位，我就会即刻离开县城。当然，有了工作也只是迈向独立人生的第一步。也许要再过一两年之后，真正的创业才会开始。尽管创业路上困难重重，可我绝不会退缩。我相信，只要努力，梦想就一定会实现！"

宋太太听他这么一说一时也无计可施，只好把要给他说媒的想法藏在心里。刘小姐却是微笑着赞许地点了点头，不久便邀他到自己的画室里参观，并请他鉴赏更多的画作。他趁此机会再次为他获得超市主管职务的事向她道谢。她请他不用客气，因为她和他姐姐是很要好的朋友，所以这样说来，他们也可以称作"朋友"了，朋友之间帮点忙，不仅非常应该，而且也是再正常不过的事，根本用不着感谢。可他还是觉得自己应对她十分尊敬才对，这倒不是因为她作为他雇主的千金，算是他的半个老板，而是因为她是一个心地善良、善解人意的好姑娘，确实让人对她怀有深深的敬意，他怎敢把她当作普通朋友看待呢？

第六章

宴会结束后，张先生夫妇代表客人们对刘女士的盛情款待表示衷心感谢。宋太太和李先生夫妇待他们真诚而富有感情的发言一结束便离开餐厅，到其他房间去转转。

　　宋太太是刘府的名誉管家,对这里的装修情况是了如指掌,况且她的笑声又远比刘女士响亮和爽朗,不知道的人肯定会误把她当作这家的主人了,所以由她来领着李先生夫妇参观刘府是再合适也不过了。李太太看得出这里的一切都比女儿先前所夸耀的那种奢华还要气派些,算是开了回眼界;她丈夫更是觉得这一趟没有白来,真正成了有钱人家的座上客,回乡后一定把此事好好宣扬一番。宋太太在讲解时发现李先生夫妇听得都很认真,并没有提出不同意见——既然他们这么相信她的话,她的高兴程度又远远超过他们。最后当客人们告辞的时候,李思平仍然在刘小姐的画室里和她进行友好的交谈呢,可见他们聊得是多么投入。

　　李思平明天的活动是限定好了的,也就是说,他要到刘女士的超市去上班了——这不仅是李家的喜事,就是在刘家也被看作一件大事呢,因为刘小姐这天晚上就计划好明天上午开车送李思平去上班。其实从社区到超市的距离不过区区的几百米,根本用不着开车,走着去就可以了,可是刘小姐还是决定这样做,因为她毕竟是李思平的推荐人,由她亲自驾车送他去超市上班,不仅使他显得威风和有面子,更重要的是可以让人看出他得到这份工作是名正言顺的,因此她就非得要为新上任的超市主管保驾护航不可了。

　　对于女儿的这种想法,刘女士是非常支持的——因为女儿都二十五岁了,也该和异性交朋友了,况且她最近又一直鼓励女儿这样做,没想到这么快就有了效果,她心中的高兴可想而知;再说女儿交往的这位异性朋友李思平,那可是一个既热情活泼又多才多艺的小伙子,对此她虽然早就有所耳闻,只是却不敢信以为真,而现在她认为他是非常值得女儿交往的人,不会再有错了。女儿对他显然是有好感的,不然也不会主动提出让他担任自家超市的主管,既然是这样,她当然会对他更加和蔼亲切,也更加看重他,这可以从她那么痛快地答应让他担任这个职务一事上明显地看出来——毫无疑问她这样做完全是为了女儿。

　　可是天公偏偏不作美:自午夜时分起就开始电闪雷鸣;到了第二天清早,瓢泼大雨从天而降,而且雨量有持续增强的趋势。大家都认为刘小姐的此次行动可能就此泡汤,可是她不仅仍然坚持原计划不变,还说要一整天都陪李思平待在超市里。她妈妈临时决定上午不去超市了,因为她知道有她在旁边,一定会影响到女儿和李思平的无拘无束的交谈,不如给他们一些自由的空间,让他们去做自己喜欢的事。但是当李思平在人们的羡慕声中最终坐上那辆漂亮的轿车时,张太太依然像上次那样认为这完全是自己的面子起的作用。

　　人们自然会对刘小姐信守诺言的行为大加赞赏。可是正由于她的这一勇敢做法,其爱车也就不可避免地遭受了暴风雨的洗礼,不过她好像并不在乎,依然在车内与李思平谈笑风生。当超市员工发现老板的千金驾到的时候，外面正下着雷暴雨，大家都感到惊奇，不要说在这样恶劣的天气里，她会大驾光临超市，就是在平时她都很少到这里来，但是现在她偏偏一反常态地出现在她们面前了！如果说这也算得上喜事一件的话，那它同样也是不可思议的——莫非这是重要的事情将要发生的预兆吗？

　　这时她们看到一个英俊潇洒的高个子男生也下了车，并陪同刘小姐一起向超市走来。虽然她们并不认识此人，但一致认定他就是刘小姐的男朋友——除此之外，不可能还有别的解释——这都是因为天降喜雨的缘故。等到所有的员工都集合完毕，对李思平的任命随即就被刘小姐宣布了。员工们在质疑的同时也就更加坚信此前的看法无误了，不过她们还是对新主管的到来表示了热烈的欢迎。李思平此时才发现，除自己外，其他的员工都是女性；可是他没有想到的是，她们既聪明又敏感，并且想象力极为丰富，尤其是对人家的私事特别感兴趣。经过一个上午细致入微的观察，她们竟完全证实了新来的主管与刘小姐的恋爱关系。

　　要是你有幸看到他们俩在一起亲亲热热、快快乐乐的样子，就不会有任何怀疑！他俩整个上午都形影不离，刘小姐总是跟随着李思平，向他指出一排排货架上的各种商品，并告诉他应如何检查、保管和销售这些物品。他本来以为她只懂得艺术，根本没想到她对做生意也这么在行，于是就对她更加佩服。试想有这样一对俊男靓女在超市里穿梭，好似在随心所欲地挑选自己喜爱的商品一般——这无疑成了最好的广告宣传片，人气自然十分旺。所以尽管天气不好，前来购物的人却络绎不绝。超市的营业额直线上升，居然打破了以往的最高纪录！可是员工们对这一奇迹的出现丝毫也没有感到大惊小怪，这本身就是怪事。

　　他们在其他员工吃过午饭之后才走进了里间的餐室，一面喝着红色果汁，一面畅谈此时的感想。两人都说度过了一个充实而有意义的上午，因而心情非常愉快；而当谈到丰硕的工作成果时，他们虽显得很激动，但一致认为这是大家共同努力的结果，并不全是他们俩的功劳。过了一会儿，刘小姐让人放起了轻松的音乐。女员工们都评论说他们便吃饭边听音乐，可是够浪漫的，并希望这顿饭他们能吃得时间再长一些，这样她们就能偷听到莺声燕语了。此外，她们还对这一对"恋人"下午将有更精彩的表现充满期待。

　　可就在这天中午，刘女士突然接到了钱老板打来的电话，说是已经帮她联系好了装修公司，并且他还自作主张地买了一批装修材料，请她们母女俩下午到凤凰街来，把她们的装修要求讲给工人们听。这样一来，员工们的美好愿望可就落了空,而刘小姐和李思平也不得不暂时分开了。她向他表示歉意,请他原谅她的失陪,并且说晚上她会开车来接他回家。看她那依依不舍的样子,此次短暂的分离仿佛比她已经连续三天未能作画还要感到可惜。

刘小姐的离开对员工们来说未尝不是乐事,因为她们终于有机会和李思平近距离接触了。她们聚拢在他的周围,问他什么时候与刘小姐谈的恋爱。他当然矢口否认此事,并一再说他们是前天通过姐姐的关系才刚刚认识的,怎么可能会谈恋爱?可是不管他怎么解释,她们就是不信,其中一些年龄大一点的员工劝他还是承认了吧,因为她们已经把他当作刘小姐的男朋友看待了,无论如何也不能让她们失望呀!尽管员工们并没有得到想要的结果,可是她们还是愿意听从新主管的工作安排的,并对他的才能心悦诚服。大家齐心协力做好各自的工作,超市里依然是一番繁忙的景象,可见他们的关系是处得何等融洽了。

李思平晚上下班回家后,都发现一家人都待在起居室里;他本以为他们正在看电视,可进去以后才知道根本不是那么回事,因为他们正在谈论一件今天才知道的蹊跷事。

却说今天的大雨是在上午十点钟左右停止的。雨一停,张太太便出去找牌友打麻将了,中午也没有回来。李先生夫妇午饭后休息了两个多小时,觉得烦闷,就出去透透气,在小广场上他们巧遇了宋太太。宋太太说她是在家感到太无聊才出来散步的,因为她以前的那些朋友(包括刘女士在内)都在各忙各的事,没有时间陪她聊天。李太太说,他们夫妻俩倒是有时间可以陪她说说话,因此就请她不要再心烦了。

宋太太非常高兴,马上便把张先生的人品、相貌、职业等又夸奖了一番,并说他将来一定会飞黄腾达的,她丝毫也不怀疑张太太是贵夫人命,而他们能选中这样一个女婿真是很有眼光;然后她又说,当初之所以帮刘女士买四楼的房子,是因为她算准了刘女士将来一定会遇到一个称心如意的对门邻居,今天看来果不其然。夸完了他们的女儿女婿,接下来自然而然地就要轮到他们的那位公子了。她一再夸李思平是个相当漂亮的小伙子,虽然还没有找到正式工作,但他总算受到了刘家母女的优待——这一点说来倒也值得安慰——她敢打赌他将来取得的成就一定不会比他姐夫差。

李太太明明知道宋太太是想哄他们开心才这样说的,可是她依然按照礼节向她表达了谢意。而李先生在昨晚的宴会上就一直有一个疑问,本来早就想找宋太太问个究竟,现在他机会来了。他问道:

“太太,我想,刘女士的丈夫一定非常英俊而富有男人的魅力吧?”

宋太太感到很惊讶:“我想应该是这样;不过我从未见过他,也从未听刘家母女俩主动提到过他。"

"你怎么可能没有见过他？三年前他可是和妻子女儿一起到社区来的，并且是在买好房之后才离开的县城。昨晚刘女士说你'三年前的夏天在社区偶然遇见了我们'，其中的'我们'难道不包括刘女士的丈夫吗？"

"你开什么玩笑，李先生？"宋太太几乎嚷了起来，"刘女士的丈夫哪里是在社区买好房之后才走的？我帮刘女士母女在售楼处讲价的时候何曾见过他的身影？当我初次和刘家母女见面的时候，丽莎小姐说：'我们一家刚从南方来到县城，看到社区风景不错，便想在此处购房，可是我们还没有付诸行动，就在昨天我爸爸被调到北京去了，并且可能要三年多以后即今年年底才能回来。'我虽然对她爸爸在这么长的时间内不能回家感到奇怪，但也没有接着再往下问，因为据说此事涉及一般人不能知道的机密。这样你就应该知道刘女士所说的'我们'就只指她们母女俩，而不包括她的丈夫！——你是听谁说的她丈夫是在买好房之后才离开的县城？"

李先生当然不能把女儿几天前告诉他的话说出来，因为这样会给女儿带来麻烦。于是他说道：

"我没有听谁说过，太太，这只是我的一个猜想而已。"

"我不得不很遗憾地告诉你，李先生，你的猜想不符合事实。"

"你说得是，太太，谢谢你告诉我们这些！"

又聊了一会儿，这时天空飘起了小雨，他们便告辞各自回家了。

坐在客厅的沙发上休息时，李先生说："根据宋太太所讲，刘女士的丈夫根本就不是在买好房之后才离开的，而是在购房的前一天就去北京了！可这与刘家母女先前的说法大相径庭啊，究竟谁说得对呢？"

张先生夫妇从外面回来后也很快知道了这个矛盾之处，但是他们却力挺刘家母女，因为品德堪称完美的她们不可能说谎，不仅不能怀疑刘小姐说的"我爸爸是在这里买过房子后才去的北京"这句话有问题，就是她们所有的话都不能怀疑！而宋太太之所以不承认在小区见到过刘女士的丈夫，极有可能是为了凸显自己在买房过程中所起的重要作用而故意这么做，或者是她年龄大了把事情记错了，因此她的说法不足为信。张太太把这个观点告诉弟弟后又进一步强调说，为了使他们两家的友好关系能继续保持下去，目前对于宋太太的说法一定要注意保密，尤其不能让刘家母女知道。大家都表示赞同。

李思平晚上并不是由刘小姐的车接回来的，他是一个人徒步走回家的。他在下班后只是接到了刘小姐的一条短信：对不起，李主管，我恐怕要失约了！我正在钱老板家里吃饭，一时半会儿不能离开。你打车回家吧。

第七章

再说宋太太,她还是一心想把侄女介绍给李思平当女朋友,虽然上次没有说服他答应早点谈恋爱,但是事后她却认为他大概是当着那么多人的面不好意思让给介绍对象,所以才说出那一番冠冕堂皇的话来。因此她没有必要把那番话当真,也绝不会就此罢手。她要利用一切机会接近他,把自己的想法说出来,看他会不会松口。她虽然没有过说媒的经验,但是也明白像这种敏感的事情在男女双方都同意让介绍之前是尽量不要透露口风的,因为知道的人越少,成功的概率就越高,人多嘴杂往往是要坏事的,因此她最好是在只有自己和他在场的情况下和他谈。如果从一开始就嚷嚷着让大家都知道这件事,这自然可以让她出足风头,好像她很有把握似的,可万一事情不成,她就会成为别人的笑柄,那该多难堪呀!所以一定要吸取几天前游说大家去参观世博会时逢人必说结果却无一人愿意去的教训,应悄悄地去做此事。

一天晚上他们又在刘小姐家聚会。吃过了饭,大家开始自由活动。当时李思平是第一个到的起居室,宋太太则紧随其后。刚一坐下,她就开玩笑地问他是否改变主意了,现在就想找个女朋友。谁知他的回答依然是否定的。她见再这样说下去不会有什么结果了,干脆就直接向他挑明:

"李主管,我有一个侄女在徐州的一家大医院工作,她长得很漂亮且医术高明,我想给你们做个媒,不知你意下如何?"

"太太,如果令侄女的条件真这么好的话,那我是不配和她谈恋爱的,因为到现在为止我连个正式工作都没有,您就这样把我介绍给她,这件事必然不会成功不说,她事后也一定会埋怨您的!为您考虑,我认为您最好还是选一个和她条件差不多的男生当她的男朋友吧。"

"实话告诉你,我就相中你了,就觉得你们俩在一起很合适,至于你有没有工作并不重要。李主管,我给你提个建议:你可以一边创业,一边谈恋爱,二者都不耽误,这样不是很好吗?你觉得怎么样?"

然而他并没有接受她的建议,她还要再劝。正在这时刘家母女进来了,她只好转移了话题,问刘女士凤凰街的新超市装修得怎么样了,要不要她过去帮忙。刘女士却说不麻烦她了,因为钱老板是雇用的专业的监理公司来做的监督,这样质量会更有保证。她一时无话,便赞美起刘女士的红色晚礼服来了。后来等到大家向刘家母女告辞的时候,她偷偷地对李思平说,她给他说的那件事目前一定要严格保密,目前不要告诉任何人,就是对他的父母和姐姐也不能说。

其实即使她不这么安排，他也不会告诉家里人，因为如果让他们知道了，就很有可能会催他去相亲，这可就违背了他一贯坚持的"先创业，后谈恋爱"的基本原则了，他怎么可能会自找麻烦呢？

此后的数天中宋太太又几次找他谈这件事情，而每一次她都是笑眯眯的，追问他到底是怎么想的，并说女方那边还在等着回话呢。即使是这样，他依然没有同意和她侄女见面。终于她沉不住气了，用不容商量的口气说："其实你非常希望和我侄女成为男女朋友，对不对？事情就这么定了，李主管，三天后准备和我侄女见面吧。"然后她不顾他的反对，自己开心地哼着小曲走了。

此时已经是十七号，再过两天宋太太的侄子就要结婚了。到那天她的那位侄女，也就是新郎的妹妹，是一定会从徐州赶来参加婚礼的，届时她就会凭借自己的三寸不烂之舌说服侄女于次日来县城和李思平见面的。而只要见面，侄女十有八九就会被李思平这样一位美男子迷住，一旦她想他想到茶饭不思的地步，事情还愁不会成功吗？

此时李先生夫妇已经在县城住了一个星期，他们对社区的环境、居民及生活方式可以说是相当熟悉了。虽然他们对女儿的对门邻居还有这样或那样的疑问，但这丝毫都没有妨碍与她们的正常交往，何况他们一向对这家人都是赞赏有加的。其中李太太赞扬刘小姐的话尤其富有感情和文采。她说：

"一位年轻姑娘即使只会开车和画画，也比一般的大家闺秀要出色得多，可是刘小姐懂得的东西远远不止这些。据我所知，她还会跳舞和弹钢琴，喜欢烹饪，并且精通英文，更为重要的是她对我非常有礼貌——她跟我说话的时候，总是柔声细语，和颜悦色，显得极有耐心；吃饭的时候，对于精美的食物总是要请我先尝；她又十分尊重我的意见，而她自己无论对什么事，却很少轻易下结论。我这样一说，她的才能和优点是很全面了，可是又样样讨人喜爱，我确实很想天天见到她。"

她丈夫对她的这番评价很是满意，说是将近有十年没有听到她这么夸奖一名女生了。

尽管张先生待李先生夫妇十分殷勤，宋太太的心直口快总能给宴会增添许多乐趣，并且刘家母女对他们也一天比一天显得亲热，可是他们还是打算要离开这里。按说此时正值暑假期间，而李先生只不过是学校的职员，也根本用不着上班，即使他回到乡下，除了钓鱼之外，其实也没什么重要的事要做，可是钓鱼在县城就可以办得到呀，并且保证比在乡下做得还要好——他已经去护城河边钓过五次鱼了，每次都满载而归；李太太就更自由了，因为她是一家庭主妇，平常除了做家务之外，就只有看电视和听歌的爱好了——既然如此，在城里多住几天不是更好吗？他们却说，虽然在这里也一样感到快乐和满足，可是在此地待得太久，怕是会对小镇简单而自在的生活有些生分了，因此还是回去吧。

李先生每年的收入四万元，而他的妻子没有收入。最近几年，他们由于负担过重，生活只能勉强维持在一般人家的水平，虽说每天粗茶淡饭一家人过得倒也其乐融融，可是物质上的匮乏还是让他们的幸福大打折扣。他们多想改善生活条件，提高生活质量啊！这就是他们把女儿嫁给有地位有房产的公务员并迫切希望儿子尽快找到工作的原因。现在这些愿望都已初步实现，他们得到了暂时解脱，便想回乡去休息，同时再思考下一步该怎么走。他们离开县城的时候，给他们送行的人中自然是少不了刘家母女的。

转眼间就到了宋太太的侄子结婚的日子。这天早上，李思平却接到了新的工作任务——他这天只需陪着刘小姐到户外写生就行了，而不必再去超市上班，这是因为他懂艺术，由他在刘小姐身边可以帮她提高艺术创作水平。对于刘家母女的这一安排李思平多少感到有点意外。他对工作一向认真负责，尤其在纪律方面对自己要求严格。自从担任主管以来，超市里一直顾客盈门，生意兴隆，这说明他采用的经营策略还是正确的。既然他在工作中没有任何失误并且成绩喜人，那么就更应该让他待在超市里才对呀；而刘小姐要想提高艺术创作水平，就必须付出长时间艰辛的努力，怎么可能他陪她出去转一圈就能使这一目的达到了呢？不过既然她妈妈已经这样决定了，那他也只有无条件服从。

其实让李思平陪刘小姐去户外写生的点子并不是刘家母女想到的，我们且听听在李思平和刘小姐走后张太太是怎么对她丈夫说的吧。

"昨天晚上我们打牌结束后你和弟弟刚走出房间，宋太太就对刘女士说：'明天我要到城北的亲戚家里喝喜酒，张太太则要去参加暑假同学聚会，你也要忙着做生意，只剩下丽莎小姐一个人在家可就有点孤单了！要是她想趁此空闲画几幅画的话——那倒不失为一个好主意——到菊山公园去写生是再好不过了！因为那里风景优美，而且距离县城也不是很远，但要再有一个我们都信赖的年轻人陪她一起去那里就更好了——可问题是我们上哪里去找这样合适的人呢？李主管在打牌的时候与丽莎小姐配合得很好，倒是个不错的人选，可是他明天还要上班呀，这该怎么办呢？'当时我说：'最好能找到一个也喜欢画画的女生和丽莎结伴而行，而我弟弟这次就不要奉陪了吧。'可是宋太太却非坚持让弟弟去不可，她对刘女士说：'我突然想起来了，你就是李主管的老板呀，完全可以支配他的工作时间，让他去干另一件事情，对不对？事情就这样定了吧。'刘女士说此事可以考虑一下，但是丽莎不知什么缘故却一直没有表态。我以为事情多半要搁浅，所以回家后也就没有跟你们说。但是今天早上刘女士在给我们送一些汽水时却问弟弟坐在副驾驶上会不会晕车，我便明白丽莎的意思必定是同意弟弟陪她去写生了，这样他们这一天又可能在一起闲聊了，而我这么多天也只有在晚上打牌的时候才能见到丽莎，与以前相比，我好像是受到了冷落……尽管我的提议被否决了，可我还是很高兴的，因为这说明弟弟越来越受到刘家母女的信任和重视，以后他的薪水自然也会越来越高。在今天的同学聚会上，我希望能发表长篇大论，也一定要多吃两道大菜才好！"

她丈夫回答说："不知你有没有发现，刘小姐这一个多星期根本就没有怎么画画，因为她把大部分时间都用在交往上了，说得更准确点，她特别热衷于和你弟弟交往：白天她会开车送他去超市并和他一直聊天；晚上，接他回来后她就会约我们去打牌——这在以前是从未有过的事——而思平必定是第一个受邀的客人。可见自从和他见面以来，她简直就没有心思画画，而且她也更喜欢单独和他在一起，按说昨晚宋太太的提议很合她的心愿，可是她为什么不当场就表示同意呢？我认为她是怕你说她'重色轻友'，因为她大概已感觉到你似乎对她与你见面的次数越来越少有些不悦，在此情况下，她当然不便马上答应了，免得让你抓到对她不利的口实。但是她第二天答应就能洗脱'重色轻友'的嫌疑了吗？恐怕也不能吧——对于这一点，你不可能看不出来的。"

"从丽莎这段时间的表现来看，'轻友'的情况是存在的。但是'重色'却未必，我认为她最看重弟弟的应该是'才'才对，因为他们谈的可都是艺术方面的问题呀，正因为如此，她才会让弟弟陪着她去菊山写生，这和'色'应该没有关系。"

这次旅行刘小姐名义上说是去写生，实际上却是希望能和李思平谈恋爱。而要实现这样的目的，菊山确实是一个理想的去处，因为这里地处偏僻的山区，环境清幽，四面的山坡都被郁郁葱葱的林木所覆盖，山脚下有清澈的溪水可供游人赏玩嬉戏。刘小姐开着车在远处就看到了这个景色迷人的山冈，在阳光的照耀下显得更加美丽多姿。他们下车后开始沿着山坡向山顶缓缓走去，很快就进入密林深处。遮天蔽日的景象，愈发让人感到兴奋和神秘，刘小姐觉得这里真是谈情说爱的好地方！

"菊山的景色的确很美——你喜欢这里吗，李主管？站在山顶，我能看到所有的鲜花都在开放，所有的树木都很茁壮，这些都让我心旷神怡。大自然的美意远远超出了人世间的一切想象，所以我希望能经常到这样的地方来走走，这比待在家里冥思苦想、闭门造车不知要强了多少倍！思平——你不介意我直呼你的名字吧，那么也请你直呼我的名字，因为这样叫显得亲切，不过这件事对其他人要保密——下次你还会陪我来吗？"她的每一句话都表明了她喜悦的心情,这是不言而喻的。

李思平回答说:"我同意这样称呼,丽莎,也愿意再陪你到这里来;只要是你提出的请求,我全部都会答应下来。你和你妈妈给了我这么多的帮助,又这么器重我,给了我这次陪同你欣赏美景的机会,我心里真有说不尽的感激!况且你又与我姐姐交谊深厚——这两方面的关系我都会加以考虑,并倍加珍惜。以前我总是认为只要做好自己的本职工作就足够了,现在看来,无论我做什么事,只有让你感到满意才是最重要的。菊山的风光固然令人赏心悦目,可是事物太美好了,就难免会让人产生怀疑,如我这几天在县城经历的事情,就仿佛是在梦中一般!"

刘小姐笑道:"你真的感到如痴如醉了吗?我相信你一定会的。不过这里的景物也有美中不足的地方,由于栽种了很多松柏,所以一切才会显得这么幽静,这么肃穆,一点也没有我所想象的那种欢快、热烈的氛围!幸亏我们来了,否则它们就太寂寞了!凉风习习,松涛阵阵,它们不是欢迎我,就是羡慕我,因为我正和一位白马王子在一起⋯⋯"

对于她的说法,他感到很是意外,因为她表达出的感情是那么直接,那么大胆,与她平常的表现有很大差别,他确实是头一次见到。虽然以前他并没有看出来她喜爱说笑,但是他从来就不认为她是个高傲或者忧郁的姑娘。她只是由于为人过于谨慎,又为烦琐的礼节所拘束,所以看起来才显得不活泼;况且她又一直被亲人离别的痛苦所困扰,心事太重,所以才显得过于稳重;再说,她的家庭及她受到的良好教育也绝不会使她成为轻率和浮躁的人。然而在本次旅行中她却表现得这么兴高采烈,这么富有激情,确实有点不同寻常,也许这其中自由的环境是起了很大的作用的。于是他连忙说道:

"丽莎,你太抬举我了!我哪里配称作'白马王子'呢?因为我既说不上英俊和富有,又一向缺少浪漫的情趣——这些都是很显而易见的——所以请你千万别再开这样的玩笑了,免得引起别人的误解。倒是你可以被称作'白雪公主'而问心无愧!因为你的容貌非常迷人,品德非常高洁,你出众的才华和非凡的风度尤其让我钦佩,我特别喜欢和你在一起,因为从你那里总能学到知识,得到帮助,获得温暖。所以无论从哪个方面讲,你都是个优秀的女生,永远是我学习的好榜样。"

"你太过誉了,思平,我恐怕远远没有你说的那么好,确实怪让人难为情的⋯⋯不过有一点你说错了,那就是谁也不能否认你是个漂亮的男生!其他方面可以慢慢培养也不迟——难道你就没有幻想过有朝一日会变成白马王子吗?"

"我哪敢有这样的奢想！"他笑道,"我只希望将来有个幸福的家庭和一点小小的成就就可以了。如果以后我能一展身手的话,创办了属于自己的公司,一则可以实现自己的人生价值,更好地服务社会,二则可以让家人生活得舒适,那我就很满足了！至于我对你的评价,说的可都是真心话——其实我是很崇拜你的,丽莎！我想你一定不会介意成为我的偶像,对不对？"

"思平,你这么做才是高抬我呢,因为我可不是那红得发紫的歌星影星,照理说是不该享受这样的待遇的。不过我要是不答应的话,一定会冷了你的心,因此我只好勉为其难地接受你的'顶礼膜拜'了。"她莞尔一笑,显得非常可爱。"如果我说让我们成为好朋友,相信你一定也不会介意的。你的愿望听起来不错,我希望能尽最大努力来帮助你实现它。不过现在还是让我们一起去山的那边探险吧,要是天气能再凉爽一些,我真想举办野炊活动了！"

他们登上了山顶眺望,四周的美景尽收眼底,其喜悦之情自然溢于言表。她说,在山上居高临下地观赏风景可与在海边看日出相媲美,在得到他的认同后她问道：

"你知道哪个地方的海最美吗？"

"当然是连云港的海最美了！我去看过好几次,那里有风景如画的沙滩和轻柔如雪的浪花,在阳光明媚的日子里,海面上闪着绚丽的光彩。走到那里,仿佛进入了一个迷人的童话世界,让人流连忘返。"他不假思索地回答。

"你说得对,我也去看过好多次,感受和你的完全相同。可惜的是我们没有一起去那里的海边看看——你愿意和我一起去吗？"

"当然愿意。"

"好的,如果下次我再到海边游玩或是写生的话,一定会带上你,我们一起去领略那里动人的风情,该是多么开心！相信到时候我们看到的景象一定会与以前的大不相同。"

虽说提议刘小姐去菊山公园写生的人是宋太太,不过今天她可远没有刘小姐那样开心。她去参加侄子的婚礼,并在婚礼上如愿以偿地见到了依然还是单身的侄女,她马上就说要给她介绍对象。尽管她把李思平各方面的优点夸得是天花乱坠,可她到底是第一次说媒,缺少经验,没有抓住关键环节,因而没有能够打动月小姐的心。月小姐拒绝见李思平的主要原因是他的条件和她的不匹配,她认为一个没有正式工作并且在徐州没有住房的男生,不管他有多帅气,都是没有资格做她心目中的理想爱人的。宋太太没有达到目的,当然不会罢休,她发动弟媳及其他亲友多方劝说,并不断施压。月小姐被逼无奈,只得勉强同意愿在李思平在徐州找到正式工作并取得一定成绩的情况下才与他见面。这是一个冠冕堂皇的理由,所有的人都无法再反驳她。其实这种说法不过是一种推脱之辞,因为她并不相信他在短期内能找到一份让她感到满意的工作,还要让他"取得一定的成绩"那更是强人所难了。然而宋太太却对她的话是信以为真了,并且宋太太还很高兴,这从她后来在婚宴上与亲友们开怀畅饮的举动上就可以看出来。

第八章

"姐姐,你们的高中同学聚会是不是举办得很成功?我想一定会有人在你面前炫耀他(她)多么有钱或是其配偶多么漂亮,更多的情况是二者兼有之,他们这样做的目的不外乎是想让你羡慕他们,对不对?我相信同学聚会所热议的话题总跳不出这样的圈子。既然他们可以这么做,那么你自然也可以如此,甚至比他们做得还要好!"

"根本就没有那么回事!"张太太嚷道,"不过在参加聚会之前,我确曾有过这样的想法;我甚至还认为到时候我一定可以风风光光地演讲,然后顺理成章地成为宴会上耀眼的明星。可是我完全想错了!因为我去了以后才知道:只有恋爱才是聚会的主题,其他一切都不重要。每当有男同学标榜自己还是单身时,偏偏有已婚的女同学和他打情骂俏,甜言蜜语;而当得知某个女同学还没有结婚时,那些已婚的男同学则会大献殷勤,百般讨好。而我却受到了真正的冷遇,所有的计划都落空了!所以说参加这样的聚会真是得不偿失!"

"如此说来,你们的同学叙旧会就变成了相亲会了!我倒觉得你参加这样的聚会不会有什么'危险',因此你也用不着失望。我认为这样的聚会活动每年多举办几次才好呢,因为它除了给人增添一些生活的情趣外,还可以让人有某种失落感,我就很希望在你的同学聚会上体验到这种感觉,可是你总是不肯带我去。"张先生调侃道。

"还是别提什么同学会了。如果下次再通知我参加这样的活动,我绝不会再上当了!因为我感到自己特多余。"

李思平说:"其实谈恋爱是交朋友的一种特殊方式,但是它的内容却比交朋友要丰富得多,也更有吸引力,并且它还关乎人一生的幸福,影响重大,决不应该视作儿戏……"

"好了,思平,该吃晚饭了。——你们下午回来得这么晚,一定去了不少地方,快来给我们说说吧。"

"是的,姐姐,我们几乎走遍了菊山公园的每一个角落,并且我们也没有感到厌倦和疲劳。那里的景色当然很美,可是刘小姐却说:'即使是再美的景物,也不过是人们的陪衬而已。'除此之外,我们还去了开发区,到各处参观——凡是刘小姐感兴趣的地方,我都愿意陪她去。而那里的公路修得既宽阔又平整,所以我们能任意驰骋。尽管如此,途中我们还是给车子加了一次油。"

"这么说来,你们这次出去游玩很开心了!不瞒你说,刚才你在浴室洗澡的这段时间,我又去刘府串门了。丽莎对我的态度比以往任何时候都要热情——这又让我感到受宠若惊了——而且她看起来也比以往更加楚楚动人!因此我也根本不需要问她今天的感受如何,她那无法掩饰的笑容已经告诉我全部答案了。我夸她心花怒放的模样确实好看,以前我还真没有见到过;她说她之所以这么高兴,是因为这次出去,体验到了大自然的美妙和梦幻,获得了很多创作灵感,并画了好多画,然后她便把那些画一幅幅展示给我看。这样一来,我们的全部谈话就都和你们的这次旅游有关了,而她显然是陶醉于其中了,到现在也是如此——你对她有什么新的认识吗?"

"早在上个星期我就知道她对经营超市并不陌生,对各种促销活动也都相当熟悉,如今我对她的了解就更加全面了:她对于古代典籍很有研究,曾经和我探讨过这里面的一些问题;她尤其喜欢唐诗,在旅途中不止一次地引用其中的诗句来表达情感,说得既恰当又文雅;最令人高兴的是她对现代文学的评价比我想象的要高得多,我简直可以把她视为知己;而对于东西方艺术之间的差别,她的见解深刻而独到,并且她还一直在虚心学习它们各自的优点,以便自己在创作的时候能博采众长,为我所用,这真是一种高明的做法,一定会获得所有人的赞赏与支持!总之,她是一个知识渊博、才华出众、具有人文主义理想的女孩——你们认为我的看法是不是很符合实际情况?"

张先生说:"思平,既然你和刘小姐的爱好差不多,很谈得来,而她又很欣赏你,这次你能陪她出去游玩就是一个很好的明证,那么到月底结算工资的时候,我敢说她妈妈给你的奖金一定不能少,你全部的收入可能比一个正式工的还要高!如果是这样的话,你还有必要去徐州找工作吗?"

"我不过是一个临时工而已,不管刘女士给我的工资是高是低,我都从未想过要在她家超市里长期干下去。一旦王林帮我找好了工作,我就会离开县城——这是早就定好的事。我的事业在徐州,我希望能用我的专业知识为社会服务。"

吃过晚饭后,李思平去他的房间休息了。张先生悄悄地对他妻子说:

"你知道刘小姐为什么会醉心于这次旅游吗?聪明人一眼就看出来其中的原因——她单独和你弟弟这样漂亮的男生自由地在一起,会感到多么新鲜和刺激,甚至不排除她会向他表白的可能!除此之外,难道还会有别的解释吗?其实这也是很正常的事!要是她和你一起出去游玩,心里未必就会陶醉呢。"

"你说什么?我最好的朋友和我的弟弟竟然会瞒着我谈恋爱!不、不,这绝不可能!要知道丽莎可是比思平整整大了三岁呀,他们根本不合适!"

"怎么不可能?'姐弟恋'现在比比皆是,有什么可奇怪的?再说刘小姐都快成老姑娘了,还没有男朋友,尽管她口里不说,可是心里却未必不着急。因此当遇到了自己心仪的异性朋友后,你说她会错过和他谈恋爱的机会吗?"

虽说张先生说话一向有喜欢夸大其词的毛病,但是这却与他缜密的思维、独到的眼光并无妨碍,况且他对于这个问题的分析还是很合乎情理的。所以他的这些话不能不引起张太太的高度重视,她不由得怀疑起弟弟和刘小姐的关系来。

如果说弟弟的一切神情举止都还算正常的话,那么丽莎红润的脸颊、醉人的笑容以及种种难以言表的幸福之情则恰恰说明了她的反常!莫非她正在热恋之中,而热恋的对象就是自己的弟弟吗?张太太又联想起一个多星期以前正是由于她的极力推荐,她妈妈才那么慷慨地送给弟弟这个主管的职位,这就更充分说明了她一定是爱上弟弟了——最起码也得是对他特别有好感——光凭自己的面子大概还不会让她这样做的。如果情况果真如自己所分析的这样,那么在菊山公园她十有八九是与弟弟谈恋爱了,也许用不了多久她就会把此事告诉自己。

张太太实在无法想象出这一对"恋人"在一起时丽莎是怎样的娇羞可爱,也不知道是该鼓励他俩的这种关系继续下去呢,还是该阻止这种关系进一步发展呢。说实在话,她把弟弟介绍给丽莎认识,从没有起过半点希望他们谈恋爱的心思。不过要是他们真的成了情侣,张太太将与这位富有的小姐建立起真正的亲戚关系,她心里当然也会非常高兴的。但是她也会感到一点不舒服,因为弟弟毕竟把她最好的朋友挖走了——别人也许会把此事当作一个笑话传播——这固然使她有了一位弟媳,可也让她少了一个朋友,这是不是得不偿失呢?由于存在这个私心,所以她觉得最佳方案是弟弟能和别的腰缠万贯的女孩谈恋爱,她继续和丽莎保持亲密往来,将来她就会既有了有钱的弟媳,又不会失去最好的朋友,这样岂不是两全其美吗?然而这到底不过是她的一个美好的愿望而已,现在关键就看这两人是不是真的已经产生感情了,如果情况确实如此,她是拦也拦不住的,所以这件事还是顺其自然的好。她也绝不会就此事而询问刘小姐的,就当作自己什么也不知道。而现在她需要做的就是弄清弟弟的真实想法以及他们游玩时谈话的主要内容,以确定他们是否真的恋爱了。

　　需要说明的一点是，虽然张先生最早看出刘小姐有与内弟谈恋爱的苗头，但是他却非常理解妻子对于这件事的想法，明确支持她为应对此事而采取的措施。

　　与此同时，李思平也在不停地思索着这一天发生的事情。他认真回忆着出游时的所见所闻，觉得刘小姐的每一句话、每一次微笑、每一个眼色仿佛都饱含深意。很明显她对他的关心和礼遇也远远超过了一般朋友，何况这次出游只有他俩结伴而行本身就很可疑。虽说他以前从没有谈过恋爱，对自己是否已卷入恋爱的漩涡中并不清楚，当然也谈不上有什么经验，可是现实的情况却让他不得不往这方面想，难道她是要和自己谈恋爱吗？但他马上又否定了自己的这种想法，不，这绝不可能！因为他们俩各方面条件差别太大了！他根本配不上她，而她又怎么可能会看上他？人家只是因为他懂点艺术，所以才让他陪着一起游玩——明明是很正常的交往，他偏偏要自作多情、痴心妄想！为此他感到非常羞愧，觉得这是对她高尚品德的亵渎，真是太丢人了！为了弥补自己的过错，他决定今后要对她表现出更大的尊敬来，并永远祝福她。这样想过之后，他的心情才变得坦然起来。

　　而这天晚上宋太太则来到了刘府，向刘家母女讲述她参加侄子婚礼时的见闻。此次婚礼举办得既盛大又热闹非凡，而且几乎所有的亲友都到场祝贺了，在这一点上她甚至比弟弟弟媳还要满意。她夸奖新郎新娘真是天造地设的一对，而他们俩的姻缘更是可以用珠联璧合来形容，的确让人十分羡慕。她兴高采烈地讲述着他们俩缠绵悱恻的爱情故事，说这太让人感动了。当这一对新人恭恭敬敬地向她敬酒时，她心中的喜悦之情溢于言表，她觉得在县城的朋友们未能亲眼见到这场婚礼，实在太遗憾了！

　　这样的话题要是在以前，刘小姐是丝毫也不会感兴趣的，况且她对于才子佳人的传说一向认为都是出自虚构，因而并不怎么喜欢它们，可是现在她不仅完全相信了此类事情确确实实发生过，而且竟然听得入了迷。因为就在宋太太拜访她们的前三十分钟的时间里，她一直坐在沙发上，一面看电视，一面注意听宋太太和妈妈的谈话。她竟然能在这么长的时间里忍受住宋太太的喋喋不休，而没有挪动位置，这确实是一个奇迹。尽管她一直装作对宋太太的讲话毫不在意的样子，尽管在此过程中她一言未发，可是新郎新娘的故事还是深深吸引了她，让她联想起自己的某些类似经历来。而为了能把这段恋情听得更清楚，她把电视机的声音调得很低，以至于电视正在播放什么样的节目，她根本就没有在意。她达到了目的，并为他们的圆满结局感到由衷高兴。

　　宋太太一直绘声绘色地讲着，并没有受到打扰。她边讲边注意观察两名受众的反应，觉得刘小姐对于今天谈论的话题好像很感兴趣，仅此一项她就感到很满意了。要是她再细心一点，就一定能看到刘小姐脸上露出的甜蜜的微笑。只可惜她一向粗枝大叶，竟完全没有看到这个重要细节。退一步讲，即使她看到了，也仍然弄不清刘小姐是因为自己故事讲得生动而开心呢，还是因为电视节目精彩而开心。所以她绝不会知道刘小姐的心事。之后她便询问刘女士凤凰街商铺的装修情况以及生意上应酬的事情；而询问刘小姐的，也不过是到菊山公园写生画了多少水粉画而已。至于刘小姐会趁机和李思平谈恋爱的事，她想都没有想到。

在宋太太访问的后半段时间里，刘小姐因为不愿坐得太久，就站起来在房间里四处走动走动，想借此放松一下心情。可是宋太太却没有闲着，她在谈完了新郎新娘的恋情之后，很快就谈到了来参加婚礼的众多亲友，而其中她说得最多的人就是她的那位侄女了。她一再夸月小姐温婉贤淑、聪明能干，并且在徐州的大医院工作，所以她的前程不可限量；和这些同等重要的是，她的业余爱好是刺绣，这足以说明她的心灵手巧——既然她的条件这么优越，那自然得给她介绍一个漂亮的小伙子做她的男朋友才行，而弟媳就把给她说媒这么重要的任务交给自己了。

可能是她太得意了吧，想让刘家母女知道她通盘的考虑，而把自己"此事在办成之前要尽量保密"的做法忘得一干二净！很快她就暗示说，她其实早已物色好了合适的人选——这个小伙子大家不仅都认识，而且他就住在这附近亲戚的家里！她还说，这件事在正式公布之前，务必请大家保守秘密。其实说到保密这种事情，恐怕没有谁能比刘家母女做得更好了，因为她们一直不愿让别人知道她们家男主人的秘密，到如今谁也没有打听到什么有价值的信息。

见宋太太说得这么煞有介事，刘小姐也就不能怀疑她是在说谎或者随口乱说了，看来事情多半是真的了。凭刘小姐对她的了解，既然她说得出，就一定会做得到，于是刘小姐不由得提高了警惕。可是宋太太说的那个"小伙子"会是谁呢？难道就是指的李思平吗？除了他，还有可能是别人吗？想到这里，刘小姐摇了摇头，变得心神不宁起来。

其实此时刘女士和她的女儿一样清楚宋太太所说的那个年轻人指的是谁，可是看到女儿一直沉默不语，她觉得表明自己的态度十分必要。于是她说：

"谢谢您，太太！您把这么机密的消息透露给我们，这充分说明了您对我们的信任。我知道您完全是出于一片好心，可是说实话，我觉得您把在徐州大医院工作的月小姐介绍给县城的小伙子并不妥，距离太远很不方便，再说这也不门当户对呀，而且这样做对徐州的小伙子也是不公平的！我看月小姐也一定不会同意在县城找对象，对不对？"

　　然而宋太太却把刘女士的意见一一都给挡了回去。她说：

　　"我想你们已经猜到这个小伙子是谁了，我也不瞒你们，他就是我们的好朋友李思平！不用说，他当然希望和我的侄女谈恋爱了，而我侄女听了我对他的情况介绍后，对他也产生了一定的好感，这就足够了。他们俩可以说是郎才女貌，真是天生的一对；而这两人的性格脾气又差不多，这就预示着将来他们结了婚，也必定会幸福美满的。虽然目前李思平只是在你们超市里打工，但是这只是暂时的，用不了多久他就会到徐州工作，并最终在那里定居。因此他和月小姐可以天天在一起，绝不会出现两地分居的局面，所谓'不方便''不公平'的问题根本就不存在了。眼下所需要做的，就是要保密了。"

　　她希望在场的所有人——也包括她自己——对任何人都不要再提及此事了。最后她嘱咐刘家母女，一旦发现有其他人给李思平介绍对象，请立即与她联系，她一定会想方设法加以阻止，因为她已经把李思平看成侄女未来的男朋友了，只要他在徐州找好了工作，并取得一定的成绩后，她就要安排他和月小姐见面了。虽然刘家母女并不相信李思平会违背他自己的说法，在事业未取得任何成就的情况下就同意和月小姐谈恋爱，但她们还是答应了宋太太提出的要求，宋太太这才告辞而去。后来的事实证明，刘家母女果然信守承诺，没有泄露过一个字。

　　但是这一晚对刘小姐来说却是个不眠之夜，她脸色苍白，一副心事重重的样子，根本睡不着觉。她妈妈安慰她说，在徐州大医院工作的月小姐一定不会同意在县城找对象，更不会和一个没有正式工作的男生谈恋爱的，你又何必担心呢？

第九章

　　第二天早上姐姐和李思平聊天，谈论的主题仍然是他与刘小姐的菊山之行，不过姐姐却拐弯抹角地询问了他与刘小姐的关系是否有了新进展。他立刻就明白了姐姐的用意，便不慌不忙地加以应对——他要让姐姐明白他根本就没有和刘小姐谈恋爱。他说：

　　"那的确是一次愉快而难忘的旅行！我之所以会这么说，是因为我发现了刘小姐的一个最大优点——我以前真还没有看出来——她原来是很擅长说笑的。其实关于这一点我本来应该保密才对，因为这可能涉及个人隐私方面的问题，可是事到如今，我也不得不说了。正因为如此，整个旅途都趣味盎然。不过她虽然善于说笑，可没有一句话与恋爱的话题有关，到如今我们仍然是一般的朋友关系,这种事情是开不得玩笑的,所以关于我们恋爱的传闻全是你们主观臆造出来的,连一点事实的影子都没有!说句不怕你笑话的话,即使她确实存在着这种心思,我也会认为自己没有资格做她的男朋友,这其中的原因是众所周知的——我绝不敢奢望她会有这个意思!"

凭自己对弟弟的了解,张太太完全相信他说的是真心话,因为他以前可从未撒过谎呀。可是刘小姐和弟弟单独在一起突然喜欢说笑,又说明她对他确实是有意思的。张太太正在考虑:这次游玩没有达到目的,刘小姐会就此罢手吗?她还会展开又一次的爱情攻势吗?张太太觉得她这位闺蜜可不是一位轻言放弃的人,所以对于刘小姐的动向她还是要格外注意才好。

既然谈到了爱情的话题,顺便说一说张先生夫妇的恋爱经历也无妨。张先生特别重视爱情给他带来的精神上的愉悦和美的享受,并希望它们能一直持续下去。一般来说,年轻漂亮、气质优雅的女孩往往会成为未婚男生们竞相追逐的对象,可是对张先生而言,仅仅拥有这些条件还是远远不能让他动心的。他的观点是:如果说一个姑娘时尚的服饰和靓丽的妆容还可以让人赏心悦目的话,那么她的撒娇和耍小姐脾气也一定会使人觉得可爱了,而只有这些优点都具备的女生,才是他心目中理想的爱人。可见他对恋爱对象的个性及爱好也不是没有特殊要求的,并把它们放在与美貌和气质同等重要的地位。所以虽说他以前也有过不少女朋友,可是直到遇到了淑雯,他才确信自己找到了能和他相伴一生的人,他们的婚姻也是建立在真正意义上的爱情基础之上的,为此他感到很满足。然而他的妻子的想法却和他有很大不同:她之所以对他有好感,很大程度上还是看中了他的财产和地位。而张先生对于这一点也并不是不知道,不过他觉得这是可以理解的。他说:"既然你选择了自己的爱情,就不必太在意对方为什么要和你结婚了,因为真正爱一个人,固然会对他的优点赞赏不已,而对于他的缺点也是可以原谅的,再说,热恋中的人们是不会犯错的呀!"这些深刻而独到的见解自然会让李思平深受启发并终身受用。因此他应该多向姐夫学习,与他认真探讨这方面的问题,以期望自己也获得美满的姻缘。

宋太太上午去刘家超市买了几件日用品。李思平见她来了,非常客气地亲自接待了她。她避开众人,一面挑选商品,一面向他道歉说:"对不起,李主管,我食言了!我侄女昨天在参加完婚礼后就回徐州了,说是医院有急事,因此你和她见面的事只好改期了。不过你放心,这件事我一定会负责到底的!请再耐心等待一段时间,一有什么消息我会及时通知你的。"

"太太,您没有必要向我道歉呀,因为我从来都没有答应过要和您侄女谈对象,所以她愿不愿意见面和我关系不大。"

"我们上次不是说定了吗？你愿意让我撮合你和我侄女，也同意以后会和她见面，怎么现在却不承认有这回事了呢？反正我是早已把你看成我侄女的准男友了，所以此事无论如何也不能再改变了！"

"您这是把自己的意愿强加给我呀，太太！可是不管您怎么说、怎么做，我的'先创业，后恋爱'的原则都是不会变的。"

尽管李思平把话说得这么清楚了，可是宋太太依然还是要把这件事继续做下去，任谁也拦不住，因为她是一个特别认死理的人。

为了避免他们的谈话引起别人的注意，宋太太很快就选好了东西去收银台结账了。当时刘家母女由于心情不佳都没有来超市，而其他员工也只是把宋太太当作一般顾客对待，没有多加留意。因此她来找李思平一事刘家母女一直都不知晓。

此后宋太太每次见到李思平，都会想方设法地避开众人，劝他尽快亲自去徐州找工作，而不要把所有的希望都寄托在王林身上，因为王林也未必可靠。幸好李思平对老同学表现出了充分的信任，认为他一定有办法兑现承诺，自己目前还是要静下心来等他的电话。如果不是这样的话，他听了宋太太的话，马上就离开县城，不知道有人该会多伤心呢。

下午宋太太在见到张太太的时候果然对那件需要保密的事只字不提，仅是询问她昨天同学聚会的事。张太太也问了她侄子婚礼举办的情况，自然少不了要说一些恭喜的话。喝过茶后她们就开始找人打牌了。

张太太本以为刘家母女会很快谈及刘小姐和弟弟的恋爱问题，然后把这种关系确定下来并对外公开。可是三天过去了，她们不仅一句话，甚至连一个字也没有说到这件事，虽然她们对待弟弟的态度还是和以前一样亲热，这真令张太太大惑不解。况且现在刘小姐一副忧虑重重、心不在焉的样子，变得好像很厌恶社交，她对一切形式的聊天都打不起精神，其表现简直与三天前判若两人。这一切似乎都表明：她们并没有看上李思平，更没有与李家结亲的打算。即便如此，张太太也绝不会责怪她们，要怪也只能怪她自己的判断有误——看来那次到菊山公园游玩的事不应该视作他们谈情说爱的开始！

不久后的一天上午，刘女士向她的朋友们宣布了一条重要消息：凤凰街商铺的主人钱老板的公子和千金将于今天中午到刘府来做客。为欢迎两位贵宾的光临，她特意举办了一个午餐会，并盛情邀请大家一定要参加。虽说以前他们举办小型宴会的次数并不算少了，可毕竟参加的人数有限，并且只局限在这样的一个小圈子里，时间一长，就难免会让人感到单调乏味。如今将有两个生人加入他们的聚会，自然就会带来一些新鲜感，所以他们都对钱家兄妹的来访充满了期待。可惜张先生因为公事，马上要去外地出差，估计明天晚上才能返回，所以就不能出席今天的活动了，对此他向刘女士深表歉意，而刘女士也感到很遗憾。

其实今天刘女士本来是要邀请钱老板全家来府上吃饭的，以感谢他们前段时间对她和女儿的款待，并且这事在三天前就已经约好。可是这天早上，其他钱老板和太太却打电话声称今天有其他事而不能赴约，对此深表歉意。好在他们的公子和小姐到刘府拜访的事原计划不变，这才使刘女士没有感到完全失望。

却说钱老板的家就在凤凰街附近的一座高档别墅里。他仅在本地就有十几家商铺，并且开着一家大公司。他虽说十分富有，可不像一般的阔人那样有享乐腐化的思想。他不仅对出国旅游毫无兴趣，就连那些所谓的高档消费品、奢侈品在他眼里也都是一钱不值的。他平生最大的爱好就是学习，曾发誓一定要学遍天下的学问，他的办公室也是他的书房，只要一有空闲他就会手不释卷，如今他已经在电大修完了六个专业的课程。他虽然才五十刚出头，却已在老年大学里待了三年，而明年他就准备上大四了。更为可喜的是他为人极其豪爽仗义，又十分好客，而对待生意上的伙伴尤其讲究客套和礼节。据刘女士回忆，自从与钱老板结识以来，她们母女俩已经在钱府吃过两次饭了，而且在交谈的时候他也显得很是热情和诚恳——这些情况都说明他是真心实意与她们交朋友的，所以刘女士才想着要在家中备办宴席回请钱老板一家。

尽管钱老板是家大业大，不过要是现在谈及对于做生意的看法，他一定会认为那应该是下一代的工程了，所以最好应交给下一代去做。他打算在明年取得第七个本科文凭后就退休，颐养天年，以便让自己有更多的时间和精力在更广泛的领域内学习。

钱太太对于丈夫的工作和学习一向十分支持，真称得上是一位贤内助。她也和刘女士一样端庄秀丽，并且两人的性格和爱好都相似，只是不如刘女士能干。她们俩很谈得来。

宋太太为了赶在别人前面一睹钱家公子和小姐的风采，早在十点钟之前就离开刘府到楼下等候。但是由于她没有手机，这样大家就不能及时知道钱家兄妹乘坐的是什么牌子的轿车以及司机是谁了。当李思平看到宋太太陪着客人们通过门厅时喜气洋洋的样子的时候，就深知她对优秀青年关心和爱护之美意非常人所及，不禁大为赞赏。不过他又想到：此刻要是换作张先生在门口迎客，恐怕又是另外一番景象吧。

虽说人们都称赞钱公子英俊潇洒、一表人才，可他实际上并不如李思平帅气，不过他倒是比李思平更显得文质彬彬些。他也和刘小姐一样戴着一副镶有金丝的近视眼镜，并且说起话来慢条斯理。这些都使他看起来更像是个文弱书生，而不是一位房地产商人的公子。可是他的妹妹看上去倒更像是一位董事长的千金。即使初次与她见面的人也都会无一例外地认为，她的风度和气质绝对不失为一种大家闺秀的风范。她天生丽质，打扮得又很明艳动人，这让她看起来有了一种公主般的可爱和妩媚。尽管她出生于富豪之家，尽管她从小就娇生惯养，可是她却一直恪守着做客的礼仪规范，并没有一进屋就把刘府当作宾馆，把其他人都当成服务员，这就足够赢得大家的好感了。

有一件事说来真是巧合，钱公子今年二十五岁，正好与刘小姐年龄相同，并且他们都已经大学毕业三年了，又都非常喜欢艺术。既然这一对年轻人有这么多的相同点，那么我们就有理由相信他们是可以找到双方都感兴趣的话题来聊的。再说他们之前至少已见了三次面，可以说是彼此相当熟悉了。而另外一对呢，倒是初次见面，不过钱小姐只比李思平小一岁，目前还是一名大三的学生，暑假开学后就会面临着实习的压力，所以她和李思平在思想上的差异是决不至于产生代沟的，双方见面也必定有话可聊。

钱小姐虽说出身豪门，人又长得貌美如花，但并不反对与人们随意攀谈，张太太和宋太太都以能与她多说几句话为荣，像众星拱月般地围在她身旁，嘘寒问暖，讨好奉承。在这种情况下，即使她不善言辞，也根本用不着担心，因为某件事情她只要开了口，别人就一定会顺着她的意思去说，并把她的话当作金玉良言。可是她一向口齿伶俐、才思敏捷，极善应付各种场面，所以从谈话一开始她就牢牢掌握着主动权，而她的财富、学识和地位就是她炫耀的最大资本。她踏进刘府还不到二十分钟，张太太和宋太太就完全被她的非凡魅力所折服，成了她的忠实粉丝。要是她再说起哪家商店里的苹果手机最便宜，或者什么样的服装款式今年最流行，她们保准会更加喜欢她。而李思平对她则是既彬彬有礼又处处表现出应有的尊重，这倒不是因为她自夸的优点有什么了不起之处，而是由于他对天下所有的女孩子都是这种一视同仁的态度。

然而钱公子却不像他妹妹那样善于交际。他性格内向，崇尚节俭，对于金钱和权利一向看得很淡，尤其不喜欢与陌生人交谈，只是在刘女士向他介绍其他客人时，出于礼貌，他不得已才说上几句。他一坐在沙发上就只顾跟刘小姐讲话，别人想插几句嘴也很难。张太太和宋太太原以为像他这样家世的人即使不是花花公子，也一定是个纨绔子弟，总之是没有往好的方面想他，可是结果竟然完全出乎意料，她们不禁大为惊讶。

钱小姐的眼光雪亮，早就看出李思平是位十分漂亮的男生了，这一发现让她在感到意外的同时又很欣喜。她在心里说,此次到刘府来拜访能遇到此等貌似潘安的人物,而且他又称得上是百里挑一的杰出人才,真可谓不虚此行了!她觉得要是自己与这位帅哥好好聊聊,一定会使自己的心情更加愉快。虽然有了这样的想法,但是她却并不急于找李思平交谈,因为她在等待一个合适的时机。当午餐会开始的时候,看到哥哥和刘小姐的座位离得很近,她也毫不犹豫地坐在李思平的身边,以取得最佳的谈话效果。

在主人致过欢迎词后,钱小姐起身代表全家表示感谢。她的举止文雅且合乎礼仪,而她的答谢词说得更是既优美动听又充满真挚感情,因而赢得了大家的一片掌声。李思平暗暗佩服她的口才,于是就很诚恳地希望她能够不吝赐教。可是她来此处的目的主要是来找乐子的,从未有过赐教的想法,所以她实际上并不能给李思平提供任何帮助。

"要说不吝赐教,"这时刘小姐微笑着说,"李主管,这位钱公子倒是可以做到,因为他是当地有名的才子,对艺术的热爱达到了痴迷的地步!诗词歌赋他不仅早已熟烂于胸,而且在各类刊物上发表的作品也不少;他又特别热衷于写伤感小说,最近还准备翻译外国剧本呢。所以我觉得你应该经常向钱公子请教诗歌创作方面的问题,相信一定会大有收获的。"

"刘小姐实在太过奖了!"钱公子很是谦虚,"让李主管见笑了,其实我哪里会写诗,只不过是对诗歌稍感兴趣罢了。平常闲着没事的时候,我总喜欢有感情地朗读诗歌以自娱自乐,觉得这样做可以培养纯正的文学趣味,提高诗词鉴赏水平。只要你做得真正出色,也是会感到有成就感的,因为我认为会欣赏诗歌的人和会创作诗歌的人其实是一样有才。"李思平对他的这种说法表示赞同,并向他道谢,这时宴会正好开始上大菜。

宋太太本人就在刘府做客,可是她却站着非常殷勤地招呼其他客人用餐,边招呼还边说出每一道菜的名称,好像她就是这家的主人一样。很明显她是犯了喧宾夺主的毛病,并且她把大部分的菜名都给报错了,如她把"乳鸽"说成了"天鹅",把"乌鱼"说成了"老鳖",等等。如此的冒失只能引来人们的嘲笑。相比之下,张太太就比宋太太聪明得多。她当时只是在想每道菜下几筷子为宜,随后便间接说出希望饭后打麻将的事。此言一出,便立刻引起了钱小姐的极大兴趣。席间钱家兄妹不止一次地夸奖刘府的菜肴鲜美丰盛,可是刘小姐却说,贵府烧的菜那才是真正让人回味无穷啊,因为贵府常年雇着两位超级大厨,他们岂是吃干饭的?

等到下午两点钟连喝茶也结束的时候,钱小姐便提议打麻将了,很快她们就凑成了一桌,而剩下的那三个文艺青年则到画室继续探讨文学和艺术了。钱

公子先对刘小姐的画作进行了精彩的点评,然后又教给他们一些诗歌鉴赏的方法。讲得高兴的时候,他竟然手舞足蹈地朗诵起诗歌来:

是你,是花,是梦,打这儿过,

此刻像风在摇动着我;

告诉日子重叠盘盘的山窝;

……

——林徽因《灵感》

听着钱公子抑扬顿挫的声调,看着他如痴如醉的表演,李思平觉得他不愧是风流才子呀,果然是名不虚传!不过他诵读的这首诗的内容可是耐人寻味、大有深意,他大概也是有感而发吧。

第十章

张太太自从看到了钱小姐的第一眼起,就觉得她和弟弟非常般配。她想:要是钱小姐能和弟弟结婚那该多好!这样既可以实现自己有个有钱的弟媳的愿望,又可以永远断了刘小姐想和弟弟谈恋爱的念头,而她们也将永远会是朋友关系了;对弟弟而言,这样的好处之一就是他也根本用不着再考虑创业的事,就会得到几百万的嫁资,用这些钱开个电脑公司可以说是绰绰有余。可问题是钱小姐家这么富有,她会看上几乎没有什么财产的弟弟吗?想到这里,她心里不禁凉了半截,觉得此事难成。但是就餐时当她看到钱小姐选择在弟弟旁边坐下,这却让她感到一阵惊喜,她认为钱小姐对弟弟是有好感的;并且他们俩又一直在高高兴兴地聊天,这更让她确信他们是可以谈恋爱的,财产和地位不应成为阻挡爱情的障碍。说起来这倒是一桩不错的婚事,因为只要他们俩待在一起,就很容易让人看出他们真称得上是"郎才女貌,天造地设"的一对呀,所以他们的婚姻一定会幸福美满的。况且钱小姐显然比刘小姐更年轻、更漂亮;更为重要的是她比刘小姐还更加富有,这让张太太立刻想到将来要是她和弟弟结了婚,一定会比刘府给自己带来的好处大、利益多,所以这桩婚事无论从哪方面来讲都是有百利而无一害的。

张太太一整天都在反复思考这些问题,她越想越觉得自己的见解正确。到了次日下午她丈夫出差回来的时候,她马上就把这些想法都告诉了他。张先生听后并不感到十分诧异,原因是他在旅途中早就预料到了她会有如此幻想,看来他实在太了解妻子了。他说要是内弟能与钱小姐谈恋爱那当然好了,但是据他看来这件事发生的可能性微乎其微,因为很明显两人在财产上的差距实在太大了,而钱小姐又不太像是一个卓文君式的人物,所以不应对她抱有太大的幻想。

李思平却一点也不知道姐姐有期望他与钱小姐谈恋爱的心思,并且她也没有同他谈过此事。不过要是他知道了,一定会觉得惊奇,因为他那个"先创业、后谈恋爱"的原则姐姐又不是不知道,为什么一定要急于让他和才刚刚认识、相互之间并不了解的钱小姐处对象呢?知不知道他们在财产上还有着巨大的差距啊?姐姐莫不是看上钱小姐家的钱了吗?

而李思平那天与钱小姐的聊天虽然十分开心,但谈论的话题却仅限于校园生活方面。

"钱小姐,对于你们学校我也是久闻大名,只是却不曾去过。那里的环境如何,你们在校园里过得还好吧?"

"我们校园里的花花草草当然是非常多的,可是也不用把它说得太好,你只要知道那里是个很适合学习的地方就行了。说起校园生活有一点非常重要:我们学校的女生以嗜书如命者居多,并且格调高雅——喜欢化妆,而且都是浓妆艳抹的那一种,这样开起化装舞会来就能节约不少时间了!而男生们的表现则更像绅士——他们一贯热衷于请客和约会,虽然我对此一向不敢恭维,但是也从来没有觉得这不是一种有意义的消遣方式……李先生,你们的校园生活是不是更加丰富多彩呢?"

"我们那里的女生并不以梳妆打扮见长,而是以敢于观看恐怖电影而著称,每当知道了有最新的惊悚片要放映,她们个个都会显示出巾帼英雄的气概来;而对于唱歌跳舞自然也不在话下,不过她们好像也并不怎么在意。至于我们的男生,则大都是属于典型的多愁善感的类型,经常会装作很受伤的样子,这虽说惹人怜爱,但这也让他们有了不参加约会的理由,而请客吃饭的事就更没人提了!好在一到周末,校园里就会有一两个凄美动人的爱情故事广为流传,才使得这些人的生活不至于太乏味、太单调、太寂寞!虽说校园很多时候都被这种伤感的氛围所笼罩,不过它却一点也没有影响到我,因为我对于高兴的事,从来都是不会吝惜笑声的,并且我也常以自己的方式劝说他们能以乐观的精神对待生活。"

"这么说来,你们的人很善于作秀了!"钱小姐不以为然地说,"我一向认为,上学期间最重要的事情就是努力学习,其次才是约会。可是你们学校的大学生们却未能清醒地认识到这一点,净做些无聊的事来寻求刺激或自我安慰,这充分说明他们内心的空虚,所以我很是为他们感到惋惜,因为他们白白浪费了美好的青春光阴……还好,你对他们这种无病之呻吟的做法采取了嘲讽和批判的态度,并旗帜鲜明地表明了自己的立场,看来你和他们不一样,对此我倒是甚感欣慰。你每周有几次约会?"

"一次也没有,因为我把大量的时间和精力都用在参加系部及学校组织的各种文娱活动上了,无暇约会。"

"大学四年里你竟然没有过一次约会,这可真是少见!我看你平常用于学习的时间也很少了,对不对?"

尽管他的学习成绩在班里一直是名列前茅,可是钱小姐仍然对他的表现不是十分满意,这是因为:她虽然是位千金小姐,但不像一般的富家女郎那样娇贵,因为她既没有一提到读书就头痛不已,更没有只知道享乐而拿学习不当一回事。恰恰相反,她在学习上从来都是认认真真、勤奋努力的,从未有过丝毫懈怠,即使是一些重要的约会也要为学习让路;在上大学期间,她既没有逃过课,也没有请过假,最令人难以置信的是,她学习刻苦,居然都没有生过病!她一心要考个全年级第一。然而奇怪的是,只要这位千金小姐有了这种想法,就一定会如愿以偿,所以她完全可以成为其他大家闺秀在学习上的楷模。

钱老板认为女儿如此勤奋好学,一定是受了自己的影响,这不仅说明了榜样的力量是无穷的,而且让人看出良好的家风正在传承下去,因此他对女儿的考试成绩极为满意,也更加喜欢她。其实钱老板夫妇一直就是把她当作掌上明珠来宠爱的,对她百依百顺,甚至她哥哥有时也会开玩笑地称她为"学霸公主殿下",可见她在家里的地位是多么重要!钱老板相信女儿在其他方面的表现也会同样出色,因而在她身上也就寄托了更大的希望。

可是钱公子在学习上下的苦功也不比他妹妹少多少,不过他并不像妹妹那样对学校开的所有课程都感兴趣。他进入大学不久,就把全部的注意力都转移到文学创作上去了,而对于其他方面的事情,他却认为无关紧要,也一直漠不关心。他认真阅读了古今中外的优秀文学作品,并在十个笔记本上写满了自己的心得体会。他参加了学校文学社团的活动,开始在杂志上发表文章。虽说四年间他在创作上也取得了一些成就,不过他可并没有因此而沾沾自喜,反而认为自己应该全身心地投入这项工作中才行。如今他大学毕业已经三年了,不仅不喜欢和陌生人交往,而且从不过问自家生意上的事情。他最喜欢做的,依然是俯在书案上孜孜不倦地进行创作,而他当作家的梦想从来就没有改变过。

钱公子对文学的痴迷让家里人对他越来越感到失望。钱老板夫妇把儿子送进大学学习工商管理专业,本来是希望他更好地掌握经商之道,将来好能继承这份家业,可是看到他整天不务正业,他们实在伤透了心!而为了让儿子回心转意,他们也曾经多次苦口婆心地规劝他,向他说明经商对这个家庭的重要性,力图使他认识到自己应该承担的责任,可是毫无效果。最终他们不得不承认一切努力都已失败,就连先前对此事一向持乐观态度的钱小姐也觉得哥哥已经走火入魔,无药可救了!

虽说儿子从没有流露出要接管家庭产业的想法,可是钱老板仍然决定按计划提前退休,因为他认为事情总是会出现某种转机的,实在不行,就放弃儿子,让女儿来管理公司。他一连几天都这样想着,就在他马上就要下定决心的时候,却接到了刘女士打来的准备租用他在凤凰街商铺的电话。经过接触,他认为她们是值得信赖的合作伙伴,于是就在当天中午,他和夫人请她们在酒店吃了饭。钱家兄妹也正是在这次宴会上认识刘小姐的,据说他们对她的印象非常好。虽然此时彼此之间还有些生疏,可是他们交谈起来仍然能够做到无拘无束,整个宴会自始至终都充满着欢声笑语。

钱太太一向认为儿子久居书斋,过着深居简出的生活,对身心健康和今后的发展都极为不利。她希望他能与外界多多接触,最好再交上几个知心朋友,或许就能"迷途知返"了。而在这次宴会上他不仅对刘小姐说了很多赞美的话,而且主动谈起了文学,她觉得这是一个相当不错的进步,于是就鼓励他与刘小姐交朋友,所以很快就有了第二次宴请。

当钱太太了解到刘小姐不仅才艺出众而且是做生意的行家里手的时候,便觉得由她来做儿子的好朋友是再合适也不过了,因而就对她赞赏有加。钱太太的意图很明显,那就是试图让刘小姐以好朋友的身份来对儿子实施影响,使他能逐步改变不正常的生活状态,在潜移默化中唤起他对经商的热情。

然而她丈夫的思想又比她向前迈进了一大步——既然刘小姐和儿子可以成为好朋友,那么为什么她不可以成为儿子的女朋友呢?原来钱老板此时已知道刘小姐还没有男朋友,因此才会有此设想。他认为他们两家可以说是门当户对,并且儿子对刘小姐又很有好感——这一点他是丝毫也不会怀疑的——他们俩是完全可以成为恋人的。如果以后不出意外的话,刘小姐就会成为钱家的儿媳,那她的经商才能可就派上用场了!到时候由她辅助儿子管理公司或者干脆让她来掌管产业都无不可,而他再也不用埋怨儿子不成器,为找不到合适的继承人而发愁了。他越想越高兴,越想越觉得有理,于是原先让女儿来接班的想法自然也就打消了。

可是这毕竟只是一个美好的愿望,因为刘小姐到底是怎样的想法,刘女士对两家联姻的态度如何,钱老板可并不清楚,所以一切都还是未知数。现在刘家母女邀请他们一家到府上去做客,客观上就给了他一个探口风的好机会。可是他思考再三,觉得此事还是缓一缓再说吧,急于求成从来只会坏事。于是他和夫人便决定不去刘府了,而只让孩子们去就行了,免得给刘家母女带来过大的压力,这样反而不利于今后的交往。年轻人的事还是让年轻人自己慢慢去谈吧,他们在家落得清静不好吗?毫无疑问,他的这种做法是非常明智的。

不过钱小姐却从一开始就不认为哥哥和刘小姐是在谈恋爱,因为表面上他们俩聊得兴高采烈,而实际上两人的态度都很拘谨,并且眼神里根本没有显现出那种情人所特有的喜悦。他们谈话的内容也仅仅涉及文学和艺术方面,而对于其他方面则谈得很少或者根本不愿提及,因此刘小姐充其量只是把哥哥当作知己来对待罢了。而这次在刘府做客,所见到的一切都处处证实了自己的想法。当她看到了刘家超市里的主管李思平之后,便立刻意识到问题的症结所在了。从刘小姐对他的亲切态度来看,他们的关系绝不像通常所认为的那么简单,而刘小姐在谈话中又处处维护他的做法尤其使她不满。种种迹象表明:刘小姐已经爱上了他了!此人也是名牌大学毕业,虽然没有什么钱,可是一个十足的美男子,性格活泼开朗,并且知识渊博,不用说他一定很讨刘小姐的欢心,而刘小姐也极有可能是把他当作意中人了。如果事情真是这样的话,那么哥哥和刘小姐之间就更不会有戏了。

但是钱小姐回到家后却又否定了这种想法。如果刘小姐真的与李思平谈起了恋爱,为什么却没有听到张太太、宋太太等人谈论过这件事呢?要知道这么敏感的事情瞒是瞒不住的呀,看来此事不是真的,是自己猜错了!刘小姐与李思平只是很正常的交往,而刘小姐之所以会对他这么好,完全是看在他姐姐张太太的面子上,因为她们俩不仅是对门邻居更是很要好的朋友;再说刘小姐比李思平大三岁,在年龄上两人也不太适合成为恋人呀。所以真的是自己想错了,哥哥应该还有机会和刘小姐谈恋爱,只要他放开手脚大胆地去追求,赢得刘小姐的芳心也并非没有可能。

要按照钱小姐自己的想法,刘小姐其实还是很适合做自己的嫂嫂的。别的不说,单凭她温柔宽容的个性,将来一定会和自己和睦相处,而且她那么通情达理,要是有一天她在这个家里做了主,也必定会顾及亲情而让自己应得的财产有所增加,而不会做得相反。从钱小姐为自己所做的长远打算中不难看出她是一个心思缜密的人,然而她的精明还远不止于此。就拿恋爱问题来说吧,她虽说特别重视学习,并且处事一向严谨,但并不反对偶尔与同学谈谈恋爱。她认为这种劳逸结合的生活方式,可以让她更好地享受生活,而学起习来精神就会更加愉悦。说起来和她交往过的男朋友可不算少了,可是一旦她对他感到厌倦了,立刻就会毫不犹豫把他抛弃,从此再也不会与他联系,所以到目前为止她连一个也没有谈成。她选择男朋友的标准之一是该男生必须要高大英俊,而现在她遇到了还没有女朋友的李思平,便认为在自己实在找不到男朋友的情况下,他是完全可以被当作替补来使用的。

第十一章

宋太太这几天都在反复谈论一件事,那就是刘小姐的恋爱问题。她毫不怀疑刘小姐和钱公子目前正在热恋之中,因为他们那天聊得那么投机、那么开心!这足以说明他们不仅有共同的爱好和兴趣,而且相互之间还很有好感。同样重要的还有他们都出身于经商的体面家庭,而这两个家庭又有着紧密的经济联系——这些有利条件也为他们确立恋爱关系提供了可靠保证。总之这绝对是一件可喜可贺的事。

针对宋太太的说法,刘小姐却矢口予以否认。她说,她和钱公子只是普通朋友关系,他们所谈论的事情不涉及感情方面的内容,而成为恋人更是绝无可能!所以说一定是宋太太看错了或想错了,由此她希望宋太太不要再宣传这桩子虚乌有的事了,以免对她造成负面影响。

张太太听到刘小姐这么说,便认为她心里最在意的人仍然是弟弟,如果是这样的话,那么弟弟就更不可能与钱小姐谈恋爱了。对此张先生也基本上持相同的看法,但是为了安慰妻子他又强调说,如果钱小姐肯再次和内弟见面的话,事情还是会有一线希望的——这或许可以说明她对他是有好感的,而他们的感情也就可以慢慢培养了,只要钱小姐看上了内弟,并对他展开追求,那么刘小姐也是无法阻拦的。可问题是钱小姐会给内弟这样一个机会吗?

话说这段时间刘小姐还是经常开车去接送李思平上下班。她每这样做一次,女员工们就觉得他们的恋人关系就愈加明朗,别看在公众场合她们对李思平的态度一本正经,不过私下里可是会无休止地拿这件事跟他打趣的呀。

不久有一条特大好消息从刘府传来,很快刘女士的好朋友们就都知道了,原来是钱府明天中午要请他们全体去做客。大家都很兴奋,张太太更是欣喜异常,因为弟弟马上要与钱小姐第二次见面了——看来张先生判断得一点没错——钱小姐果然对弟弟有意思,而钱府的这次请客十有八九与她有关——一定是她向父母建议这样做的。但是为了掩盖此次宴会的真实意图,所以才把他们全体都请去了。于是张太太就把内心的想法都告诉了弟弟,并说这次见面钱小姐极有可能会向他吐露心声,因此他必须要把握住这次机会,应马上向她表达爱慕之情,而那个"先创业、后谈恋爱"的原则自然要放弃了。

　　李思平对姐姐的说法感到意外。他说,姐姐实在是想多了,那个出身富豪家庭而又自视甚高的钱小姐怎么可能会看上他?没有任何证据能证明这一点呀!即使是钱小姐与他又要再一次见面,也并不见得她就对他有好感;再说他们这次之所以被邀请到钱府做客,应该是沾了刘家母女的光才对,而钱小姐则未必肯向父母提这样的建议;至于说她会与自己谈及感情方面的事情,那更是想都不用想!因此请姐姐打消那个不切实际的念头吧。这一番话说得张太太心灰意冷。

　　然而让李思平和张先生夫妇没有想到的是,第二天中午当他们正打算挤在刘小姐的汽车里跟着去赴宴的时候,钱府却派人开车来接他们了。原来是钱老板考虑到刘小姐的汽车很难一次拉走全部的客人,干脆就好事做到底,派自家的车去接张先生一家人,而只让刘小姐的车载她母亲和宋太太就行了。由此可见钱老板做事之细心,服务之周到。而那个开车去接他们的人不是别人,竟然是钱小姐!大家都感到非常惊讶,其中表现最突出的是张太太,一时间都懵了,她完全不敢相信这是真的!而在钱小姐明确说出"是我主动向爸妈提出要来接你们的"之后,张太太就更加激动了,这说明了什么?除了说明她已不可抑制地爱上了弟弟、不把他们一家人当外人之外,难道还有别的原因吗?不然以她千金小姐的尊贵身份,怎么会亲自开车来接?看来他们先前的猜测一点也没有错。张太太明白了这一切之后,心中顿时一阵狂喜,立刻殷勤而亲切地问候钱小姐,同时指示弟弟坐到副驾驶的座位上好好陪她聊天。话说到了这里,就连李思平也感到奇怪了:这究竟是怎么回事?因为这实在不太像钱小姐的行事风格呀!其实这也没有什么不好解释的:她刚拿到驾照,又闲着无事,正好可以借接他们的机会一试身手,反正她刚去过认识路!

　　他们在钱府受到了热情隆重的接待。钱老板夫妇和蔼可亲,并且非常讲究礼节,一点也没有一般阔佬所具有的那种骄横和俗气。数日前他们从去刘府拜访回来的女儿口中了解到,刘女士的邻居们不仅非常温和友善,而且乐于助人,便觉得很合自己的脾气,自然就很希望和他们结交,所以他们才会借着这次回请刘家母女的机会也请了这些邻居们。钱老板夫妇性情直爽,一向喜欢社交活动,他们与初次来访的客人们是一见如故,聊得十分开心。

　　钱老板夫妇见多识广,对高大英俊而又温文尔雅的李思平自然就不会看走眼。他们夸他是个优秀的青年,学识渊博,谈吐高雅。他对他们恭敬的态度尤其让他们感到欣喜,年轻人的可爱就应该体现在这一点上。钱夫人私下认为找女婿就应该找个像李思平这样的相貌;钱老板呢,即使不认为他做他们的女婿比做朋友更为合适,也一定愿意与他保持长期交往了,足见他们对他的印象之好。

　　寒暄过后,张先生很自然地就赞扬起钱老板一家及他们的别墅来。他夸他们是个幸福的家庭,每个成员都是社会上的栋梁和精英,着实让人羡慕;而他们所住的这座豪宅,金碧辉煌的景象处处可见,极显高贵华美的风韵,房间里一切物品摆设都精美绝伦,真是世间少有! 他能受邀来此做客,实在是三生有幸。

　　张太太虽然也承认她丈夫这是在对钱家别墅进行夸奖,但是很明显他的夸奖是不全面的。因为别墅庭院里美不胜收的景色那么令人心旷神怡,别墅东边将近六里远的蓬莱广场上的风光是那么清幽旖旎,可是他却一个字也没有提到,实在太可惜了! 而她只要是到了别人家里,就一定不会忘了欣赏自然美景,所以要让她满意,无论是对于花园里的奇花异草,还是天井里的高大树木,抑或住宅周围的风景名胜,样样都要提到才行。

　　宋太太却没有把时间浪费在这些上面。当她看到钱公子开开心心地在与刘小姐聊天的时候,只是轻描淡写地说了几句他们俩是多么般配的话,不到几分钟光景她就轻轻松松地获得了钱老板夫妇的欢心。由此可见她讨好人的手段确实是技高一筹啊。

　　由于经济实力雄厚,再加上那两名超级大厨的助阵,钱府的宴席比起刘府的来自然要上一个档次了——其菜肴的口味不仅更加纯正鲜美,而且种类更加丰富,有好多菜客人们还是头一次见到,因此他们始终都是赞不绝口的。张太太看到钱小姐在就餐过程中关注点差不多都在弟弟身上,除了不断地劝他吃菜之外,还与他谈得非常开心,对此她感到非常满意,便认为她所期待的那件事很快就将实现。

　　午餐会结束后,大家又闲聊了一阵,钱太太便提议打麻将,立刻获得几位女士的一致赞成;钱老板则请张先生去书房探讨城市文化建设的问题;而剩下的那几个年轻人都到起居室去看电视了。且说他们刚才在餐桌上针对一些热点问题都积极踊跃地发言,从而把午餐会的热闹气氛推向高潮。现在他们正讨论着文学和艺术领域的问题以及人生的意义。

　　钱公子今天对前人诗歌得失谈论得较多,其观点是惊世骇俗的,自然就会给人以耳目一新之感。不仅如此,他还当众朗诵了他的一篇诗作《爱琴海》:

> 远古英雄停泊的港湾,
> 一片辉煌却深藏急流浅滩;
> 它挥舞着装备精良的战舰,
> 来夺取特洛伊的江山。

　　李思平评论道,这首诗虽说语言浅显易懂,但是内涵深刻,很值得一读,相信所有的人听到它都会露出会心的微笑,由此他非常佩服钱公子的才情。而钱公子却说刘小姐才是艺术天才,于是就劝她在画画的同时,也可以进行文学创作,并相信她一定也会取得斐然的成绩,否则就太可惜了。刘小姐说:

"这是个不错的提议,不过我虽然喜欢文学,却从未想过要进行文学创作,因为我的最爱是绘画,所以我会全身心地投入这项工作中,我恐怕很难做到二者兼顾。因为我既然选定了绘画作为终身的事业,就绝不会三心二意,轻易改变。倒是你博学多才,完全可以做到一边写作,一边画画。"

"实不相瞒,虽然我对于美术方面的理论知道得不少,但是要让我动手去画画,却是做不来的。因为文学与绘画的差别实在太大!因此根据我的实际情况,还是接着创作伤感小说吧,那才是我最擅长且最想做的事。"

钱小姐最喜欢看时装表演,此刻她收看的电视节目是 2010 年米兰秋冬时装周上的模特走秀。她边看边解说,非常开心。突然她发现李思平并没有在看电视,而是一直在作沉思状,觉得很奇怪。于是她问道:

"李思平先生,连这么好看的节目竟然不能吸引你的眼球!你在想些什么呢?"

李思平与她的目光对视了一下,随口答道:"云谁之思?西方美人。"

"是吗,李先生?"钱小姐露出了惊讶的神色,"中国的美女你不喜欢,竟然喜欢上了欧洲的美女!你确信自己没有开玩笑吗?"

"找个金发碧眼的欧美女郎当女朋友有什么不好?况且这些模特的表演本身就可以被称作艺术!她们的搔首弄姿正合我的心意,我怎么可能会给你开这个国际玩笑呢?"

这时只听见刘小姐说道:"钱公子,我现在有一个很好的主意——你为什么不一边经商,一边写作呢?因为这样既不耽误正事,又不至于对你喜欢做的事有太大影响,所以这是个两全其美的好办法。毕竟父母的意志是不应该违背的呀!"

"我何尝未曾这样想过,可是我对做生意真的一点也不感兴趣。人的这一生其实很短暂,要是不在有生之年创做出几部有重大价值的作品,那我可真要抱憾终身了。有时候我常常想:不管你多么聪明、漂亮和富有,如果没有作品在世上流传,一旦你撒手人寰,将不会有人记得你,或者人们会很快把你忘记!难道还有比这更可怕的事吗?"

李思平说:"不可否认,钱公子,你的说法有一定道理。但是你想过没有,难道只有写出有价值的作品人生才有意义,其他做其他方面的事就一钱不值了吗?恐怕也不是这样吧。做事考虑长远是对的,但是这决不能成为我们逃避现实的理由。人生在世,可不光是为了写作而活着,还有其他重要的事要做!"

"请教李先生,你认为我现在应该怎么做?"

"你首先要做的就是要以积极乐观的态度来对待生活,努力给家人带来幸福和快乐,要知道快乐才是生活的主题,快乐的人生才会更有意义;其次是不要忘记自己在家庭中所应承担的责任,要主动为家人分忧——只有做好了这些,你就会感到快乐了,然后再考虑青史留名的事也不迟。"

钱公子欣然接受了李思平的建议。从此他不仅经常与家人谈心以沟通感情,而且关注起了自家生意,时不时地去公司巡视一番,尽管他所做的只是表面文章而已。他也仍然在坚持写作,可是风格大变——他的作品里没有了凄楚的成分,全部是欢快的内容,甚至他对于以前的作品也进行了修改,所以他的所有小说创作说起来都样样喜人了。

钱老板夫妇对儿子的这种转变不能不感到惊奇,这种转变又是他们一直所期待的。既然儿子对公司的事不再不闻不问,那么将来他就有可能会同意继承家里的产业,所以他和刘小姐究竟会不会发展成为恋人关系也就变得不那么重要了,他们都认为此事过几个月再说也不要紧。

客人们要坐车回去了,钱小姐当着众人的面询问李思平会不会开车。她本以为他一定不会开,可是令人难以置信的是,他今年春天就已经学会开车了,并且有驾照!他之所以没有把这件事讲出来,原本是想给家里人一个惊喜的,现在却让更多人感到了惊喜!这时宋太太开玩笑地说,既然他会开车,干脆就让他给钱小姐当司机得了。没想到钱小姐却马上拒绝了这一建议,她说:

"虽说李思平先生会开车,可是他长得这么漂亮,要是给我做司机,那我就一定会误入歧途了,所以他还是不要给人做司机的好。"

第十二章

钱老板对李思平做客时的表现极为满意。他说:

"这个年轻人不仅素质高,而且聪明过人。他来我们这里才多长时间,就帮忙解决了一个困扰我们数年之久的大难题,仅从这一点上来讲,他就称得上是一个不可多得的人才。可惜他财产太少,在社会上还没有什么声誉,否则我是会鼓励女儿与他多多交往的。尽管如此,我还是要做出大胆预测:他将来取得的成就一定不会亚于我。"

钱夫人却说李思平是个十分漂亮的小伙子,处处彰显花样美男的魅力,非常讨人喜爱,做她的女婿其实是非常适合的。她的这种说法就很有些丈母娘相女婿的意思了,总之她对李思平是越看越中意。于是她便私下地询问女儿的意见,可是女儿却以他们志趣爱好不同予以拒绝了,所以母亲的愿望没有实现,但是她在心里却酝酿着继续劝说女儿的计划。

由此可见,在女儿的婚姻问题上,钱老板夫妇所犯的错误并不相同。要是钱老板摒弃了那种只注重财产和地位的庸俗想法,转而重视才能、品行和相貌,把李思平当成他理想中的乘龙快婿的不二人选;要是钱夫人能行使起家长的正当权利,根本不用和女儿商量,直接就把她许配给李思平:这最终都将会成就一桩美好的姻缘,取得令人欢喜的喜剧效果。遗憾的是他们的思想不是太保守就是太开明,以至于错失了良机。

宋太太根据刘小姐和钱公子今天的表现认为他们肯定是在谈恋爱,并且谈得还相当投入,连钱小姐和李思平这一对活泼可爱的青年都在不知不觉中成为他们的陪衬! 看来前几天她听信了刘小姐的话停止宣传此事是错误的。毫无疑问,刘小姐一定是看上了钱家别墅的富丽堂皇,因为住在里面可以感受到贵族生活的气息,况且这种园林式的建筑最适合写生了,相比之下刘府根本就不值得一提了,因此刘小姐一定愿意成为别墅的主妇。试想面对这种华屋美宅的诱惑,哪个女人见了能不动心? 宋太太由此认定刘小姐和钱公子的恋情十有八九就要成了,只是目前还不好意思公布而已。很快她就把这些想法又跟所有熟识的朋友讲了一遍,其中就包括了李思平,她这样做的目的当然是希望他也能分享到其中的一些快乐。

张太太虽说对于宋太太的说法很是赞同,但是她却高兴不起来,因为她已经从弟弟那里得知,钱小姐根本就没有要和他谈恋爱的意思,这样她的梦想就被击得粉碎,看来她真的是想多了。

而她弟弟却认为,目前尚没有确凿证据能证明刘小姐和钱公子是在谈恋爱,他们友好而热烈的交谈仍应被视作正常交往,再说刘小姐前几天刚公开说过"我和钱公子绝不可能成为恋人"的话,她怎么可能会自食其言、出尔反尔呢? 他认为她绝不是那样的人! 事实很快就证明,他果然没有看错刘小姐——原来她听到了宋太太的说法后,再一次声明她没有和钱公子谈恋爱,也绝不会和他谈恋爱! 由此她恳求宋太太不要再宣传这没影儿的事了。

而张先生对于钱老板夫妇的盛情款待则有些过意不去,毕竟是"无功不受禄"嘛,不过他还是颇为得意的。他既是一名公务员,又称得上是青年才俊,那自然就不是等闲之辈了,既然如此,他受到人家的礼遇和厚待不也很应该吗? 在富豪之家做客确实让他感到十分荣耀,而钱老板亲自带他到书房参观,又体现了对他的器重,因为钱老板以前还从未有过允许客人踏进书房的先例呢。在交谈中张先生了解到钱老板不但谦虚好学，而且对城镇文化建设很感兴趣，因为钱老板提出了许多有价值的建议，特别是他希望能在县城建立"诗经植物园"和"诗经动物园"以发扬优秀文化传统的想法，更是给人以新颖独特之感。不过他一再强调说，他是在某一天听了儿子谈论《诗经》的教化功用之后才萌生了这样的念头的。最后他说，如果他的这些提议最终被采纳，他愿意出一份力来协助完成。张先生对钱老板热心公益事业的行为表示赞赏，并说他一定会向上级如实反映这些建议，因此还请钱老板少安毋躁，静候佳音。

可是静候佳音的人并不止钱老板一个呀。到现在为止，李思平在刘家超市上班已经有四周的时间了，这期间他几乎每三天都要给王林打一个电话，询问工作的事情是否已经有眉目了。可是每次他都很失望，因为从来就没有什么好消息传来。王林在电话里总是敷衍他说，自己最近拿着他的证件又去了多少家公司应聘，投放了多少份简历，相信很快就会有结果了，请他一定要耐心等待。李思平虽说对他的这种做法有些不满，但还是希望他为了他们的前程着想，做事能再上劲些。

且说李思平之所以这样急于离开这里去徐州工作，跟宋太太的一再催促让他感到厌烦有一定关系，但绝不是因为刘家母女对他不好，恰恰相反，她们对他一贯的亲切和关爱反而让他不好意思再待下去。他决定还是要到徐州去发展，并希望能在那里实现人生梦想，可是同学的不作为却让他无法如愿以偿。

由于在徐州找工作的事进行得并不顺利，因此李思平便把自己的满腔热情都倾注给了刘家超市，从早忙到晚，非常卖力地工作着。可是他越是这样，女员工们就越认为他很快就要和刘小姐结婚了，这里所有的财产——什么收银台呀，购物车呀，角钢货架上的各种商品呀统统都是他的了，他以后还会成为这里的主人。这些事情将来是一定会实现的呦。

转眼间刘女士和她的邻居们又度过了一个美好的周末。周六她通知大家，新超市下周一就要开业了，还要举行开业典礼，希望大家都去参加。李思平认为他发挥自己特长的时候到了，便自告奋勇，要到台上表演节目并兼做主持人，还一直盘算着该亮出哪些绝活儿来给现场所有人一个大大的惊喜呢。不料在星期天彩排的时候他却意外地接到了王林打来的电话——这是王林近一个月以来第一次主动给他打电话。王林说："我的那位表哥昨天刚刚当上了计算机服务公司的人事部经理，于是我就赶忙向他再次推荐了你，他认真看了你的求职简历说：'李思平在公司当个程序员非常合适，但是他必须在明天上午十一点之前到公司来参加面试。'并且表哥还暗示说，如果你被录取，将会被委以重任，而你被录取的概率又是非常大的。不过我却是不适合做程序员的，因此我希望你能把握住这次机会,争取一举成功。"

　　要是在以前得到了让他明天去徐州面试的通知,李思平是会高兴得跳起来的,可是现在他反而变得有些不知所措了,因为他觉得这个通知给他的演出计划泼了一盆冷水,它会让一切都泡汤的。他很是犹豫不决:要是他缺席了这么重要的活动,别人会怎么看他——会不会以为他是临阵脱逃,背信弃义?可是如果让他放弃这次难得的面试机会,似乎又心有不甘。此刻他只有感慨分身乏术了。为什么世上的许多事情不能够做到两全其美呢?其时他已经陷入进退两难的境地了。他必须要做出痛苦的抉择。

　　到了晚上,刘女士在家中举办宴会预祝凤凰街超市开业成功,人人都喜气洋洋,大声畅谈着对未来美好生活的设想,此时刘府呈现出一派节日的气氛。在这样的场合,李思平拿不定主意是立刻把他即将离开这里的消息讲出来呢,还是等晚会结束了再说。总之他必须要把这件事告诉刘家母女,以求得她们的谅解。尽管他一直在装作若无其事的样子,可是这一切都逃脱不了刘小姐那双明察秋毫的眼睛。因为心里有事的人与正常的人相比,神态终究会不同。在她的再三追问下,李思平终于把心事讲了出来。最后他说,他的去留最好还是由大家来决定。

　　刘小姐和她母亲感到事出突然,之前没有任何心理准备,因而都没有说话。但是宋太太却率先叫了起来:

　　"我没有听错吧,李主管?你真的要丢下我们独自去徐州,这绝对不可以!你做节目主持那么到位,并且你的歌又唱得那么好,明天全指望你聚拢人气呢,在这节骨眼上你却要走,这不是扫我们的兴吗?所以无论如何你都得等到开业典礼结束了再走……至于找工作的事,早一天晚一天又有什么关系,你何必如此着急呢?"

　　李思平即将离开这里到徐州去,这本来是宋太太一直非常期盼的事,按说她听到这个消息应该比任何人都高兴并鼎力支持才对;可是她为了让大家相信她从来都没有背着他们做过劝李思平尽快去徐州找工作的事,便决定站在他们一边,还扮演了挽留者的角色,借此来掩盖自己的真实目的。

　　他的姐姐姐夫先是埋怨他没有早一点把事情讲出来,随即又指责他不该这样冒冒失失地离开;他们的看法与宋太太"一致",同样也认为他明天去徐州不合适,如果他不尊重大家的意见,就一定辜负了朋友们对他的信任和喜爱了。他们让他立刻给王林打电话请经理把面试的事往后推迟一天,因为王林与经理有亲戚关系,做到这一点很容易。

　　与宋太太及张先生夫妇的反应不同的是,刘家母女的表现却是出奇得平静。她们在小声商量了一阵之后才说,她们不仅不会反对李思平在自己的事情上所做的决定,相反她们还会尽可能地尊重他的意愿和选择,因为他这样做,并没有违反他们当初的协议。而为了他的前程着想,她们建议他明天一早就坐车去徐州,其他方面的事就不用管了,她们自会处理好的。

对于刘家母女的力排众议以及一如既往地支持自己的做法,李思平是充满了感激之情的,同时他又为自己不能兑现诺言而感到深深愧疚!可是刘小姐却请他对这一切不必在意。她对他仍然像往常一样和颜悦色,并且她又极其诚挚地祝他一路顺风,万事如意;在她的一再坚持下,大家都向他送上了祝福。而宋太太则趁机偷偷对他说:"努力工作吧,李主管,我们都等着你干出一番成绩胜利归来!可是有一件重要的事你千万别忘了,那就是你在外面不要再找女朋友了,因为我已经给你找好了!在不久的将来,我就会安排你们见面的⋯⋯"

张太太看到了他们交头接耳的样子,感到很奇怪,就问他们在嘀咕什么。宋太太却说,她正在告诉李主管徐州的一些风景名胜以及最新的旅游线路,并热烈期盼他会尽快坐公交车去那些著名景点游玩。

宴会结束后,李思平比姐姐姐夫和宋太太在刘府又多待了二十分钟。原因是刘小姐听说他竟然还没有把个人信息传到英才网上,认为或许这不符合聘用单位的要求,也会让他在与其他应聘者的竞争中失去先机。为了补齐这一短板,她劝他现在就得上传信息。他一直认为传到网上的资料不会有人看的,可他最终还是接受了她的建议。她在看他填完了栏目里的所有信息之后,便郑重其事地和他话别,同时又告诉他明天到徐州最早一班车的发车时间以及路上需要注意的问题。由此可见,她不仅很会为他着想,而且对他的关心也是无微不至的呀。

第十三章

钱老板在认识到李思平是个优秀的人才之后,就整天处心积虑地要把他从刘女士那里挖过来。就在李思平与刘小姐分别的那天晚上他最后下定决心的时候,却完全没有想到李思平会在第二天一早离开县城,到徐州去实现创业梦想。如果他早一点知道了这个消息,是会想方设法加以阻止的。他太太也一定会埋怨他下手太晚,因为这样一来,女儿连李思平的面都见不到了,就更不可能成为他们的女婿了。

从县城到徐州,汽车至少要行驶两个小时才能到达,所以李思平有充足的时间思考面试的各个环节以及面试官可能提的问题。其实即使他不做这样的准备,仅凭其不俗的实力也一定会顺利过关,但是为了让应聘之事做起来更有把握,他觉得自己还是需要认真对待,千万不可掉以轻心。到目前为止他唯一的遗憾仍然是未能出席刘家新超市的开业典礼,但是他又认为缺少了他的参与节目也同样会精彩绝伦,相信此次的活动必定会取得圆满成功,他没有什么可担心的。

　　就在李思平的心情越来越放松的时候,王林打来了电话。他吞吞吐吐地告诉李思平出现了一个意想不到的情况,刚才他接到了表哥打来的电话,说是那个程序员的职位已经内定了——公司老板把它送给了自己的亲戚,因此就请李思平不必再来公司参加面试了。这绝对是一个令人震惊的消息,足以把李思平的好心情一扫而光!那一刻他的笑容僵住了。

　　王林说完了之后,一边安慰他的同学,一边又表示自己确实是无能为力。可是李思平现在已经在路上了,这又该怎么办呢?王林稍微想了一下,便问他现在到什么地方了。然后王林说:"你只要在前面的镇子下车就可以了,到时候我自会去接你的,找工作的事情也只有等等再说了。"

　　原来王林就住在这个叫新彭的镇子里,所以他能很快与李思平见面。他再次向李思平道歉,说让李思平白跑一趟全是由于他的失误造成的。看到他态度这么诚恳,李思平反倒有些过意不去了,他说:"发生这样的事完全是一个意外——你也不愿意看到这样的结果——责任并不在你,因此你根本没有必要表示歉意。恰恰相反,我应该向你表示感谢才对,因为这段时间让你帮我找工作,实在太难为你了,我会把你的这份情意记在心里的,而道歉的话就请不必再提。"

　　算起来他们已经分别了一月有余,在这段时间里王林其实一直都在家上网打游戏,对帮李思平找工作的事并没有尽心,他得到的所有与招工有关的消息都是通过电话或网络传来的。而关于他平时很少出门的原因,你只要看到他高大肥胖的身材,再联想到如今炎热的天气,就很容易明白了。

　　他们边走边聊,沿着镇中心的这条商业街又向北走了几十米,在一个小商铺前停了下来。李思平认出这是一家洗化品商店,从里面走出来一个身材苗条、面容姣好的年轻姑娘,他并不认识。原来她就是王林的妹妹王慧小姐,目前她虽然还是一名大二的学生,却是这家店的店主。

　　王林介绍说,妹妹自从学校一放假回来就到镇上来租了这个铺子,专门出售洗化用品,由于经营得法,所以生意还算兴隆。王小姐早就听哥哥说起过李思平,也见过他的毕业证,当时就觉得他仪表不凡。现在他登门来造访了,其形象远比照片上的要英姿飒爽得多,她心中自然十分欢喜,便热情而有礼貌地把客人请进店内。

在环视了店铺一圈之后，李思平认为它无论是在整体布置方面，还是在柜台组合方面，都是极富特色的，这说明设计者是颇具艺术才华的。而王小姐的举止打扮又处处给人以清纯甜美之感，完全符合自己想象中的女艺术家的可爱形象，可是这又会让他立刻联想起气质脱俗、人格完美的刘小姐来。

王小姐因为要忙着不停地招呼顾客，所以她陪李思平聊天的时间并不是很长。尽管如此，她面带微笑、大大方方地与顾客交流的情景还是给他留下了深刻印象。不一会儿那两名男生便在里间坐了下来，谈起了今后的打算。李思平说："我下午准备到徐州人才市场去看看，如果运气好，找到你我都适合的工作，我会马上通知你的。希望以后我们还能成为同事，一起工作，那样的话可就太好了！"

他的同学回答道："思平，我毫不怀疑你的愿望一定能实现！不过现在你既然已经到这里来了，哪能不让我们略尽地主之谊呢？你的做法又怎能让人看出我们的交情深厚？我们是最好的同学，也是最好的兄弟，对不对？因此请你先在小镇安心住上几天吧，不要在招工信息不明的情况下贸然去徐州，因为那样成功的概率是很低的。我会利用这段时间重新帮你找个工作的。如果我在一周内无法做到的话，你再去徐州自己找，怎么样？"

他被说服了，因为他觉得拒绝王林的好意可能会损害两人的友谊。王林很高兴，便继续说道："我们虽然学的是计算机专业，但并不等于说我们将来一定要在计算机行业里做事，你做其他方面的工作也是可以的，也是有前途的。比如，你可以上门向人家推销什么商品，或者你干脆就在我妹妹的店里帮忙出售化妆品吧——这是一个不错的主意，可以让你得到历练，学到很多书本上没有的知识……相信妹妹也是不会反对的。"

"不可否认，你的说法是有一定道理，不过我还是希望能从事与本专业有关的工作，因为这毕竟是我们的强项。难道你愿意让专业知识荒废吗？我到你们这里来做客，本来就够叨扰的了，哪能再给令妹添麻烦？你知道的，其实我并不懂做生意，所以恐怕只能帮倒忙。"

他们的对话王小姐听得是一清二楚，她立刻走进里间很兴奋地说："我丝毫也不觉得李先生来店里帮忙是给我添麻烦，反而感到十分荣幸，我敢说，以李先生的英俊相貌和不俗气质一定会帮我招来更多顾客，关于这一点我是深信不疑的。我现在诚挚地聘请你担任本店的形象代言人。可以吗，李先生？"

其时她内心的真实想法是，如果能把李思平这样一位漂亮的男生留在店里给她做陪衬，那么她是一定会有像公主一样的感觉的，要真是这样的话，那她可就太幸福了！她还在猜测着哥哥之所以把李思平安排在她的店里，是不是打算让他当她的男朋友呢？她越是往这方面想，心就越跳得厉害，而她的脸也就变红了，因为女孩子对这种事情一向都是很敏感的。

李思平同样也答应了她的请求，因为拒绝一位漂亮女生的美意显然是不礼貌的。王小姐抑制不住满心的欢喜，志得意满地走了出去，顾客们看到了之后便纷纷传说该店老板家里一定有喜事，她也不加辩白。

这时王林说："思平，你真的不会做生意吗？你的这种说法恐怕不符合事实吧。记得上个月你在电话里曾经跟我说过，你在你们县城找到了一份临时的工作——在一位姓刘的女士的超市里做主管，并且这位刘女士还是你姐姐的对门邻居，对不对？这一个月的时间你一直都在她那里，忠实履行你的职责，并和各种各样的人打交道，按理说你也应该学会做生意了。说说你在经商方面的收获，怎么样？"

"好吧，就谈一点我的体会。我认为刘女士做生意的诀窍是以诚信为本，并处处为顾客着想，可以说每一个来购物的人都是乘兴而来，满意而归。这和令妹的经商宗旨应该也差不多吧。"

"就这么简单吗？"

"是的，做生意就应该做长远打算，薄利才能多销嘛，赢得人心才能赢得市场，因为这是关系到企业生死存亡的大事；其次再考虑赚钱的事不迟。"

"看来刘女士真的是精通经商之道，而你也得到她的真传，可喜可贺呀。她对你怎么样？"

"很好呀，她对我一直很照顾，给我的薪水也不低，而且非常信任我。我也始终都把她当作一位可敬的长辈来看待，很少想到她是我的老板。"

"她之所以对你这么好，我认为至少有一半的原因是看在你姐姐的面子上，也一定是你姐姐向她推荐的你，对不对？"

"不，不是这样的！你完全猜错了！是她的女儿刘小姐向她推荐的我，我姐姐倒没有跟她提我要找工作的事。"

"是吗？原来刘女士还有个女儿呀！"王林露出了惊讶的神色，因为李思平以前从未向他提起过她。"这么说来，刘小姐和令姐的关系非同一般喽！而且她也很看重你。她是一位怎样的小姐？你们之间又发生了怎样的故事呢？"

李思平说，刘小姐是姐姐最好的朋友，比姐姐还大一岁，他对她非常尊敬，所以他们只是普通朋友关系。然后他把刘小姐特别值得夸奖的容貌、美德、才艺等作了详细地叙述，而对于他们之间的交往，则讲得很简略，有些内容只字未提。即便如此，王林还是大感兴趣，一再追问他为什么不在这位才貌双全且心地极好的姑娘家的超市里继续干下去,何苦要不辞辛劳地到徐州找工作呢?

这时已临近中午,店里的顾客越来越少了,哥哥与他的同学在里间的谈话王小姐是听得越来越清楚。很快李思平对刘小姐的描述就让她听得入了迷,后来她干脆连生意也不做了,直接进去打听与刘小姐有关的更多情况。幸亏他没有把他与刘小姐一起出去游玩的事讲出来,否则的话,她十有八九是要吃醋的。其实吃醋这种事情在现实生活中是普遍存在的,但只要吃得不过量,于己于人都是有利的;至于说吃多少醋才算适宜,普遍的看法是每次最好还是不要超过一摩尔吧。

第十四章

王林虽说答应要在一个星期之内给李思平找到工作,可是他的表现却远远不如上一回,因为这次他完全是在信口开河敷衍李思平,心里压根儿就没有想过要兑现诺言,他每天所做的仍旧是待在家里上网聊天和打游戏,这与他在大学里的表现几乎一模一样,所以同学们给他起了个外号,叫"超级游戏迷"。

他虽然不像李思平长得那么漂亮,善于博得女性的欢心,并且多才多艺,但是他在其他方面的表现一点也不比李思平差,对于专业知识的掌握和运用甚至比李思平还略胜一筹。不过他从未想过通过自身的艰苦创业来实现人生价值和梦想,因为这样做不仅太累,而且耗时太多,他恐怕难以承受。许多年以来他一直幻想着能与一位美丽的富家千金结成伉俪——该千金不仅陪嫁丰厚,而且她的家庭还能帮他谋取到一个高收入的职位——到时他不但会衣食无忧,而且能名利双收,成为别人羡慕的对象,而为了实现这一美好的愿望,哪怕让他倒插门也在所不惜!他时常谈起这种天上掉馅饼的好事将来一定会实现,可是家里人都认为他是在痴人说梦。尽管如此,他非但没有改变这种不切实际的梦想,反而对它的追求更加执着了。

就在李思平住进王林家的当天下午,刘小姐就已经知道了他今天遭遇到的事情了。原来张太太在弟弟走后,一直期盼着会有他顺利通过面试的好消息传来,可是她白白等待了一天,她的这个愿望还是落空了。她按捺不住失望的心情,就打电话询问面试的结果究竟如何,事已至此,李思平不得不说出了实情,于是事情很快就传到了刘小姐的耳朵里。她为他即将到手的职位却被别人占了去感到很是惋惜。在电话里她先是很高兴地告诉他说,今天的庆典演出十分成功,新超市也已经顺利开业了,然后她便用温存的话语安慰他,可是她说的最后一句话——要是你在洗化店感到不如意,随时欢迎你再回超市来——才是最重要的,可惜的是他仅仅是把它当成一句普通的客套话了,因而并没有给予足够的重视。

宋太太知道此事后却很着急,她说:"我早就看出来了,那个王林不可靠,他一直在用谎言欺骗李主管!而李主管怎么可以住到他家里呢——这只会继续受他欺骗——至少要住上一个星期也太长了!李主管应该马上就动身去徐州才对呀。我好后悔没有和他一块去徐州,要是我们一块儿去了,又怎么可能发生这样的事呢?"

再说钱老板夫妇在开业庆典上由于没有看到李思平的身影,所以感到很是意外。正当他们大惑不解之际,宋太太主动向他们说明了原因。她再三强调说,她曾经多次苦口婆心地劝说李思平迟一天再走,可惜没有成功,要是他听了她的话,就不会造成今天的局面了。钱老板对自己看中的这样一位优秀人才的流失不可能不感到痛心,他未等到庆典结束就借故离席;而钱太太得知了李思平不辞而别的消息后,刚开始也有些不悦,但是乐队密集的锣鼓声很快就使她醒悟过来:他肯定是觉得在财产方面与自己的女儿不相匹配,这才决定远赴徐州去创业,在不久的将来他发达了,一定会衣锦还乡,风风光光地来向自己的女儿求婚的!难道还有比这更美妙的结局吗?她在心里这么一解释,便感觉到所有的事情都是合情合理的了。

李思平既然住进了王林的家里,自然就少不了要和他的父母接触,事实上他做客的这段日子经常与他们在一起共进早餐和晚餐。王先生既豁达又健谈,而他的妻子则是位勤劳持家的妇人,在交谈中又发现她脾气极好——她甚至比李思平想象得还要和蔼些。王先生夫妇对儿子的同学从来都是赞赏有加的,他们说,李思平是他们见过的儿子最漂亮的男同学。当然他的优点还远不止如此——他潇洒的举止和动听的言语都说明了他对礼节的重视,既体现了对主人的尊重,又使现场的气氛更加轻松,而且他的态度

不卑不亢,这些都让王先生夫妇的欣喜之情溢于言表,觉得无论怎么夸奖他都不会过分。

第二天上午李思平就正式在洗化店上班了,他和店主一起笑吟吟地迎接顾客的到来。一个俊美的男生居然在这个不起眼的小店做起了店员,而且小镇上的人又对他并不认识,所以此事一经传开,立刻在当地引起了不小的轰动。人们出于好奇,都想来看看这个年轻人到底是何方神圣——他是不是就是王小姐的男朋友呢?这样一来,不光店内很快就站满了人,就连外面准备进店的人也是有增无减。在所有的人中,年轻的女顾客起到了很好的表率作用——她们发现新来的店员不光外表高大英俊,而且对工作尽心尽责,介绍起洗化产品来既

热情又恰当,于是在情绪上就很受感染,自然要投桃报李,随即就开始了疯狂地购物行动,而其他人又不可能不受到她们的影响。这比任何宣传广告和讲得天花乱坠的推销都要有效,也比一切所谓的明星大腕的作秀表演更有价值!这样一天下来,小店的营销额竟然是平常的五倍还要多!这让所有的人都大吃一惊,也让它的经营者欣喜若狂。只有李思平感到困惑:自己在刘女士那里学到的经商之道一点还没有用上,生意怎么就会这么火爆?这是非常不应该出现的情况啊!

　　王小姐果然是个精明的商人。她一看到店里的年轻女孩这么多,立刻就明白了是怎么回事。她认为今天的生意这么好,李思平是功不可没的。她在吃晚饭的时候还不忘把他称赞一番,足见她具有善良、正直和谦虚的美德。而李思平却决不肯把功劳据为己有,所以他并不赞同这种说法。他觉得王小姐夸大了他在商品交易中的作用,并没有做到实事求是。他说,那些女顾客很爱美,她们在生活中少不了要和洗化用品打交道,可凑巧的是她们的洗化用品昨天刚刚用完了。众所周知,这些商品在夏天的用量是非常大的,所以她们才会大量购进以满足需要——总之,她们的购物活动与他关系不大。要是说今天出色的销售业绩也算大功一件的话,那么功劳也是大家的,而王小姐作为店主,知人善任,领导有方,精于管理,当然要记头功了。他的一席话说得这么坦诚,既给足了王小姐面子,也让王府全家人都感到脸上有光彩,所以大家一直非常喜欢他也不是没有原因的。

　　既然王小姐认定李思平对女性顾客具有吸引力,那么他就应该被视作优秀的店员了。对于这一点她丝毫不会怀疑,只是期望他将来会做得更好。

　　王小姐大学学习成绩优异,完成学业自然绰绰有余,年年都获得奖学金也不在话下,因此她是父母最宠爱的孩子。她并不满足,因为她也和大多数青年人一样,有着许多的人生梦想需要实现,而在现阶段,边上大学边创业不失为付诸行动的一种好的方式。她活泼伶俐,善于交际,简直天生就是做生意的材料,现在又有了李思平这样的帅哥加盟相助,真是如虎添翼,相信她的事业一定会蒸蒸日上的。

　　再说那些女顾客之所以会大量购买洗化产品,一方面是因为她们确实需要,所以李思平刚才只说对了一半,还有更主要的原因是她们被李思平丰神俊美的模样所迷而起了爱慕之心,于是难免就会爱屋及乌,对屋子里的各种商品爱不释手,她们这样做的目的是为了取悦于他,也顺便让自己高兴高兴,真可谓是一举两得!其实王小姐又何尝不是这样想?她现在一方面把李思平当成了摇钱树,另一方面觉得把他当作自己的准男友也未尝不可,因为她早从哥哥那里知道他上大学期间没有女朋友,而昨天又亲耳听他说他没有和刘小姐谈恋爱。他完全可以被称作心目中的白马王子,她初次见到他时就有了这种感觉,而此刻这种感觉就更加强烈了。她一直认为他们能在此地相见,是上天早就安排好的,正所谓千里姻缘一线牵,这似乎预示着他们会有圆满美好的结局。她和他在一起的时候自始至终都沉浸在难以言表的幸福之中,她也不知道自己为什么会这样。或许她已被丘比特的神箭射中了吧。她却希望他能主动和她表白,因为这样才说明他是真心喜欢她。她一直怀着激动的心情等待着他来向自己表白。

然而一连三天过去了,尽管洗化店的生意越来越好,感情方面的事他却一个字都没有向她提起,看来他对她根本就不"感冒",是她自作多情了。

刘小姐仅仅知道洗化店的主人是一个聪明漂亮的女大学生就已经很不放心了。她希望李思平能尽快离开这个恼人的小镇,到别处去实现自己的梦想。

第十五章

第四天上午有两名女生到洗化店来找王小姐。经王小姐介绍,李思平知道这两人分别是黄小姐和陈小姐,她们和王小姐是高中同学,关系非常亲密。黄小姐是市区一家知名企业老板的女儿,不过他们一家却在镇上居住,而陈小姐则是镇长的千金。入时的打扮说明她们都是些爱美的少女,对名牌化妆品的需求也让她们成为这个洗化店里的常客,事实上这个店也是在她们的支持下才得以开张的。对两位小姐而言,这里确实是一个相当不错的娱乐场所,因为她们在店里不仅可以近距离观察各式各样的人物,还可以听到许多新鲜好玩的乡间趣闻。更为重要的是,要是遇到了风度翩翩的男生,她们除了与之交谈外,还少不了要对他品头论足一番,以满足其猎奇的心理。现在轮到李思平该享受这种待遇了。

且说这两位小姐前几天出去旅游了,昨天晚上才回来。她们刚到家,便听说王小姐已招了一名英俊的店员当男朋友。她们当然不相信此事是真的,便决定第二天去她店里看看。

李思平果然不是王小姐的男朋友,并且到目前为止他仍然是单身!除此之外,她们还知道了他的另外一些重要信息。她们眼光雪亮,立刻就发现他正是值得她们交往的对象,因为在这个小镇上通常很难遇到什么人能让她们怦然心动,现在既然有这么一个美男子闯入了她们的领地,她们当然不会放过这个难得的机会和他结识。他虽说是王小姐哥哥的同学,但现在他是这个洗化店的临时店员,所以她们与他攀谈起来,既可以做到掩人耳目,又不至于影响店里的生意,真是两全其美呀!

　　由于店里多了一张漂亮的面孔,所以一切看起来都那么不同寻常。它既给女生们带来了意想不到的惊喜,也让王小姐赚足了面子,从此她在同学心中的位置将会更加重要了。

　　虽说她们与他聊得很开心,可是无论是黄小姐还是陈小姐,都没有要和他谈恋爱的打算,原因是他并非出身于富豪之家。既然他是一平民,倒是和王小姐很般配,由此她们便怀疑他到这个小镇是来追求王小姐的,所谓的"找工作"不过是个幌子而已,因为一个计算机本科毕业的大学生怎么可能愿意到这个小店里来做店员呢?这合乎常理吗?

　　尽管李思平一再向两位小姐解释事情并非她们想象的那样,可是他仍然摆脱不了有前来寻找人生另一半的嫌疑。她们也曾私下把这个问题向王小姐提了出来,看她什么反应。她当然不会把自己暗恋李思平的事讲出来,只是若无其事说,他的确是来找工作的,她刚才就已把事情的详细经过都告诉她们了。至于说他此行是不是还有别的目的,她就不清楚了,也不想弄清楚。这样一来,她们便认为不是他对她有意思,而是她看上了他,于是她们便不断地拿她开玩笑,说他绝对说得上是一个不错的夫婿,不知谁会有极好的运气能和他成双成对,难道是那个"远在天边、近在眼前"的人吗?她们的做法取得了很好的效果,因为她的脸色变得越来越红了。虽然如此,她也没请求她们不要再谈论此事。

　　李思平在新彭镇的日子很快就进入到了第六天,而过了今天,王林可就要兑现自己的诺言了。李思平满心喜悦地等待着明天的到来,因为他希望能尽快离开这个小镇,去追寻自己的梦想。

　　话说这天上午他像往常一样,在洗化店里忙碌着,中午时分他却接到了姐姐打来的电话。她说:

　　"刘家母女这几天晚上也不再喊我们打牌了,她们似乎在商量什么事情,但不告诉我们。今天上午我去找丽莎闲聊,发现她家里没人,我以为她跟她妈妈去超市了呢,也没有在意。刚才宋太太来告诉我说:'丽莎小姐很早就开车出门了,到现在还没有回来,不知道去了哪里。'我给丽莎打电话,却总是没人接,我感到十分奇怪。于是就给她妈妈打电话询问她的下落,她妈妈说,她到野外写生去了,下午就会回来。我打这个电话的目的就是想问一下她是不是去了你那里,或者说你知道她的行踪。"

　　"很遗憾地告诉你,姐姐,刘小姐并没有到小镇来,我更不知道她去了哪里。不过既然她此次写生也是得到她妈妈的允许,那就应该不会有什么问题。现在也不必再千方百计地打听她的消息，只要做到耐心等待她出现就行了。"

话虽这么说，他还是试着拨打了刘小姐的电话，接下来出现的情况与张太太说的完全一致——电话是通的，可就是没人接听。到底是出了什么样的状况？他也实在想不明白。可能是她手机没带在身边，也可能是她不方便接听……不过，他相信她一定会平安归来的。

到了下午，太阳躲到云层里去了，天气转而变得凉爽起来。小姐们一致决定立即闭门歇业，全体人员都到附近的公园散步，因为这样的天气在暑期十分难得，非常适合出去游玩。李思平原本以为她们只注重经济效益，却没想到她们不仅懂生活，而且生活得很有情趣，这样的话陪她们去公园走走倒也是一件乐事。

小姐们照例也给王林打了电话，请他也来参加她们在运河公园举办的聚会。但他拒绝了，这除了是因为他目前只对上网聊天和打游戏感兴趣外，更主要的原因是他早就知道自己不符合黄小姐和陈小姐的择偶标准，他不管怎么献媚都不会让她们改变主意，因此他就不想在她们身上浪费感情和时间了。

李思平陪着三位小姐在公园里转了一大圈，欣赏着各处的美景。他们甚至还兴致勃勃地登上了楼台，驻足观看船闸以及停泊在那里的各种船只。最后他们走进了一片树林，在一棵大桃树下坐了下来。王小姐对这样度过一个下午表示满意，她说：

"我们的这次户外行动既消除了疲劳，又亲近了自然，同时还净化了心灵，我希望以后能多多开展这项活动。虽说提前关闭铺子让我遭受了一些经济损失，但这与我得到的精神愉悦相比根本不值得一提，我看得出每一个人都很开心，这就更加坚定了我要与大家一起来分享快乐的想法。一味地追求金钱，不但会使生活过于庸俗，而且会迷失自我，认识不到人生的意义。"

黄小姐也承认游玩带来的乐趣远远超过了预期，而陈小姐则更多地关注李思平此刻的感受。她说：

"李先生，当此良辰美景，你想说些什么？"

李思平半开玩笑地说："我想说的话很多，但是我最想说的是，但愿别人不要嫉妒我太厉害——因为眼下我正陪着三位女生赏景聊天，而她们恰好又都是美女，此种情形真令我受宠若惊。"

"这说明你很幸运——那你今天也一定很开心了！"

"我每一天都过得很开心，因为我每到一个地方，总能结识许多可爱的朋友，而当我们分别之后，他们的良好祝愿也无时无刻不在和我相伴。再说，我又是一个容易满足的人，所以我就没有理由不开心了。"

　　黄小姐说："噢,李先生,这说明你人缘好、个性随和,而且有魅力,所以才会有这么多人喜欢你,愿意和你成为好朋友。但是,在你众多的异性朋友中,究竟哪一个才是你的初恋情人呢?"

　　"谢谢你对我的夸奖,小姐,"李思平回答道,"不过我可没有什么初恋情人,因为我与异性朋友之间都是很正常的交往,充其量也就是我们保持了很密切的友谊。除此以外,我想不会再有别的了。"

　　"什么?像你这样一位俊美的男生竟然从未有过初恋情人,这怎么可能!"三位小姐同时叫了起来,"听起来这太不可思议了,事情怎么可能会这样?"

　　等这阵子吵闹过去之后,王小姐冷静了下来,她让他好好地回忆回忆,从小学到大学,他真的就没有恋爱过一次?这种回忆一定要细致而全面,哪怕是他看到某位女同学对他微笑了一下或是某位女生与他说了几句悄悄话的细节都不要放过,因为对待初恋的问题是万万马虎不得的。

　　他认真地思考了几分钟后再次申明,他确实没有谈过一次恋爱,因为上学期间他几乎把所有的时间都用在学习和参加各种活动上了,没有时间考虑恋爱问题。

　　"这太可惜了!"黄小姐叹了口气说,"因为你无法体验到初恋的奇妙感觉。这么告诉你吧,初恋是纯真、是浪漫、是甜蜜……当你回忆美好往事的时候,又感觉到它太朦胧、太迷离、太惋惜……"

　　陈小姐认为他虽然表面上看起来活泼开朗,而骨子里却是谨慎保守的,其思想和观念已经远远落后于时代了,必须要给他补上一课,即给他找到一个初恋情人,使得他的人生从此不再有遗憾。她和黄小姐在树林深处经过密谋,决定把王小姐推出去,来充当这一角色,因为她既是他的老板,又整天和他形影不离,谈起恋爱来最为便利,况且她又对他很有好感,只不过她一直不好意思说破而已,而她们以后可就有好戏看了!可是那两位当事人则完全被蒙在鼓里,对她们的计划一无所知。她们仅仅只想到这一点,就够开心的喽!

　　话说这两位小姐定下了这条计策后,便邀王小姐一起挽留李思平再在小镇上待几天,她们的理由是他可以到市里的几家大企业去参观学习,具体事宜由陈小姐来安排。黄小姐甚至还甜言蜜语地说,她一定会在她爸爸面前推荐他,给他一个很好的职位。面对这么诱人的条件,这个求职心切的青年原本明天就打算离开此地的决心此刻动摇了,他不仅立刻同意了她们的请求,而且要求黄小姐在晚间的聚餐会上多讲一些她家工厂的生产情况。由此可见对于三位小姐的联合挽留,他是根本无法拒绝的,因为不管何种形式的拒绝都是不礼貌的,都是会损害他们之间的友谊的。

第十六章

李思平吃过晚饭后刚回到自己的房间,姐姐便来电话了,把有关刘小姐的最新消息告诉了他。她说:

"丽莎今天确实是去写生了,不过她在半小时之前就已经回家。在刚才的交谈中她把这一天的活动都跟我讲了,还让我打这个电话给你说一声,她一切平安,让你不要再为她担心。你一定想不到她去哪里写生了。是去海边——连云港的海边,这实在太出人意料了!她说,那里的海离县城不仅最近,大概只有八十千米远,而且景色也很美,她查看了一下地图,便开车去了,一到地方就被沙滩碧水迷住了,在那里足足待了八个小时才想起回来。她把在海边时画的风景画让我看,还说,海边的风可真大,比在空调屋里还凉快呢,她几乎要感冒了。看来事情是不会有错了,她今天的确是去连云港了,并且回来得这么晚!"

张太太在絮絮叨叨地讲完这些事后,忍不住向弟弟抱怨:

"丽莎这次离开县城去连云港的海边写生是那么突然,事先竟然没有透过任何口风,所以这件事真的是好奇怪!如果说她瞒着宋太太去倒也情有可原,因为此人一向高谈阔论,传播机密的速度比网速还快,可是我是她的闺中密友,又从不会向不相干的人泄露秘密,这件事居然会瞒着我的确太不应该!她的这种做法明显是不相信朋友,让我太伤心了!她为什么不带我一块去看海呢?我实在想不明白……"

可是李思平看得很明白,姐姐这样向他诉苦一定是担心刘小姐把她忘了,或是不再把她当作最好的朋友看待了。他凭借对刘小姐的了解,认为她一定不是那样的人。此时他心里想的是,虽说当初在菊山公园的时候她曾说过,如果下次她再到海边游玩或是写生的话,一定会带上他!可是如今由于他不在她身边,因此她一个人去连云港的海边,是不应该被看作违反了他们的那个约定的。

转眼间就到了王林该兑现诺言的日子了,可是他在吃早饭的时候一句话也没有提到这件事,反而劝李思平再安心住上一个星期。要不是李思平之前早已答应了三位小姐同样的请求,他一定会即刻告辞而去了。王林发觉李思平并没有拒绝的意思,还以为此次能挽留住他完全是自己的功劳呢。

第二个星期开始了,李思平虽说一直待在洗化店里,可是他的心思早跑到黄氏黄油加工厂去了,因为他很想到车间里去实习,以满足自己的工作欲望。黄小姐让他耐心在店里等待消息,她爸爸一旦同意聘用他,她马上就会给他打电话。可是一连三天过去了,他甚至连她的一个短信都没有收到。陈小姐告诉他,组织人员去市里企业参观学习的事她早就跟她爸爸说了,只是现在天气炎热,这种活动开展不起来,不过她爸爸倒是愿意在他方便的时候请他吃饭。他思考再三,最终以身份问题为由拒绝了陈镇长的请客要求。陈小姐似乎也没有表现出太大的失望,实际上她这样做不过是客套一下,原本就不需要认真对待的。

他这才发现上了当,因为他感觉到这两位小姐一直在敷衍他甚至欺骗他,她们极有可能根本就没有把自己找工作的事跟她们的爸爸说。早知如此,四天前他就应该离开小镇,而不应该答应王林在这里住满两个星期再走。

正当他考虑今后该怎么办的时候,黄小姐却给他来电话了,她说她爸爸打算明天上午十点先对他进行面试,如果面试合格,就会录用他,而面试的地点就定在运河公园;最后她又强调了保密的重要性。他感到很奇怪,因为从来没听说过有在公园面试的呀,去市里的企业面试不好吗?这是个什么情况?他一时感到摸不着头脑,但既然黄老板这样安排了,他也只有听从,于是开始准备面试的材料。

与此同时陈小姐也给王小姐打了电话,说是要把镇上一个相当漂亮的男生介绍给她认识,明天上午十点在运河公园见面,但见面之前此事要对所有的人保密。她当然想知道那名"漂亮的男生"是谁,可是陈小姐就是不告诉她,只是说明天见面就知道了。她非常怀疑那名男生是李思平,因为他很符合上述特征,而第二天上午九点三刻他向她请假、说是有事要到运河公园去的时候,就更让她认为马上要和自己见面的人一定是他了!种种迹象显示这很有可能是她的好友们精心设计的一个圈套,就等着她往里钻。不过她倒用不着立刻就揭穿她们的阴谋,因为要是以这样戏剧性的方式与哥哥的同学见面,还是蛮有情趣的。

眼看着她们煞费苦心策划的相亲事件即将有结果,那两位小姐此时都激动万分。一想到他俩见面后尴尬的神情和吃惊的样子,她们就欣喜若狂!她们用不着担心他们会当场找她俩算账,没准他们还会对她们感激不尽呢。

李思平在公园里并没有见到黄老板的人影,心中难免疑惑,很快他就恍然大悟:自己是第二次上当了!公园里只有约会,怎么可能会有面试?如果真是这样的话,那么那个来和他约会的女生会是谁呢?难道她是王小姐吗?她是不是早就知道这一切了,所以才会准假呢?

这时他的手机突然响了,是一个陌生的号码打来的。他本以为一定是黄老板的来电,不料接听后才知道并非如此。

"你是李思平先生吗?我是徐州市回春医药公司的总经理郑祥成,我看了你在英才网上上传的求职信息,觉得你正是我们需要的人才。请你于今天上午十一点到本公司会议室参加面试,过期不候!"

随即郑总便把公司的地址告诉了他,原来公司就位于淮海路中央,从新彭镇坐汽车去那里中间要是不转车的话,至少也要四十分钟才能到达,而现在已是上午的十点十分,所以留给他的机动时间并不多了。

他清楚地记得,以前确实是往英才网上上传过资料,不过那是在刘小姐的一再敦促之下他才那样做的,他当时并不觉得会有什么用。谁能想到她的这一原本看似并无太大意义的举动,竟然会帮了他的大忙,让他得到了一次难得的面试机会,这也算是"无心插柳柳成荫"了。他在对她充满感激之情的同时,暗暗佩服她的先见之明。

为了不让刘小姐花在他身上的心血白费,更为了早日结束自己在小镇滞留的生活,他不再犹豫,当即决定马上就离开这里。黄小姐知道这个消息后感到很失望,陈小姐也认为没戏了,便第一时间通知王小姐约会取消,不要再来公园了。可此时王小姐已经到达公园门口,李思平从里面出来一眼便看到了她,根本不用问就什么都明白了,看来事情果然是和他猜想得一模一样!只是他并不知道王小姐也和他一样,不仅没有参与其中,反而对内情一无所知。

当李思平收拾好行装向王林告别的时候,王林说他虽然已在电脑桌前连续打了三天三夜游戏,但是依然可以走到门口送李思平,并且他再打上七十二小时也不会感到疲倦的!他"超级游戏迷"的称号真的是名副其实呀!

王太太非常担心李思平走后洗化店的生意不能像现在这么好了,可是她丈夫的回答却让她一百个放心。生意是绝对不会有问题的,因为李思平作为本店的形象大使是终身的。这就是说,他无论何时何地都有义务做好各项宣传和推销工作,而且一有机会,他就会过来为本店服务。

需要说明的一点是,尽管王先生夫妇承认李思平是个各方面都很优秀的青年,但是他们并不希望女儿和他谈恋爱,原因是女儿暑假过后才上大三,现在谈论她的恋爱问题似乎还为时过早,要是因为此事影响了她的学业可就麻烦了。

第十七章

人世间的事情往往是这样的:当你为完成某件事情而做好了一切准备时,你便自以为计划得天衣无缝了,可到头来多半会跟你设想的有所不同,有时候结果甚至会截然相反。比如,黄小姐和陈小姐精心安排的公园约会最终流产就是一个很好的明证。再说李思平到徐州的求职之路也是一波三折,意外不断。先是王林帮他找好的那个职位被内定了,然后在新彭镇待了十几天之后他终于等到了一个面试的机会,自然不敢怠慢,于是马不停蹄紧赶慢赶,由于一些主客观的原因,他到达回春医药公司时还是比规定的时间晚了十分钟。可以想象,即便此刻他的心情并不十分沮丧,也一定会以为自己将被拒之门外了。可是让他没有想到的是,他不仅被允许参加了面试,而且被当场录取!当郑总代表公司宣布这一结果时,所有的考生都愣住了,因为在一般情况下,面试结束后最快也得两三天才会公布成绩,从来还没有过当场被录取的情况出现,可是这种事情偏偏今天就发生了。李思平是一个特例!然而大家对他的情况却是一无所知,完全没有想到公司竟然会当场录用这个名不见经传的人,所以人人都感到不可思议,难免会嫉妒他。他刚开始也不敢相信自己的耳朵,他成了前来应聘计算机职位的这三十六名考生中唯一幸运的人。

考生们要求郑总解释他这样做的理由。郑总说:

"李思平先生不仅在面试过程中表现优秀,而且正是我们公司急需的人才,简直可以用千里挑一来形容,我们不录取他录取谁?既然必定要录取他,那为什么就不能早一点录取呢?这样既节约了大家的时间,又使没有参加面试的考生免得再做无用功,不是很好吗?"

这番话既让李思平半信半疑又让他感到愧疚,因为他作为一个初来乍到的新手,即使表现再优秀,也不应该享受这样的待遇。况且他不过和郑总接触了十分钟而已,郑总却用"千里挑一"这个词来夸奖他,这种做法是不是太过了呢?众人能信服吗?

就在李思平为其他应聘者失望而归而深表遗憾的时候,一名工作人员走上前来,把他领到了二楼东头的宿舍。他发现这个房间的面积虽然不是很大,但布置得井井有条,各种生活设施及用品都是崭新的且一应俱全,他完全用不着再到外面的商店去买什么东西了,随后工作人员把宿舍的钥匙交给他。临走的时候工作人员又提醒到,冰箱里面已经为他准备好了午餐,食用时只需要在微波炉里加热一下就可以了,不必再叫外卖。饭后他睡了个午觉,可能是一路奔波太疲劳了吧,再加上空调舒适的温度,一觉醒来已是下午五点钟了。

回顾这一天的经历,他实在感到难以置信,因为就在今天上午他还在新彭镇幻想着能到黄老板的黄油厂里上班,这个愿望到底没有实现,并且他也不知道什么时候才能实现,正心灰意冷之际,却突然接到了郑总通知他参加面试的电话。正是这个电话让他最终出乎意料地得到了一份正式的工作,这可真是"山重水复疑无路,柳暗花明又一村"呀!他的命运或许从今天起将要发生改变。可是这个幸福似乎来得太快了一些,以至于他突然不敢相信它是真的了。他环顾整个房间,远望街上川流不息的人群以及四周林立的高楼,确确实实相信他已被这家公司录取了。他的心情变得激动起来了，想要把这个好消息告诉远在家中的亲人。

他的父母最先接到了电话。李太太早就预测到儿子一定会找到满意的工作，所以她的反应较为平静。李先生则显得很是开心，但他依然没忘记告诫儿子，现在还不能高兴太早，因为找到了工作并不意味着一切都万事大吉，应马上与老板就工资及福利待遇等问题展开谈判。紧接着姐姐姐夫也知道了此事，张太太自然是满心欢喜，她说对她来说这不能不是一种激励，由此她认为要是自己也去找工作，一定会比现在饱食终日、无所事事要强得多，并且她会认真考虑戒赌。不过张先生却很羡慕内弟获得职位的速度，认为那简直是一蹴而就的，想当初他考公务员可是花费了一番周折才成功的——整整浪费了长达四年的光阴！

除此之外，李思平还给刘小姐打了电话。在通话中他除了告知她回春医药公司的领导真是慧眼识才、当场就录用了他之外，更多的是向她表示谢意。他说，多亏她当初一再敦促他把求职信息上传到了网上，否则他是不可能这么快就找到工作的。在对他的住所详细描述之后，他又说，住在这里居然会有一种宾至如归的感觉，真是奇妙！他以此来证明对公司的安排是多么满意。他对她前几天去海边写生的事避而不谈，因为谈及此事，就仿佛是在提醒她他一直记着她违反当初约定的事，这样可是会使她感到尴尬的呀。

刘小姐也没有谈到那件事。她首先向他表示了祝贺，并不认为她在他找工作的过程中有什么功劳，因为他是完全依靠了自己的聪明才智及一点点的运气才取得成功的，她那个所谓的"帮助"都是无关紧要的，根本不值一提。最后她语气轻松地说，这是她在整个夏天听到的最好的和最令她开心的消息，足见她当时愉快的心情以及对于此事非同一般的重视程度。

王林接到了李思平的电话后有点不敢相信他这么顺利就被录取了。他本来以为李思平这趟去徐州即使有面试的机会，也一定不会被录取，可是李思平的运气之好完全出乎他的意料，对此他羡慕不已。尽管如此，他也没有产生过要出去闯荡一番的想法，不过此后他与李思平的联系一直没有中断。

深夜，李思平躺在床上怎么也睡不着。他一遍又一遍地回想着应聘时发生的事情。按照他的设想，面试过程中应感到困难重重、如临大敌才对，可是他从进场到被录取，总计时间不超过十分钟，不但没有感受到丝毫的压力，反而轻松之至！一切似乎进行得异常顺利，这完全出乎他的意料。公司的这种做法显然不合常理，郑总的解释又把他夸奖得无人能比更令人生疑！尽管他从未否认过自己在面试时的精彩表现，可是他总觉得郑总当场录取他与此并无太大关系。再说他与郑总素不相识,究竟是什么原因会促使他这样做呢?联想到自己不久前的那次遭遇,他不得不作如下猜测:莫非自己应聘的这个职位也是内定好的?而郑总之所以会录取他,最大的可能是郑总录取错人了,本来应该录取别人,但把他当成了那个应该被录取的人!如果事情真是这样的话,那笑话可就闹大了——等到那个真正应该被录取的人出现时,所有的人都会知道原来在招聘过程中发生了乌龙事件!而处于风口浪尖的他的尴尬自然是可想而知的。现在他该怎么办呢?他思考了好久,认为最好还是先把这个疑问向郑总问清楚。

在这个房间里待久了,他慢慢嗅到了一种淡淡的清香味道,让人有神清气爽之感,忽然间他意识到这是药品的气味。换做是在别的地方是会让人感到奇怪的,可这里是医药公司啊,里面自然就少不了要存放大量的药品,在房间里闻到一点点药的味道不也很正常吗?因此他再没有多想,慢慢地进入了梦乡。

次日上午八点钟刚过,李思平就接到了郑总打来的电话,让他马上到三楼的经理办公室来。他进门后,郑总很热情地招呼他坐下,态度很是亲切;之后又向他道歉,原因是他昨天事务繁忙,以至于实在抽不开身去宿舍看他。另外,又对他昨晚休息的情况也很关心……种种情形让李思平很受感动,觉得老板真是太体恤下情了。对此他深表谢意,但认为道歉完全没有必要。然后他小心翼翼地问道:

"郑总,可否冒昧地问一下,您能确定我就是您要录取的人吗,真的没有弄错?"

"弄错!这怎么可能?李思平先生,从我第一次在网上看到你的照片时起,你那阳光自信的面容就一直深深地印在我的脑海里。当时我就断定你将来必能成就一番大业,我要找的人就是你了!面试时你流利的口才和机敏的反应让所有的考官都深深折服,我就更加相信自己没有看错人。你的获奖证书又那么多,这些都充分说明了你专业技术过硬,确实是一个不可多得的人才,所以我才下定决心当场录用你,从今天起你就正式上班了。我敢断言,李先生,你将来一定会成为公司的明星和业务骨干!需要说明的是,按照公司的规定,你作为新员工,试用期为半年,在此期间福利待遇与正式员工相同,半年之后自动转正。"

"非常感谢您对我的信任和赞誉,让我在您领导下的公司里上班,对此我感到非常荣幸!您实在过奖了,我恐怕承受不起,感到压力很大,今后我一定会加倍努力工作的,绝不会让您失望。至于称呼,您叫我'思平'就可以了。很抱歉,郑总,刚才我之所以会问那样一个问题,是由于我太不自信了,希望您不要介意——我可以再问您一个问题吗?"

"当然可以！"

"您总共通知了多少人来参加昨天的招聘会？"

"加上你在内将近有十个人吧，都是我在英才网上查到的，其余的都是看到公司的招聘启事后过来的。"

"既然您通知了那么多人，为什么却单单只录取了我一个呢？我感到于心不安，难道您就不怕他们埋怨您吗？"

"他们要怪只能怪自己缺少出众的仪表和卓越的才能，又能埋怨谁呢？要知道，优胜劣汰是生物界铁的法则，职场竞争一向都是如此残酷的，因此对于那些失败了的应聘者的感受，是大可不必在意的。"

"希望他们能尽快在别的公司找到出路吧。再郑总，公司对我近期的工作是怎样安排的？"

"你的水平大家是有目共睹的，因此你也不必谦虚。我想请你担任网络工程师一职，负责本公司的计算机设备的使用、管理及维修工作。思平，你对这样的安排还满意吧？"

"承蒙郑总的谬奖和错爱，能留我在公司工作就非常感谢了，哪敢再担任像网络工程师这样重要的职务？再说我又初来乍到，资历尚浅，恐难以服众。所以我还是先从普通的机房工作人员干起吧。"

郑总并没有同意。他说："实不相瞒，公司原先的网络工程师姓沈，但他早在两个多月前就已经辞职离开了。当时我虽然也是极力挽留，怎奈他去意已决！好在他交接工作做得好，再加上于超然夫妇这一对夫妻网管员又都聪明能干，所以公司的网络运行一直倒也正常，于是我也没有再聘用新的网络工程师。可惜好景不长，就在上个星期，计算机系统却出了大问题。先是用作服务器的那台电脑坏了——它里面所有的程序都无法运行，接着公司全部的电脑都出现了相同的情况，可以说是整个网络都瘫痪了。那两名网管员使出浑身解数，依然没有把故障排除。我们也请了好多专业人士来修（几乎天天如此），但至今仍没有完全修好，公司的正常工作及经营活动大受影响，我也不能上网看股市行情了，却又找不到解决的办法。此时正好一年一度的人才招聘会马上就要开始了，公司除了要招聘一名真正精通计算机的全能人才之外，还有另外两个部门需要补充人手。为此我们在本市主流媒体发布了招聘广告，并重点强调了电脑出现故障之事，希望会有能人来为我们排忧解难。仅仅这样做我还觉得不踏实，最近两天我在家一有空就会到英才网上搜寻计算机方面的精英，到昨天上午十点钟为止，我已经联系好了九名电脑高手，但是我对你各方面的条件是最满意的。而你的表现果然也没有让我失望，一接到我的电话就立刻往这里赶了，并且面试时成绩优异；而那八个人呢，尽管都是徐州市里的，却都没有把这次面试当回事，有的干脆就没有来。所以仅凭责任心这一项我就应该录取你。"

"原来是这么回事呀，郑总。根据您刚才所描述的，我认为电脑十有八九是中毒了，接下来我明白自己该怎么做了。虽然我们以前并不认识，可是您却这么赏识和器重我，说实话，我心里是非常感动的。为表达谢意，我当然会拿出全部本领以帮助公司解决电脑系统出现的问题。如果我不能解决，就证明我缺少能力，立马就会离开公司，您在另择贤明，您看这样可好？要知道您当场录取我对那三十五个人其实是不公平的，因为他们中间很多人也很有才华，只是这种才华还没有机会展示，面试就已经结束了，我感到很是可惜。"

郑总很是欣赏他的英雄气概和豪爽个性，说道："你说的有道理，思平，就按你说的办！那么请跟我来，我们去机房——它就在你宿舍的隔壁。"

他们一起到了二楼，郑总拿钥匙打开了机房的门。电脑服务器出现的症状果然与郑总描述的一样，也不需要做多么细致的检查，李思平便诊断出它确实是中毒了——由此可见他之前的猜测完全正确——而且中的还是一种非常罕见的终结者病毒，一般的杀毒软件对它根本不起作用——这也正是前面很多人没有修好服务器的原因。李思平决定使用一款很少有人知道的特制的杀毒软件来对付病毒，立刻就起到了立竿见影的效果——只用了短短五分钟的时间就修好了服务器，很快地其他电脑也都恢复了正常。

郑总显然高兴坏了，连呼："真是太神奇了！真是太神奇了！那么思平，你就留下来当网络工程师吧，因为你没有理由再拒绝！"

李思平彻底修复好了公司的计算机系统使他名声大振。一时间公司上下都知道来了位电脑奇才，无所不能。人们都把他传得神乎其神，而那一对夫妻网管员立刻成了他忠实的粉丝。大家都说就是世上最著名的电脑专家也不过如此，何况他年纪轻轻就身怀绝技，出手不凡，将来前程一定不可限量。因此当后来郑总提议由他兼任总经理助理时，大家都是百分之百地表示赞成的。

尽管人们对他的褒奖铺天盖地而来，可是他也从来都没有产生过居功自傲的念头。恰恰相反，他一向是以谦虚著称，而且能礼貌周全地对待每一个人，他一再说，这次取得成功完全是侥幸，可是大家并没有信以为真。

这一天公司里几乎所有的员工都来拜访他，机房里面人来人往，热闹非凡。其中出现频率最高、停留时间最长的人是仓库主管唐幻生先生。这一方面是因为李思平的宿舍和作为他主要工作地点的机房都在二楼，而二楼的主要功能却是当作公司的仓库用来储存贵重药材、办公用品及其他物品的，这就是说，从机房往西的所有房间都是一个个的库房，可是唐主管虽然担任仓库主管，管理着数量众多的库房,但没有自己的办公室,而机房由于离库房较近,因此就成为他经常落脚的地方。更主要的原因是唐主管为人随和,热衷于交往,尤其喜欢和有朝气有本事且颜值高的年轻人谈心,并且一谈起来就聊个没完,而李思平各方面的条件显然正符合他对于谈心对象的要求。在聊天中他告诉李思平:

"郑总特别热衷于炒股,但是自从公司电脑出问题之后不能上网,让他极其难受,修又修不好,因此他干什么都提不起精神来。现在你把网给修好了,这等于给他打了一针强心剂,使他获得了'重生',他对你当然会另眼相看的,所以今后你一定还会得到提拔。"

唐主管除了对李思平的精彩表现大加赞赏外,还对他的家庭背景、求学经历及学历特长都表现出浓厚兴趣。当他得知李思平以前曾经有过做主管的经历时,便更觉得值得与他攀谈了。李思平从别人口里了解到,唐主管是一名消息灵通人士,公司里的大事小情没有他不知道的,大家有什么疑难问题经常会向他请教。郑总告诉李思平,公司其实是给唐主管安排了办公室的,可是他为了让自己找人聊天的理由更加充分,就干脆不要办公室! 由此李思平断定唐主管是个很有意思的人。

可是一楼财务室的曹会计从见到李思平的那一刻起,就对他的个人问题非常关心。当她了解到他到目前为止还没有谈过一次恋爱时,不禁大为惊喜,马上就表示要给他介绍女朋友。李思平还未来得及把他那个"原则"说出来,这时郑总却走了进来,一口予以回绝,原因是公司有规定,新员工在试用期内不准谈恋爱! 李思平作为公司新招聘的网络工程师,自然也不能例外。曹会计本来是想用一条理由来反驳郑总的,可是看到他态度很严肃,于是只好缄口不谈了。

此时,远在县城的宋太太也听说了李思平在徐州找到工作的事。她显得很是高兴。她想,现在就等着他在工作岗位上做出成绩来了,只要达到了这个要求,她侄女就再也找不到理由拒绝与他见面了,而她的初次说媒获得成功的概率也是大大提高了呀。以后她便时不时地向张太太打听与他有关的一切消息。

第十八章

此后三天大家对李思平的高度赞扬也依然热情不减,郑总则当众夸奖他完全可以被看作公司的形象代言人。与此同时,公司为其他两个部门录取新员工的工作进行得也很顺利,一男一女两名成绩优异的应聘者获得了公司的青睐——这虽然是郑总反复斟酌之后做出的决定,但放榜之前他可没少听他认可的那个公司形象代言人的意见呀。

　　当那两名幸运儿来公司报到时，除了曹会计之外，所有的人都认为此次的录取工作做得非常出色，绝对没有出现所选非人的情况。先说那位被录取的女应聘者吧，她名叫董雯兰，是徐州市里人，虽说学历不高，但生得亭亭玉立、美若天仙，故而才能在竞争激烈的面试中艳压群芳，一举夺魁。大家都说她真是一位丽人。李思平也认为她天生就是当秘书的好材料，由她来当公司的形象代言人大概要比自己来当合适得多。可是他没有想到公司有男女两个形象代言人不是更显得群星璀璨吗？而另一位被录取者程加峰先生倒是毕业于国内某名牌高校，他长得虽说还够不上美男子的标准，却也仪表堂堂、气质儒雅。更重要的是他有上海市中高级口译资格的证书在手，仅凭此一项就让他击败了几乎所有的对手，被授予公司国际业务部的翻译一职。

　　就在这一天，郑总把新员工们召集到他的办公室，郑重其事地向他们宣读公司的工作纪律及其他规定，他们均表示一定会严格遵守。随后欢迎新员工进入职场的大会便在公司会议室举行了，很快他们的工作全部都走上了正轨。

　　尽管新员工的年龄并不比所有老员工的年龄都要小，但是人们还是很快就发现了这二者之间最大的不同，即老员工全部是已婚者，新员工全部是未婚者。而在这三名新员工中，相比较而言，李思平的权力稍微要大一些，因为公司里还有两个在工作上直接听命于他的人，而这两个人就是机房里的那对夫妻网管员于超然夫妇了。说起来他们算得上是公司的老员工了，虽说他们的专业技术远远比不上李思平，但客观讲，他们对本职工作还是能做到尽心尽责的。然而尽管他们已经在一起生活了两年半之久，并育有一子，可是他们的喜好并不相同。于超然善于迎合领导的心意，并处处维护领导的权威——他认为这是作为一名合格的职员应具备的最起码的素质——郑总对他这方面的表现感到非常满意，毫无疑问他也会把这一套做法用在李思平身上。他的太太却从不做阿谀奉承之事，她最大的乐趣就是看帅哥，不管是走在街上还是在上班的时候她都愿意这样做，并且她老是沉溺于不切实际的幻想。

　　既然是这样，那么李思平给于太太的第一印象自然就非常好了，因为他是一个十足的帅哥！相貌平平的于超然在他面前根本不值得一提！如此大的差异难免会让于太太胡思乱想起来。她非常后悔听信了别人的话与于超然结婚，而没有继续再保持单身，否则的话，如今她是极有可能和李思平这样一位美男子谈谈恋爱的。不过她虽说在心中一遍又一遍地感叹嫁人嫁早了！但从未想过要走上离婚的道路，更没有出轨的打算。不管怎么说，她把自己的婚姻看得还是很神圣的，婚姻的道德底线又是绝对不允许触碰的！并且她也没有忘记自己作为妻子和母亲所应承担的责任，所以她只会与李思平保持朋友关系。后来她又想到,让一个帅哥做自己的上司也许比他做自己的丈夫更有意义,这也使她得到了安慰。

尽管她已不可能与李思平发展亲密关系了,可是她毕竟对他是有好感的,因此对于他恋爱的情况她也就不会不关注了。事实上自从他们见面的那一天起,她就一直在盘算着哪一家的千金小姐适合做他的太太。想来想去,她认为文秘办公室里那个生得花容月貌的苗倩兰小姐或许是最佳人选,可是苗小姐却明确告诉她自己已经有男朋友了,并且两人已经到了谈婚论嫁的地步。没想到于太太说,有男朋友了又有什么关系?你可以一边和男朋友拍婚纱照,一边和李思平谈恋爱呀,这样就能做到两边都不耽误。对于这样一个荒唐的想法,苗小姐当然是断然拒绝了。由此可见,于太太对于自己的婚姻道德恪守得是相当严格的,但是她并不要求别人也严格恪守道德。

转眼间到了周末。这天早上李思平刚刚在宿舍用过餐,正准备去机房,这时唐主管推门进来了。他仔细打量着房间内的装修和摆设,并没有放过任何一个角落。李思平问他这个房间布置得怎样,他回答道:

"布置得很漂亮呀!清新淡雅,简洁温馨,而且家具和家用电器都是新的,非常适合在里面居住。不过它的装修还是非常不尽如人意的——地板砖样式老旧,没有换成最新款式;墙上需要刷上新漆;卧室里最好打几个壁橱……说到装修嘛,我也算得上是内行了,只要你愿意,我倒是非常乐意为你装修房子。"

"装修可是件耗费时间和精力的工作,唐主管,你平常总是那么忙,就算了吧。再说,装修好这间屋子总得要几周的时间吧,在此期间我又到哪里去住呢?其实我对房间的要求不高,觉得住着舒服就可以了。不过有一点我还是不太明白——这个房间里的所有器具都是新的,可是为什么房间却没有装修呢?二者也太不配套了!难道就没有人向公司提过这个问题吗?"

"这个房间之所以没有装修,是因为它本来就不是用作工作人员宿舍的,而且公司在上个星期六之前也从未考虑过安排人在里面居住。"

李思平感到很诧异:"上个星期六!那不正是我来公司参加面试的前一天吗?你的意思是说,这个房间是在那一天才变成宿舍的,对不对?这间屋子本来是做什么用的?"

"不瞒你说,李工程师,这个房间原先一直是用作存放药材的库房,是归我管理的,所以我才会知道得一清二楚。下面我再把那天亲身经历的并与此有关的一些事情告诉你:下午三点多钟我正在家中休息,突然接到郑总的电话,让我马上到公司来,把所有库房的钥匙都交给他。我感到很奇怪,因为这种情况是以前没有出现过的,难道是发生了什么紧急的事吗?当我到了之后,郑总却只是很平静地对我说：'唐主管，我要对各个库房作一次例行检查，今天是星期六，你就不必再陪我了，可以回家继续休息。'于是我就回去了。这样看来，一定是那天下午他才把这间库房布置成宿舍的。"

"怪不得呢，我说这个房间里怎么会有一股淡淡的药香味呢，原来根源就在这里。"

"是这样的，这些气味大概是打扫卫生不彻底残留下来的。不过请放心，原先存放在这里的药材都是中草药，对人体是无害的。你只要在房间里种植一些如虎皮兰、吊兰之类的植物，我相信用不了多久这个气味就会消失的。另外，你还要注意经常保持空气流通。说起来我已有好几天没有到这里来了，觉得它的变化真是天翻地覆。不过以前我可是会经常进来查看查看的。"

"可是奇怪呀，这间库房用来储存药材不是很好吗，为什么郑总一定要把它改造成宿舍呢？并且这一切又是在很短的时间内完成的，工作量显然非常巨大，花费自然也就不菲。既然这么做要付出很高的代价，那么郑总直接把我安排在现成的宿舍里不就可以了，或者干脆就让我住在原先的网络工程师曾住过的房子里，又何必要自找麻烦呢？这么大的公司总不至于连一个宿舍也没有吧？"

"你说对了，李工，在你来之前整个公司大楼内确实没有一间宿舍，而保安不过是住在门口的传达室里，自然就不能算数了。这是因为公司有一条不成文的规定：不准给任何员工在公司内部安排住处。许多年以来这条规定执行得相当严格，从来就没有一个

人被允许在这座大楼里住宿过，这其中就包括了以前的沈工程师，而新参加工作的董小姐和程翻译不是也没有住在公司吗？即使是郑总在公司也没有自己的宿舍。因此当郑总决定要为你在公司找一间房子当宿舍时，在办公用房还很紧张的情况下，可不得这样做吗？并且这里面他还为你置办了这么多家具和电器，可是花了大价钱！我来公司这么多年了，还是头一次看到他对自己的一名员工出手这么大方！由此可见，他对你确实是非常赏识和器重的，而你则非常幸运地成了第一个、到目前为止也是唯一一个可以住在公司的人！实在太让人羡慕了！"

"真是这样吗？说起来我上班也有好几天了，虽然知道除了我之外再没有其他人住在公司里，但是我一直以为以前一定有人住过呢。那这么说来，是郑总打破了他亲自定下的规矩，我才能住在公司里的。不过细细想来，郑总是一个原则性很强的人，他的这种做法好像与他一贯的性格特点并不相符啊！促使他做出这一重大转变的原因究竟是什么呢？退一步讲，即使说他安排我在公司

内住宿的事并非不合情理,但它也应该发生在我修好公司的计算机系统之后,可是为什么面试时我一被录取就马上被安置到这个房间了呢? 郑总对我修好计算机系统就这么有把握吗? 更何况,一直到面试开始前我都与郑总素未谋面,他对我的了解也仅仅停留在网页层面上,但这么赏识和器重我,是不是有点太超前了? 他只是在上个星期天的上午十点钟才打电话通知我来参加面试,而在此以前他并不知道我是谁,他怎么可能会提前为我准备宿舍呢? 要是我不来,他一切努力不就全白费了吗? 这么多疑问真让人百思不得其解。"

"李工,你提出的这些问题或许只有郑总才能解答。不过有一点是非常明确的,那就是你的来头一定不小,足以威慑住郑总,所以他才会如此厚待你,从某种程度上说他甚至是在讨好你,即便如此,他还怕你不来呢。否则的话,你觉得他可能会这样做吗? 你就不要再对我隐瞒什么了,全部说出来吧。"

"我不过是一介平民,哪里有什么背景? 再说,郑总也不像那种趋炎附势的人啊。也许他为我做的一切真不值,但无论如何我也不会辜负他的。刚才我又认真想了想,认为此事比较合理的解释是这个房间是郑总给公司未来的网络工程师准备的,因为公司的计算机系统出了问题,一直没有修好,所以他才会下定决心要不惜血本地引进人才,对我的做法有点类似于'病急乱投医'。房间并不是特意为我准备的,而我之所以能够住在这里,只不过是我很侥幸地修好了计算机系统从而成了网络工程师而已,我要是修不好,也将会被扫地出门! ——你觉得我的说法有道理吗? "

"如果郑总真打算给公司未来的网络工程师准备住房的话,那么他至少应该在面试几天前就要做这方面的工作,因为这样可以有充足的时间进行准备,然而让人困惑的是一直到星期五都迟迟未见他行动。种种迹象都表明,这件事发生得似乎有点突然,完成过程太过仓促。因为我们一计算就可以知道,从郑总拿到这间库房的钥匙到把它布置成宿舍,这中间顶多也只有十几个小时,这点时间对于装修来说显然是来不及的,其中用于打扫房间卫生的时间就更少了。否则的话,残留于此的药香味又怎么可能经常被你觉察到呢? 要是郑总早一点知道你会到我们公司来上班的消息的话,也许就不会出现这种状况了。因此这个房间就是为你准备的,不可能再为第二个人准备了。"

"要是给未来的网络工程师准备个宿舍的主意就是郑总星期六下午才突然想起的呢? 于是他马上就决定实施这个计划而不在乎花多少钱。布置好房间后他感到底气十足,才在英才网上查信息,给包括我在内的九个人打电话,通知我们来参加面试,那么接下来发生的一切不就能说得通了吗? 当然,这种可能性是非常小的,但也不能完全排除。唐主管,谢谢你告诉我这么多我不知道的事情,也欢迎你经常到我宿舍来参观!"

这时唐主管说:"我突然回忆起一件重要的事来,上周六下午我离开公司时郑总对我说:'今天发生的事不要跟任何人讲。'他这句话我是牢牢地记着的,可是我怎么把所知道的一切全说出来了呢?但愿郑总不会因此而怪罪我才好。"

整个上午李思平都在思考唐主管跟他说过的那些话。为了验证公司是否真的存在那条不成文的规定,在工作的间隙,他询问于超然夫妇是否曾在公司有过宿舍。他们的回答很明确:没有。理由和唐主管说得完全一致!

"既然是这样,那么我为什么被安排住在里面了呢?"

于超然说:"这个问题我们不清楚。你能住在公司是郑总的安排,我相信领导这样做,自有他的道理……我猜想这大概是因为你是个特殊的人物吧,自然是不受这一规定限制的。"

"我是个特殊的人物!我'特殊'在什么地方?"

"这还用说吗?你修好了公司的计算机系统,使郑总和我们都摆脱了窘境,这是很多电脑高手都没有做到的事,大家都夸你是电脑奇才,就凭这一点来说,你就不是一般人!"

"你过奖了,我就是一个普通人,不过是偶然取得了成功而已。"

根据已掌握的信息,李思平认为郑总一定是有什么秘密瞒着自己!既然他不愿说,那么自己当然也不能问了,因为问了也不会有什么结果的。不过也看得出,郑总这样做对他其实是有利的。既然有利,那么他又何必冒冒失失地追问此事呢?姑且就相信他是修好了电脑系统才被允许继续住在公司的吧。

第十九章

李思平自参加工作以来一直忙得不亦乐乎,所以他早就不记得新彭镇上他的同学和那两名少女先前欺骗他的事了。即使他还能想起,也一定会原谅他们。只是他那位同学的妹妹一直对他念念不忘,特别惋惜于他的匆匆离去,非常渴望将来在某一天能与他再次重逢。好在他并没有忘记他作为她洗化品店形象代言人的职责,进入公司后不久就开始宣传该店产品的种种好处,引起很多同事的关注,而每当周六和周日他就会上公园、商场进出口、高等学府附近等地方做宣传,有时也会给他的高中同学打电话,这样一来王小姐洗化品店的知名度大大提高,生意自然比以前还要兴隆——这算是他对她思念自己的一种回报吧。到了八月底她返校了,洗化店就由她母亲经营。

新的一周开始了。星期一一上班郑总就向全体员工郑重宣布,由于李思平在修复公司计算机系统一事中表现出色，公司经研究决定由他兼任总经理助理一职。大家对于这项任命表示热烈欢迎，而唐主管更高兴，因为这完全验证了他先前的预言。其实公司以前从没有设过总经理助理的职位，可是如今为什么会设呢？人们普遍认为，由于郑总既要处理日常事务又要炒股实在太忙了，所以才希望才能出众的李思平替他分些忧。

　　既是这样，那么李思平办公的地点可就不止机房一处地方了。他需要经常到总经理办公室去，和郑总共商公司发展大计，并协助做好各项管理工作。有时候他又被派到各个部门的办公室去，向科长主任们当面传达郑总的指示，或是视察他们的工作进展情况。既然其工作性质是这样的，那么没过多长时间，他就与大部分的职员都熟识了，并建立起良好的工作关系。

　　与此同时，他与董小姐、程翻译也保持着密切的联系。因为他们都是新员工，认同感相对于其他人来说要更多一些，所以他们走得很近，彼此互相欣赏。比如李思平，就十分钦佩程翻译的英语口语水平，曾明确表示希望程翻译不吝赐教，他随时洗耳恭听。不仅如此，他还向董小姐请教过速记的方法及一些语法问题，并当众夸奖她的字体娟秀工整。董小姐认为他之所以会这样，十有八九是因为自己的美貌和风采把他给迷住了，因此她何不充分利用这一点经常召唤他去文秘办公室，为她端茶送水或是陪她聊天，借此消磨时光呢？他果然也按照她的要求做了，这样就更让她确信自己的判断没错了，故而有点沾沾自喜。可惜她不知道的是，李思平其实并没有被她迷得神魂颠倒，他只是不好意思拒绝她，仅此而已。

　　郑总不久后就察觉到了他们两人来往甚密的情况，他当然不会坐视不管——先是想方设法地阻止他们见面，后来又定下了一条规矩：严禁助理在工作期间去文秘办公室闲聊！董小姐更惨，每天的稿子写不完。不过她还是可以在总经理办公室里经常见到李思平的。

　　说起来，董小姐和程翻译其实更羡慕李思平——这和其他员工的想法完全一致——原因显而易见：他刚来公司上班就受到了郑总的重用，将来前途一定不可限量；况且，他能住在公司又说明他绝非等闲之辈，因为全公司只有他一个人享受了这种待遇，而他们也和其他员工一样没有这种资格。随着交往的深入，他们越来越意识到他的潜力非他人可比，于是就利用一次公司员工一起聚餐的机会，把他们希望与他结为好友的想法讲了出来，并相约今后要互通消息、互相帮衬，以求在公司站稳脚跟。李思平欣然表示同意，这样一个全部由新员工为成员的互助的小团体便形成了。需要指出的是，他们的交往是在不损害公司和他人的利益的前提下进行的，因此他们决不应该受到指责。

　　再说文秘办公室的那位文员苗倩兰小姐,因其职业淑女的装扮而广受人们的赞扬,所以上次于太太在为李思平选择对象时第一个想到的人才会是她。她本来以为自己的美貌在公司内部无人可及,可是一见到董小姐,她马上就承认自己想错了。董小姐才是真正的美人!而董小姐则恭维她是公司里既漂亮又最能干的女生,因此她们仅仅在相处了几天之后便情同姐妹。她对董小姐的所有事情都很关心,当苗小姐得知像她这样一位面若桃花的女秘书目前还没有男朋友时,其惊讶之情是可想而知的。由于自己目前正在热恋当中,所以她也很希望自己的好友也会像她一样每天都有浪漫的约会,从而享受到甜蜜的爱情。可是每次说到这件事,董小姐都没有表现出多着急的样子。董小姐越是这样,苗小姐便越觉得自己不能袖手旁观,于是就决定要为她物色一名男友——这或许是受到了于太太的启发,挑来挑去,苗小姐最终就选中李思平了,原因很简单:他们俩一个是帅哥,一个是美女,真可谓郎才女貌,他们配成一对不是很合乎情理的事吗?再说,李思平前段时间可是经常到他们办公室来向董小姐献殷勤呀,这不正说明他对她有意思吗?如果不是郑总说工作期间不准串岗的话,他们的关系保准会比现在更亲密!准没错的,事情一定是这样的!

　　想好了之后,接下来的事就是要付诸行动了,苗小姐一直在等待着恰当的时机。很快就到了这个周末的下午,她们早早地忙完了各自手头的工作,一起喝茶。苗小姐由茶的清香甘醇联想到青春的绚丽色彩,既而又大谈爱情的美妙,董小姐漫不经心地听着,后来实在感到厌倦了,就问她的朋友在接下来的两天将会和男友去哪里玩。苗小姐一脸轻松地答道:

　　"先游云龙湖,然后再去龟山汉墓看看……怎么样,感兴趣吗?要不,你跟我们一起去吧。"

　　"开什么玩笑,你把我当什么人了!当灯泡吗?"

　　"我怎么可能让你当灯泡?雯兰,我的意思是说,你可以带你喜欢的一个男生一起去。"苗小姐辩解道。

　　"我没有喜欢的男生,更没有男朋友呀!这些我不是早已告诉过你了吗?"

　　"我知道,那我现在就给你介绍一个,怎么样?"

　　董小姐满腹狐疑看着她的朋友,感觉是好像落入了她事先设计好的"圈套",同时也在猜测着她介绍的那个男生有可能是谁。在沉默了一阵之后,董小姐终于开了口:

　　"我认为恋爱是一件非常严肃的事情,容不得半点马虎,而其中对于恋爱对象的选择更是关键中的关键,毕竟这关系到一个女生一生的幸福啊。首先需要对他的各种条件进行综合评定,然后才能判断出他是否适合自己。如果你给我介绍的人就在我们公司内部,那么请免开尊口,因为公司里面并没有我中意的人。"

"难道就连仪表堂堂的李助理也不中你的意吗?你敢保证你没有隐藏内心的真实想法吗?"

"你给我介绍的男生原来是李思平!是不是他让你这样做的?"

"不是,他毫不知情。是我觉得你们挺般配的,所以才自作主张要给你们做媒。其实我早就看出来了,他是非常喜欢你的,否则的话,他为什么就那么听你的话,随叫随到,几次跑到办公室来为你服务,任你调遣?这么不合规矩的事,不正体现出了他对你的爱慕之情吗?而你为什么只向他一个人发那种暧昧的命令呢?这说明你必定也对他有意思,不是吗?这种事情怎么能瞒得了我们精明的郑总的眼睛,所以他才会专门针对你们俩颁布了新的规定。应该说李助理还是很有眼光很有潜力的,并且他又是一位美男子,年轻有为,才华出众——这样的条件难道还不够理想吗?真不知道你和他谈恋爱,还有什么不满意的。"

"倩兰,事情不是你想象的那样,也许是你的眼睛欺骗了你。我这么告诉你吧,我和李助理充其量只是好朋友,我们永远也不可能成为恋人!不错,他长得是挺漂亮的,也有点真才实学,可是我从未听他谈起过他有多少多少财产,也从未听别人谈起过——可能他在这方面真的是一无所有。对此我只能说那实在太遗憾了,我绝不会因为他是个可以住在公司的特殊人,就降低我的择偶标准。至于说他乐不乐意听从我的调遣到我们办公室来,或是他来真的是因为爱上了我,那都是他自己的事,对我来说都无关紧要。既然他达不到我的要求,那么你就打消那个念头吧。"

苗小姐不以为然地说:"且不说这种建立在金钱基础上的所谓'爱情'是否真的能让人幸福,就说它是不是真正意义上的爱情,恐怕也要打上一个大大的问号。我认为真正的爱情是不应该与物质利益挂钩的;如果只注重物质利益,那就是把爱情当成了交易,更是大错特错!这种想法是极其庸俗的,其做法一旦流行起来还将有伤风化!你读的书比我多,一定也比我明白这个道理。"

"我说句不客气的话,只有傻瓜才会只注重感情而忽视物质利益!在恋爱之前适当地考虑一下对方的经济条件,不也很正常吗?怎么能说这样就庸俗了呢?远的不说,就说你的男友吧,如果他没有车没有房没有几百万的家产,你还会和他谈情说爱吗?流行的东西不一定高尚,但它之所以流行,自有它的道理。现在各个地方都有送彩礼的习俗,也没见到社会风气有多坏!恕我直言,倩兰,你的说法是不是有点危言耸听?"

辩论进行到这里,苗小姐其实已经输了。她并没有实现自己的目的,即让董小姐同意与李思平谈恋爱,其中的一个重要原因就是董小姐用她的例子作论据来反驳她,弄得她有口难辩。董小姐是一个极有主见且原则性很强的人,绝不肯听信别人的怂恿而使自己轻易改变主意。在她看来,李思平既不是腰缠万贯的富豪,也不是富可敌国的大亨,仅仅是外表好看而已,可这不能让她享受到荣华富贵,因此她便毫不犹豫地拒绝了苗小姐的做媒。

　　几乎在同一时间,在机房里也爆发了一场争论,争论的主角是唐主管和于超然。唐主管本来是一个无所不知的人,古今中外出现的人物及发生的事件无不在他谈论的范围内,这一次他要把李思平与原来的网络工程师作比较。他说:

　　"沈工程师虽说现在看起来好像长相并不出众,但他在青年时代绝对算得上一个帅气的小伙子。我这样说可不是没有根据的,因为我见过他很多以前的照片,我与他交情匪浅,自然会经常看到的。可是现在我不得不说,即使他仍然像从前一样年轻,也很难能与你相提并论了,李助理,因为事实就摆在眼前。不过幸好他还是有些才华的,并且太注重与妻子的感情,可是由于妻子并不在本市居住,所以他们一年到头也见不了几回面,最后他终于忍受不了内心的煎熬,就跳槽去了南方,这才夫妻团聚。从这方面讲,他离职也未尝不是一件好事……"

　　"很遗憾,唐主管,我并不认识沈工程师,对他的一切都知之甚少。除非能见到他本人,否则我是绝对不会相信我比沈工帅的……"

　　于超然却不赞成唐主管关于沈工程师辞职原因的说法。据这位网管员讲,沈工程师之所以离开公司去了广州,进入某某跨国公司工作,主要是因为那里可以挣到更多的钱,与夫妻团聚完全无关,因为沈太太一直住在西安,就是目前也丝毫看不出她有在南方安家落户的意图。最后他还把沈工程师的手机号码说了出来,并让唐主管马上就打电话求证,看看他俩到底谁说的对。

　　李思平感到很困惑:同事之间何必为了这点跟自己毫不相干的小事而争得面红耳赤呢?再说,就是知道了事情的真相又有什么意义呢?不过他还是对沈工程师是为了钱才离开公司的说法感到怀疑。正当李思平准备给这两人调解时,唐主管的手机响了,他一看来电号码,马上走了出去。

　　原来这个电话是唐主管的一位喜欢说媒的朋友钟先生打来的。他托唐主管给一位已经出国的富翁物色年轻漂亮的女友,并承诺事成之后将给他什么什么好处,唐主管非常痛快地答应了。他刚挂断电话,恰好已下班的董小姐就走到了他跟前,他顿时觉得眼前一亮,心里说:这不正是我要找的人吗? 真是天助我也!

　　话说这十多天以来他与董小姐也有过几次接触了。他了解到她是一个在各方面都自视甚高的女孩,尤其是在恋爱方面,要是对方不是大款,她是根本不会考虑与他见面的,只是到现在她都没有遇到一个还是单身的大款。对于她的这种"理想"他非常赞赏。记得有一次他曾说过,一定会帮她完成心愿的。而现在机会来了。他立刻走上前去告诉她,他知道市里的一个富翁目前正有择偶的打算,虽然他与此人素昧平生,但据可靠消息,这位牛老板是一家规模很大的汽车城的拥有者,虽说目前并不知道该汽车城的具体名称以及牛老板的年龄和长相,但可以肯定的是牛老板的资产之雄厚绝对让人目瞪口呆!如果她对此牛人感兴趣的话,他可以想方设法给引见一下。至于牛老板能否看上她,那就要看她的运气了。

"你说的这些都是真的吗,唐主管?"她马上就来了兴致,"这么说来这位牛老板是一位亿万富翁喽,这确实是一个不错的消息!——可是他究竟是一个怎样的人?是否欠有外债?家里都有些什么人……"

唐主管不得不打断了她。"不瞒你说,你问的这些事情我并不清楚,因为我是从我朋友那里才听说有他这么个人,而我的朋友也是从他的朋友那里听说的……不过有一点可以确信:凡是与牛老板有过一面之缘的人都乐意给他介绍对象,这就足以证明他是一个出手大方的好人了!我看他的钱一定是多得花不了!而其他方面的事情都不重要。既然是这样,你还有什么不放心的?"

董小姐做出了一个大胆的决定,愿意这个星期天就和牛老板见面。但是唐主管却十分抱歉地说:"他早在数天之前就出国考察去了,大约要一个月之后才能回来,因此你现在所能做的只有耐心等待了。只要他一回国,我就会尽快安排你们见面的——关于这一点我敢打包票。不过在当前情况下你一定要保守这个秘密。"

虽说要等好长一段时间才能见到牛老板,但董小姐一刻也没有忘记他,时不时地就去向唐主管打探消息,可是她一次也没有问牛老板的年龄,因为在她看来,只要他有大量的金钱就够了。至于他的年龄是五十岁还是六十岁,一点也不重要。

第二十章

唐主管不久之后就告诉李思平,他准备给董小姐介绍一个亿万富翁当男朋友,并询问他对此有何看法。李思平说,只要董小姐愿意,他当然没有任何意见了。但是苗小姐没有把自己给李思平说媒失败的事说给他听,因为她在做此事之前并未向他透露过半句口风,所以没有必要说,说了只会给他带来烦恼,对自己也没有什么好处。不过这件事到底成了她的一块心病，弄得她好几天都闷闷不乐，并且她一直在为找不到合适的人选而苦恼。当董小姐兴高采烈地把唐主管要她保密那件事讲出来之后，苗小姐便不再愁眉不展了，因为她意识到或许唐主管可以帮她的忙，于是就把给李思平介绍对象的希望全部寄托在他身上了。没想到唐主管听了她的请求后摇了摇头，说他做不到。她感到很失望，不清楚一向以乐于助人著称的唐主管今天为什么会这样。

　　且说唐主管不给李思平介绍女朋友其实是大有原因的。原来他和财务室的曹会计早有约定：他只能给女同事说媒，而曹会计只能给男同事说媒，二人都不得越过这条红线，否则要受到惩罚！既然是给李思平这样的男生介绍对象，那么就请去找曹会计好了。

　　既然唐主管指望不上，苗小姐便决定继续做说服董小姐的工作，直到她愿意与李思平谈恋爱为止——苗小姐还是认为董小姐和李思平这对俊男靓女成为恋人是天经地义的事——这就是自己今后要努力实现的目标。

　　现在我们要重点说一说曹会计。这位掌管公司财务的女士，为人正像她的职业一样，非常精明。她初次见到李思平便张罗着要为他介绍对象，不料此时郑总突然出现，以"正当的理由"把此事给阻止了。她回去后翻看员工手册，发现里面并没有郑总所说的"新员工在试用期内不准谈恋爱"的那一条规定，心中自是非常生气，因为郑总这是摆明了跟她过不去，她很想马上就揭穿他的谎言，当时试图反驳他的理由是既然郑总违反"不准给任何员工在公司内部安排住处"的不成文规定，让李思平住了进来，那么我为什么就不能"违规"给他介绍个对象呢？

　　看到这里，可能有读者会问：为什么曹会计会生这么大的气，敢和公司老总对着干？这是因为她要给李思平介绍的对象不是别人，正是自己的女儿林小姐！郑总蓄意破坏了她为女儿找男朋友的好事，她岂能不恼火？原来早在数年前林小姐就已过了法定结婚年龄，待字闺中。她虽说出身比一般人家要好，并且相貌还算标志，但是性格比她母亲还要古怪，择偶条件更是高得吓人！这样在经历了六十一场相亲之后，她依然没有男朋友。曹会计很着急，非常担心女儿会成为"剩女"。她可不想连带着也成为别人冷嘲热讽的对象，于是就想尽快把女儿嫁出去。林小姐在母亲的巨大压力下不得不适当降低了择偶标准，只要求男方英俊潇洒有正式工作，身高在 1.80 米以上就行了，经济条件可以暂且不用考虑。曹会计认为即使这样，也够自己找一阵子的了，谁知第二天她就遇到了李思平。她惊奇地发现这个新来的年轻人竟然完全符合女儿的择偶要求，心中不由得一阵狂喜，真是"踏破铁鞋无觅处，得来全不费工夫"啊，未来的女婚就是他了！可就在这节骨眼上，郑总却出面干涉了，让她空欢喜一场不说，还生了一肚子闷气！

　　她冷静下来之后又明白她不好在这样一件事上与郑总闹僵，只好隐忍不发。李思平可以在公司内住宿破了先例，并且他刚上班才几天就被提拔为总经理助理，显然是大有来头的。郑总不同意曹会计给他说媒可能有什么不便明说的原因，而曹会计对他的了解又实在太少，因此她也就不好再向他重提此事了。其实对于婚姻之事她还是很相信缘分的，而女儿明明就可以和李思平谈恋爱，但被人"从中作梗"，不能和他走到一起，大概是缘分未到吧，看来找对象还是顺其自然的好。受此打击，她变得心灰意冷起来，对新来的男员工曾一度失去兴趣。所以后来当外表斯文的程翻译第一天来公司上班时，她采取的便是漠不关心的态度，再加上程翻译的相貌身高明显比不上李思平，女儿是不会看上他的，她也就更懒得理会他了。而她看董小姐就更加不顺眼了，这不仅是因为董小姐整天想入非非，妄图嫁入豪门而被她斥为痴人说梦，更主要的是董小姐竟比自己的女儿还要漂亮，这无论从哪方面讲都是不应该的呀。

　　可是唐主管才不管这些，他是什么人都愿意交往的。就说他第一次与程翻译相见吧，仅凭印象，他以为程翻译一定是一个只知道鹦鹉学舌的书呆子，哪承想谈话才进行了十分钟，他就惊奇地发现程翻译绝非像他想象的那么简单！原因有这么几点：程翻译学识渊博，能言善辩，很有学者风度；喜欢四处游历，从他滔滔不绝地讲述异域的风土人情这一点上来看，他显然并非只去过一个欧洲国家，所讲的流利的外语也并非只有英语一种语言；更让人没有想到的是，他竟然还是一名美食家，不仅对世界各国的名菜佳肴了如指掌，常常利用业余时间频频光临一些著名的酒店，并且他能亲自下厨，所做的菜是色香味俱全，就连好多大厨也自愧不如，他最大的梦想是想成为一家大酒店的主管。由此他认定程翻译也像李思平一样，是个不可多得的人才！高兴之余，他便把自己了解到的这些情况都告诉了曹会计，然而遗憾的是，这依然没有引起她的足够重视。

　　此时李思平等三名新员工已经上班三个星期了。在这段时间里他们勤奋工作，真诚好学，乐于奉献，很快便融入了集体当中，与大家一起应对各种困难和挑战，对公司的感情也越来越深，获得了大家的一致好评。郑总在全体职工大会上也对他们进行了表扬，说是照这样下去顶多到年底，他们就会全部转正了。第四周开始的时候郑总又向他们宣布了一个更好的消息——他和太太决定这个星期天的中午请他们去家里吃饭。

　　新员工们当然不会想到会有这样的好事，可其实邀请公司员工去家中做客是郑夫人一贯的做法。她是一位具有贵族气质的美丽动人的太太，凡事都追求完美。她的丈夫担任公司老总的职务,并且膝下的一双儿女又都聪明可爱,他们一家幸福而快乐地生活着——按说她应该感到很满足了,可是她认为仅仅做到夫妻恩爱和家庭和睦还是远远不够的,她一心渴望的是整个社会的和谐与稳定,因为这样于国于家都是大有益处的,这也是她毕生追求的目标。为此她可没少做劝人为善的工作,并在社区带头为鳏寡孤独捐款捐物,以自己的实际行动感染着周围的居民,产生了积极的影响。而公司作为社会的一个重要组成部分,怎能不讲和谐稳定呢?她非常希望丈夫在促进公司和谐发展方面起到模范带头作用,让全体员工团结起来,可是结果总是让她失望。于是她就开始插手公司事务了,以便把她的这种思想灌输给每一个人。具体做法是:每个月都会在家中举办一次宴会,邀请部分员工参加,借此与他们沟通感情,了解他们内心的真心想法,并乐意为他们提供力所能及的帮助。这种交往方式虽说并不怎么新颖但最为流行,而且富有人情味,起到的效果也最好,因而大受人们的欢迎。而郑总对太太的工作从来都是积极支持的,这除了说明他是一个模范丈夫之外,还充分表明他是深爱着她的。事实上他的心态和脾气一直都很好,只要太太不反对他炒股就行。

郑夫人早就听郑总说过公司新招三名员工的事。当她得知网络工程师李思平住在公司时很是惊讶,因为她非常清楚公司的那条不成文的规定,于是就向丈夫询问原因。郑总说:

“你知道前段时间公司的计算机系统坏了,好多高手都没有修好,可是李思平只用了短短几分钟时间就让一切恢复了正常,这就足以证明他是个优秀的人才!对于这样的人才,我们当然要留住了,而第一步要做的就是让他舒适地住在公司,各种电器及生活用品都给他买上——只有如此,才能显示出我们的诚意啊,你说对不对?”

郑夫人对于这番解释不仅没有觉得不妥,反而认为为李思平这样的英才破回例也值。后来郑总又告诉她,这三名新员工不仅才华出众,而且与老员工们相处得非常融洽。她听了心中自是十分欣慰,便通过郑总果断地向他们发出了邀请函。郑总对太太的做法是相当认可的,因而是极其愉快地接受了这一任务。而他们的两个孩子得知母亲又要请一批客人来家里吃饭的事情后,反应却很冷淡,因为他们对此早已习以为常了。

新员工将要到郑府做客的消息在公司算得上是一个大新闻,很快所有的人都知道了,唐主管是第一个向他们道贺的人。他说对于这件事他并不感到意外,因为郑夫人一向热情好客,特别热衷于和公司内推崇团队协作精神的员工交往,而像他们这样一批优秀的年轻人,迟早会成为墨香别墅的座上客。尽管他差不多已有两年未收到郑府的邀请了，但还是对那里的一切都记忆犹新，所以他描述起来一点都不费力——他不仅知道女主人对于菜肴质量和数量的讲究程度，还能把整个庭园的布局讲得丝毫不差；至于说郑家别墅的各个楼层悬挂的是什么名画，茶具上雕刻的是何种花纹等诸如此类的问题，也同样难不倒他；他甚至连郑总新买的沙发也能想象出放在哪个位置，好像他亲眼看到一样。除此之外，他还把他们在郑府可能见到的人也讲了一遍。

此后有更多的同事向他们表示祝贺。曹会计尽管与他们相交不深，也不得不做做样子以示亲近之意。她在星期四召开的一次会议上恰巧与他们坐在一起，于是她说道：

"听说你们周日要参加郑夫人举办的家庭宴会，这实在让人感到可喜！我有理由相信你们那一天将会过得非常开心，因为郑夫人是一个特别友善和气的人，与所有的人都能聊得来。你们在她那座临水别墅里除了可以参观全市都无与伦比的美丽花园外，还能品尝到他们家厨师做的正宗的川菜，而且一点也不用担心会喝醉，因为郑总夫妇从来都不会劝客人饮酒。"

"谢谢你告诉我们这些，太太！"程翻译很客气地说。"其实我们并不计较郑总家的菜肴属于哪个菜系，只要是美食，就会让人难以抗拒的。"

"西餐当然不会少了！据我所知，郑夫人最喜欢吃的就是甜点，所以她在宴客的时候至少会向西餐店订三道甜点，而且要看到客人们把这些食物全部吃完她才高兴。再有，就是郑府的菜肴异常丰盛，花样繁多，要是你们运气好，说不定还能吃到郑夫人亲手做的回锅肉和生鱼片。"

董小姐目前正在减肥，所以曹会计的这番话让她不由得暗暗叫苦。

"可是也不能光享受美食呀，在郑总家的宴会上难道就没有什么娱乐活动吗？"李思平问道。

"怎么会没有？我认为那里的娱乐活动远比其他任何地方的都要精彩！因为郑夫人是我所见过的最热心的一位太太，她最大的爱好就是玩单身男女的速配游戏——全公司也只有她一个人可以这样做——要是凑巧所请的客人中有一对或几对尚未婚配的青年男女，她可就要做红娘了，一旦她打定了这样的主意，就非逼着人家当场答应成为男女朋友不可！你们说，她的这种做法是不是很有意思？于超然夫妇不就是这样才走到一起的吗？相信此事你们一定听说了……总之，未婚男女去参加郑府的聚会是很有好处的。"

新员工们还是头一次听说有这样的事情，因此他们都感到非常惊奇；可是细细琢磨起来又总觉得曹会计的话似乎不可信，因为郑夫人毕竟是一位极有教养且身份高贵的女性，她必定会按照人们普遍认可的原则行事，既不会把婚姻当作儿戏,也不会在人家不同意与某某人处对象的情况下强人所难的,所以她断然不会有此等鲁莽草率之举的,这样才符合情理。而于超然和韩小姐是在郑夫人的撮合下结成夫妇的倒也不假,但也不见得他们的结合就是郑夫人随心所欲乱点鸳鸯谱的结果,所以曹会计的说法有哗众取宠之嫌,其真实性很值得怀疑。

可尽管如此,董小姐还是有点担心:万一到那天郑夫人真的按照曹会计说的那样做呢?在李思平与程翻译之间选出一个,来做她的男朋友,那可就麻烦了!因为这两人都并非富豪呀,无论选哪一个,都只会使她烦恼。她甚至想给郑总打电话,说她那天有急事,不能前去赴宴了。可是苗小姐极力劝她出席宴会,她说:"曹会计这个人我了解,她一向喜欢夸大其词、危言耸听,就像她做的账一样,水分太多,自然是不足为凭的。你怎么能被她的不实之言吓住呢?我敢以自己的人格担保郑夫人绝对不会乱点鸳鸯谱的,因为她是一个做事最有分寸的太太。再说,消息灵通的唐主管并未提及此事呀,其他同事也都没有谈到,可见它不是真的。"

其实苗小姐并没有说真话,她是亲眼见过郑夫人在宴会上撮合于超然和韩小姐的,其大致情形居然与曹会计讲得相差无几!由此她开心地想道,新员工们这次去郑府参加宴会,董小姐一定也会享受到这样的待遇。郑夫人极有可能会选长相和气质都远远胜过程翻译的李思平作董小姐的男朋友,而这正是她所希望的。到时候即使董小姐不答应也无济于事,郑夫人自会有办法说服她,要知道这位热情过度的太太可是不达目的绝不罢休的呀。只要董小姐去参加宴会了,相信不久之后就会有好消息从郑家别墅传来。只是苗小姐不知道的是,此时董小姐早已下定决心:非富翁牛老板不嫁!李思平再漂亮也没有用,因为他不能满足董小姐在物质上的需要。

既然郑夫人喜欢在宴会上撮合未婚男女的事并非空穴来风,并且有人可以证明,那么为什么唐主管和公司里的大多数人都没有提及此事呢?原因是他们差不多都把郑夫人的这一爱好忘记了。郑夫人虽然热衷于在宴会上给人家指婚,但是她这样做也不是没有条件的——只有在男女双方各方面条件特别合适或其中一方向另一方表露感情的情况下她才会启动速配的游戏。而她撮合于超然和韩小姐就属于后一种情况,因为于超然对韩小姐表现出了好感让她给看出来了。从那之后到现在,已经过去了两年多,这期间她请的客人中大多数都是结过婚的,偶尔也有未婚的男女来参加聚会,可是她看着又觉得不般配,因此只好作罢。由于这么长的时间她都没有再给人指婚,所以大多数人对此才会没什么印象。

　　但是曹会计牢牢地记住了郑夫人的这个爱好,并把它当作特大新闻报道给新员工们听。不必管她这样做的动机如何,她必定是相信郑夫人也要给新员工们指婚的,那么如果要让曹会计预判一下在李思平与程翻译之中,郑夫人究竟会撮合谁和董小姐成为男女朋友呢?虽说女儿的婚姻问题一直没有得到解决使她情绪不佳,可是这丝毫也没影响到她头脑的清醒,她的看法和苗小姐的基本一致,认为李思平和董小姐在一起的面较大。首先李思平长得就比程翻译漂亮,与有闭月羞花之貌的董小姐倒很般配,而且他比程翻译也更讨人喜爱;其次从在李思平身上发生的那么多稀奇古怪的事来看,他一定有很硬的后台,而这个后台和郑总的关系又绝非一般,所以郑总才会极力讨好他,并心甘情愿地在各个方面帮助他,这其中怎么可能少了帮他介绍女朋友的事呢?所以在郑家的宴会上董小姐必定会被推给李思平。郑总这样做的目的就是要让李思平对他感恩戴德,而那个后台也会更加看重他,在他遇到困难的时候自然会出手相助。

　　曹会计由此作了进一步分析:或许在李思平当场被录取的时候,郑总就想到了要给他找一个特别漂亮的女朋友。而自己要把女儿介绍给李思平的做法一定被郑总认为是打乱了他的计划,因此他才很不高兴,就找了个并不存在的理由予以拒绝,好让自己知难而退。不久郑总准备介绍给李思平的那名女生就被确定下来了,她就是新来的秘书董小姐!怪不得她的学历那么低却被录取了,原来郑总是以貌取人啊,这其中必定有想让她成为李思平女朋友的因素!虽然是要送一个大大的人情,但是郑总并不打算亲自出面来给这两人做媒,而是把这种事情交给自己的太太来做,在宴会上来完成,这样能满足一下太太的虚荣心,真是一箭双雕!没想到郑总的心机这么重,自己实在自叹不如!可是尽管他的如意算盘打得好,谁又能保证那个心高气傲的董小姐一定会同意李思平做她的男友呢?不过这又是另外一回事了。

　　至此曹会计算是明白了郑总不准她给李思平介绍对象的原因,心里当然是非常不满了:我的女儿长得只是比董小姐差了那么一点点,但她在其他方面却远远超过了董小姐!可是对于这样一位优秀的女孩,郑总却为了一己之私就粗暴地阻止她与李思平可能发生的恋情,这种做法合乎情理吗?合乎法律吗?对我的女儿就公平吗?她越想越生气,作为回击,她决定不管郑夫人给李思平和董小姐撮合成还是不成,她都要把女儿介绍给李思平,而不必再理会郑总的警告了。有一件事还是很值得欣喜的:此时她想起了唐主管夸程翻译的那些话,越想越觉得满意,便决定要和他多多交往。

第二十一章

新员工们在周日那天上午是坐郑总派去的车到的墨香别墅。尽管一路上他们都很轻松和愉快，可实际上他们内心的想法却并不相同：程翻译除了期望在郑府饱餐一顿之外，还一直期盼着做客的时候能有上佳的表现，以便为自己今后在公司的发展创造有利条件；董小姐只希望给郑总和他的家人留下个好印象就行了，但又不要太引人注目；只有李思平的想法是最简单的，因为他就想在郑府开开心心地做客，所以他的目标最容易实现。

其实派专车去接新员工来别墅是郑夫人的主意。她之所以会这样做，一方面是出于对他们的关心——怕他们不认识路，找错了地方；另一方面也是为了彰显她对他们前来做客的重视。既然郑总夫妇的服务这么到位，那么这些没有费任何周折的客人们很快就来到了墨香别墅。

且说郑总的这座别墅，主体建筑共四层，与周围那些主体建筑只有三层的别墅相比，显得很是高大宏伟；它外部贴着红色和黄色的瓷砖，在阳光的照射下映出耀眼的光彩，远远望去，就像宫殿一样典雅华贵。它的南西北三面有铁艺围栏与外界隔开，东边则紧靠着一个小型的人工湖，湖水清澈见底，湖畔风光秀丽，简直就是世外桃源。而庭院里种植的树木中有很多是名贵的品种，并以紫薇、火棘等来做点缀；向东走就可以见到被曹会计称道过的那座有名的花园了，它里面栽满了各种奇花异草，让人有"乱花渐欲迷人眼"的感觉；而长达二十余米的双排柱悬挂式木构玻璃花架则贯穿了整个花园，一直延伸到建在湖岸边的亲水平台入口处的台阶，台上还有一座凉亭，这里可是郑总一家在户外读书学习、休闲娱乐的好地方呀。

郑总夫妇站在庭院中迎接他们。由郑总把他的这些下属一一向太太介绍，他们很有礼貌地向女主人问好。只见郑夫人一身盛装打扮，风姿秀雅，态度更是和蔼可亲。她对客人们的到来表示热烈欢迎，旋即便把他们请进了一楼大厅。

宽敞明亮而又富丽堂皇的大厅给客人们留下了美好的印象。他们坐在米黄色的沙发上，感到非常柔软舒适。郑总立刻吩咐保姆给客们人上茶，同时他又说，据可靠消息，今天的股市行情将有大波动，他需要马上去隔壁房间看盘，以便及时做出决定，请大家原谅他的失陪。这样一来接待他们的任务就落到郑夫人的身上了。而郑夫人果然也不负重托，她和颜悦色地与客人们聊天。她问他们工作是否顺心，生活是否幸福，有没有需要她帮助的地方……她说这番话的时候显得特别真诚，中间看不出一点做作的成分。仅仅是初次见面，她就对他们这么关心和爱护,这就足够让他们感动! 这也让李思平想起了温柔端庄的刘女士,只是她却没有郑夫人这般的娇俏艳丽罢了。看来之前人们说的果然没错,郑夫人确实平易近人,丝毫没有一点阔太太的架子。

除此之外,还有一件事早在人们的预料之中,即在这三名客人之中,郑夫人果真特别关注李思平与董小姐,而且这从她看到他们的第一眼起就开始了。对于李思平这样一位破例被允许住在公司的杰出人才,她早就想亲眼看看他到底是怎样的一个人了,谁知一见面又发现他还是个貌似潘安的男生,这就更让她感到惊喜了。董小姐则是客人中唯一的女性,又是个美女,看到她,郑夫人就觉得她是在与年轻时的自己进行对话,你想象不出这种感觉多么奇妙,而过去的青春岁月是多么令人难忘啊! 由此这两个俊男靓女才会特别吸引她的眼球——这不是很正常的事吗?

不仅如此,她询问他俩个人方面的事情也比程翻译的要多要详细,并且夸他俩可称得上是公司的金童玉女,接着她又开玩笑地说,她看公司也应该给董小姐安排一间宿舍才对,因为只让"金童"住在公司却不让"玉女"住,那怎么能叫公平呢? 照这样发展下去,估计也不用等到宴会开始,郑夫人就要给他们指婚了。董小姐当时很紧张,一直在考虑该怎样应付即将出现的糟糕局面。可是她的这种担忧纯属多余,因为郑夫人并没有这样做——她甚至提都没有提及此类事情。就这样宾主之间畅快的交谈在持续了一段时间之后,郑夫人便让保姆上楼去把孩子们请下来,与客人相见。

郑小姐最先在楼下出现。她是个清纯可爱的美少女,装扮一向超酷,在她身上不但看不到一点富家千金通常所具有的傲慢之气,其热情大方的举止犹如礼仪小姐一般的优雅——这显然是受到她母亲的影响,说明她必然受过良好的家庭教育。新员工们一时间都被她的翩翩风采迷住了,其实她才十八岁,是徐州大学物理系大一的学生。她母亲在给她和客人们互相介绍后问道:

"你弟弟和表姐在做什么? 他们为什么不和你一块到楼下来? "

女儿回答说:"他们正在电脑室上网。你知道表姐自从到了我们家就一直在玩一款新开发的游戏,并计划要在四天之内通过所有关卡——而今天正好是第四天。尽管我不相信她会成功,可是她教会了皓冰玩这款游戏,你一定知道皓冰以前是多么调皮,可如今他也正坐在电脑桌前鏖战呢。"

客人们从母女俩的这番对话中了解到,郑小姐的一位表姐已经来此做客四天了,并且她这位表姐酷爱玩游戏! 在此之前并没有谁提及此事,因此他们都感到很惊讶。郑夫人解释道:"刚才妍冰说的女孩是我的外甥女,她也是今年大学刚毕业的,不过她还没有想过要工作呀。我是本周三给姐姐打的电话,说要让外甥女来这里住上几天,她第二天就到别墅来了。她性格活泼开朗,长相俊俏可爱,更重要的是心灵手巧,什么家务活都会做,照顾皓冰又很尽责,真是我料理家务的好助手呀⋯⋯她哪里都好,就是太痴迷网络游戏了,连男朋友也顾不得找!可尽管如此,正常的待客礼节她还是不会少的,你们一会儿就可以见到她了⋯⋯”

正说话间,只见一个十岁左右的小男孩跑下楼来,对所有的人大声叫道:“特大好消息!表姐打游戏过全关了!”话音刚落,一位身材高挑的年轻女郎便出场了。她长得眉目清秀,面容姣好,也算得上是一个美人了。只是可惜她的皮肤有些黝黑,要是再白点的话是完全可以和董小姐相媲美的。客人们都站起身来,以示对她的敬意。她露出了甜美的笑容,先对自己的出迎来迟表示了歉意,又说见到这么多可爱的客人她非常开心。郑夫人正准备把她向客人们作隆重介绍,不料这时李思平迎上去对郑夫人的这位外甥女说:

“月蕊蕊同学,你好!我们好久没有见面了,没想到今天却在这里重逢,我非常高兴!”

那女郎一边打量着他,一边摇头道:

“对不起,帅哥,我倒想成为你的同学,可惜我没有那个福分,因为我以前从未见过你呀。再说我姓秦不姓月,这一点我姨妈一家人都可以为我作证。”

面对这个突发情况,大家一时愣住了;而董小姐和程翻译更觉得奇怪,因为刚才李思平的情绪似乎很激动,这与他平常稳重的表现大不相同!郑夫人忙问是怎么回事。此时李思平已经冷静了下来,他说,秦小姐长得太像他高中时的一个女同学了,容貌动作都很像;然而最让他感到不可思议的是,她们说话的声音也几乎完全一样!所以他见到她才会以为遇到老同学了。郑夫人听了不由感叹起“天下之大,真是无奇不有”来了!她说:

“天下长得极像的人本来数量就相当稀少,而遇到两个长得极像的人的概率就更低了;但是李助理,这样的巧事偏偏就让你给碰到了!这不仅证明了你的运气一向很好,还说明你和玉娜真是有缘啊,不然的话,你们又怎么可能会见面呢?不管怎么说,这都是一件值得高兴的事⋯⋯李助理,我能否问一下,你高中三年是在哪所名校就读的?还有,你与那名女同学的交往是不是很密切?”

“我是在东海县城里的一所中学读的书。上高二的时候曾与一个叫月蕊蕊的女生同班,可不久后她就转学了,到现在五年了,我再也没有见过她⋯⋯我和她总共只说过有限的几次话,哪里谈得上深交?所以我们不过是普通的同学关系而已。”

对于他和月蕊蕊交往很少的说法,不光郑夫人不相信,所有的人都不相信,因为如果以前他们的关系不是很密切的话，那么这么多年过去了，为什么他对她的印象还如此清晰呢？这里面一定有故事！可是由于牵扯到个人的隐私问题，郑夫人并没有再继续追问下去。

"玉娜家是淮南那边的，也是在淮南上的高中，一直到高考结束，这期间也从未转过学——是不是啊，玉娜？"

"是呀，姨妈。我不仅没有转过学，到目前为止还没有到过东海。所以高中三年我们应该是没有交集的。"

"那这样看来，是我误把秦小姐认作我的那位同学了，以至于闹出了一个大笑话，请秦小姐多多原谅。"

"没关系呀，李助理，可能是我的形象有点太弱不禁风了，所以才会让你有此误会。"

大家都笑了起来。其中笑得最爽朗最开心的就是秦小姐了，这其中的原因除了她天生就爱笑之外，最主要的就是自己刚一露面就被一个漂亮的男生误认作老同学，实在太有意思了！按说在经历了五年多的时间之后，他早就应该把那位相处时间并不长的女同学月蕊蕊的音容笑貌忘掉才对，可实际上他记得清清楚楚，这就充分说明他们的关系肯定不一般！而她又和月蕊蕊长得很像，这可是她取之不竭、用之不尽的财富呀！事实上也确实如此，因为李思平一看到她就会想起那名数年未见的女同学来，便不断找机会和她聊天，这让她有了一种被传说中的白马王子围着转的甜蜜感觉。

大家围绕着认错人的话题又说笑了一阵，气氛十分活跃。这时郑夫人突然向李思平和程翻译问了一个问题：是否也喜欢玩网络游戏？联想到秦小姐是特别爱玩网络游戏的，因此郑夫人的这一问题应该不是随意问的，他们稍微思考了一下，便异口同声地说"喜欢"。此时秦小姐一直在注意倾听他们的发言，这还不够，她又请他们描述几个非常流行的游戏，他们的回答却不能令她满意，由此可见他们实际上是很少玩游戏的，也并不上瘾。

郑小姐特别讨厌谈论这样的话题，便自告奋勇地要领着客人们到楼上各处参观，凡是能让涉足的地方他们都可以去看。这实际上是给了客人们一个近距离、全方位欣赏这座豪宅的机会，大家都觉得求之不得。而郑小姐也不待妈妈同意，就抢着领李思平先走，程翻译和董小姐随后也跟着去了。其实即使郑夫人同意了，她也不能陪同客人参观，因为她的裙摆太长，上楼下楼很不方便，而且她还要过问厨房的事；秦小姐虽然去了，可和客人们很少交流，原因是皓冰一直在缠着她，要求和她玩捉迷藏的游戏。这样一来，李思平即使很想和她说话，也就没有机会了。好在郑小姐一直陪在他的身边，给他做解说员。她态度很热情,服务很周到,看得出来她很高兴做这项工作,并且她跟他说的话要远远超过其他两名客人。

经过近半个小时的细致观察,李思平发现尽管每个房间里及楼层上都摆满了琳琅满目的物品,可是它们都与唐主管说得完全不同!这到底是怎么回事?只有一点唐主管说对了,即郑总新买的那套沙发确实就放在客厅现在的位置,不过那也是他瞎猜的。

郑小姐告诉李思平她家的房子在半年多以前重新布置过,原先摆放的物品基本上都被新购进的物品替代了,这才解决了他心中的疑问,看来唐主管告诉他们的信息基本上都已过时了。

参观结束后,他们又重回大厅。这时郑总已从隔壁房间里出来了,正坐在沙发上和夫人说着话。他高兴地告诉大家,刚才股市大涨,他又狂赚了一笔;在接受过大家的祝贺后他又说,玉娜居然长得与李助理的一个女同学很像,真是太巧了,这表明他对于刚才发生的事情已经有所了解。郑夫人则请客人们谈谈参观这座住宅后的感受,程翻译是其中讲得最精彩的一个。他盛赞整幢别墅里的豪华气派不仅在全市首屈一指,就是与一些国家的王宫相比也毫不逊色,接着他便谈起了两次去欧洲旅游时的见闻,并重点讲了那里几处著名宫殿的风格和优点——他的描述细致而全面,让大家有身临其境之感,因而郑夫人很是欣赏他。

如果说秦小姐起先并没有看出程翻译有什么过人之处的话,那么现在他的这些说法就足以引起了她的注意了。她惊叹于他的见多识广,完全没有想到在姨夫的公司里竟然有这样一位喜欢游历世界、还对建筑如此精通的男生,便饶有兴致地和他谈论起了中西园林之异同——需要说明的一点是,园林工程正是她的专业。

其他人并没因为他俩谈得投机而少说话,郑夫人很快就把话题转到公司内部事务上来了。她重点强调了和谐发展对于公司生存的重要意义,并勉励这些年轻人继续发扬团队协作精神,为公司和社会多做贡献,将来一定大有前途。见客人们不住地点头称是,她觉得很有成就感,于是打算继续讲下去。就在这个兴头上皓冰问什么时候开饭,因为现在已经到了中午,他觉得有点饿了。郑夫人不得不停止了说教,宣布宴会马上开始。秦小姐负责安排宴席上的座次,郑总代表他全家向来宾们致热情洋溢的欢迎词。尽管此刻郑夫人还是感到有点遗憾,不过当她突然意识到他们家现在完全有条件召开美少女餐桌会议时,她就变得比刚才要高兴得多了。

程翻译在餐桌上依然有用武之地,他对于端上来的每一道菜的原料及制作方法都了如指掌，并对其口味也进行了精彩的点评，站在一旁的两名厨师对他佩服得是五体投地，因为他们知道遇到了高手。虽说程翻译的做法有卖弄才学、哗众取宠之嫌，可并无一人责怪他。原因是他们认为，要是他明明有这种才能却不愿显露出来，那才说得上是罪过呢。

按说此时程翻译表明了他美食家的身份，秦小姐应对他更有好感才对。可是恰恰相反，她对他的好感不仅没有增加反而减少了，原因是他既然这么懂得"吃"，那他就必然是一个十足的吃货，而她一向是不太喜欢和这种人打交道的。更主要的是他相貌身高又太过一般，这也让她缺少与他交往的激情。相比较而言，还是李思平更能让她感到满意，所以此时她已把注意力都转移到他身上去了，不停地和他说笑。因为他是她见过的最帅的一位男生，理应受到自己这样的对待。再说秦小姐和他的那位女同学月蕊蕊长得那么像，完全可以被视作她的替身，凭这层"同学"关系，秦小姐和他这样聊天不也很正常吗？他也感受到了她的热诚，从而愿意告诉她更多他和月蕊蕊之间发生的故事，这给她带来乐趣的同时也让他自己感到快乐。

她这种在李思平面前献殷勤的行为却使得程翻译醋意横生，因为在此场合他想象中的与她说笑的对象应该是自己才对！可怜他白白浪费了那么多口舌，到头来却成全了对美食知识一向知之甚少的李思平，他反而受到了冷落，实在太没有道理了！回顾刚才他和秦小姐聊得那么好，到就餐的时候他的表现又可圈可点，按说这时他们的关系应该更加亲密才符合逻辑呀，可是情况偏偏不是这样！她完全把他抛到了一边，而去和别人谈笑风生，这究竟是为什么呢？如果说出现这样的状况仅仅是因为她的性格太善变的话，那么这种变化是不是也太快了呢？简直到了让人捉摸不透的地步！他也曾试图打断他们的谈话，可没有成功，其心中的滋味可想而知。

对于董小姐，秦小姐不过把她当作了一个好看的"花瓶"，美中不足的是这个"花瓶"太瘦了，于是她劝董小姐要多吃些鸡鸭鱼肉才好。董小姐说这些东西太油腻了，为了保持身材的苗条，她目前只想吃些清淡的食物。坐在她对面的郑总说道，这些东西并非不能美容，为了今天的聚会，她破例吃上几口也无妨。他又吩咐厨师把一盘水果沙拉放在她面前，然后便告诉身边的两个小伙子炒股的很多知识。他越讲越高兴，以至于都把吃饭的事给忘了。

开宴还没多长时间，所有的菜肴都已上齐了——包括汤在内总共只有二十一道菜而已，而且一道甜食也没有，这与曹会计"郑府的宴席是异常丰盛"的说法并不相符。客人们感到很疑惑，却不知郑夫人从这次请客起把原来的规矩改了——她不再讲究虚假的排场，不再大摆宴席铺张浪费了，从现在起就要提倡节俭,厉行节约! 所以她请他们吃的不过是一顿便宴。尽管曹会计在吃饭的问题上没有做到预测正确,但是这也不能保证她在其他方面的说法也一样会错,比如说她提到的郑夫人在宴会上会给未婚男女指婚的事情,所以董小姐还是不能完全放心。然而一直到客人离开别墅,郑夫人都没有流露出一点希望他们搞对象的意思,用餐期间她都在和大家讨论热播的电视剧,并没有换过话题。

宴会结束后,郑总夫妇邀请客人们去庭院里走走,依然是郑小姐给他们当向导。到处都是一派繁花似锦的景象,他们不时驻足观看。花园里则更是尽态极妍,弥漫其间的香气让所有的人陶醉。沿着花架下的廊道,他们到达了亲水平台,开始欣赏湖岸周边的美景。郑总让人拿来几个鱼竿,与客人们一起垂钓,他们都夸这座别墅真是"人间仙境"啊,实在令人流连忘返。

返回的时候,秦小姐边走边兴致勃勃地和李思平谈论园林设计。程翻译紧跟在他们后边依旧插不上话,感到非常惆怅,这本是很正常的事。一直距离他们身后很远的董小姐竟然也是惆怅莫名,这就有点不好理解了。郑夫人看到了便对董小姐说:"这次荤菜做得太多,不合你的胃口,不过下次你再来这里做客的时候,我就会让厨师多做几道素菜,直到你满意了为止。"董小姐非常感谢她的关心,但认为再次请客完全没有必要,因而恳请她打消这个念头。他们这次来府上做客就已经很叨扰了,心里很是过意不去,哪能再给她和郑总添麻烦呢? 这样岂不是更让他们感到过意不去了吗?

客人们回到大厅后又盛赞了一番郑总夫妇的热情款待。喝过茶后,他们很快就起身告辞了。

第二十二章

按说在此次宴会上有两对未婚的青年男女,玩指婚的游戏显然已经足够了,并且其中的一对又被郑夫人称为金童玉女,这充分说明他们是非常适合成为恋人的。然而郑夫人最终却没有给其中的任何一对指婚,这又是为什么呢?

我们先来说一说那位已在郑府住了四天的秦玉娜小姐吧。她出身于一个富商家庭,从小就受到父母的溺爱,过着衣食无忧的生活。郑夫人由于姐姐的缘故也很宠爱这位外甥女,早在外甥女读大学之前她就曾向姐姐半开玩笑地许诺,将来一定会给外甥女介绍一门合适的亲事——男方即使不能与秦家门当户对,最起码也得是个才貌出众的青年。郑夫人当时想的是,也许根本用不着她介绍,外甥女自己在大学里就谈上恋爱了。可是让她没料到的是,秦小姐一直到大学毕业都快两个月了也没有找到一个男朋友。她感到很奇怪:外甥女长得也不差呀,并且家道相当殷实,怎么会没有男孩子追求呢?难道是外甥女的眼光太高了吗?于是她便通过电话把这些疑问提了出来,对此姐姐做出了如下解释:

"玉娜在大学里迷恋上了网络,经常泡在网吧里打游戏,所有的功课都只是勉强过关,对于一般女孩子充满幻想的恋爱之事全然不放在心上,因为她觉得这玩意实在太浪费时间,能不谈恋爱就不谈吧,这样四年下来她竟然都没有过一次约会,又怎么可能有男朋友呢?"

"原来如此,这就可以看出过度打游戏的危害了,并且它对身体健康也非常不利,因此一定要让外甥女收收心才好。"

"谁说不是呢?"秦太太不无抱怨地说,"正因为有这一不良嗜好,她不喜欢梳妆打扮,面容没有以前好看了,见客的次数也越来越少,倒是整天与电脑做伴……我和你姐夫也说过她好多回,可是她听过一次吗?都被她当成了耳旁风!大学毕业都已经两个月了,她既没有出去找过工作,也不愿到自家商行里做事,每天都是通宵达旦地在家上网打游戏,对其他事情都不闻不问,你姐夫说她已经走火入魔。为了阻止她再这样继续下去,我们曾经把家里的网停了,也不给她多余的零花钱,可是都没有用,她还是要千方百计地上网,我们拿她真是一点办法也没有!芸芳,你说我们现在该怎么办?"

"要不给玉娜找个男朋友吧,或许她谈了恋爱之后就会把打游戏的事忘掉了。"

"这个问题我们早就想到了,连媒人都找好了。可是玉娜一听给她介绍的对象并非特别喜欢打游戏的人,就拒绝见面,因为她找男朋友的首要条件是必须要保证他也是超级游戏迷才行,否则一切免谈!你说这种择偶标准是不是很荒唐可笑?所谓的超级游戏迷过日子有几个是靠谱的!和这样的人结婚人生还有什么希望?我们当时都气坏了,坚决不同意她这么找男友,可是她却说:'只有和这样的人在一起,我才觉得活着有意义,也才会感到幸福!'这能是一个思维正常的人说的话吗?为此我们进行了激烈争论,以至于家庭关系闹得很僵……"

郑夫人了解到这些事情之后便极力安慰姐姐,并说由她亲自来劝外甥女改变主意。她本以为凭借自己极擅与人沟通交流的本领一定能说服外甥女,哪知秦小姐丝毫不为所动。郑夫人自然不甘心失败,就天天给秦小姐打电话,动之以情,晓之以理,苦口婆心地劝说,希望她能够迷途知返,可是依然没什么效果。于是郑夫人便给秦太太打电话说,想让外甥女去徐州住几天,这样她就能当面劝劝她了。秦太太欣然表示同意,她说:

"我和你姐夫马上就要去海南做生意,要到过年时才能回来。如果带玉娜过去就是增加了一个累赘,因为她什么都干不了。但要是把她一个人留在家里,我们又不放心,所以让她去你那里住上一段时间的主意非常好,而你正好可以借此机会用积极正确的思想对她进行熏陶和教育,让她恢复到正常的状态……芸芳,那一切就都拜托你了。"

郑夫人让姐姐放心,其他方面她不敢保证,但是管住外甥女不让她打游戏,自己还是可以做到的。第二天秦小姐就被父母打发到徐州来了。谁知她母亲在她出发后不久又打来电话说:

"芸芳,这两天我又做了反复思考,觉得我们最好还是不要再违背玉娜的意愿,她愿意找个超级游戏迷做男朋友就让她找吧,不必再干涉了,因为我们越是反对,其结果只会适得其反,你说是不是?给玉娜找对象的事情就全权委托给你了,不要忘了,你可是曾经说过要给玉娜找个婆家的——那你就给她找个你认为值得信赖而她又喜欢的人吧。即使找不到也没有关系,你只要尽力了就行。我到海南后估计会非常忙,根本没有那么多时间和精力来管她的事。"

郑夫人没有想到此时姐姐会在玉娜的婚姻问题上做出重大让步,这就等于完全认可了玉娜的想法,而把她自己以前持有的观点都给否定了!促使姐姐思想转变的主要原因是她内心对女儿深深的爱,骗得了别人却骗不了她自己!不管是迁就女儿,还是苛求女儿,其实本质上都是一样的,那就是希望女儿一切都好。而姐挑明了要郑夫人兑现当初的诺言的做法则说明,姐姐认为妹妹是有义务给外甥女介绍对象的,如果她做不到,就要承担一定的责任!不可否认,姐姐把这么重要的任务交给她,除了表明对她的充分信任之外,还有点推卸自己责任的意思。尽管如此,有话柄落在姐姐手里的郑夫人却是推脱不得,她必须要认真对待此事,即使不一定真要付诸行动,至少要做个样子给姐姐看看。

既然允许玉娜可以找个喜欢打游戏的男友,那么也就应该允许玉娜可以继续打游戏,否则的话,那可就是"皮之不存,毛将焉附"了,而教育她放弃这个唯一的爱好更是完全没有道理的。因此秦小姐来到姨母家,每天依旧沉迷于网络的世界里,还把小表弟给带坏了。郑夫人不得不考虑约束她一下,于是就和丈夫商量要让她有个正经事做,她却说应先给她找到"志同道合"的男朋友,她才会去上班。这明明就是一个借口,郑夫人不可能看不出来,可是她还是要尽量满足外甥女的"合理"要求,便决定近期要介绍一个超级游戏迷让她认识,不管这两人能不能成为男女朋友,先给姐姐一个交代再说。然而在郑夫人的朋友圈里最缺少的恰恰就是这类人,因为她一向认为这样的人多半都不安分守己,所以还是少与他们接触为妙。要找到一个既痴迷打游戏又值得自己信任的人,对郑夫人来说是一个难题。

　　这时她突然想到了即将前来别墅参加宴会的客人里面有两名男生,他们刚刚参加工作,应该还没有结婚。其中李思平是学计算机的,还是个电脑专家,没准他就是个超级游戏迷呢。还有那个程翻译,外语学得那么好,他一定也对网络游戏很感兴趣,这些东西大部分不都是从外国引进来的吗?只要在他俩之中有一人符合要求,那么给外甥女找男朋友的难题不就解决了吗?总之,她在他们身上是寄予了厚望的,期待着他们会给她带来惊喜,然而结果让她失望了。由于没能解决外甥女的婚姻问题这个她当前最重要的工作,她心情很是低落——尽管在表面上是看不出来的——她哪里还有心思在宴会上再撮合其他人呢?

　　客人们走后,郑夫人去更衣室换衣服。她一面想着既然在他们之中没有适合做秦小姐男朋友的人,那只有通过其他途径再找了;一面又为李思平这样的英俊潇洒男生不能成为她的外甥女婿而感到遗憾。正在这时秦小姐推门走了进来,也不待姨母发问,她就主动说起了今天是怎么怎么的开心了。她的反常举动让郑夫人感到很意外,因为现在会客已经结束了,她应该去玩电脑才对,怎么谈论起她原本不感兴趣的话题了呢?后来郑夫人注意到她提到李思平的次数特别多,而且每一次她的眼睛都发亮,心里难免就会觉得奇怪。联系聚会中和游玩时她对待他的亲热态度,郑夫人便很自然地认为:她该不会是对他有意思吧?接下来发生的事情完全证实了郑夫人的猜想,秦小姐很坦率地承认她的确是看上李思平了,而他现在恰好没有女朋友。

　　"你不是说一定要找一个超级游戏迷做男朋友吗?"郑夫人有点儿困惑,"可是事实证明李思平并不是这样的人呀!"

　　"从现在起我的择偶标准变了,姨母,"秦小姐很认真地说道,"我认为找男友就应该找个自己真正喜欢的人——而李思平恰恰就对我的胃口!至于说他喜不喜欢打游戏倒也不是那么重要。"

　　"是吗?你确定真的喜欢上了他,而不是一时的头脑发热?说说你喜欢他的理由吧。"

　　"我可以向你保证喜欢上李思平真是我深思熟虑的结果。首先他外表漂亮、风度翩翩,性格和我有很多类似的地方,其男性魅力难以抗拒;其次他是计算机专业毕业,擅长电脑的维修及管理工作,如果我们恋爱了并最终组成了家庭,以后家里的电脑出现什么问题,也用不着去专卖店寻求帮助了,自己就能解决,这样就可以节省一笔开支;最重要的是他从一见到我起,就对我产生了一种似曾相识的感觉,因为他把我错认作他的女同学了!——真希望他会一直错下去——我相信凭借这一得天独厚的条件,他一定也会喜欢我的。

随后她又补充道,其实电脑专家距离网游高手只有一步之遥而已,二者并没有什么本质不同,混为一谈是完全可以的,所以他就成为她准男友的最佳人选了。

"这就是你的心里话?好了,我知道了。反正李思平是你姨夫公司的员工,并且他上午也曾亲口告诉我说他目前是单身,由此要让他和你谈恋爱真是太容易了,到明天我就给他打电话……玉娜,你就静候佳音吧。"

皓冰——这位秦小姐唯一的粉丝,也毫不犹豫地支持表姐做出的选择。但是郑小姐对此明确表示了异议,因为她一向有和表姐作对的习惯。她说:

"难道你们看不出来李助理和董小姐谈恋爱才更合适吗?别的不说,单看他们同样洁白的皮肤,就知道他们在一起是多么般配了!表姐你就不行了,肤色那么深——尽管这并不是你的错——和李助理站在一起泾渭很是分明,恐怕有点煞风景。因此我认为表姐应该继续等待游戏王国的黑马王子才是明智之举。"

她的这番言论显然是要故意惹表姐生气,她也达到了这样的目的!秦小姐立刻气得脸色通红,质问表妹道:"妍冰,你这么说究竟是什么意思?你在讽刺我不配与李助理谈恋爱,对不对?那么我就应该成全他与董小姐才对了!为什么你老是向着外人,而从来不为我着想呢?这太让我心寒了!我承认我的皮肤是黑点,可是你知不知道李助理就喜欢黑皮肤的美女,否则的话他也不会一开始就错把我当作他的女同学了!"

郑夫人也认为女儿做得太过分了,马上命令她住口。郑夫人告诫她:"即使动一下'玉娜不配与李助理谈恋爱'的念头都是错误的,就更不要说冷嘲热讽地把它讲出来了,那绝对是大错特错!你必须向你表姐道歉!玉娜出身名门,怎么就配不上生长在普通人家的李思平了?她能看上他可以说是他的福分呀!再比较玉娜与董小姐,她至少有三点比董小姐强:她是大学本科毕业,在学历上比专科毕业的董小姐要高;她家拥有的财产远远超过了董家,将来她的陪嫁也一定会十分丰厚;她黑里透红的皮肤远比董小姐太过白皙的皮肤健康,也更符合现代审美观念,你只要仔细看看就会很容易发现,她的容貌比起董小姐来更美丽,外表也比她更有内涵,气质也比她更优雅……难道你能说我的这些说法没有道理吗?我一点也不怀疑大多数人都会认为只有玉娜与李思平谈恋爱才更符合他们的心愿,并且这能给李思平带来实实在在的好处,相信他一定也会愿意当玉娜的男朋友的。"

"可是妈妈,"郑小姐叫道,"你不能否认,表姐与李助理在肤色上还是有一些不协调的，不管李助理同不同意和她谈恋爱，这个事实都是不容改变的！尽管如此，我还是真心祝愿表姐能够把李助理追到手，这样当她向我炫耀她的男朋友的时候，我除了赞叹和羡慕之外，就无话可说了！"

郑夫人对于女儿的固执很是不满，便把她赶到书房去看书，不准再对此事发表任何意见。虽说她也很疼爱女儿，可是在此关键时刻，却决不能容忍女儿破坏自己给外甥女说亲的大事，而她撮合秦小姐和李思平的决心也就更加坚定了。

她把自己打算给李思平和外甥女做媒的事情告诉了丈夫。按照她的设想，他必定会百分之百地支持她，让她万万没有没想到的是他的态度却正好相反。他说："玉娜不是要找个超级游戏迷当男朋友吗？据我所知，李思平并非这样的人啊，因此他就不合适了。再说公司有规定，新员工在试用期内不准谈恋爱，你现在要把玉娜介绍给李思平，这不是让我为难吗？我要是带头违反了公司的规定，别人会怎么说我？所以此事最好还是算了吧。"

由于自己身边的两个亲人都不赞同她的想法——尤其是她丈夫，这还是第一次不顺从她的意思呢——让她有点不太高兴。她心想：他们今天这是怎么了！是不是商量好要在这件事上跟我过不去？不过她还是耐着性子说："忘了告诉你了，玉娜的择偶标准今天下午刚刚改了，李思平正是她真心喜欢的人。李思平又亲口告诉过我，他没有女朋友。真是太好了！既然如此，我们一定要帮玉娜完成心愿。你刚才说的那条规定我怎么从来都没有听说过？我不记得员工手册上有这样一条！就算它是不成文的规定也是针对外人的，我们自己人则不受这个限制，对不对？李思平虽是你的下属，可是他即将成为我们外甥女的男朋友，他还能算是外人吗？再说你都可以打破惯例允许他住在公司，你怎么不可以再破次例允许他谈恋爱呢？别的话我也就不多说了，反正你无论如何都要答应他和玉娜谈恋爱的事。"

郑总说："这是一条新出台的规定，还未来得及写在员工手册上，不过新员工们都已知道此事了。并且我又嘱咐他们说：'不管你们以前有没有过男朋友或者女朋友，对外都要一律宣称自己是单身，直到试用期结束为止。'他们都同意了。因此你从李思平口里获得的信息就很难保证绝对真实了。要是他确实有女朋友的话，你还能把玉娜介绍给他吗？"

"原来是这样……"郑夫人沉思了片刻说，"我看这么办吧，你明天上班后，先私下地找李思平聊一聊，一定要问清楚他到底有没有女朋友。了解到实情后你再给我打电话，我就知道下一步该怎么做了。"

第二十三章

　　且说三名新员工对于这次到郑府做客的感受是不一样的。董小姐先是因为担心郑夫人会在李思平与程翻译之中为她选择男朋友，她的心情刚开始是非常紧张的，好在指婚的事情并没有发生，她心里的一块石头才算是落了地；不过她也没有开心起来，到最后反而有些失落，原因是郑总夫妇没有邀请哪怕是一个富翁来参加宴会，让她感到实在无聊透顶。

　　程翻译对于郑府宴席的不太丰盛是深感遗憾的，因为这样既没有使他饱尝美食的愿望得到满足，又限制了其美食家才能的充分发挥。没有获得秦小姐的青睐又让他觉得受到了很大打击。原来他曾两次去欧洲旅游，并经常出入高档酒店——如此大手大脚的花钱，导致他手头十分拮据，还背上了一大笔外债，可是他父母却声明，这笔钱请他自己想法偿还，他们绝不会再给他一个子！经济上的入不敷出使他逐渐萌生了与富家千金结亲的想法，因为通过婚姻关系得到的钱财，不仅合法，而且来得容易和体面，还不用偿还，有了它就能很快地改变现状，真是好处多多！可是到哪里才能与有钱人家的小姐拉上关系呢？正当他苦于没有门路的时候，却接到了去郑府做客的请柬，于是在接下来的几天里，他就老是幻想着能在那天的宴会上结识一位既富有又漂亮的女孩。女孩非常欣赏他的才华，愿意和他成为恋人，等到他们结婚的时候，她会给他带来上百万元的陪嫁……即使在郑府碰不到这样的女孩，他也要好好表现一番，只要把郑总夫妇哄高兴了，说不定他们就会借给他一笔钱，以帮助他解决燃眉之急。值得庆幸的是，他在郑府真就遇到了秦小姐这样一位富商家的千金，并且她还是郑夫人的外甥女。他心中暗自高兴，于是就极力卖弄自己的才学，以引起她的注意，很快他就明显地看出来她对他很有好感了。可就在他以为她会与他进一步发展关系之际，不料此后她竟然会把关注点完全放在李思平身上，对待他就像他不存在一样！可怜他费尽心机地表现自己，到头来还是被秦小姐冷落了，她对李思平却是异乎寻常的亲热，这不正说明他看上李思平了吗？预计不久后与她谈恋爱的好事就会落到李思平的头上！李思平有什么？不就是长得比他好看点吗？其他方面都不如他强，可是秦小姐恰恰就看中了李思平那张漂亮的脸蛋！如此一来，他先前的梦想泡沫可不就破灭了吗？他也不知道自己该怎么偿还那笔债务，更不知道什么时候才能还清那笔债务！他越想越痛苦，这与他来赴宴时的满心欢喜形成鲜明对比，也是他根本没有想到的。

　　李思平却没有像他的两名同伴似的患得患失。他始终都是高高兴兴的，既没有烦恼也没有忧愁。他说:"这次在墨香别墅做客的确让我开阔了眼界,增长了见识……更重要的是我看到的一切都很美好:树木都是成行地栽种,而且它们看起来又直又健康;鸟儿偷吃果实和捕食害虫并无性命之虞,因为没有哪个地方喷洒过农药;宴席办得很节俭,正合我心意,而大家坐在一起吃饭的场面又很温馨,所以这次聚会是取得了圆满成功的;郑总一家人是多么和谐友善,他们的亲戚秦小姐对我尤其热情,看到了她,我就会想起难忘的高中学习生活……"

他这一番话不仅使程翻译更加确信他爱上了秦小姐,而且让董小姐看出了端倪——莫非他是把对月蕊蕊的喜欢都"移植"到秦小姐身上了?

周一上午七点钟左右李思平正在吃早饭,这时却听到了敲门声,原来是唐主管来向他询问昨天到郑府做客之事。李思平把事情的经过简要地叙述了一遍,之后便问他是否认识郑太太的外甥女秦小姐。唐主管说:

"我只是听说郑夫人的姐姐嫁给了淮南的一个秦姓富商,但我从未见过他们,更不认识他们的女儿。哦,这位小姐也来别墅做客了,我倒没有想到——她是怎样的一个人,来了几天了?"

"秦小姐来别墅五天了——是郑夫人邀请她来的。她活泼开朗,举止文雅,气质非凡……至于她的容貌,不仅非常漂亮动人,而且竟然与我上高中时的一个叫月蕊蕊的女同学很像,你说这是不是巧合?"

"是吗?那确实太巧了!你见到她是不是有种似曾相识的感觉?"

"是的。她知道后也觉得很有趣,便不断地向我打听月蕊蕊各方面的情况。我说:'你何必要问我呢?看看你自己就可以了,因为你和她不光长得像,连说话的声音、走路的姿势都像!更何况,我和她的关系很一般,对她的事情一向都知之甚少,你问我也没用呀。'或许是这个缘故吧,她好像特别喜欢和我聊天,并由此作为发端,我们又聊了好多方面的话题,比如天气、网购、园林等,一直到我离开别墅都没有谈完。你可以想象,我们度过了多么快乐的一天!"

"秦小姐的年龄应该在 20 岁以上,对不对?她是否订婚了?"

"她和我同岁,也是今年大学刚毕业的,到目前为止还没有男朋友,因此不可能订婚——你怎么想起问这个问题呢?"

唐主管笑道:"李助理,难道你还没有看出来吗?郑夫人在几天前就邀请秦小姐来别墅做客,并让她出现在宴会上与你们见面,其主要目的就是要在你与程翻译之间为她选一个男朋友——其实这也没什么可奇怪的,任何有头脑的人都会这样认为。"

"你就这么肯定郑夫人是这样的想法吗?可是昨天聚会的时候她连一点点这方面的意思都没有表露出来,这又该如何解释?"

　　"难道你没有听说过郑夫人在宴会上撮合于超然夫妇的事吗？可见她是做过媒的，并且取得了成功，这让她足足高兴了好几个星期！而这一次她极有可能也想获得与上次一样的喜悦。尽管如此，她也不会在宴会上给秦小姐和你或程翻译做媒，因为你们与秦小姐是初次见面，彼此之间不了解，郑夫人也不知道秦小姐会喜欢上谁，她所能做的就是让秦小姐与你们接触后做出选择，一旦秦小姐确定了心仪的对象，剩下的事就交给郑夫人来做了。虽然你和程翻译都是青年才俊，但是你的优势要更明显一些，如果不出意外的话，我认为你一定会在与程翻译的竞争中胜出！"

　　"何以见得？"

　　"答案是显而易见的：你是大家公认的美男子，并且才能出众，而可能一直在苦苦寻找如意郎君的秦小姐一眼就看上了你，再加上你说她长得像你以前的一个女同学，这就会更加让她以为和你有缘了，所以她才会乐此不疲地和你聊天——她的这一表现实际上是在向你献殷勤，说明他对你十分有好感。她也是这样对待程翻译的吗？"

　　"不是的。刚开始她对程翻译还很欣赏，后来便逐渐冷淡了，甚至他多次插话她都不理他，我也说不清是什么原因……可是你知道吗，唐主管？墨香别墅里的物品摆设可与你之前描述的大不相同了，因为那里在半年前又重新装修了一遍。——你能保证这次不会再失误了吗？再说我们在财产方面还有着巨大差距，仅凭她和我聊天聊得开心就能断定爱上我了呢？

　　"看来我说得一点没错，秦小姐的确是对你有意思，而把程翻译完全排斥在你们俩之外！这样我就更有把握了。财产上的差距并不是什么大的障碍，难道你没有听说过'情人眼里出西施'的话吗？只要她愿意和你在一起，任谁都是拦不住的！请相信我的话，这一次无论如何也不会再错了！你就等着做秦小姐的男朋友吧，在这里我先向你道贺了。只是不知道你是否也对她有意思呢？李助理，请你说实话，你想和秦小姐成为一对恋人吗？"

　　李思平略微一沉思，很平静地答道："只要秦小姐把她想和我在一起的意愿表达出来，我倒并不反对和她谈恋爱……"此时不知什么原因，他把他一直坚持的那个原则忘得一干二净，犹如它从来都不存在一样！

　　突然他的手机响了，是郑总打来的，郑总让他马上到总经理办公室去一趟。电话刚一挂断，唐主管就说，郑总此刻这么急着找他，除了问他愿不愿意与秦小姐处对象之外，一定不会再有别的事！看来郑总也要当媒人了，或者他只是为他太太传个话。李思平则说：

　　"如果说郑夫人要给我介绍对象的话还有可能，但是郑总一定不肯这样做！有一件事我一直没说：在我刚上班的时候曹会计就要给我介绍对象，可被郑总阻止了，其理由是'公司有规定，新员工在试用期内不准谈恋爱！'他总不会带头违反自己制定的规矩，而让曹会计抓住把柄吧？所以他是不会和我谈这个问题的。"

"曹会计也没有告诉我，因为她给女儿说媒的事一向都是不准我插手的，也不想让我知道……可是我怎么从未听说过公司有这样一条规定？是郑总杜撰的吧。退一步讲，即使有这条规定也没有关系，因为郑总都打破惯例允许你住在宿舍了，为什么不能再打破惯例允许你谈恋爱呢？再说秦小姐又是他太太的外甥女……"这时李思平已经走出了宿舍，往三楼走去。

在办公室里，郑总先讲了一番客气话，说是他们昨天去寒舍做客，他和太太实在是招待不周，敬请原谅。然后他又像往常一样与李思平谈了一会儿本周的主要工作。如果说这时李思平还没有看出来郑总有什么重要的事要宣布的话，那么几分钟后，当郑总把门关上并压低了声音说话的时候，他一定会察觉出了异样。

郑总说："李助理，我想，像你这样一位既有才干又讨人喜爱的年轻人，在家乡不可能没有女朋友吧？"

这个问题的突然提出让李思平大感意外，因为郑总以前不但不允许他谈女朋友，甚至连这么敏感的话题都没有和他聊过，如今郑总却一反常态，难道是他真的要打破惯例给自己介绍女朋友吗？可是如果郑总要给他和秦小姐做媒的话，他应该问"你应该还没有女朋友吧"才对，然而为什么他问的却是相反呢？莫非是他根本就没有此意？在上述疑惑中他做出了如下的回答：

"我从来都没有谈过恋爱，所以在家乡有女朋友是不可能的事。"

郑总对此并没有信以为真。他说："现在只有我们两个人在场，你也没必要再隐瞒了，就把实话讲出来吧。你放心，我不仅不会阻止你们继续交往，反而会为你保密的。"

自己明明没有女朋友，为什么郑总一定要让他承认有呢？郑总这样做到底有何用意？尽管李思平这些问题并不清楚，不过他还是重申了刚才的说法。

郑总对他的回答似乎并不满意。他说："我再提醒你一下，请你好好想一想，在家乡有没有一个和你交往特别密切、相处特别融洽的小姐呢？如果有，那她就应该可以被视作你的女朋友——你明白我的意思了吗？"

这时一个温柔而稳重的年轻姑娘的形象便在李思平的头脑中浮现了，毫无疑问她就是刘小姐。虽说以前由于姐姐及自己工作的关系他们确曾来往频繁，可实际上他们只是普通朋友，并且现在几乎都没有联系了，怎么可能她就成为他的女朋友了？要是他认同郑总的说法，那可就太自作多情了。于是他据实回答：是有这样一位姓刘的小姐，可是他们只是一般的朋友关系，因此他不能同意她是他女朋友的说法而使她的名誉受损。

"你和刘小姐真的没有谈恋爱吗？好，即使现在没谈也没有关系，你们以后完全可以向恋人方面发展，对不对？不至于像你说得那么严重！"郑总停了一会儿说道，"李助理，我现在向你宣布一条公司的最新规定，以后不管是谁问你有没有女朋友，你都要说：'我在家乡已经有女朋友了。'你只要不把那位小姐的姓名说出来，就不会对她造成任何影响。类似这样的规定过一会儿我还会向董秘书和程翻译传达的。"

"昨天尊夫人就曾问过我这个问题，我如实告诉她说：'我没有女朋友。'是不是我这样说有什么不妥，如今你才让我说谎的？说实话，我以前可是从未说过假话的。郑总，能告诉我这样做的原因吗？"

"只要是善意的谎言，偶尔说一次有什么不好？之所以说它是善意的，是因为我这样做的目的，是为了向外界证明：我公司的员工都非常优秀，又很有魅力，他们早就找好了对象，并没有'剩男''剩女'存在！说起来公司里也只有你们三个新员工没有结婚了。所以我才会让你们宣布这个规定，希望你和他们俩能够理解和配合。需要注意的是，我所说的这个'外界'，也包括我太太在内。假如说我太太再问这个问题，你就按我刚才说的回答她；如果她再接下来问：'为什么你与上次说的不一样？'你就说：'郑总曾经嘱咐过我，不管以前有没有过女朋友，对外都要一律宣称自己是单身，直到试用期结束为止。我之所以这样说是为了遵守公司的规定，而实际上我是有女朋友的！而现在郑总为了公司的形象考虑，又允许我说实话了，因此这两条规定并不矛盾。'我说的这些你都记住了吗，李助理？请记住，一定要按照我的要求去做！另外我们的谈话内容要绝对保密，不能让任何人知道。"

尽管郑总出尔反尔的做法让他感到莫名其妙，不过他还是同意了。不久他回到了宿舍，唐主管一见他马上就说："李助理，郑总一定把打算给你和秦小姐做媒的事告诉你了，对不对？看来我猜得没错！你是怎么回答他的？"

"很遗憾，唐主管，这次你又猜错了，郑总只字都没有提到这件事。刚才我们一直在谈工作来着。"

唐主管没有得到他想要的结果，带着失望离开了。此时李思平的心情同样也不能平静，他细细地回忆着在总经理办公室所经历的一切。郑总今天过于神秘的举动自不必说，最让他感到惊奇的是，郑总竟然允许他在一些事情上可以向自己的太太撒谎，这太不合情理了！试问天下有哪一个上司会这样教唆他的下属欺骗自己的妻子？这除了说明这对夫妻之间互相猜忌、互不信任的关系之外，还能说明什么？郑总又提到郑夫人有可能再次询问他"有没有女朋友"的问题——只有在她打算给谁说媒的情况下为进一步确认他没有女友，才会出现这样的事情，而她会给谁说媒呢？有八成是给她的外甥女秦小姐！尽管如此，还是没有确凿的证据证明此事与秦小姐有关，因为她也有可能会给他介绍别的女孩。虽说郑总让他说谎的理由那么冠冕堂皇，但是他很怀疑郑总真的就是为公司的形象着想？莫非他还有什么别的目的不成？如果郑夫人真的再次询问那个问题，他是按照自己的意愿回答呢，还是按照郑总教他的话回答呢？此时他心里非常纠结。

再说苗小姐得知昨天郑夫人根本就没有撮合李思平和董小姐，不禁大失所望，不得不承认自己先前的猜测完全错误。而同样没有猜对的曹会计却非常高兴，原因是现在的局面才对她更有利呀，她可以立刻就给女儿去向李思平提亲，不用再考虑谁会和女儿竞争的问题了。事实上她也是这样做的。她见到李思平后，先说郑总的那条"新员工在试用期内不准谈恋爱"的规定根本就是子虚乌有，即使有也不符合法律的规定；然后她便夸女儿是怎么的漂亮和聪慧了，而他和女儿结为秦晋之好是再合适也不过了。可是李思平不得不打断她说："很抱歉，太太，我在家乡已经有女朋友了，所以我和令爱是不可能在一起的。"

曹会计很惊愕："你说的是真的吗，李助理？我记得你上次不是这样说的。"

"是真的，我没有骗你！之所以与我上次说的不一样，是因为郑总在我上班的第一天就告诫我说：'不管以前你有没有过女朋友，对外都要一律宣称自己是单身，直到试用期结束为止。'我不得不按照他的要求去做，而实际上我是有女朋友的。"看来他真是把郑总教给他的话说了一遍，而这也是他平生第一次撒谎，竟然能做到"脸不红、心不跳"！他之所以说谎说得这么心安理得，是因为他不认为从未见过面的林小姐适合做他的女朋友，因此他又何必再耽误人家的青春呢，不如一口回绝来得爽快！

他的做法让曹会计又一次受到了打击。曹会计没有再问下去，悻悻而归。到了下午，她恢复到了正常的状态，便去拜访程翻译，并从他口中得知了宴会的详情，也第一次听说有秦小姐这个人。不过她认为这位富商家的千金不过是来郑府做客而已，未必就会有在徐州寻找男朋友的打算。至于说在公司找男朋友那就更不可能了，因为公司里没有富豪的子弟。一表人才、才华横溢的程翻译在聊天中流露出了希望她能给自己介绍个对象的愿望，这让曹会计很高兴，然而他却不符合女儿的择偶标准，实在可惜了。

于太太很快就听说了李思平在家乡有女朋友的事，她心想，既然是这样，那还要自己四处张罗为他介绍对象干什么呢？苗小姐认为即使这件事是真的，他也一定会和女朋友分手，因为他们实在相距太远了，感情绝不可能往一块儿发展！他只有和董小姐谈恋爱才是最明智的选择。

第二十四章

李思平本以为这一天他只会撒一次谎，可实际上他完全想错了，因为这天晚上九点多钟他在接到一个电话后，又撒了一次谎，而打来电话的不是别人，正是郑夫人！一切都如郑总预测，郑夫人果然再次询问他到底有没有女朋友的问题。虽说对于此事他已经有了一定的心理准备，但是她这么快就与他联系还是让他感到有点意外，由此也可见她急于知道答案的心情是多么迫切！她的用意不言而喻，而且她必定也是想得到否定的回答的——这些他的心中都明白，因而感到压力很大。可是他必须顶住她给他带来的压力，按照郑总吩咐他的那些话去回答，因为他昨天已经答应了郑总将来一定会这么做，而他处事的原则及所受的教育都不允许他轻易改变承诺。

郑夫人听他说完，似乎很失望地说：

"原来是这样。李助理，请原谅我拿一个相同的问题问了你两次。如果你要问我原因，我也不瞒你，可能你也感觉到了，玉娜和你在一起非常开心，而且她长得又与你以前的那个女同学很像，我觉得你们俩成为男女朋友再合适不过了，因此就想给你们做媒，这次打电话我就是想再确认一下你没有女朋友。可是很遗憾呀，李助理，你已经有女朋友了，那只好算了！如果有时间，请带上你的女友到别墅来做客吧，我们会热烈欢迎你们的，祝你们幸福！再见！"

这一次没有任何疑问了——看来唐主管之前的分析是不错的——郑夫人就是想介绍秦小姐做他的女朋友。由此他推测，在昨天的宴会上秦小姐极有可能是看上了自己，郑夫人也表示赞同，郑总却认为他们俩处对象不合适，就想加以阻挠——他先说"新员工在试用期内不准谈恋爱"的规定可能没起到作用，然后又说："李思平其实已经有女朋友了，不信你们过几天打个电话问问就知道了。"为了使这个谎言不被揭穿，郑总才制定了那条最新规定并在今天一早就向他宣布，还教了他一套说辞，其目的就是要他配合自己圆谎。整个事件这样解释是非常合理的。

可是他与郑总并无过节呀，并且他还一直很受郑总的器重，为什么郑总会处心积虑地不准他和秦小姐谈恋爱呢？他这样做的真实目的究竟是什么？再说，他都可以允许太太干涉公司的事务，为什么在这件事上他不能和她保持一致呢？李思平对于这些疑问感到非常困惑。还有，既然郑夫人相信了他的谎言，不能再给他做媒，为什么又要把女方的名字说出来？这个问题他思考了一夜，终于想明白了：她这样做的目的是想让他知道他错过了谁，他一定会为此而感到后悔的！这就是他说谎的代价。事实上，他确实也感到了一定程度的痛苦。此时他意识到，自己的这个谎话一出口，就很难再有挽回的余地，在郑夫人那里他在恋爱方面已经被判了"死刑"，她绝不会再给他介绍女朋友了，除非秦小姐坚持要和他在一起，并苦苦追求不放手。

　　再说郑夫人为什么会在这么晚给李思平打电话呢？原来今天下午郑总回家后，她立刻就问他那件事情了解清楚了吗？他的回答是："是的，我当面问的李思平，他说他确实正在和家乡的一位姓刘的小姐谈恋爱，对于她的才貌和人品他早就仰慕已久，两人已经交往了几个月了。"秦小姐听了非常不开心，因为她好不容易才遇到一个自己喜欢的人，没想到他竟然已有意中人了，那么他们也就不能成为恋人了。为此她吃不下饭，也没有心思打游戏，只想一个人在房间里待着。郑夫人想方设法地安慰她，并说过几天就会给她找一个比李思平还要好的男生做她的男朋友，还是未能让她高兴起来，她晚上九点不到就上床睡觉了。可是郑夫人却睡不着，这除了有她尚未完成姐姐交给的任务而内心焦急的原因外，更多的则是越来越怀疑丈夫在整个事件中起到的是相反的作用。因为要是在以前，不管她遇到什么难事，丈夫都会展现出善解人意的一面，并积极地协助她解决。就拿眼前的这件事来说吧，即使他确信李思平已有女朋友，为了哄她开心，他也应该撒谎说李思平没有女朋友才对；而为了给自己分忧，他更应该利用手中的权力委婉劝说李思平与女朋友分手，这样才符合他一贯的唯自己的命令是从的个性呀。可是现在他没有按照她设想的办，实在太反常了！因此她现在不太相信他的话了，总觉得他有欺骗她的嫌疑。她认为最好再亲耳听听李思平是怎么说的，说不定他的说法与丈夫的完全不同呢，那事情就有转机了！于是这才有了打电话之事。而最后她把秦小姐的名字说出来的目的也正如李思平认为的那样。

　　由于有了郑总让自己撒谎的事，李思平便很怀疑郑总真的会把那条新规定向董小姐和程翻译宣布。第二天上午他找到一个机会悄悄询问这两人，郑总昨天有没有向他们说起过什么重要的事。他们都摇头否认。这时他想起唐主管和曹会计昨天说的"新员工在试用期内不准谈恋爱"的规定纯属是子虚乌有，于是就问他们听没听说过这样的规定？这一次他们不仅摇了头，还反过来问他是从哪里听到的这样的谣言。

　　综合以上信息再加上以往的事例，李思平判断这两条所谓的"规定"就是专门针对他才"存在"的！这就是他不被允许和任何一个女孩谈恋爱的依据。正如他打破了"任何员工都不准在公司内部住宿"的惯例而被允许在公司居住一样,此事同样也说明了他身份的"特殊"——他受到的待遇果然和别人不一样！可是郑总为什么在住宿的事情上对他不加限制,而在恋爱的问题上却对他要求很严呢?郑总对待他的这一松一严的"特殊"做法不也有点自相矛盾吗?但疑问越大,就越容易让人看出此事背后一定不简单,隐藏的秘密也一定超乎了他的想象。他虽然很想知道答案,但他现在所能做却只是等待。然而他除了等到郑总要求他对郑夫人打电话给他和秦小姐说媒一事严格保密之外,其他就一无所得了。

　　这天中午林小姐告诉母亲,鉴于目前的形势,她决定再次降低择偶标准:书生模样、身高在 1 米 75 左右的男生也可以做她的男朋友。曹会计听了,满脸的愁云一扫而光,因为这样一来,程翻译就完全符合条件了。于是下午一上班,她马上就去国际部找程翻译,不料却扑了个空,打他的电话都是一直在通话中。和他同在一个办公室的同事说:"下午还没有见到程翻译的人影呢,我也不知道他去哪里了。曹会计,你找他有事吗?要不你先给我说,等他回来我再转告他。"曹会计说,她来找程翻译不过是想和他闲聊一番而已,哪里是有什么事?她之所以不说出真实意图,原因在于她给女儿说亲从来都是她先要当面与男方谈,决不肯假手第三人,因为她不想让人家知道她给女儿说亲的内幕。从国际部办公室出来,她又见到了好多同事,可是她都没有再向他们打听程翻译的行踪,以免引起人家的疑心。

　　她非常焦急,盼望着能尽快见到程翻译。可是直到快五点的时候,他才在公司露面。然而当她急切地把要撮合他和女儿成一对的想法说出来之后,程翻译不仅没有表现出多高兴的样子,反而只是淡淡地说:"对不起,太太,你来晚了一步,我已经有女朋友了!"

　　"这怎么可能!"这个消息对于她来说就像晴天霹雳,以至于好长时间都没有回过神来。"可是你昨天不是还说自己是单身吗?"

　　"太太,我真的没有骗你——我刚刚谈的女朋友。你知道我下午去哪里了吗?是去云龙山相亲去了。"

　　曹会计还是不能相信他的话,就问他是和谁相亲去了。他不得已便把他女朋友的名字说了出来,这令她和后来得知此消息的人都大吃一惊,原来他的女朋友竟然是秦小姐!

　　曹会计直抱怨自己完全忽略了这个素未谋面的对手,她来这里就是为了找对象的,并且她已经先自己一步把程翻译抢到手!看来她选择男朋友并没有遵照门当户对的原则,太不可思议了。唐主管则感叹他在预测事情方面又一次出现了错误,真是世事难料啊,不过他并没有做出今后将终止这种行为的决定。

李思平受到的打击之沉重是其他人所没有的,因为他毕竟是最初被秦小姐看上的人,如果不是郑总让他说谎,那么去云龙山和她相亲的人就不是程翻译,而是他了!对此他非常后悔,而几天前他与她在宴会上说笑的情景又浮现在眼前,他觉得她对自己的喜欢应该是发自内心的,对自己的爱一定也会矢志不渝,绝不会因为他说了他已有女朋友的违心话而轻易改变。可是没想到她这么快就把他放弃了,而去和别人谈情说爱,最让他难以理解的是他选择的对象居然是程翻译!他记得那天在别墅,她对程翻译并没有表现出多少好感啊,甚至在好长的一段时间内都不搭理他,照理说他成为她的男朋友的可能性是微乎其微的,可是为什么这种事情偏偏就发生了呢?太不合逻辑了呀——这到底是怎么回事?!

且说这天早上,秦小姐还是那么闷闷不乐,早饭也吃得很少。郑夫人提出要和她一起去庭院里散步。她开口便说,经过这一晚上的思考,她决定就在姨夫的公司内找男朋友了,只要他还未婚就行,其他条件暂时不作要求。对此郑夫人感到很意外,连忙询问她为什么会有这样的想法。

"我对公司里面的人比较放心,因为他们都是姨夫的下属,属于知根知底的类型。不管我和他们中的哪一个谈起了恋爱,他都不敢先提出分手,这样在众人面前我就会觉得很有面子,而他上班的时候也便于我监视啊。"还有一层意思她没有说,即她也是做给李思平看的,她就是要告诉他,他在她心目中并不重要,即使不能和他谈恋爱,她一样可以在公司里找到男朋友,而且她过得保准还会比以前更快乐。

以郑夫人的精明不可能看不到这一点。她点点头说:

"现在公司里符合条件的只有程翻译一个人了,虽然他说过他没有女朋友,可是也很难保证他说的就是真话,只有再打个电话确认一下了。玉娜,请先进行严肃而认真思考,程翻译是否可以成为你的终身伴侣。如果你觉得他不行,那我再给你介绍其他人。"

一旦秦小姐觉得他适合作她的男朋友,就会把自己原本认为应该是他"缺点"的东西当成优点,她首先想到的就是他是个吃货,将来他们结了婚,她不仅用不着整日为做饭发愁,而且说不定以后连厨房都不用下了,可以放心地交给他来料理;其次想到的才是他外语特别好,一定能看懂用外国字写的游戏说明书,由此他也完全具备了被培养成超级游戏迷的潜力,而他们出国旅游的时候,他就可以给她当翻译,就不用再另外花钱雇人了。最后一点是他很健谈,又思维敏捷,对事物的见解深刻,和他相处时间长了也不至于感到太无聊。

她对他是相当满意,可是接下来她说的话并未把她的真实想法表露出来。她说:

"他对建筑设计有点研究,并且其相貌勉强还算对得起观众。我先和他处处再说吧,希望能和他找到共同语言。"她更是把曾经冷淡对待他的事给忘得一干二净。

郑夫人说:"他也说得上是一个才华横溢的优秀青年,而且态度很恭敬,各方面的条件一点都不比李思平差,你和他谈恋爱倒也并非不合适。我现在就给他打电话,听听他对这件事是怎么看的。"

她马上就这样做了,并没有想过再去和丈夫商量此事。这是因为上次说媒失败的教训让她认识到了丈夫不仅不会帮她的忙,反而会坏她的事。既然他的表现让她这么失望,那何不抛开他,直接与程翻译联系呢?事实证明她的这一做法完全达到了预期目的。她把那个问题又一次提出来,很快就得到了可喜的结果——程翻译再次强调他确实没有女朋友,于是她便说想把秦小姐介绍给他做女朋友,不知他是否愿意.这样的好事落到他身上正是他求之不得的,他一百个愿意,于是郑夫人就给他们约定好今天下午在云龙山见面。

郑总知道此事后不仅没有反对太太的做法,反而极力赞同程翻译和秦小姐谈恋爱,这让太太感到很意外。当程翻译为下午的相亲而打电话向他请假时,他当即表示同意,并说来回的打的费可以报销——这些都与他在对待外甥女与李思平谈恋爱一事上的态度形成鲜明对比,这是不是说明由于李思平在家乡确实有女朋友——也许他们都已经订婚了——他为了外甥女的幸福着想,才不同意自己撮合外甥女和李思平的?郑夫人认为这样想也并非没有道理,于是她对于丈夫也就不再感到不满意了。

约会时秦小姐真心实意地对待程翻译,绝没有再冷落他的意思,而他也不计前嫌,更加热情地对待她,因此他们聊得十分开心,还手拉手地一起爬山,从其亲密程度看俨然就是一对情侣。直到下午四点半钟他们才依依不舍地分别而去。在回公司的路上,郑夫人又一次给他打电话。她说,玉娜对他今天的表现非常满意,如果他们最终能订婚的话,她和郑总就会完全把他当作自己人看待,今后将会竭尽所能来帮助他。至于操办婚宴、购买婚房等之类的事情都包在她身上,不用他再过问了。郑夫人就是这样鼓励他对秦小姐展开爱情攻势的。

曹会计的美好愿望又一次落了空,其沮丧的程度无以复加,因为原本最有把握的事,却让她跌了一个大跟头,摔得很重,头一直发懵——她甚至不知道自己是怎么回到办公室的。她冷静下来思考,觉得此事要怪只能怪女儿的择偶标准降低得太晚了,所以她并没有对秦小姐充满敌意,而是和其他员工一样,也想亲眼看看这位传说中的秦小姐是怎么样的一个人。李思平则通过此事证实了自己的看法,郑总那条"新员工在试用期内不准谈恋爱"的规定果然是不存在的。

第二十五章

　　既然程翻译与秦小姐的火热恋情已经公开了,那么对他们来说,频繁的约会便成了家常便饭。他们游览了市里的很多商场和风景名胜,并几乎天天在高档酒店里就餐。他们见过面之后的第二天便是中秋节,第三天则是秦小姐的生日,而为了过好这两个节日,那庆祝的排场是一个比一个大。他们的日子过得很是潇洒快乐,而约会时的一切花销均由程翻译一个人承担。按说他早已债台高筑了,又哪来那么多钱供他挥霍呢?原来这些钱是他从郑总那里借来的。虽然郑总并没有规定还款的日期,但明确告诉他,这笔钱作为恋爱专款,只可用在秦小姐身上,不可挪作他用,并且他每周都要向自己报一次账。行动如此受制于人,你还认为程翻译是真的风光吗?

　　郑夫人在中秋节那天给姐姐打电话,除了祝姐姐姐夫节日快乐之外,更主要的是向她报告玉娜已找到男朋友的事,自己可以说是完成任务了。秦太太听了很高兴,因为她对程翻译各方面的条件还算满意,便马上与女儿通话,表示如果有空闲,她和秦先生就会请程翻译去海南和他们见面。

　　9月24日郑总当众宣布,任命程翻译为国际部的副主任,享受中层干部的待遇。大家在感到惊叹之余,都明白这是裙带关系起的作用。他们也都很识趣,不仅没有点破,反而一起去庆贺他荣升此职,还说他是凭借真本事才得到提拔的。这其中自然少不了那个一向喜欢和优秀青年交往的唐主管,就是李思平也未能完全免俗。程翻译在长长的庆贺队伍中发现了曹会计的身影,这又是为什么呢?其实这也不难解释:虽说曹会计与程翻译亲戚没有做成,可是这个"忘年交"的友谊还是存在,否则的话,她以后还怎么好意思找他聊天呢。

　　三天后秦小姐与其男友在电话里讨论今天约会的地点时说,她实在想不出该在哪里见面才有新鲜感了。男友说道:"玉娜,你今天何不来公司参观一番呢?因为对于你这样一位萌富美,大家早就想一睹你迷人的风采了。"他这样做的目的,除了要在同事面前炫耀他即将成为郑总夫妇的外甥女婿外,更主要的是告诉李思平,在他们两人之中,他才是秦小姐最在意的人,是真正的胜利者。秦小姐听了他的建议不由得心花怒放,因为她也早有此意了,于是就说:"这的确是一个好主意!"郑总夫妇对她的公司之行都表示支持。

　　秦小姐坐着郑总的专车来到了公司。在程翻译的陪同下,她兴致勃勃地走遍了每一间办公室,见到了所有的工作人员,这样她就满足了员工们渴望与她进行零距离接触的愿望,因而所到之处,都受到人们高规格的接待,就连曹会计也和她交上了朋友,大家对她的喜爱程度可见一斑了。

　　当时李思平恰巧正在机房,那自然是"在劫难逃"了,因为这一对恋人就是奔着他而来的。只见秦小姐轻挽着程翻译的胳膊,面带着甜美的微笑出现他面前。他们极其优雅地和他寒暄,毫不掩饰地谈论着这几天约会时发生的开心事,以此来说明他们的爱情是多么如火如荼和纯洁美好!秦小姐特别期待能从他的眼神里看出嫉妒和悔恨之意来,可是让她感到失望的是,他似乎并没有上当,因为他自始至终都在微笑着和他们交谈,丝毫也看不出任何不满和悲伤的情绪来。其实他内心是非常难受的,只不过他掩饰得好罢了。

　　高调作过秀之后,她才关切地询问李思平什么时候把他在乡下的女朋友带过来,好让他们认识认识。他非常有礼貌地答道:

　　"谢谢你对她的挂念,秦小姐,可是我也说不准她哪一天会到徐州来。不过你放心,她什么时候来,我会通知你的……现在我最想说的是,看到你们在一起这么开心,我非常高兴,祝你们幸福到永远……"

　　这时程翻译的手机响了起来,他一看来电显示,赶忙躲到很远的地方去接听,原来这是一个催债电话。债主问他月底能否把所有的欠款都还清,因为国庆节马上就要到了,他们全家要到九寨沟旅游,急需用钱。程翻译说这段时间他手头很紧,因而请求债主再宽限些时日。但是债主不耐烦地打断了他的话,声称:要是他在 10 月 1 日之前还不还钱的话,将会受到起诉。随即便挂断了电话。

　　他怔了半晌,心想:到时候如果实在没有办法,那就只好动用那笔恋爱专款来还债了,这真是"拆了东墙补西墙"呀,先过了这道坎再说。打发了讨厌的旧债主,再设法向他的新债主——郑总解释吧。或许郑总会责备他违约,并逐渐失去对他的信任,而为了避免这种情况发生,目前来看能帮他的人也只有秦小姐了。因为郑夫人有过承诺,只要他和秦小姐能订婚,她和郑总就会竭尽所能来帮助他。这就是说,如果秦小姐能在月底之前与他订婚的话,那就一切问题都解决了——他既还清了欠账,又不用向郑总说明这笔钱的去向,甚至以后都不用他偿还了。可是问题的关键是,怎么才能让她尽快同意与他订婚呢?现在距离国庆节可只剩三天时间了。

　　当程翻译回到机房后,秦小姐便问他是谁打来的电话,耽误了这么长时间,是不是有什么重要的事。他撒谎说,是他妈妈打来的电话,问他们什么时候订婚,他说他对于此事是一点问题也没有,只是不知道玉娜是什么样的想法。

　　"你母亲真的是这样说的吗?尽管到目前为止我还没有见过她,但我也看得出她对你的事还是很关心的。既然如此,那我就直接告诉你,我对于和你订婚也没有意见,希望今天中午吃饭的时候我们能好好讨论此事。"

　　他听了她的这番话,喜悦之情溢于言表。随后他们便向李思平告辞,高高兴兴地奔向下一个办公室。

　　李思平没有想到,他们的关系发展这么神速,恋爱还不到一个星期,竟然就要订婚了!看到程翻译这么得意,他自己就难免要失意了。记得在一个月之前当他刚被公司录取的时候,他感到自己是多么幸运!很快他就被提拔为总经理助理,这又令多少人羡慕!而在郑府的宴会上秦小姐明显对他表现出了好感,这似乎暗示了他在恋爱方面也应该是一帆风顺的。然而接下来发生的事完全出乎他的意料:原先一直器重他的郑总不仅不赞成他和秦小姐谈恋爱,反而让他撒谎说他在家乡已经有女朋友了,结果他和秦小姐就无缘牵手,这才让程翻译捡了个大便宜!而此次程翻译与秦小姐一块到公司来——这也是得到郑总允许的——不管其意图如何,都会让他受到打击的呀。郑总前后不同的做法自然会让他有不同的处境,二者一对比,"成也萧何,败也萧何"的感叹便油然而生了。尽管尚不清楚郑总是出于何故才会有如此不同的表现,可是李思平已在怀疑是不是从程翻译与秦小姐谈恋爱之时起,他的好运气从此就到头了。他从来没有像今天这样失落和寂寞,不知道该如何才能排遣心中的烦闷。

　　然而让他感到不如意的事情还多着呢。比如眼前就有一件恼人的事让他的境遇可以说是雪上加霜:他的下属于超然夫妇整天成双成对地出入办公室,彼此恩恩爱爱的样子(这是他们感情的自然流露,并不针对任何人),难免会让他受到刺激。虽说以前他很少有这种感觉,但是如今在经历了感情上的挫折之后,再看到这样的场面他就会有切肤之痛了!他在想,或许这就是他没有顶住郑总的压力而撒了谎所受的惩罚吧。突然间他明白沈工程师离开公司的原因了——看来唐主管所言不假——沈工程师的确是因为思念妻子想和她团聚,才不愿在这里再待下去的,他绝不是像于超然说的那样是"为了钱才辞职去南方的"。而他之所以会做出这样的选择,大概与于超然夫妇带给他的这种刺激不无关系,这恰好说明了他是一个很重情感的人。

　　说到这里,你也不用担心李思平会步沈工程师的后尘,因为沈工程师毕竟是有妻子的人,他只要像于超然那样紧紧追随妻子就不会孤单。可是李思平目前连个女朋友也没有,不管到哪里都一样形单影只,所以他离开公司远不如待在公司强,因为在这里他毕竟还有个正式工作。况且,大家对他都是非常亲切和友好的。就拿于超然夫妇做例子来说吧，他们对他的态度就很恭敬，一向服从于他的工作安排，而于太太对他的感情甚至远远超过了一般同事——既然他们相处这么融洽并且交情又很深厚，他怎么舍得离开呢？不过他还是希望能尽量避免和他们待在一起，所以他待在机房的时间就远不如待在总经理办公室的时间长了。

这种情况并没有维持多久，因为李思平是一个阳光、自信和开朗的人，总会把自己的情绪调整到积极的状态，所以他很快就不再刻意回避于超然夫妇了，反而对他们在工作中体现出的伉俪情深赞赏有加。

转眼间就到了九月份的最后一天。这天上午郑总在会议室布置国庆节放假的相关事宜，并宣布本年度优秀工作者名单。当时人们无一例外地认为程翻译的名字一定会赫然在列——这其中的缘故是不言而喻的——可是他们这次却完全猜错了！原因是全公司这么多人只有李思平一个人榜上有名！不仅如此，他还是全公司放国庆节假最长的人，一共得到了十一天假期，而程翻译也只有五天假期而已。郑总说，他这样做的理由是很充分的：李思平修好了很多高手都没有修好的公司的计算机系统，被评为"优秀工作者"实属应当，并且他又有女友远在家乡，那么他能享受到的假期理应比其他人要长一些才合乎情理。程翻译的女友是他自家亲戚，又住在市里的他的别墅中，可是程翻译却经常不请假就偷偷溜出去和她见面，所以他上班就跟没上一样，因此又何必要放他那么长的假呢？

由于李思平的国庆假期之长在公司的历史上都是没有先例的，所以它不仅让其他人大感意外，就是李思平本人也感到惊讶不已。郑总做出这样的决定，事先不仅没有和任何人商量，而且也没有吹过风，李思平非常担心郑总的做法会招致众人对他的不满。事实上，大家在会场上确实对他受到的这种特殊待遇议论纷纷，但支持者占绝大多数，明确表示反对的人只有程翻译一人而已，因此他的反对显然是苍白无力的。郑总给予李思平的待遇之优厚无人能及，发生在他身上的让人感到惊喜的事情或许还远远没有结束。

郑夫人知道这件事后却认为，丈夫的做法不仅没有照顾到外甥女的面子，而且太不合乎规矩——总之，他对李思平就是太偏心了！于是她便要求丈夫立刻取消多放给李思平的四天假期，并增加程翻译的假期天数；另外，"优秀工作者"的人数也要增加，这里面最好要有程翻译的名字。郑总只是把他这样做的理由又叙述了一遍，却丝毫也未改变他上午做出的决定。

第二十六章

　　李思平是在三十号晚上回到位于丰港镇的家中的，而在此以前父母就得知了他国庆节假要回来的消息。吃饭的时候他向父母简要讲述了这段时间在徐州工作生活的经历。母亲得知他被评为"优秀工作者"是非常欣慰的，就勉励他再接再厉，争取获得更大的荣誉。父亲则关切地询问他发了多少奖金、他的职位能否得到提升等重要问题。

　　他想起来在这个全国人民欢庆的日子里，他们一家人要是能团聚那该多好！于是就问姐姐明天会回家来吗。母亲笑着说："我正要给你说这件事呢。你姐姐明天不仅不会回来，我们还要到县城去看她呢。"他感到很困惑，心想：难道全家人要在姐姐家里过国庆节吗？可是为什么要这样安排呢？这时母亲又说了句"现在我们家可以说是'双喜临门'呀"，就更让他觉得是如堕五里雾中了。幸好母亲解释说："这'一喜'是你从徐州载誉归来；这'二喜'嘛，是体现在你姐姐身上！"

　　原来今天下午李太太给女儿打电话说："你弟弟晚上将从徐州回来，你们夫妻俩没什么事就坐车过来吧，我们一起吃个团圆饭。"张太太却说虽然她很想念父母和弟弟，但不方便去乡下。母亲自然要追问原因。张太太低声说，她这几天一直感觉不舒服，上午刚去医院做了检查，才知道怀孕了。张先生非常开心，已经把她保护起来了：一不准她乘车外出，二不准她打麻将，三不准她上网偷菜……总之除了能在小区活动外，别的地方她都不能去！她失去了"人身自由"，感到好烦呀。

　　李太太得知女儿怀孕了非常开心，因为这预示着她即将当外婆了——这可是她收到的最好的国庆节礼物呀——所以其欣喜的程度并不亚于张先生；而她小心谨慎的态度又远远超过张先生——她反复叮嘱女儿一定要听话，不能出门，就是待在家里，走路也要注意安全，千万别滑倒了，一切以腹中胎儿为重。最后她说明天上午他们一家三口将会去看望她，到时候再好好庆祝一番。

　　放下了电话，她马上以激动的语调向丈夫报喜。李先生很惋惜地说："要是淑雯在中秋节之前就查出来有喜了就好了，因为那时候我们一高兴，就会把他们应送的节礼给免了！所以说这件事还是留有遗憾。"

　　李太太却并不赞同丈夫的观点。她说："节礼这东西本来就是可有可无的，想免不用找任何借口就可以把它免掉！你又何必仅仅因为女儿有喜才决定这样做呢？"

　　李思平得知了姐姐家里的这件喜事后,明确表示极愿意去县城看望姐姐,并送上自己衷心的祝福。要去姐姐那里,就不可避免地会遇到与她关系特别亲密的邻居——刘家母女,那么这一趟就去得更有必要了。他在姐姐家住的时候曾经受过刘家母女的很多恩惠,可是自从他离开县城以来,不仅没有报答她们,反而与她们联系很少了——在五十天的时间里他仅给刘小姐打过四个电话,中秋节时发过一次短信,然而这与她们对他的关心和帮助相比,是多么微不足道!他感到很惭愧,往昔交往的场景又浮现在眼前,一切都是那么温馨,那么美好,这些都促使他下决心要修补与她们生疏的关系。现在正好借这个机会,向她们表达一下由衷的谢意,不是很应该吗?

　　第二天上午他和父母坐公交车来到了仙居苑小区。途经小广场时,他准备先给姐姐打个电话,这时却发现不远处有两名年轻女性朝他们走来,仔细一看,这两人竟然是姐姐和刘小姐!原来张太太得知父母和弟弟今天上午必来,在打发了丈夫上街去买菜后,便邀请刘小姐陪她在小区里散步,顺便再迎候一下家人,结果真让她给碰到了,看来她今天的运气不错。大家见面少不了要互相问候一番,祝福一番,广场上充满了欢声笑语。

　　张太太的气色很好,笑声也很爽朗,并且她在形体上也没有任何变化,看来一切都很正常。只不过她比起以前来更健谈了,从见到家里人的那一刻起,她就一直说个不停。由于和弟弟是再次久别重逢,而她又有了爱情的结晶,她的心情之愉快是前所未有的,因此她极其亲切地和他交谈,并问了很多问题来了解他的近况。当得知弟弟还没有谈女朋友时,她感到有点失望。而当他告诉她郑总给他放了十一天假时,她觉得很是奇怪,国庆节法定假期不是七天吗?怎么弟弟会多放四天呢?随即她明白了,郑总是希望他利用这么多天的假期去找个女朋友啊,这真是人性化的安排!

　　她在询问过父母中秋节她送的月饼吃完了没有之后,便谈到了她自身的处境。她开玩笑地说自己实际上被张先生"软禁"了,好多事情都不被允许做了,幸亏有好心的刘小姐愿意倾听她的心声,并尽量满足她的要求,否则的话她可就太感到无聊和郁闷了。李先生夫妇对刘小姐牺牲自己宝贵的时间陪伴女儿的做法表示了感谢,并说有她在女儿身边照顾,他们十分放心。

　　刘小姐的容貌和风采比几个月之前都要迷人。她微笑着说,她和淑雯是好朋友呀,好朋友就应该互相帮助。不要只认为是她照顾了淑雯,其实和淑雯聊天她才是最大的受益者,因为淑雯是那么活泼开朗,这给她带来了生活乐趣的同时,也激发了她的创作灵感。昨天她和妈妈在得知淑雯怀孕的事情后都很高兴,妈妈特别强调说,让孕妇保持精神上的愉悦对于胎儿的健康发育是至关重要的，所以一定要想方设法地让淑雯充分感受到生活的快乐和幸福。李思平对刘小姐的说法十分欣赏，于是就连同她善良高尚的品质和含蓄飘逸的画风一并赞扬了。她说他对她的夸奖实在太过了，她实不敢当。

这时张太太说："你们不要光觉着丽莎只关心我，其实她对思平也很关心。思平，自从你到徐州工作之后，丽莎就利用串门的机会经常向我问起你的情况，还说过'希望为他排忧解难，可惜我是心有余而力不足'的话。刘女士的表现也差不多。而你之所以不知道这些事情，只不过是她不让我对你说罢了。让我没有想到的是宋太太也会经常向我打听你在徐州的事情，并且她问得又特别详细。我不知道她是真的关心你还是有其他目的，不过这件事我同样一直也没给你说。"

刘小姐的脸颊微红，说他找工作的时候自己没有帮上忙，感到很惭愧。尽管如此，他还是向她表示了感谢，并问怎么没有见到刘女士和宋太太。

"我妈妈今天要在凤凰街超市的门前举办国庆期间大酬宾活动，为吸引顾客，便邀请了当地的一些歌手上台演唱，而宋太太也被请去帮忙了。估计这个活动十二点半才能结束，可是妈妈不能马上回来，因为她还要请他们吃饭。"随后她就问到了他的度假计划，他说，暂时先在本县境内活动吧——在县城上网或是在乡下偷菜都无不可——别的地方等想好了再去也不迟。

上楼后大家刚一坐定，李太太就直奔主题。她先说全家人在得知淑雯有喜的消息后是多么开心，然后便详细了解女儿现在是怎样的感觉，接下来便告诉她饮食方面一些禁忌及生活中的注意事项，最后她又多次提醒女儿一定要按她说的做。见太太这样絮絮叨叨地说个没完，就连一向很有耐心的李先生都觉得厌烦了，可是生性活泼的张太太却愣是能坐得住。不仅如此，她还拿起笔把母亲给她说的这些"金玉良言"都记在了她刚买的育婴日记上，为的是日后不至于遗忘。

李思平听了一会儿母亲和姐姐的对话后，就向坐在他旁边的刘小姐询问她和母亲最近在忙什么。她说："我妈妈当然是忙生意了。自凤凰街的超市开业以来，妈妈几乎天天都是早出晚归的，好在两个店的盈利情况一直都很好。而今天的这个活动不知道她会忙到什么时候才能回来。真不希望她太劳累！我每天必做的事情就是画画。除此之外我还喜欢上了文学创作，钱公子经常到超市来和我探讨这方面的问题，我感到很有收获。李助理，听你刚才所讲，知道公司老总对你是非常的赏识和器重，我真为你感到高兴和自豪！你在那里的这一个多月的时间里肯定经历了很多事，能告诉我其中的一些趣事吗？"

"当然可以！我愿意把我经历的一些趣事和你分享，就从我上班的第一天说起吧……"

不料这时，开门的声音却打断了他们的谈话，是张先生买菜回来了。他问候过太太的娘家人后便代表大家邀请刘小姐在这里吃午饭，她盛情难却，只好留下，但提出要到厨房帮忙。大家都没有同意，可是她还是跟着李太太去了厨房。

张先生为了体现对内弟的关心，便要他详细讲述一下他在徐州的经历和见闻。张太太却希望大家都听听她在育婴方面的最新见解。可是李先生对此都不感兴趣，他去了书房找到了《如何成为钓鱼高手》，看得津津有味。

午饭时李先生对饭菜的色香味是赞不绝口，说是只有国家一级厨师才能达到这么高的水平，可见太太一到了县城，做饭的手艺就有了相应的进步，这真是自然之理啊。李太太却说他完全说错了，因为所有的菜肴都是刘小姐做的，自己不过是给她打个下手而已。刘小姐说她是在李太太的指点下才做成的这些菜，所以李太太的功劳仍然是最大的。张太太说：

"据我所知，丽莎早在八月份就向刘女士学习厨艺，并下了一番苦功，现在已经得到她母亲的真传了——对不对呀，丽莎？"

张先生立即随声附和，因为他也是此事的见证人之一，并且他和太太已尝过刘小姐的好几次手艺了，一次比一次做得好吃。李思平看到刘小姐又成了做菜方面的专家，就说既然刘小姐拓展了研究的领域，让大家品尝到了人间少有的美味，那么这也是一件值得庆贺的事呀，所以大家都应该陪她干一杯，以示敬意才对，于是他带头举起了盛有饮料的酒杯。

饭后刘小姐邀请大家去她家喝茶。客人们在高雅华贵的客厅里坐了不多会儿，刚说了几句赞美的话，刘女士和宋太太便回来了，而此时还不到下午两点钟。这是因为她们想早一点和李先生一家见面，而宋太太在这方面的表现尤为积极，她几次三番地催刘女士快点离开饭店。于是刘女士便和她一起提前离席了。

刘女士非常热情地和客人们寒暄，并代表她全家和这里的朋友对他们的来访表示热烈欢迎，还说为庆祝大家再次团聚，今晚她将在家中举办宴会，请所有的人都来参加。李太太道谢过之后便说，她这么忙，请客的事就免了吧。她说她今天有点累了，确实没有精力再亲自下厨，可是刚才在打的回小区的路上，她已经给富鑫源饭店打过订餐电话了，到时候那里的工作人员会把饭菜送到家来，所以一切就省事多了。张太太见他们的邻居要请家里人吃一顿大餐，感到自己很有面子，张先生则觉得今天太有口福了。李先生对刘女士待客的殷勤态度赞赏不已。

　　宋太太一见到李思平就笑呵呵地说:"李主管,你好呀,我们快有两个月没有见面了吧,看到你比以前还要高大英俊,我真有说不出的高兴!由于我没有手机,也没保留你的手机号,无法直接和你取得联系,因此我对你的情况一向知之甚少。幸好国庆节放假你到县城来探亲了,否则的话,我还不知道该怎样才能见到你呢。给我说说,你在徐州过得怎样,工作上取得了哪些成绩吧。"

　　"谢谢您的挂念,太太,我在徐州一切都好。"李思平很客气地说。"只是我上班时间尚短,在工作上并没有什么成就可言,不过我以后会加倍努力的。相信您生活得一定也很幸福,祝您国庆节快乐!"

　　宋太太听了有点失望。这时刘小姐替他说,李思平先生因修好了公司的计算机系统,早已被郑总经理提拔为助理,并获得了公司"优秀工作者"的荣誉称号,成为员工们学习的楷模,这让宋太太感到十分满意。她想,这完全符合了与侄女的见面条件,真是太好了!

　　"从今以后我就称呼你'李助理'吧。因为这样称呼,可以凸显你在贵公司身份和地位,从而让人家高看你一眼。"

　　"太太,不用这么客气吧,您直接叫我的名字就行。"

　　"李助理,我猜你现在一定还没有女朋友吧。"

　　"是这样的,太太。"

　　宋太太这时就更满意了。

　　"李助理,放了几天假呀?"

　　他如实回答。

　　宋太太听了以后感到很惊奇。她说:

　　"哎呀,李助理,公司竟然给你放了十一天假,那真是不少呀!看来你确实做出了很大成绩,否则郑总怎么可能给你这么长的假期?趁着这股高兴劲儿,我给你说件正事呗,上海世博会马上就要闭幕了,你为什么不去那里参观参观呢?住宿的事情不用你操心,我只要打个电话,亚龙自会帮你解决一切的。更重要的是你在时间上很充裕呀,比别人至少多了四天……不过,既然郑总已经给你放了十一天假,那么他就一定不在乎再多给你放几天假,我看你干脆直接申请半个月的假期得了,到上海去好好地欣赏黄浦江畔的美景,到世博园里去领略一下异国风情,不也使人很快乐吗?另外,我上周跟我们楼下的河太太也谈过国庆节期间去世博会参观的事,她当即表示愿意前往。李助理,这样你就有伴了,我觉得到时候你和河太太住在一起是再合适也没有了!因为她是那么会照顾她丈夫,我相信她一定也能把你照顾好。而河先生则需要在家照看小孩,不能去上海……"

　　此语一出,立刻遭到了大家的坚决反对,刘家母女也在反对者之列。她们说,宋太太想让李思平和一个有夫之妇住在一起是绝对不可以的,因为这样做不合乎道德礼法。李思平却说,宋太太不过是和他开个玩笑而已,何必当真呢?就这样为她解了围。

　　这件事丝毫没影响到宋太太亢奋的情绪,她依然把去上海世博会参观的事向众人游说了个遍。尽管大家像上次一样都找到了不能亲临现场观看的理由,可是他们却一致推荐宋太太为世博会的最佳宣传员。

　　吃晚饭前,李思平有大量的时间向刘小姐讲述他在徐州的经历和见闻,但是凡是他认为需要保密的事他都没有讲。饭后,刘小姐邀请他去她的画室参观,并告诉他,展现在他眼前的每一幅画都是她近期完成的。他发现这些画作都是山水风景画,其中有一幅"青山碧海图"引起了他的注意。欣赏了一会儿,他指着这幅画说:

　　"丽莎,如果我所猜得不错的话,画中的这座山大概就是花果山,因为这个地方我曾经去过好几次,对其中的几个著名景点相当熟悉,因而很容易能把它认出来。"

　　"你说得很对,思平。"她平静地答道,"我在今年八月中旬到连云港写生的时候去的第一个地方就是花果山,之后才去了海边。回来之后,我根据记忆,把花果山和大海这两幅图景拼接到了一起,才成了现在的这个样子。"

　　他笑了笑,小声说道:"你觉得那里的风景美吗?"

　　"美不胜收!"她的语气更加轻柔,"正因为如此,我才会到那里去写生,并且收获很大。我很抱歉,思平,因为我违反了当初和你在菊山公园的约定,没有带上你,就独自一个人去看海了。关于这件事我想向你解释一下,有一件事我还没有告诉你,本月中旬我打算在徐州市美术馆举办画展——20 号我就要到徐州去——其实早在那时我就有这样的想法了。为此我曾向该美术馆打电话咨询过,馆长在了解我的全部画作之后,认为我的生活空间太过狭窄,建议我最好去海边的一些风景区写生,以丰富自己的创作内容,提高创作水平,只有这样市美术馆才有可能同意我在里面举办画展。我接受了这个建议,而连云港的海离我们这里最近,为节省时间,我就直接开车经环城路去了那里。尽管有客观原因在其中,可我去海边的时候事先还是没有给你说一声,这是我的不对,希望你能原谅我!"

　　"原来你到海边写生是为了办画展呀,这是一个让我感到惊喜的消息!你怎么不早一点告诉我呢?我认为举办画展是画家创作道路上的一个里程碑,因为这既是对你前期创作成果一个总结,又是你的一个很好的学习机会,你可以多听听大家的意见,对以后的发展至关重要……丽莎,其实你根本没有必要向我道歉,因为我当时并不在县城呀,就算你想带我去我也去不了,所以你一个人去海边并没有违约……"

正在这时,画室的门突然开了,宋太太闯了进来。她看到他们俩在一起,立刻兴奋地高声对跟在后面的李先生夫妇说:"你们看,我猜得不错吧,我就知道他们俩是一定会在这里的,果然如此!丽莎小姐和李助理,你们在讨论什么这么投入,连我们进来了也没有察觉?能给我们说说吗?"

他们俩镇定自若地说,在谈艺术呀。在一个挂满了画作的房间里,这样的说法是很正当的。宋太太对此并不觉得奇怪,于是就和李先生夫妇兴致勃勃地欣赏那些画作。那一对年轻人便中止了谈话,做起了讲解员。当画室里又只有他们俩的时候,他问她,这些画就是要拿到徐州展览的全部画作吗?她说,不是的,她只会挑选出其中的一部分去参加画展。

第二十七章

宋太太虽然发现了刘小姐与李思平在画室内亲密交谈的情况,她却从来不认为他们俩会谈恋爱。原因很简单,这两人性格不合——一个活泼开朗,一个多愁善感——在一起很难碰撞出爱情的火花。刘小姐合适的恋爱对象应该是钱公子才对呀,因为这两人的个性很相似,又互有好感,并且他们这段时间交往比以前更加密切,百分之百是在谈恋爱,而李思平充其量只是和刘小姐谈谈艺术。但是李思平和自己的侄女谈恋爱却很合适,因为他们都属于性格外向的人。这两人相见一定会产生如火如荼的爱情,将来结了婚肯定会过得十分幸福。既是如此,那还等什么?尽快安排他们见面吧。

第二天吃过早饭后,宋太太给弟媳打电话,询问侄女是否放国庆节假回家了。弟媳说:"小蕊放了三天假,30 号晚上就回来了。姐姐,你是不是要给她介绍对象呀?"

"是的。要给她介绍的还是我以前给你们说过的那个英俊的小伙子,他现在已经当上了一家医药公司的总经理助理,还被评为'优秀工作者'。小蕊是个医生,所以他们俩说得上职业对口。弟妹,你们同意让介绍吗?"

弟媳表示,既然这个小伙子符合小蕊的择偶条件,她不反对让两人相亲,并且在这件事上,她完全能当女儿的家。宋太太闻言大喜,于是就约好明天上午十时左右在蓬莱广场让这一对年轻人见面。

接下来她就要去张太太家找李思平商谈此事了。虽然李思平的亲人们听说宋太太要给他介绍个各方面条件都不错的女朋友都表示同意,但是李思平却依然以"事业不成,就不谈女朋友"为由把她拒绝了。

"李助理,难道你忘了我以前给你说过的那个'一边创业,一边谈恋爱,二者都不耽误'的建议了吗?你当时不是接受了吗?还有,你八月初离开县城的时候我又叮嘱你说:'我已经给你找好了女朋友,因此你在外面就不要再找了!'而你果然就没有找,不就是在等我侄女吗?原先她一直很忙,现在她放假回来了,到你们该见面的时候了,你怎么能不去呢?这让我如何向她和家里人交代?"

他们以前秘密交谈的事情就这样泄露了出来,张太太马上联想起那次在送别弟弟的宴会上看到的一幕,这才知道宋太太想给弟弟说媒的事由来已久。

"太太,我不得不说,我从来都没有接受过您提到的这个建议,也没有答应过要和您侄女见面,倒是您一直把意愿强加给我,不管我怎么反对都没用。现在我再申明一下,到目前为止我为什么还没有找女朋友吧——这与您的叮嘱无关——或许您听了真的会死心!因为我一向坚持'先创业,后恋爱'的原则,在我的梦想实现之前,我没有心思谈女朋友……"

他的亲人们都帮宋太太说话,力劝他明天一定要去蓬莱广场和宋太太的侄女见面,遗憾的是他们的努力都以失败告终。

这时刘小姐来了,看到大家七嘴八舌地围着李思平说个不停,她很快就明白了是怎么回事。宋太太认为她和李思平的关系说得上"很好",要是让她去劝李思平和侄女相亲,说不定他就会同意了,于是就请她帮忙。张太太本以为她会借故推脱甚至反对,不料她没有丝毫犹豫就答应了。她说:

"太太,请您把侄女的情况再简单介绍一下吧,这样会让李助理和我们大家加深对这位小姐的了解。"

"哦,好的。她今年二十三岁,人长得很漂亮,性格与李助理一样开朗,目前在徐州一家大医院当医生……"

"可以说说她的芳名吗?"

"我第一次说媒没有什么经验,竟然忽略了这个问题,请大家原谅……她大概是叫月小蕊,因为她的小名是叫小蕊;至于大名叫什么,我也说不清楚。"

李思平听后一愣,就请宋太太先把她侄女的名字问清楚了,再来讨论见面的事情。大家都感到奇怪,心想:不就是一个名字吗?为什么要了解得这么清楚?即使不知道,对于见面来说也没有任何影响啊。

宋太太借刘小姐的手机给她弟媳打电话,得到的标准答案是"月蕊蕊"。除此之外,弟媳还告诉宋太太,小蕊已经同意明天去相亲了,可是她最近身体有些不适，就不能陪小蕊去了。

却说李思平又一次听到这个熟悉的名字心里别提有多激动了，可是在表面上看不出一点这方面的迹象。他在听了刘小姐的几句劝之后，便说，他愿意和月小姐见面，因为既然女方那边已经明确表态了，他要是再不答应，可就太不近人情了，所以不能再让宋太太为难，而他的那个所谓的"原则"可以暂且抛在一边不用考虑。宋太太终于长长地松了一口气。大家都说不管这件事成功与否，都一定要设宴好好感谢她。她也认为自己当得起这样的感谢，因为她为了说这个媒，在时间和精力上都付出了太多太多，确实不容易！

正说笑间，刘小姐说，她刚接到妈妈的一条短信，上面的内容是："我已到我们家楼下，并带回两名重要的客人来。"大家都感到好奇，想知道这两名重要的客人是谁。宋太太说，她愿意站在门口迎接他们。一会儿工夫，刘女士陪同两名客人就来到了四楼，宋太太仔细一看，原来他们是钱老板夫妇。

却说钱老板夫妇上午到刘女士的超市去买东西，正好刘女士也刚到那里。闲聊中他们得知李思平已经从徐州放假回来了，目前和父母一起住在他姐姐家。钱老板觉得李思平是个有才华的年轻人，因此打算把他挖到自己的公司来。钱太太却认为仅这样做是远远不够的，她已经把他当作准女婿看待了，因为李思平实在是一个既帅气而又讨人喜欢的小伙子呀！虽然她一直希望女儿能与他谈恋爱，并跟她说过好多次，可是都被她以种种理由拒绝了。万般无奈之下，钱太太只好这样自我安慰了。既然他们这么看重他，那么现在非常渴望与他一见就很自然了。他们的借口是：光听说刘女士的房子漂亮，然而他们还没有去过一次，真是遗憾呀！他们这样做不就和主动提出要到她家里参观一样吗？对此刘女士刚开始是非常惊讶的，因为以往她曾多次热情邀请他们来做客，都被他们以种种理由拒绝了，如今为什么会出现相反的情况呢？旋即她就高兴起来了，便说那就请他们去她家中做客吧，他们欣然应允。随即钱老板就给司机打电话，让他马上开车过来接他们去仙居苑小区。

宋太太满面笑容地大声和钱老板夫妇寒暄，之后便小声向刘女士表示祝贺，因为既然铺主夫妇大驾光临，就说明他们两家的关系已发展到一个新阶段。这样一来，不仅商铺的租金会大大减少，而且他们两家还极有可能成为亲家呢。刘女士却说宋太太想多了，因为这不过是钱老板夫妇的礼节性拜访而已。刘小姐支持她妈妈的说法，并再次希望宋太太不要信口开河。至此宋太太终于明白了刘小姐是不会和钱公子成为恋人的。

其他人都被请到刘府和钱老板夫妇相见，刘女士把李先生夫妇介绍给他们。李先生一向认为身价过千万的富翁都不是凡人，能和他们说上一句话就够他荣幸终身的了。可是人家对他们却是非常友好,非常客气,问候的话一直说个不停。尤其是钱太太,简直把他们看成未来的亲家了。因此李太太便觉得他们的财产和他们的见识是非常匹配的。

看到李思平比以前更英俊、成熟、有风度,钱太太就更高兴了,满口都是夸奖他的话。她和蔼可亲地询问他的近况,了解他对婚姻问题的看法,认为他之所以还没有找女朋友,一定是在等她的女儿。趁此机会她便把女儿的容貌及其他优点大大赞扬了一番,并重点强调女儿到如今还没有男朋友。接下来她要做什么自然就不言而喻了。就在这个节骨眼上,钱老板却和李思平谈起了工作:他首先对李思平在公司里担任的职务及取得的成绩表示了满意,然后便着重阐述了自己的公司在聘用员工时的种种优厚待遇,还说凭李思平的学历和水平被当场录取是一点问题也没有——其真实意图如此明显,所有的人都看出来了。李先生说,要是钱老板给的薪水比徐州那边的高,那么儿子就应该考虑跳槽的问题。但是张先生认为机不可失,就不要谈什么条件了,因为钱老板的公司可不是什么人想进就能进的,只有特别优秀的人才才能在里面上班。没想到李思平对这两种建议都不采纳,他以与公司有合同为由,委婉谢绝了钱老板的好意。对此钱老板赞赏地点了点头,这时他突然想起了一个重要问题,便叫上张先生,到隔壁画室去谈。

他们离开后,张太太问道:"钱小姐国庆节放假了,回来了吗?"钱太太回答说,女儿国庆节虽说也放了七天假,可是由于马上就要考研了,她正在抓紧时间复习功课呢,所以就打来电话说这几天她必须要留在学校,不能回家了。她的意思本来是想告诉人们女儿既刻苦学习,又专心致志。其实谁都知道,这个看似冠冕堂皇的理由不过是一个幌子而已,因为现在并不是考研季呀!真实的原因是钱小姐最近又交了一个男朋友,想趁着放假的机会和他一起去旅游。按说她用这样一个谎言来欺骗家里人已经够可气的了,然而更气人的是她母亲不经调查竟然就信以为真,还把这件事公布出来以示炫耀。

谁知李太太轻信了钱太太的话,因为她对考研之事一向看得很重。当她听说钱小姐正准备考研时,心里很是羡慕,便说,据她所知,考研确实是人生的一个转折点,要是全天下的年轻人都去考研那才叫好呢,而这些人里面最应该去考研的人就是她的女婿张先生,因为他既然公务员都考上了,考个研究生自然就不在话下了,可是他却一直没有去考,实在是可惜!钱太太虽然承认她的见解深刻,但认为人活在世上,可不是只有考研这么一件重要的事要做,需要做的事那可多了去了!就拿她女儿来说吧,人生最重要的事就是选个像李思平这样的如意郎君;而对李思平而言,人生最重要的事则是选个像她女儿这样的千金小姐……

　　话音未落，一直没有插上嘴的宋太太赶紧说道："您说得对极了，太太！李助理确实是个出类拔萃的小伙子，令千金更是百里挑一的大家闺秀，完全配得上李助理！不过他刚刚已经答应我要和我侄女见面了，时间就定在明天上午——是不是这样呀，李助理？您要是见过我侄女，就一定会认为她与李助理在一起非常般配，因为她生得可是天生丽质，不仅身材苗条，而且皮肤更是洁白如玉……"

　　刘女士听宋太太这么一说，不由得吃了一惊。她心想，自己最担心的那件事还是让宋太太办成了，可是女儿怎么受得了呀？然而让她感到好过一点的是，此时女儿不仅没有显出忧郁的样子，反而微笑着在和李思平聊天呢。此时谁都没有想到的是，在李思平的心中仅存一点能见到那位叫月蕊蕊的女同学的希望已经破灭了。

　　钱太太心里很懊悔，因为她还没有来得及把自己的想法说出来，宋太太就已捷足先登了，这可让她感到太憋屈、太难受！不过她表面上却装作一脸轻松的样子，说不相信有这回事。宋太太看到她付出的努力没有得到别人的承认，便有点急了，就把这件事和盘托出，钱太太可就什么都知道了。而李太太和她的女儿又不断称赞宋太太在她们不知道的情况下就为李思平张罗婚事，为她们分忧，其做法可以说是弘扬了助人为乐的精神，她可真是一个热心人呐。大家本以为钱太太会对李思平说上几句祝福的话，可是恰恰相反，她不仅没有这样做，反而显得有些心神意乱，在喝了两口茶后，便以"儿子一个人在家不放心"为由提出来告辞。刘女士作为主人当然要再三挽留她了，可是没有用，她还是要马上走。此时钱老板与张先生在画室的谈话还没有结束呢。

　　那么他们到底谈的什么机密事要避开众人呢？原来两个月之前大伙儿去钱府赴宴，当时钱老板向张先生提出了要在县城建立"诗经动植物园"的设想，并希望他把此事向他的上级反映。可是这么长时间过去了，钱老板一点这方面的回音都没有听到，现在见到了张先生，他当然要问个究竟了。张先生说，钱老板的提议上级仍然在研究，一旦得到批复，即可破土动工。钱老板很是高兴，于是就开始畅谈工程建成之后会给民众带来怎样的精神享受，正谈得起劲，太太过来说要离开这里，他感到很扫兴。随后刘家母女和张先生便送他们下楼去了。需要说明的一点是钱老板因为和张先生在画室里密谈，并没有听到宋太太所说的给李思平介绍对象一事，而此后不管是钱太太还是其他人又都没有告诉他，所以他一直不知道此事。

　　张太太既然认为宋太太在给弟弟介绍女友方面立有大功，就绝不会不请她吃午饭。李太太也这样认为,那么干脆就连晚饭也一块请了。当然张太太是不会忘记她亲爱的邻居刘家母女的,等她们一回来,就邀请她们也来赏个脸。可是她们却推说没有食欲,不想吃午饭了。没有想到的是宋太太却不答应,她要大家都来陪她吃饭,一个也不能少。

第二十八章

自打吃午饭起直到晚上,李思平的家人和朋友们所谈论的中心话题就是他明天将与月小姐见面的事。他们几乎把所有可能出现的问题都考虑到了,并商量好了应对的策略,以确保万无一失。宋太太更是制订了详细的相亲计划,一条一条地讲给大家听,越讲她就越有信心,认为距离成功仅有一步之遥了。

刘家母女虽然不像宋太太这么兴高采烈,但明确表示了对此事的支持,并愿意提供力所能及的帮助。有一个很好的例子可以证明她们态度的真诚:当宋太太提出明天让让刘小姐开车送她和李思平去广场时,她们立刻就答应了。

再说李思平——这位明天将要去相亲的男主角,当仁不让地成了全场的焦点人物。所有的人都围在他身边为他出谋划策,并对他寄予厚望——希望他一举赢得那位姑娘的芳心,踏入婚姻的神圣殿堂——即使刘小姐也不例外。其实他不把明天的相亲放在心上,可是大家对这件事的重视程度,又让他不敢有所懈怠。他决定全力去应对这件事情,争取取得好成绩——最起码给月小姐留个好印象吧,这样才不会辜负大家对他的期望。但愿宋太太记错了,月蕊蕊的皮肤怎么会是白的呢?

第二天上午九时五十分,一切准备工作都做好了,宋太太高高兴兴地和那一对年轻人出发去蓬莱广场。刘小姐开着车,完全按照事先设定好的路线行驶。宋太太一路上反复叮嘱李思平相亲时的注意要点,这让他有些不胜其烦。刘小姐觉得宋太太应该给他留出一点时间来思考,才会起到更好的效果。

广场很快就到了,刘小姐把车停在了入口处附近,说自己没有必要与月小姐见面。宋太太和李思平下了车,踏着块石园路向里面走去。宋太太在众多的游人中间仔细搜索,突然眼前一亮,发现了目标——原来此时月小姐正站在中央花坛旁边的一棵大合欢树下。宋太太用手一指,对李思平说:

"瞧,李助理,小蕊在那里!她长得很漂亮,又喜欢打扮,瞧她穿的一身白色连衣裙多合身!我敢说你一定会喜欢上她的。而她看到你一表人才,并且穿着又这么洋气,也一定会被你迷住的。等一会儿你好好和她聊聊,之后再请她喝点什么……等到相亲的所有程序都走完,你就给丽莎小姐打电话,告诉她你在什么地方,让她去接你。等一会儿我和丽莎小姐就先回去了。记住,只要按照我刚才告诉你的去做就不会有什么问题。"

他们边说边向广场中央走去。这时月小姐也看到了宋太太,便远远地跟她打招呼。等到了她跟前,宋太太与她亲热地聊起了家常,还询问她母亲的病情如何,之后便把李思平向她介绍。他看清楚了她果真是一个皮肤白皙、身材苗条的女孩,并且她的谈吐也很文雅,可是很明显她并不是他以前的那个女同学月蕊蕊,两人不过是姓名完全相同而已,看来自己先前的判断没有错。尽管这又是一个巧合,还是让他感到了失望。可不管结果如何,他都会认认真真地扮演好自己在此次活动中的角色。宋太太又嘱咐了他们几句,便告辞而去,广场约会也就正式拉开了帷幕。

这一对年轻人看着花坛里的菊花,谈起了他们各自在徐州的工作和生活,之后又说到了爱好和理想。相比较而言,李思平在态度上比月小姐要更热情一些,这是因为他不光一直面带微笑,而且也很风趣,能坦率地说出自己的想法,毫无保留地给予她夸奖和关心,而对于她提出的问题都能做到有问必答。她的表现比他更主动,因为大部分时间都是她在提问,并且她还能对他的回答做出及时而恰当的评论,可见她思维的敏捷。他们在交谈这一环节进行得还是比较顺畅的,但是谈得很顺利并不意味着一定就对对方有好感。他们做得这么投入,让人觉得这和正儿八经的相亲没什么两样。

可是等到这些都谈完之后,他们一时找不到新的话题可说了。他看到广场南面有一个"南山咖啡馆",就准备请她去喝杯咖啡,然后在咖啡馆内和她告别,这样会显得体面一点。其实她也早有去意,原来她是迫于家庭压力才硬着头皮来相亲的,本来她一点也不乐意来。在来之前她就已下定决心,不管他多么英俊潇洒、才华横溢,只要他买不起豪车和豪宅,就绝对不和他谈恋爱!刚才她已从他口中了解到他还是一无所有,自然就不想在他身上浪费时间了,尽快离开他是她目前最向往的事,而且以后她永远也不会和他联系了。她在接受了他的邀请后,也丝毫没有改变这样的想法。

这时,李思平无意中看到西边有一个男生正向他们走来。那人穿得非常讲究,而他的外貌及走路的姿势又让李思平觉得很眼熟,啊,此人不正是钱老板的公子钱世富吗?算起来他们已经有两个月没有见面了,没想到今天却在这个广场、并且是自己相亲的时候遇到他了,你说这是不是很巧呢?

月小姐也开始注意钱公子了,而此时他已经走到了他们面前。

"李主管,你好!自从你辞掉了刘家超市的工作以来,我可是好长时间没有看到你了。"他抢在李思平的前面说话了,"今天能在这里重逢,我感到很高兴。

听说你在徐州的公司还做临时工呀,什么时候才能找到一份正式工作呢?"

李思平对钱公子会说出这样的一番话感到很意外,而此时月小姐的眼睛正紧紧地盯着他,又让他觉得很窘。不过他还是很有风度地回答:

"见到你我也很高兴,钱公子,谢谢你的关心!昨天我们刚和令尊令堂在刘府见过面……可是有一点我必须要向你澄清——或许是你对我在徐州的工作有误解——我自从八月份被公司录取时起,就是公司的正式员工,只不过现在我还处在试用阶段,年底就能转正了。听刘小姐说,你最近仍然在忙于文学研究,怎么今天这么有兴致会到广场来游玩呢?"

"研究谈不上,其实我是一直在向刘小姐学习,因为她擅长画画。虽说绘画与文学创作差异很大,但我认为这二者之间有相通之处,在许多方面是可以互相借鉴的。我认为每个人都应该把艺术创作当作生活中的一件大事,这样的人生才会更有意义。这个想法虽好,不过我还是缺少创作灵感。上个月的某一天我读到陶渊明的诗句'采菊东篱下,悠然见南山'受到了很大启发,这位老先生似乎在告诉我,只要去'东篱下'赏菊,并且能见到'南山',我的创作灵感就会滚滚而来!我经过实地考察,觉得蓬莱广场最符合陶诗里规定:这不仅是因为它在我家的东边,而它的花坛里恰好又种了一些菊花,更主要的是在这里赏菊,一抬头就能看到'南山咖啡馆',诗中的'南山'不也就有了吗?所以我才会天天上午到这里来欣赏菊花,看看这样做究竟能不能激发我的创作灵感?半个月下来,果然很有效果。你今天怎么这么有空到这里来了?这位小姐是你以前的那个女朋友吗?"

"这怎么可能呢,钱公子?我以前从来都没有谈过恋爱,何来'以前的女朋友'一说呀?这位月小姐只不过是我刚刚结识的朋友,我来给你介绍一下吧。"李思平此时心想,钱公子怎么一再说假话呢?他以前可不是这样的人啊,他今天的表现太奇怪了!

仅仅几分钟的工夫,月小姐和钱公子就认识了。其实她刚才一直在聆听他俩的对话,渐渐地她开始用一种惊异的目光看着钱公子。现在她对他的一举一动就更加关注了,这倒不是因为知道了他是一位富翁的儿子才这样,而是出于职业上的敏感——她是徐州市精神病医院的医生。钱公子在得知她的身份后,对她格外尊重,并认为与她在此相见实是有缘,而在精神病医院却不会有这样的缘分,因为他精神一向很正常,怎么可能会去那种地方?

他们又闲聊了一会儿之后,钱公子说:"可以问二位一个问题吗?你们喜欢什么花?"

李思平说他比较喜欢梅花,因为它象征着自强不息、奋勇当先的精神品质。

月小姐则喜欢菊花，因为它清新高雅、隽美多姿，是花中的"美人"。

"我的看法与月小姐的基本一致，因为百花之中我最喜欢的也是菊花，所不同的是我把品格高洁、超凡脱俗的菊花看成

花中的'君子'，因为它有凌霜盛开、冬风不落的一身傲骨。既是这样，我和月小姐也称得上知音了。古人有以菊会友的佳话，我们也应当效仿。我准备即兴吟诗几首，二位以为如何？"不等他们回答，他就高声朗诵起了前人写菊花的一些名篇佳作，旁若无人，引得游人纷纷驻足观看。

等他停下来之后，月小姐说："钱公子，你刚才的朗诵不仅合拍，而且很有激情，这说明你对这些作品有着非常深刻的理解。我想，在贵府的花园里应该有不少名贵的菊花品种吧，你看到它们是不是也会诗兴大发呢？"

"在我家的花园里，单是菊花的品种就不下二十种。至于其他的奇花异草，那就更数不胜数了。不过我在家的时候，无论看到哪种花，都不会吟诗的，今天我之所以会这样做，主要原因是遇到了知音而感到高兴啊！"

李思平认为他们陪钱公子说话的时间够长了，应该和他告别了，于是他就对月小姐说："我们该去喝咖啡了，别耽误了钱公子赏菊。"

不料她这样回答："对不起，李先生，我马上有件非常重要的事要办，喝咖啡的事等改天再说，好吗？"

然后她就径直走到钱公子跟前对他说："钱公子，我现在可以到你家的花园去看看菊花吗？"

李思平听了一下子愣住了。钱公子先是面露惊讶之色，随后很欣喜地说："非常欢迎月小姐去寒舍参观，请随我来。李主管也要一块儿去吗？"

"我看他就免了吧，因为他最喜欢的是梅花，这要到冬天去才好。"

他们一起向李思平挥了挥手，便向广场出口处走去。

此时李思平完全懵了：自己明明是来相亲的，可是相亲的程序还没有走完，为什么女方却跟别的男生走了呢？他是不是在做梦？不，这一切都是真的！可是为什么会发生这样的事呢？他不知道，也说不清楚，只是觉得在受到了最沉重的打击！即便月小姐没有看上他，而她也猜出了他认为他们俩谈恋爱不合适，她也不该这样对待他。因为这样待他，就是用最冷酷无情的方式来惩罚他！可是在见面的整个过程中他没有犯什么错误呀，怎么就受到了这样的惩罚？他实在想不明白，这样是没法向家里人交代的。现在钱公子和月小姐去钱府已经快一个小时了，他仍然在广场上徘徊。尽管他是一个相当乐观和开朗的人，但也感到了从来都没有过的失落和无助。

正当他准备回社区的时候，却接到了宋太太打来的电话。她说：

"对不起,李助理,打扰你们了! 你对我侄女还满意吧,我想她对你一定也十分中意。因为我刚才给她打电话,想问问你们谈得怎么样,可是她却关机了——通常情况下,她是不会这样做的——由此看来,她是不希望有人打扰你们的亲密谈话呀! 你说我说得对不对? 我之所以打这个电话就是要告诉你,你们中午不要去太豪华的饭店吃饭……"

不能再让她这么讲下去了,因为事情的发展根本不是她想象得那样!

她在得知了实情之后,几乎叫了起来:"你说什么? 你们相亲还没有结束,月小姐就和钱公子一起走了,并且他们俩竟然去了钱府! 这怎么可能? 但是钱公子为什么会出现在广场呢? 这太奇怪了! 我记得他家离广场有好几里路远呀——他和月小姐在广场上都说了什么,她就跟他走了? 这一切到底是怎么回事? ! "

第二十九章

李思平的亲友们没想到他相亲的结果竟然是遭遇了"黑色相亲事件"! 面对这一"奇耻大辱",大家无不感到震惊和气愤,一致认为之所以会发生这样的事,主要原因不外乎是月小姐的拜金思想太过浓厚,没有能抵挡住钱公子金钱的诱惑,因而才会心甘情愿地跟随他而去,却把真正的相亲对象李思平抛之脑后! 钱公子和月小姐在无视相亲规则方面开了这样一个恶劣的先例,不仅有伤风化,更伤害了一个优秀青年脆弱的心灵,因此他们必须要为此付出代价! 于是大家都聚在张先生家里商量对策,并准备随时向他们讨个说法。

作为此次相亲的介绍人,宋太太受到的压力之大可想而知。她马上宣布绝不会让钱公子和侄女结合在一起,一定要尽其所能地拆散他们。随即她就给弟媳打电话,把侄女在相亲过程中的出格行为叙述了一遍,并要求弟媳责骂她,让她断绝与钱公子的关系,最主要的是当面向李思平一家人道歉,以求得谅解,最后她强调如果侄女不按她的要求做,她们两家就断绝亲戚关系。弟媳听到姐姐发那么大火不禁吓了一跳,因为她身体非常不舒服,还没有给女儿打电话询问过相亲的事情,而女儿也没有向她汇报此事,没想到会出这么大的问题! 她尽力平息姐姐的怒火,说事情不至于到这么严重的地步。她立刻就给女儿打电话,问明情况,相信小蕊一定会尽快给他们所有人一个满意的交代。

再说刘家母女自从知道了李思平的不幸遭遇后,就非常同情他,想尽各种方法来安慰他。尤其是刘小姐,自他从外面回来后一直陪伴在他的身边,并站在他的立场上,说了钱公子和月小姐的很多不是。尽管如此,她和妈妈也不像李思平的亲人们那么冲动,光知道意气用事,她们还有相当理智的一面。现在大家的情绪稍微安定了一些,她们便趁此机会,对此事进行了仔细梳理和分析,认为事情的最大疑点在于钱公子为什么会在相亲的时间段恰好也出现在蓬莱广场呢?难道这只是巧合吗?据刘小姐说,她在与钱公子交往的过程中,从未听他说过他最近天天到那里去,更没有听说过他喜欢菊花呀,谁知突然之间他就有了喜欢天天到蓬莱广场赏菊的爱好,这不是很反常吗?

刘小姐的话引起了大家的注意,他们想起了昨天上午钱老板夫妇来访时,宋太太曾经当着钱太太的面说起了李思平将和月小姐相亲的事,并且把见面的详细时间和地点也一并讲了出来。当时钱太太得知了这个事情后好像有点不高兴,便借故提出来告辞,她的举动有点莫名其妙。可是既然相亲的事对钱老板夫妇来说已经不是秘密,那么它会不会与钱公子在那个时间段出现在广场上有关联呢?大家把所有的事情综合起来判断,认为这应该不是一个偶发事件,而是钱家有组织有预谋的一次行动。

事实上也确实如此,但是此事和钱老板没有任何关系。且说那天一心想让女儿与李思平谈恋爱的钱太太听说他明天将要和月小姐相亲,心中自是愤愤不平,然而由于这是人家的喜事,她可不能让人知道此时她很恼火,但也不想为他们捧场,只得立刻离场以示抗议。

回到家后,她仍然觉得心理不平衡,因为一想起刚才宋太太眉飞色舞、得意忘形的样子,她就气不打一处来!李思平本来是自己早就选定好的女婿,怎么可能再让他与别的女孩约会呢?要是这样的话,她的损失岂不是更大了吗?所以她决不能袖手旁观、不闻不问,必须要插手此事。只有把这桩"好事"给宋太太搅黄了,她心里才觉得舒服。可是眼下她该怎么办才能实现目的呢?她需要找到一个可靠的人,并按照她的意志行事才行。她知道不能与丈夫商量此事,因为他虽然欣赏李思平的才华,但认为李思平当他的女婿并不合适,因此李思平去和别的女孩相亲才正合他的意呢。排除了丈夫参与此事的可能性,她能依赖的人只剩下儿子了。于是她找来了儿子,先把李思平即将与月小姐相亲的消息告诉了他,然后又撒谎说他妹妹其实很喜欢李思平,最后便把自己的想法和盘托出,并问他为了他妹妹的终身幸福,他能否当着月小姐的面散布一些与李思平有关的假消息。一向光明磊落的钱公子本来并不屑于这样做,可是为了不让妹妹看中的人被别人抢走,更为了让母亲高兴而为她分忧,他头脑一热,当场就同意了。他虽说勇气可嘉,可是这种不计后果的盲目举动实是要不得的!随后他就到蓬莱广场实地调查,并编好了一套自以为"完美"的说辞。钱太太听了非常高兴,让他明天依计而行,同时她又嘱咐他千万不能让他父亲知道此事。

要是按照钱太太的设想,只要儿子能使李思平与月小姐的约会不欢而散,整个计划就大功告成了。可是让她没有想到的是,他们不但顺利达到了目的,而且有意外收获。儿子竟然把相亲的女主角领回了家!这也是他头一次把陌生的姑娘带到家里来。此时她的心情真可用欣喜若狂来形容。

月小姐容貌出众,打扮时尚,工作又好,更重要的是她是第一个对儿子特别有好感的女孩,这从她舍弃本来的相亲对象而跟随儿子到家里来做客就可以看出来。在交谈中她对他生活的各个方面非常关心,这与刘小姐光知道和他谈论艺术有本质不同。钱太太对这些是看在眼里、喜在眉梢,越来越觉得她对儿子是有意思的。很快她又相信没有人比她做儿子的女友更合适的了,也许用不了多久他们就会确立恋爱关系。

此时钱老板还蒙在鼓里,完全不知道月小姐是在突然中断与李思平相亲的情况下才到他府上来的。他还以为她本来就是儿子的女朋友呢,只是儿子的保密措施做得好,到如今才公布他早就在外面谈了女朋友的消息,并把她带回家给他们看。他感到了惊喜,对待月小姐的态度甚至比他太太还要热情,想法也和太太差不多。不过当月小姐不在跟前的时候,他还是会问儿子她的身份以及二人是怎么认识的。儿子早就受了母亲的教导,不仅没有提到李思平,反而一口咬定这位女医生就是他的女朋友,二人是今天上午在蓬莱广场欣赏菊花时认识的,因为爱好相同,所以就"闪恋"了。钱老板刚开始还有点怀疑,到后来竟然信以为真了,并向太太感叹道:现在年轻人谈恋爱的速度比摩天大楼的建设速度要快上百倍呀!殊不知他太太正是这起事件的幕后策划者。

现在还有一个疑问需要解答,即月小姐为什么会跟随钱公子到钱府去呢?她是不是真的像大家认为的那样看中钱家的巨额财产了呢?当然不是,因为她虽说很想嫁给一个有钱人,但是如果这名富人没有对她展开追求的话,她是不会投怀送抱的。在广场上,钱公子可是一点要追求她的意思都没有表露出来呀。她怎么可能会主动答应当他的女朋友呢?事情的真相是她并不是奔着钱家的巨额财产才到钱府去的,而是纯粹以一名医生的身份去的钱府!原来她根据他一些奇怪的言谈举止判断出他是一名精神病患者,而他还从未去过医院进行治疗,这样时间拖得越久,他的病情就会越严重,而她作为一名负责任的医生,对这样的患者绝对不会坐视不管的。她首先需要和患者好好地谈一谈,全面了解他的病情,可是现在她正在相亲呀,哪有那个时间这么做的呢?要是别人遇到了这种情况可能会非常纠结,然而对她来说却不是什么难事,因为她已确定不会和李思平谈恋爱了,所以与其再虚情假意地和他周旋一番,倒不如做点治病救人的实际工作更有意义。于是她果断决定中止相亲,给患者治疗要紧!她却没有把她的想法告诉李思平,这才引起了很多误解。其次她还需要和患者的亲属好好聊一聊,把患者的病情讲给他们听,并听取他们对治疗方案的看法,但是此时患者的亲属并不在身边啊,而她又不知道患者的家,怕一旦和他分散,就很难再见到他,于是只好出此下策,亲自去他府上了。综上所述,可知月小姐真是一个奉行"病人至上,恋人次之"原则的好医生啊!

宋太太他们一直等到下午两点钟左右,才接到了这位好医生打来的电话。她说现在她知道了姑妈一直在欺骗她,因为李思平只不过是一个临时工而已,还没有转正,而且他一直与以前的女友有联系——这样的人是绝对不可能成为她理想中的恋人的,不管相亲的程序走没走完,结果都是一样的!因此他们两人之间没有任何关系,她没有必要向他和他的家人道歉,也希望他们不要再纠缠下去。还有,她愿意和谁在一起,那是她的自由,别人无权干涉,更不准说三道四。其实她在见到钱公子之前,就确定不会和李思平谈恋爱了,但是现在她以钱公子告诉她的那些话为依据强调没有看上李思平的理由,目的是掩饰她内心的真实想法,并把所有的过错都推在宋太太和李思平身上,以此来说明她的做法非常合理。大家见她不仅没有认识到自己的错误,反而理直气壮地责备他们,都非常生气。宋太太马上就责备她不要听信钱公子的鬼话而胡言乱语,因为事实与钱公子的说法正相反!可是还没有说上几句,月小姐就挂断了电话,并关了机。

难道这就是月太太所说的"满意的交代"吗?大家都觉得受到了欺骗,心中自然就更加愤怒。在这种情况下,宋太太便自告奋勇地要去钱府把侄女带来,让她赔礼道歉,如果做不到,那就代表众人谴责她,并让她为此次相亲风波而造成的一切后果负责。同时宋太太仍然希望侄女能够迷途知返,继续和李思平交往,直到让自己完成了媒人的使命为止。她没有再叫刘小姐开车送她,而是自己打的去钱府,她不想让钱家人看到刘家母女也牵涉其中。

再说月小姐进入钱家别墅后,虽说钱老板夫妇的超规格接待让她感到受宠若惊,而钱家的豪富程度又让她赞叹不已,但是这一切都没有改变她到这里来的初衷。她在主人一家的陪同下游览了花园,并与他们一同共进了午餐,之后便慢慢地和钱老板夫妇谈到了她此访的主要目的——为钱公子的病情而来。钱老板听到她的说法与儿子刚才告诉他的那些话出入太大,觉得事情非常可疑,可是他顾不上这个了,因为她又提到了"钱公子有精神方面的疾病"这样一个更严重的问题!此时夫妻俩都有点傻了,便急忙请她说详细。她说,从在广场见面时起她就觉得钱公子言谈奇怪,不像个正常人,等到后来他当众高声朗读诗歌,她就更加确信他精神不正常,这是因为有此类精神疾病的人她见得多了，所以才会这么有把握。接下来他们关切地问她这种病还能不能治。她信心十足地说她的医院有全徐州市最先进的医疗设备和最好的医生，只要他们能积极配合治疗，钱公子的病还是可以治愈的，现在需要做的是对他进行心理疏导。他们松了一口气说，她一眼就看出了儿子的问题，这充分说明她是治疗精神病方面的权威，所以她的到来为儿子带来了福音，他们完全相信她说这些话是为了儿子好，当即表示愿意接受治疗，并请她担任儿子的家庭医生，希望她能在别墅多住上几天。

这时门铃声响起，是宋太太兴师问罪来了。只有不明就里的钱老板出门迎接，其他人都避而不见。宋太太一见面就直截了当地说她是来带她侄女回去的，钱老板觉得很奇怪："太太，我看你一定是弄错了！我家里并没有你侄女呀，怎么想起到这里来要人？"

"不要跟我说月小姐不在这里！行了，钱老板，不要再装了！月小姐就是我侄女，你怎么可能不知道？难道昨天你们去刘府拜访的时候没有听我说起过李思平将和她相亲的事吗？因此你们才会设了这个局，指派令郎用计把她骗到你家里来。我真没有想到你们在光天化日之下竟然会做出这种'抢亲'的事，太不讲道德了！你知不知道你们的所作所为让李思平一家人有多伤心！"

钱老板就更吃惊了："你说什么？月小姐竟然是你的侄女！可是她并没有和我们说起过与你的关系呀，而且我从来也不知道李思平和她相亲的事，派世富去破坏相亲的事又从何说起呢？太太，不瞒你说，其实我对世富与她是怎么碰面的也已经产生怀疑了，只不过我还没有来得及询问他们而已。请给我说说，这一切到底是怎么发生的？"

宋太太刚开始对他的辩解还嗤之以鼻，后来发现他不像在说谎，便把事情的来龙去脉详细地叙述了一遍。最后她说：

"钱老板，或许你真的不知道这件事情，是我错怪你了！但是你的太太和公子与此事脱不了干系，请把他们叫出来，一问便知。"

事到如今，钱太太不得不把事情的真相讲了出来，但她强调，她是希望女儿能与李思平谈恋爱才指派儿子去破坏他与月小姐的相亲，但月小姐会跟随儿子到别墅来实在出乎她的意料。钱老板听后大发雷霆，说她把女儿搬出来是试图为了减轻自己的罪责而找的借口，他还把儿子狠狠地训斥了一顿，然后便请教宋太太这件事该怎么解决。

"大错已经铸成，光责备他们也于事无补。我侄女在这件事上难道就没有过错吗？她犯的错误之大远远超过了他们，不过我也不想再责骂她了。我的意见是先把她带走，让她给李思平一家人赔个不是，争取获得人家的谅解。至于你太太和公子是否也需要向李家人道歉，等以后再说吧。你觉得这样行吗？"

月小姐说什么都不愿跟姑妈走，她把姑妈请到一个房间里密谈。自从在钱府见到姑妈时起，她就变得心平气和多了，主要原因是她怕姑妈再在钱老板一家人面前说她的不是，弄得她没有面子，因此只好把在言语上不再刺激姑妈当作了明智的选择。她承认自己在相亲程序还未走完的情况下就把李思平抛下不顾是她不对，但是请相信她跟钱公子到这里来绝不是看上了他，更不是为了他的钱！李思平一家人是应该对她的行为感到恼怒，对此她没有怨言，不过她只愿意打电话给他们道歉，原因是她本来就不同意姑妈说这个媒，是姑妈硬逼她来见面的，而她又对李思平不感兴趣，因此就更没有必要再相见了——当然她也有会受到李思平亲友们当面羞辱的顾虑。

宋太太多次劝说和斥责她都没有效果，只好改而追问她跟随钱公子来这里的原因。如果她不能说清楚，还是必须要跟自己回去的。她没有办法，只好讲出了实情。宋太太却认为她在撒谎，因为如果钱公子真的精神不正常的话，又怎么可能把钱太太的计划执行得这么完美呢？其"坑蒙拐骗"的手段即使是精神正常的人也未必能做到。

"信不信由您吧，事实反正就是这样！另外，我还要告诉您，为了给钱公子进行初步治疗，我要在钱府住上几天……"

"什么？你要在钱府住上几天！你觉得你作为一个未婚的女孩住在别人家里合适吗？这也太不成体统了，我想你爸妈一定不会同意你这样做的！"

"恰恰相反，姑妈，爸妈在知道事情的经过之后都对我的想法表示支持。不仅如此，他们还要我尽到一个医生的职责，好好照顾钱公子呢。"

"别胡扯了，你所说的话，我一句也不相信！你马上拨通你爸妈的电话，我要证实一下。"

结果果然与月小姐说的一模一样。宋太太非常生气，马上就把弟弟弟媳训斥了一顿，说他们是老糊涂了，怎么能允许这种有伤风化的事情发生呢？此事传扬出去，弟弟一家人就会成为别人的笑柄，将来侄女找婆家是一定会受到影响的，因此他们一定要悬崖勒马，切莫一失足成千古恨呀！

宋太太原以为这么一说，弟弟弟媳一定会意识到问题的严重性，会按照她的要求去做，她还是失算了。因为不管她怎么反对，都不能让弟弟弟媳改变主意。他们反而说姐姐是在危言耸听，思想实在是太"封建"了。小蕊以一个医生的身份住在钱府有什么不妥？她这是在治病救人，是正大光明的行为，对此他们应该给予鼓励和支持，而不是一味指责她。只要行得正、坐得直，又何必在意别人的闲言碎语呢？

　　虽然说服不了弟弟一家人，但是宋太太仍然认为侄女的做法是很荒唐的。停了一会儿之后，她注视着侄女说：

　　"你能保证仅仅是为了给钱公子治病才住在钱府的，在此期间你绝不会和他谈恋爱吗？"

　　"好吧，姑妈，我保证不和他谈恋爱——这样您总该满意了吧？现在我该按照承诺给李思平打电话道歉了。"

　　她很诚恳地向李思平道了歉，着重说明了她跟钱公子走的原因，并把一切过错都揽在了自己身上。此时李思平亲人们的火气已经消了大半，觉得事情再闹下去对谁都没有好处，不如就顺着月小姐给的这个台阶下吧，便通过李思平之口向她表达了原谅她的意思。宋太太站在旁边认真听，在电话就要挂断的时候，她要月小姐对他说"希望能与你再次见面"，可是月小姐却没有照办，只说了句："李先生，再见！"

　　宋太太对侄女不按她的要求去做很是不满。她说："你给我说实话，你之所以没有看上李思平，最主要的原因是不是他没有钱？"月小姐说的确是这样。

　　"如果他是一个富翁的话，你是不是愿意和他交往呢？"

　　"这个问题可以考虑，只可惜他不是富翁。"

　　宋太太听了语气虽缓和了一些，但埋怨她实在太心急了，因为李思平才刚刚上班，哪有那个经济实力买得起豪车豪宅？或许几年之后他就会满足她的物质欲望了，所以她现在要做的就是等了。她点头称是，随后宋太太便起身告辞。

　　月小姐明天就要上班了，按说她今天下午就应该到徐州去。可是她已经答应了钱老板夫妇要在别墅住上几天，为钱公子治病，不能食言，于是就给院长打电话请假，而钱老板夫妇也在电话旁帮她说话。院长听说她在度假当中仍不忘自己的职责，不仅确诊了一名患者并亲自登门为其治疗，更重要的是这名患者竟然还是位富家公子，不禁大为赞赏，当即表示她的假期长短没有限制。

第三十章

　　大家先前的猜测得到了证实，此事果然与钱家人有关——是钱太太指使其子去破坏的李思平与月小姐的相亲，并且他们也像宋太太一样不相信钱公子真的有精神病，因此他们是有理由恨这对母子的。刘家母女当众宣布将不再和钱老板夫妇有宴会往来，并在两年合同期满后不再租用钱家商铺。刘小姐则断绝了与钱公子的一切交往。张太太却表示，如果钱太太真愿意让钱小姐和弟弟谈恋爱的话，那她用不着道歉就可以被原谅了。

月小姐态度诚挚的道歉虽说过关了,大家对她的过错不再予以追究,但也不想再提起她。只有宋太太对她还抱有幻想,不厌其烦地把自己与她在钱府里的对话告诉大家,甚至还自欺欺人地说,月小姐还愿意和李思平再见面呢。可是大家对这件事早就失去了兴趣,没有人愿意听宋太太讲下去。李思平的亲人们不仅不再信任她,甚至不愿再理睬她了,因为他们认为她应承担选人不淑的责任。试想一下,如果她能给李思平介绍一个稍微守点规矩的女孩,又怎么会给他们家带来这么大的耻辱?

其实宋太太并非不知道自己的处境很不妙,因此她去张太太家的次数越来越少,即使与李思平的亲人们见面,也不再谈与月小姐有关的话题了。其实与其这样,倒不如采用一个切实可行的补救方法。比如说,提议让刘小姐代替月小姐当李思平的女朋友啊,这样既可以体现出她独具慧眼,又可以转移大家的视线,而一旦获得成功,必将会获得两家人更大的好感!只可惜她的思想早已僵化,做事又认死理,根本没有往这方面考虑,所以到头来大家还是不免要埋怨她。

需要特别说明的是,这一天当李思平的亲友们都对钱太太母子和月小姐的所作所为感到愤慨的时候,他本人却并没有参加这样的集体讨论,也没有流露出要惩罚他们的意思。只是在大家一再让他发表意见的情况下,他才表明了只要他们认错他就可以既往不咎的态度。

如果把此次的"黑色相亲事件"与上次郑总阻止他与秦小姐谈恋爱的事联系起来,他就会清楚地看到原来他在感情上是很容易遭受挫折的,而且他两次都表现出了脆弱和无奈,生怕今后还会有类似的事情发生,这样就不可避免地在他心理上留下了失败的阴影。所以在他内心深处还是难免有一些忧伤和焦躁的情绪存在的,他甚至怀疑自己患上了恋爱恐惧症。怎样走出当前的困境,勇敢地面对残酷的现实,成为他摆在他面前的一道难题。

刘小姐尽管并不知道他内心的这些想法,但能设身处地理解他的感受,更愿意帮助他驱散此次事件带来的阴霾,让他重新找回自信。这两天她都和他待在一起,只谈艺术、理想和未来等开心的事,而对一切可能使他感到不悦的事都避而不谈。他的状态非常好,可见这样做是有效果的。他的亲人们看到了都很高兴,便鼓励刘小姐多多开导他。

5号这天天气晴朗,刘小姐提议去郊外游玩,李思平同意了。他们俩来到了一个绿草茵茵的山坡上,一边欣赏着四周的秀美风光,一边回忆他们交往中的点点滴滴。他谈话的兴致很高,心态也更加放松,而她看起来似乎比他还要快乐,也更愿意把自己的心事向他倾诉。

　　他们站着交谈了多时。他问她是否感到累了，要不要坐下来休息。她回答说："陪一位漂亮的男生游山玩水，我实在感到荣幸之至，又哪里会觉得累？说实话，这比起我在菊山公园写生时获得的感受还要美妙！因为这名男生比以前可是更加俊美和有风度了，我越来越被他的举止和谈吐所迷。"

　　"丽莎，你在开玩笑吧，我哪有你说得那么好？要是我真的有这么好的话，人家何至于在与我相亲的时候就把我甩在一边，而去给富家子弟治病？这说明人家根本就没有把我放在眼里，我还要为自己长得怎么怎么漂亮而沾沾自喜吗？"

　　刘小姐见他自动提到了相亲的事，便想到正好可以借此机会让他把心里话都说出来。于是她说："思平，请恕我直言，月小姐是因为你不能满足她在物质上的要求才不打算和你交往的，并不是说你的外貌不漂亮不迷人。既然她只注重财产而把其他方面看得无足轻重，那么这只能说明她的庸俗。你又何必为了这种人而使自己不开心呢？更何况她的做法确实过分了，明明知道自己是在相亲，却偏偏要做那不该做的事。她之所以会这样，我看她就是太不把此次相亲当回事，太任性又太实际了！除此之外，我不认为还会有别的解释。而钱太太是不是真心希望钱小姐和你谈恋爱还有待观察，但是她派钱公子去给你的相亲搅局绝对是她不对！我不得不说这些人物都太奇葩了，真为他们这样对待你而感到寒心。"

　　"请不要责备钱太太，我倒相信她真是这样想的，可是我配不上钱小姐呀！再说句实在话，相亲的时候我对月小姐一点感觉也没有。这倒不是因为我的眼光高，也不是我为了发泄对她的不满而故意贬低她才这样说。本来我是想请她喝杯咖啡后就和她体面地告别的，不料还没有走完相亲的程序她就跟钱公子走了，一点也不顾及我的感受！她这么做好像是告诉我在任何方面都比不上钱公子，弄得我颜面尽失！最主要的是我就这么回去，该怎么向大家交代？你很难想象在他们离开广场后的那一个小时，我是怎么度过的。当时我大脑一片空白，不知道怎么办才好。我觉得整个世界都把我抛弃了，我成了无家可归的流浪者……"

　　"相亲时发生这种事情确实是罕见，换成谁都会手足无措的！你能以冷静平和的心态来对待它，已是非常好了。也请你不必太在意，因为这只不过是一次小小的挫折而已，我相信你完全可以战胜它，重新开始幸福快乐的生活，你说我说得对不对？"

　　"是这样的。这件不愉快的事情已经过去了，现在想想，月小姐和钱太太母子的做法各有各的道理。我确实有不足之处，所以月小姐才会没有看上我。钱太太一心想让钱小姐和我谈恋爱，所以才会派钱公子把我相亲的事搅黄。而钱公子似乎也觉得我当他妹夫很合适，所以才甘心听从他母亲的安排。最具有戏剧性的一幕是，身为优秀精神病医生的月小姐一旦看出来钱公子有病，便什么也不顾了，直接跟他回家为他治疗，这是她对病人极度负责的表现啊！以上这些因果事情的发生都是符合逻辑的，其中既有人对我不甚满意，又有人对我关心得过了火，让我在这两种矛盾的交织碰撞中有得有失，难道这不是很符合人生常理吗？既是这样，那我还有什么烦恼呢？我们所有人都应该以宽容的态度、仁爱的精神对待月小姐和钱太太母子才公平。"

"你能这么理性地看待这件事，自然是再好也不过了！我可以这样告诉你：你在我心目中永远是那个阳光、可爱、乐观的邻家男孩，对一切挫折失败都无所畏惧，我真为你感到自豪！希望这件事不会影响到你的度假计划，导致你提前到徐州去。那么在接下来的几天里，你准备继续留在县城还是到乡下去呢？要是你觉得在这两个地方都待烦了，那我们就开车去海边看日出，怎么样？"

"非常感谢你这几天的陪伴，丽莎，你给我很多的帮助、支持和关爱，这将使我终身受益！现在假期已过去将近一半，我决定把剩余的时间都用来在县城好好工作上，不到 11 号下午我是不会离开这里的。一起去看海的事等以后再说，好吗？"

"那好啊，你想做什么工作？"

"丽莎，我想继续在你家超市里上班，直到假期结束，可以吗？"

她认为有个事做可以使他注意力转移，能更快地忘记那些烦心事，从而获得心灵上的宁静，于是表示完全赞同，她还希望能和他成为最好的朋友。

他感到有些疑惑，因为他不清楚"最好的朋友"该怎样理解。

"就是保持密切往来的知心朋友啊，就像你姐姐和我的关系一样！比如说这个月的 20 号我要到徐州去，为即将举办的画展做准备，到时候我就会根据我们的这个交情和你联系，邀请你前去参观我的画展，不知你意下如何？"

"好的，丽莎，我愿意和你成为知心朋友。你画展开幕的那一天我一定会给你捧场的，当然我此去最主要的目的是向你学习……"

经过这样一番交谈，他们对对方的了解更深了一步，并且彼此之间的依赖也加深了，这是他们此次出去游玩取得的成果之一。

在回去的路上，她说道：

"思平，我有一个问题，可以向你提问吗？"

"当然可以！尽管问吧，只是我不知道我的回答能否让你满意。"

"我记得那天宋太太和你的家人怎么劝说你，你都不同意和月小姐见面，可是在知道她的名字后,你为什么很快就答应见面了呢？"

"这么一个很容易让人忽略的细节都没有逃过你的火眼金睛,你可真是明察秋毫! 不过关于这个问题,我现在不能告诉你答案,因为我曾经发过誓:在和女友正式确立恋爱关系之前,不会和任何人谈论此事。请原谅,丽莎,让我把这个秘密再保守一段时间,好吗？"

他之所以这样做,是因为如果把月小姐与他那位女同学的姓名完全一致的事说出来,刘小姐一定会追问下去,即使他不说,她大致也能猜出来藏在他心里很久的那个秘密,而这个秘密不到迫不得已他是不会让别人知道的。至于与他的那位女同学长得很像的秦小姐,他更是不愿提起,因为他认为最好不要让包括刘小姐在内的亲友们知道秦小姐的存在,免得他们往恋爱那方面联想,更何况他与秦小姐没有谈成恋爱的事,既是他的一个秘密,也是他的一个隐痛,能不提就不提吧,免得再勾起他对不愉快往事的回忆。

"作为你的知心朋友,我尊重你的意愿,也会对你的隐私保密。既然你现在不能说,那我就等到你有了女朋友后再告诉我吧。"

"谢谢你的理解,丽莎,你真的是一个既宽厚又善解人意的好女孩!"

"过奖了,思平。不过你也要答应我一件事,我们成为知心朋友的事暂时不要告诉任何人,可以吗？"

人们都没有料到李思平会重新回到刘家超市当临时主管,但他们觉得只要是他愿意做的事,都应该予以支持。刘小姐没有一天不和他在一起,他们的交往终于像以前一样频繁了,关系比先前还要亲近,而原来的那些女员工更认为他与刘小姐是在重温旧情。就在他走马上任的这一天,他的父母却带着内心的伤痛与懊恼回乡下去了。

再说月小姐,此时已经在钱府住了数天之久,这段时间里她一直尽心尽责地做好本职工作,深受钱老板一家的好评。她和钱公子之间并没有什么流言蜚语传出。宋太太虽说感到很放心,但并没有把这样的消息发布出来,因为她知道,李思平及其亲人已经对月小姐的事漠不关心了,她发布出来也没用。

第三十一章

时间过得真快,转眼间就到了 11 号的下午,李思平要回徐州了。17 点钟左右刘小姐开车送他到了汽车站。临走时他提醒刘小姐,在她的画展开幕前千万别忘了打电话通知他。随后他们便依依不舍地告别。刘小姐不仅没有流露出一丝伤感的情绪,反而一直面带微笑,因为用不了多久他们就会在徐州再见面,到那时她心里的感觉只怕比现在还甜蜜。

汽车驶进徐州市区时，天已经完全黑了。他边欣赏夜景边想，不知道同事们的国庆假期过得如何，估计他们绝不会有像他这样惨痛的经历。而正处在热恋中的程翻译一定春风得意，和秦小姐的约会也应该很有情调吧。

第二天清早李思平刚从宿舍里走出来，就遇到了唐主管。他马上很有礼貌地向唐主管问好。唐主管笑容满面地说："李助理，你好，你终于回来了！我就知道在这个时间点一定能见到你——这就是我这么早到公司来的原因——看来我猜得一点不错，真是太高兴了！分别了那么久，我可是一直很想念你呀。怎么样，你假期过得还好吧？"

"过得还算可以，唐主管，谢谢你的挂念！"他边说边打开了机房办公室的门，把唐主管请了进去。"我不在公司的这许多天里，这里的一切都还正常吧——有没有什么新鲜事发生？"

"公司里出大事了，难道你没有听说吗？"唐主管感到很诧异，"李助理，你就别骗我了，我想你一定知道了！"

"我一直在外面度假，对公司里的事真的是一无所知！"他很真诚地说道，"请快点告诉我，到底发生了什么重要的事？"

"我以为有哪个好事的同事打电话给你说过了呢。既然还没有，那也没有关系，我马上就亲口对你讲。反正我在知道了这件事后并没有藏着掖着，而是在第一时间告诉了我见到的每一个同事。毫不夸张地说，此事现在已经闹得满城风雨了！"他压低了声音说，为的是增加此事的神秘感，"程翻译昨天已经向秦小姐正式提出了分手，你说这个消息是不是很雷人？"

"怎么可能会这样？"李思平感到不可思议，"我记得放国庆节假之前他们的感情可是如火如荼呀——秦小姐甚至同意与程翻译订婚了，怎么仅仅过了两个多星期就要分手呢？你敢保证这是千真万确的事吗？"

"绝对不会有错！"唐主管有把握地说，"这是我亲耳听程翻译本人说的。那是在昨天上午十点多钟，我忙完手里的工作，就想去三楼转转。当我走到程翻译办公室门口的时候，不小心听到了他与曹会计的对话。他说：'太太，我也不瞒你了，我刚刚给秦小姐打过了电话，正式向她提出了分手，反正我们一直没有订婚，这样做也没什么不妥。也许你觉得很奇怪，为什么我们的恋情会这么快就告吹了呢？老实说，我也说不清原因，总觉得我们当初就不该谈恋爱，因为我们彼此之间根本不了解，做出这样的决定只是一时头脑发热，其实我们并不适合在一起，各方面差异太大……'　　　"

"这个消息确实让人感到意外和震惊，我的确没有想到！那么曹会计知道了这件事后反应如何？她是不是很高兴呢？因为这样一来，她的女儿可就有机会和程翻译谈恋爱了。可是秦小姐会同意分手吗？她是怎么答复的呢？"

"你问的这几个问题我都没有办法回答。因为在这个关节眼上，曹会计突然把门关上了，以至于他们后面说的话我都没有听到，真是太遗憾了！不过从曹会计事后的表现来看，她一点也不开心，这是因为……"

这时于超然夫妇走了进来，打断了他们的谈话。李思平与于超然夫妇的寒暄还没有结束，就被郑总叫到办公室去了。

郑总很亲切地说："久违了，李助理，见到你度假归来我非常高兴！你这一个多星期过得还好吧？"

他说过得很开心，并对郑总给了他这么长时间的假期表示感谢，然后他便问郑总黄金周期间是否携全家去旅游了。

"我们没有出去玩，因为到处都是人，还是安安稳稳地待在家里最舒服。不瞒你说，国庆节放假这几天我一直在看盘，买进卖出，不仅过得很充实，而且大赚了一笔。李助理，你回家乡后是否和女朋友一起出去玩了？"

"郑总，我不是早就告诉过您，我没有女朋友吗？所谓'我在家乡有女朋友'一事是您杜撰出来的，现在您自己不会把它当成真的吧？"

"你不要忘了，公司是以你在家乡有女朋友为由，才多给你放了四天假的，这已经是弄假成真了，你总要给大家一个交代吧。你国庆节期间都做了什么，有没有见到那位刘小姐呢？"

李思平真搞不懂郑总为什么会紧抓住这件子虚乌有的事情不放，硬让他承认他在家乡已有女朋友。他本来以为他用此谎言骗过郑夫人后此事就已了结，却没有想到这仅仅只是一个开始！而郑总一本正经的样子，完全不像在开玩笑，又表明他今后还要编更多的谎言，还有更多的麻烦事在等待着他！可是这一切到底是为什么呢？郑总葫芦里究竟卖的是什么药？面对这么多疑问，他虽然越想越觉得奇怪，但也不得不按照郑总的要求做，承认他放假的大部分时间是和刘小姐在一起，而这基本上也符合事实。但是他并不想让公司里的人知道他遭遇的"黑色相亲事件"，所以就没有提到它。

"看来刘小姐确实是你的女朋友，你们这么多天形影不离地在一起非常开心！可是李助理，你为什么还要欺骗我说她不是呢？"

"我没有和刘小姐谈恋爱呀，我们仍然是普通朋友，我没有欺骗您。郑总，倒是您一直让我欺骗别人……"

"好了，这些事情就不要再说了！你现在必须要把刘小姐当成你的女朋友，否则我太太和玉娜一定会责怪你说谎，她们一定会向我施压把你赶出公司，到时候恐怕我就不能帮你了,明白了吗?快说说你什么时候把刘小姐带到徐州来,让大家见见?"

李思平原本想把刘小姐这个月下旬会来徐州办画展的事说出来,可是又怕郑总以后会经常追问此事,这无形中将对他形成一种压力,从而使他的神经紧绷,因此还是不告诉郑总对自己有利,可是他又不能不满足郑总的要求。于是他说:

"郑总,我保证在一个月之内让大家见到刘小姐,你觉得这样可好?"郑总对他的回答感到非常满意。

这时敲门声响起,他们的谈话被打断了。董小姐走了进来,手里拿着一叠材料,原来是各部门近期的工作计划,需要郑总审批。

郑总很快就做完了这项工作,正准备休息一下,不料程翻译却走了进来,只见他一身笔挺的西装,神情很是轻松。他先是向在场的每个人道了声"早安",然后从公文包里拿出一份材料,放在郑总的办公桌上。

"郑总,这是我的辞职信。非常感谢这一个多月来您对我的信任和关怀,并且我在这里的工作得也很顺心,与同事们相处特别融洽。但是我到底才疏学浅,恐怕将来会辜负您的期望,进而影响公司的发展。现提出辞职,希望您能批准,谢谢!如果我的做法有什么不妥之处,还请您多多包涵。"

郑总的脸色变得凝重起来,李思平和董小姐都感觉到了紧张的气氛,可是他们都没有说话。郑总沉默了好一阵子,才说:

"你真想好了不打算在公司干了?莫非你准备去那个酒店吗?"

"是的,"程翻译神色自若地回答道,"方太太昨天下午已经聘我为乾坤大酒店的总经理了,等一会儿我就去那里报到。您也知道,主管一个酒店一直是我的梦想,所以我不想放弃这个机会。我相信到了那里我一样可以大展身手,这一点请您放心。"

"如此说来,那我应该恭喜你了。不过请你给我一点时间,让我认真考虑一下,明天再给你答复,怎么样?"

"好的,郑总,那我明天上午再过来办理相关手续,并把我欠您的债务全部还清。不过现在我就得给您说一声,从今天起我不再来公司上班了,因为我在酒店那边的工作会比较忙,无法分身。"他向大家点了一下头,随即便出去了。

程翻译主动提出与秦小姐分手让李思平大为吃惊,如今他提出了辞职,却让李思平觉得是在情理之中的事。因为程翻译不愿再和秦小姐谈恋爱了,势必就会得罪郑总夫妇,而作为秦小姐姨母的郑夫人必定会更加恼怒,她极有可能会想方设法地打击他,直到把他赶出公司为止!以他的聪明当然不会想不到这一层,与其这样,还不如自己主动离开这里,既不用受气又非常体面,这才是最明智的选择。

程翻译急于辞职的心情还是非常迫切的,因为从他主动与秦小姐分手到他提出辞职,这中间只隔了一天时间!他做出这样的决定是不是有些仓促呢?从他刚才与郑总的那番对话来看,并非如此,因为他已经找好了新的单位。可是方太太为什么会聘他为乾坤大酒店的总经理,难道他在厨艺方面的才华被她看中了?退一步讲即使是这样,他也不应该得到总经理的职位,因为他实在太年轻了,又毫无资历可言,其他员工怎么可能会信服?方太太却偏偏重用他,其中的玄机何在?还有,他与秦小姐到底是由于何种原因分的手呢?而郑总对这一切显然是心知肚明的,可是他一个字也没有提到。过了一会儿,他让李思平和董小姐通知全体员工去会议室开会。

在会上郑总代表公司对李思平度假归来表示热烈欢迎,对他和女朋友的关系获得进一步发展表示衷心祝贺,期盼着他能尽快把女朋友带到公司来和大家见面,并强调说这是所有员工的愿望。除了曹会计和苗小姐之外,其他人都几次鼓掌请他上台讲述和女朋友约会的经过,弄得他很不好意思。

会后,董小姐和苗小姐邀请李思平到文秘办公室去坐坐。前者夸奖他“恋爱”过程叙述得生动细致,可见他和女友抒写的是山盟海誓般的爱情神话;后者却急于转移话题,一个字也不想提及此事,她说:“李助理,你知不知道程翻译已经与秦小姐分手的消息?”这句话的重音是在“分手”两个字上,她想以此来提醒他尽快与乡下的女朋友分手。

李思平并没有领会苗小姐的用意。他说,他早上听唐主管说过了,但是分手的原因唐主管还没来得及说,谈话就被于超然夫妇打断了,很快他又被郑总叫到了办公室,在那里亲眼看到了程翻译提出辞职的情形。

“程翻译的做法太过分了,秦小姐现在指不定有多伤心呢。”董小姐说道。

李思平也认为程翻译近期的举动难以理解,造成这一切的根源究竟是什么呢?为了让他不再感到疑惑,董小姐便把她所知道的内情讲了出来。

原来秦小姐自从恋爱了之后天天都过得很开心。一天她心血来潮,在大学同学的QQ群里发布了这个消息,目的当然不外乎是炫耀了,同学们纷纷向她表示祝贺,她就更得意了。通过这个群她了解到有一名叫方氲莹的同学恰好也在徐州,正打算和妈妈开一家酒店。虽说在上学的时候她们的关系一般,毕业后在QQ上也难得聊上几句,但是在同一座城市里遇到故人还是让她有亲切之感,于是她们的联系便逐渐密切起来。

到了10月1日这天,方小姐给秦小姐打电话说,今天是她家酒店开业的日子,请秦小姐携男友一起来吃饭。程翻译一听可以吃白食,非常高兴。他们到了乾坤大酒店,受到了店主方太太及方小姐的热烈欢迎。程翻译发现酒店里的菜肴不仅精美,而且酒店装修得也很有品位,不由得点头称赞。方太太看出来他对酒店这一块儿似乎很在行,便和他聊了起来,越聊越觉得他是个不可多得的人才;而方小姐则夸奖秦小姐很有眼光,选了这样一位才貌俱佳的男生当男朋友,真是让人羡慕,而她还没有男朋友呢,所以她非常希望能有秦小姐这么好的运气。方家母女对自己和男友的赞扬让秦小姐很是受用,用"心花怒放"来形容她的心情一点也不为过。

　　就在这时,有一对外国青年男女走进了酒店,坐下后他们对服务员递过来的菜单只是看了一眼,并没有点菜,只是叽里咕噜说了几句外语。方太太母女和服务员都不明白是什么意思。正当大家束手无策之际,程翻译走上前去用英语和那两名外国朋友聊了起来。不一会儿他便回来了,对方太太母女说道,他们要吃带有北欧风味的情侣餐。方太太立刻就吩咐后厨去做,可是让她感到失望的是,厨师们连北欧的情侣餐听都没有听说过,就更不用说会做了。方太太很焦急地说,这可怎么办?因为这是开业的第一天,就遇到了菜肴不会做的情况,是非常犯忌讳的,传扬出去可是要砸酒店招牌的!程翻译又一次挺身而出,说道:"我有办法。"随后他走进了厨房,在众人惊异的目光的注视下,没用多少工夫就做好了一顿充满异域风情的情侣大餐。外国情侣看到后很是惊喜,一品尝便"very good"地说个不停,临走的时候他们说,今后他们会向一些朋友推荐来这里用餐。

　　程翻译的表现堪称完美,所有的人都对他竖起了大拇指,方太太母女更是把他奉为上宾,在酒宴上亲自作陪。不仅如此,方太太还当着众人的面给了他一个大大的红包,以表示她全家及酒店全体工作人员对他的谢意。

　　讲到这里,董小姐几乎叫了起来:"你们猜猜,那个红包里装有多少钱?我想你们一定猜不到,因为那里面除了有整整一万元之外,还有一枚一元硬币,寓意是万里挑一,这是极高的赞扬,简直把程翻译捧上了天!"

　　苗小姐听了直摇头,问道:"你亲眼看到那红包里的一万零一元了吗?"

　　"我是没有看到,不过这件事是翻译昨天亲口告诉我的,可信度非常高。"

　　李思平赞同董小姐的说法,并请她继续往下讲。

　　董小姐说:"2 号上午当秦小姐和程翻译正愁不知道该去哪里游玩的时候,方小姐的电话又来了。这一次她除了请他们吃饭之外,还有重要的事要和他们商量。原来通过昨天的事方小姐认识到了学好外语的重要性,可是在她所有的朋友当中只有程翻译对外语最为精通,因此她打算重金聘请他担任她的家庭外语教师,每天都来酒店对她进行辅导,不知他们是否愿意。程翻译完全动了心,秦小姐也认为这是自己的同学在求自己帮忙,而又让自己的男朋友有工资可拿,太有面子了! 当下也没有多想,很爽快地就答应了下来。她怕姨母郑夫人知道了此事出来干涉,就没有告诉她。其实只要稍微有点头脑的人就绝不会这么做,因为这是在鼓励两个未婚的青年男女亲密交往,出问题只是早晚的事。也就从那天起,程翻译正式担任了方小姐的外语教师,随即就开始了教学工作。而在他们上课期间秦小姐觉得无聊,又打起了游戏。3 号上午方小姐派车去接他们来酒店,可是秦小姐正犯游戏瘾,就没有去,而那一天程翻译直到很晚才离开酒店。从 4 号起,方小姐派去的车只接程翻译一个人,对秦小姐理也不理了。这样一来,程翻译与秦小姐见面的次数是越来越少,即使见面他对她也很冷淡,开口闭口都是夸方小姐如何娇小可爱、见识非凡、温柔体贴,这说明他与方小姐的关系绝非只是辅导英语这么简单。秦小姐越想越觉得不对头,便提出要和他去海南见她父母,试图以此阻止他与方小姐继续交往。可是方小姐说学习的事哪能半途而废? 而他也不同意离开徐州。秦小姐气得不得了,便开始暗中调查他俩在上课期间到底做些什么。她向酒店里的一名员工打探消息,这名员工只说了一句话:'程先生享受的是白马王子的待遇,方小姐快活地变成了公主! '此时她什么都明白了,预感到大事不妙,急忙找到郑夫人,把事情的经过告诉了她,并寻求对策。可是事已至此,郑夫人除了把秦小姐斥责一顿之外,还能有什么办法? 在几次出面警告程翻译与方小姐断绝关系失败后,郑夫人又放出狠话:只要他再去乾坤大酒店授课,秦小姐就会和他分手! 她的本意当然是想把他从方小姐那里拉过来,结果却适得其反。他立刻就回应说,秦小姐对于尽快与他订婚的事答应得倒爽快,可就是不见行动,并一再推脱,这说明她根本就没有考虑过会和他结婚,是没有诚意的表现,要说有错的话,也是她有错在先,他对她已失去耐心! 从此以后他不仅不再与她见面,就连一切联系也都终止了。秦小姐失望与痛苦的心情可想而知,然而她不想就这么算了,便给方小姐打了个电话,以断绝同学友谊相威胁,让她不要再与程翻译往来。可是她并没有把秦小姐的话当回事,因为她们本来就没有多深的情感,她说,与谁交往那是她的自由,任何人都无权干涉,如果说秦小姐铁了心要和他断绝同学情分,那就断绝好了,反正她从来都没有这种想法。此事过去不久,程翻译就向秦小姐提出了分手。唉! 可怜的秦小姐由于太轻信自己的同学,结果男朋友反被夺去了不说,又和同学的关系极度恶化,还有比她更惨的吗? ”

李思平在假期里的遭遇显然是比秦小姐要惨一些,不过他不想让同事们知道,这是为了顾及他和他家族的颜面,所谓家丑不可外扬啊。他说:

"秦小姐的遭遇确实让人同情,谁也没有料到她和程翻译会有这样的结局！如果有机会,我们都应该好好安慰她一番才是。程翻译的确有做得不对的地方,应该受到指责。董秘书,听了你的讲述,我明白了,为什么曹会计在得知程翻译与秦小姐分手的消息后,并不怎么开心;而程翻译为什么会受到方太太的重用,这么急着辞职,皆是由于方小姐已做了他的女朋友的缘故。"

"方小姐是否已经成了程翻译的女朋友,对此我倒不怎么感兴趣。"董小姐笑道,"我最感兴趣的是你在和女友约会中有没有什么亲昵的举动。你刚才在大会上没有讲,现在只有我们三个人在场,就不要再觉得难为情,快给我们讲讲吧。"

第三十二章

且说方小姐那天自从见到程翻译的第一眼起,就对他很有好感。他的外表及气质完全符合她择偶的标准。她又一直对一种奇怪的理论坚信不疑,即大学同学的男朋友总是好的,只有他们才会对她有吸引力。程翻译的身份决定了她不会让他超脱于这种理论之外。而当他勇敢地站出来做好了情侣餐、帮了她和妈妈的大忙之后,她对他的感激、崇拜和喜爱之情就更加不可抑制了。当时她想,要是他能成为自己的男朋友那该多好！他和秦小姐吃过饭离开后,她满脑子依然都是他的身影,一度还曾精神恍惚。既然她对他这么割舍不下,那么是一定要把他从秦小姐身边夺过来的了。更何况,她与秦小姐不过是貌合神离的关系而已,完全用不着顾忌什么。

方太太作为过来人,阅历极为丰富,女儿的心事自然瞒不过她,而她也赞成女儿要与秦小姐争夺男友的想法。她认为像程翻译这样既懂烹调又精通外语的优秀青年做她的女婿再合适也不过了。要是他最终与那位热衷于网络游戏的小姐结了婚未免太可惜！所以要趁他们现在还处在恋爱阶段,尚没有订婚,先下手为强,否则就会遗恨终身了。

很多人都不知道的是,身为乾坤大酒店主人的方太太其实是一个单身女人。她丈夫早在十年前就撇下了她们母女俩,卷走了全部财产和别的女人私奔,让她和女儿吃尽了苦头。虽说丈夫背叛了她,可是她决不肯违背当初结婚时立下的"人生只有一次婚姻"的誓言,因此也就断了再婚的念头,而把关注点都集中到了女儿身上。由于有这样一段痛不欲生、不堪回首的经历,她绝对不愿意看到女儿的婚姻也像她这么不幸,那会比让她死还要难受！她发誓一定要给女儿找到一个称心如意的男友,让女儿既能拥有甜蜜的爱情,又可获得永久的幸福。至于他是否有钱，倒也并不是太重要。

　　如今女儿告诉她自己已无可救药地爱上了程翻译，她马上表示支持，因为她觉得让女儿开心是最重要的事，其次才说到程翻译是不是她理想中的女婿人选问题。他是一个有女朋友的人，这是目前最大的障碍。尽管如此，她还是决定不管遇到多大的困难，一定要帮助女儿完成心愿。

　　于是她便开始思考采用什么样的办法才能实现目的，很快就有了主意。既然程翻译的外语这么棒，那就先让女儿以向他学习外语为借口给秦小姐打电话，看看她什么反应。很显然方太太这样做是想为女儿制造单独和程翻译相处的机会。可惜的是秦小姐不仅没有识破方家母女的计策，反而欣然同意了。接下来在上课的重要环节，方太太让女儿尽力表现出她的千娇百媚，使他完全陶醉在柔情蜜意中而难以自拔，以便俘获他的心。而每次授课只要秦小姐不在场，酒店里都会举行欢迎仪式，那热烈的场面犹如庆祝方小姐和程翻译恋爱了一般，酒店的员工和方家的亲朋好友也都把他看作方小姐的男朋友了。方太太本人呢，除了无微不至地关心和照顾他之外，还对他进行金钱诱惑，明确表示他在工作和生活方面有什么要求尽管提，她保证百分之百地满足。为表现自己的诚意，她马上给了他一大笔钱让他随意支配，而这些钱他用来偿还所有债务是绰绰有余的。她甚至还暗示，包括这个酒店在内的她的全部财产将来都要由女儿来继承，而女儿恰恰对他有意。

　　程翻译感觉到在与方家母女的交往中得到的温暖和快乐是前所未有的，而这种交往比起自己与秦小姐的关系来则更加有前途，并且他对方家母女的慷慨解囊充满了感激之情，因此几节课下来他的眼里就只有方小姐了，秦小姐几乎被他完全遗忘。虽然如此，他对于方小姐在功课上的要求是一点也没有放松，每天留给她的家庭作业是必不可少的。

　　秦小姐从程翻译对她越来越冷淡的态度上觉察出了问题，很是怀疑他与方小姐的交往超出了正常的范围，而男朋友被闺蜜或同学夺去的事情又不是没有先例的，她可不希望那种经常在电视上或小说中出现的情景在她身上重演，因为要是那样的话，她可就太悲剧了！想到这里，她有点不寒而栗，于是就让他立刻下课，跟她去海南和她父母见面——因为她父母已经打电话提了这个要求——之后他们便会举行订婚仪式。可是没想到他对此不仅不感兴趣，反而和方小姐口吻一致地和她唱反调。莫非他们真的是打着学习的幌子一直在秘密约会吗？而随后进行的调查也证明，他们俩确实是在谈情说爱！

　　可以想象，当秦小姐得知事情的真相之后该是多么生气、多么懊悔！她没想到方小姐竟然会完全不顾同学间的友情，采用"卑劣"手段抢夺她的男朋友，这不仅是对公共道德的公然挑战,更是对她的最大蔑视,她怎能不气恼呢? 可是如果当初不是她带他到酒店去赴宴,方小姐也许根本就不会与他相识。即使他们认识了,如果她不同意他给方小姐当家教,不让他俩有亲密接触的机会,估计也就不会有这样的事情发生了。她实在太大意了,以至于轻信了方小姐的谎言,才使得她乘虚而入——这正是自己一手酿造的苦果,她又能怪谁呢?

可是她不甘心男朋友就这样被方小姐夺走,这就犹如眼看着即将到手的胜利果实被别人采摘,换成谁都会咽不下这口气的。再说这也关系到自己的颜面,她可不想因为这件事而成为别人特别是同学们的笑柄,因此她必须想尽一切办法让程翻译重新回到她身边来。她向郑太太求助,郑太太听了外甥女的叙述后大为吃惊,因为事情的发展出乎意料,而这种糟糕的情况是她极其不愿看到的,便采取了一系列强有力的干预措施试图挽回局面。可是所有的努力最终都落了空,程翻译不仅没有和秦小姐重归于好,反而与她断绝了一切联系,完全投入方小姐的怀抱中。

让她感到最痛苦的事情很快就到来了,这个星期一程翻译正式提出了分手。他在电话里既没有说明这样做的原因,也没有给她说话的机会,就挂断了电话,这一切都表明他对她早已没有了感情,他们的关系从一开始就是一个错误! 她第一次品尝到了被甩的滋味,而甩她的人竟然还是姨夫的下属,这与她最初的设想正好相反! 她感到特别地伤心和委屈,为此痛哭了一整天。程翻译的绝情和方小姐对她的羞辱和欺骗,让她受到的打击前所未有,她自然恨透了他们,准备对他们进行报复。在给父母的回电中她却说,由于发现程翻译有很多恶习,她已经把他甩了,因此海南她暂时就不去了。

郑小姐虽说也知道表姐失恋了,心情很糟糕,而她们又有点矛盾,她却没有因此就嘲笑和挖苦表姐,让她陷入雪上加霜的境地,这是合乎礼的。如果她能安慰安慰表姐,那就更合乎礼了。

且说 12 日下午郑总回家后,太太便问他公司今天有没有什么重要的事情发生。他说今天还真发生了一件让他没有想到的事,同时这也让他十分生气,即程翻译竟然向他提出了辞职,这距离他提出来与玉娜分手仅有一天时间,可见他急不可待与蓄谋已久! 正因为如此,他才没有当场表示同意,而是说第二天再给他答复。秦小姐认为程翻译这样做是要告诉她,方小姐在任何方面都比她强,因而非常气愤,立刻就强烈要求姨夫千万不能答应他的辞职。不仅如此,她还希望姨夫能扣留他的证件,以此逼迫他恢复与她的恋爱关系。如果姨夫不按她的要求做,她明天就去公司与程翻译大吵大闹一番,然后再举报乾坤大酒店有偷税漏税的嫌疑,让方家母女也没有好日子过。

郑夫人认为外甥女打算去公司吵架的想法是有失身份、有失体统的,而诬陷别人则是犯法行为,是盲目冲动和不理智的表现。如果她真的这么做了,她会受到怎样的惩罚先不说,这种争风吃醋的事是一定会给公司和家庭的声誉带来负面影响的,因此坚决反对。不过为了让外甥女得到最大程度的安慰,她倒不反对明天亲自去公司责骂程翻译,也好出出心中的恶气。万一再把程翻译骂得幡然悔悟了呢,这不就成了天大的好事了吗?

第二天上午郑夫人果然坐了郑总的车和他一起到公司来。看到老总的太太大驾光临,员工们都很惊讶。虽说大家对她并不陌生,但是一年到头很难在公司看到她的身影。她说这是为了表现她在公司的特殊地位才刻意如此的,当然这也增加了她在员工心目中的神秘感。现在既然她在公司出现了,那就意味着将要有什么大事发生。很快大家就猜到了她的意图——十有八九是为外甥女与程翻译分手的事而来的。今天程翻译会来公司办理辞职手续,她大概是要趁这个机会狠狠地惩罚他一番。大家都还没有见过郑夫人生气的样子,因此都等着看好戏呢。

可是一直等到十一点半,全体员工陆续地前来总经理办公室拜访郑夫人的活动早已结束了,程翻译却还是没有现身,他的手机也一直处于关机状态。莫非是他事先得知了郑夫人今天要来公司的消息而避而不见吗?可是在她到达这里之前只有她家里人知晓此事呀,泄密的可能性微乎其微!难道说是今天有人看到她来公司了才给他通风报信,让他中途返回了吗?尽管这种可能性不能完全排除,但是这依然只是一种猜测而已。十点钟的时候郑总也有事出去了,此时办公室里只剩下了她一个人。

她的心情越来越烦躁和失望,不停地在办公室里走来走去。她想,程翻译今天大概是不会来了,自己亲自出马却没有达到目的,回去怎么给外甥女交代呢?她可决不能无功而返,因为这样太没有面子了!这时她突然想到了有一个人或许可以帮她的忙,毫无疑问那个人就是李思平。事不宜迟,她马上就拨打了李思平的电话。在他再次来到办公室后,她说:

"李助理,程翻译和玉娜分手的事想必你也听说了吧?是程翻译攀上了高枝,才不要和玉娜继续谈恋爱的。他现在成了人家的乘龙快婿,把玉娜害惨了!自从这个星期一以来她整天都在哭泣。没有想到原来她是个这么痴情的女孩,我都记不清说了多少安慰她的话了,可是没有什么效果,真不知道这样下去,她的身体怎么受得了……这个程翻译,亏我们当初对他那么好,又提拔他又给他钱的,到头来他却做出这么忘恩负义的事来,实在让我们感到寒心!你来评评理,他的这种做法对吗?"

　　李思平把程翻译用情不专、喜新厌旧又贪图荣华富贵的行为痛骂了一顿之后，又对秦小姐的遭遇深表同情，并请郑夫人捎去对她的慰问。最后他说，幸亏秦小姐没有和程翻译订婚，否则的话，一定会更加伤心的！

　　郑夫人对他的说法很是满意，说道，她一定会把他的慰问带到，让玉娜感受到他对她的深情厚谊。停了一会儿，郑夫人又说：

　　"你知道玉娜第一个看上的人是谁吗，李助理？我也不瞒你，自从上次你们在别墅的宴会上相遇，她就被你迷住了，并且那么欢天喜地地对待你，种种情形我相信你比我更清楚。在你们走后她就对我说喜欢上你了，想让我给你们俩介绍，所以我才会在那个晚上给你打电话……即使她和程翻译谈恋爱了也依然对你念念不忘，这从她一直不愿和他订婚的事上就能看出来……唉，以前的事我就不想再提了。不过玉娜现在的精神状况确实堪忧，我真怕她会想不开，做出傻事……李助理，看在玉娜一直喜欢你的份上，你能不能想个办法让她开心起来呢？"

　　"太太，我也很希望秦小姐能天天开心，但是只怕是爱莫能助吧。"

　　"你有办法的——只要你亲口对玉娜说，你愿意和她谈恋爱，我相信她一定会破涕为笑的。你只要按我的要求做了，我就让祥成提拔你为副总经理，怎么样？"

　　"可是太太，"他虽然犹豫了一下，可到底还是没有忘记郑总的嘱咐，"我在家乡是有女朋友的呀，不然的话，郑总也不会在国庆节时给我放那么多天假，让我去陪她，所以我不能这么做，再说我也没有那个威望和能力当副总经理啊。"

　　郑夫人沉思了一下说道："我知道你在家乡有女朋友，可你就不能对玉娜撒个谎吗？如果她要问你这个问题，你就说：'由于缺少共同语言，我已经和乡下的女朋友分手了，思来想去，还是觉得你做我的女朋友最合适，不知能否获得你的允准！'这样一说由不得玉娜不相信。无论如何，都要先把玉娜哄开心了，这样我们的日子才会好过些。"

　　李思平刚才亲口听郑夫人说秦小姐原先是属意于他的——这证实了他以前的猜想——此时他们在别墅里交谈的画面便一一在他脑海里浮现，倍觉温馨。现在又见郑夫人说得合情合理，何况他在家乡根本就没有女朋友，于是不觉有些心动了，正准备答应下来。不料这时郑总走了进来，说道："李助理已经和女友到了谈婚论嫁的地步了，全公司的人都知道这件事，他们又怎么可能分手呢？是不是这样啊，李助理？这个谎的漏洞可太大了！再说，"他面朝向他太太，"你让李助理对玉娜撒谎，他与女友分手了，玉娜就会和李助理谈恋爱，要是她和李助理弄假成真了，要与李助理订婚，那么李助理在乡下的女友该怎么办？你说最后李助理是与玉娜结婚呢，还是与刘小姐结婚呢？这恐怕就很难收场了，你想过这样做的后昊吗？”

周二上午程翻译去公司请辞，郑总说要到明天才能批准他的辞职报告。方太太在得知这一讯息后，认为他明天再去公司受到人身攻击的危险性非常大，因为现在已经怒火中烧的秦小姐和她的亲戚们极有可能守株待兔，于是力劝他千万不能去，去了就是自投罗网！反正他已经是酒店的总经理兼自己的准女婿了，不管他的辞职报告能否得到批准，她和女儿都一点也不在乎了。他果断地听从了未来丈母娘的建议，幸运地躲过了一劫。

第三十三章

随着时间的推移，由秦小姐与程翻译分手而引起的风波渐渐平息了，一切似乎都恢复到正常状态。18日，新的一周开始的日子，郑总却宣布撤销国际部，并永不再设，该部原先所有人员分流到其他部门。他之所以会这么做，是郑夫人不断撺掇的结果。她和秦小姐一听到“翻译”这个词就讨厌，尤其会勾起秦小姐对不愉快往事的回忆。既然这样，那就釜底抽薪，干脆把“国际部”裁掉算了。郑总也认为这个部门可有可无，裁撤了可以节省一大笔预算经费，何乐而不为？于是就答应了太太的要求。

大家都认为这是分手事件的余波，但它居然能让一个部门消失，亦可见影响之巨大了。人们暂时还不知道的是，尽管一再受到丈夫的阻挠，郑夫人依然没有放弃撮合李思平和外甥女的打算，从上周起到现在她已经给他打过好几个电话了，所谈的事情都是一样的，那就是劝他尽快与乡下的女朋友分手，因为他们之间根本就没有真感情，还是与秦小姐谈恋爱最合适。原来上周三郑夫人自公司回家后，便把她与李思平谈话的主要内容告诉了秦小姐。秦小姐的心情马上就好了很多，这表明她也是希望与李思平谈恋爱的。她认为要做成此事光说“李思平已经与乡下的女友分手”是没用的，问题的关键在于要把这个说法变成事实，而姨母正可利用自己的特殊身份鼓励他与乡下的女朋友分手，再许以各种好处，没准事情就会成功了，到时候姨夫还能有什么话说？郑夫人觉得她言之有理，便依计而行。而李思平确有与秦小姐谈恋爱的想法，于是就答复说：“我试试看，但愿女友也有此打算。”郑总很快就知道了此事，他让李思平在他太太再打来电话询问事情结果的时候，必须要说“很抱歉太太，我女朋友坚决不同意和我分手”的话来回绝她，不然他太太就会认为他上周三说的话是在撒谎。李思平不得不按照郑总的要求去做。这样几次下来，郑夫人也觉得没趣，其游说行动便停止了。

　　其实希望李思平与乡下女友分手的人远不止郑夫人一个呢。比如曹会计，自从见到李思平的那一刻起，就想把女儿许配给他。他在家乡有女朋友的"事实"却最终阻碍了她计划的实施。不过她并没有完全死心，也不相信他真的会与乡下女友结婚。自他度假回来后，她去找他的次数比以前要勤得多，目的也正和郑夫人的做法一样。而一心想撮合董小姐与李思平的苗小姐这段时间也没有闲着，她一边考虑怎样才能扫除他在家乡已有女朋友的障碍，一边不断劝说董小姐答应和他谈恋爱。可惜她们的所有努力到头来都是枉费心机。

　　很快就到了 20 号，这天本来应该是刘小姐去徐州的日子，但是她打来电话说，由于还有几幅画没有画好，她决定下个月的月初再到徐州去，而画展举办的日期自然也要相应推迟了。李思平让她不要先设定好画作完成的时间，也不要急着赶进度，什么时候把画画好，什么时候再到徐州来，因为只有这样才能保证画作的质量。

　　公司里平静了几天之后，到了周五上午又有爆炸性的新闻事件发生：郑小姐在事先没有和任何人打招呼的情况下突然来访。这让大家既兴奋异常又有些措手不及，同时也感到很奇怪，因为就在上个星期她母亲刚刚到过这里，如今她又来了——为什么她们母女俩会在间隔这么短的时间内相继出现在公司呢？要知道她们是轻易不肯驾临这里的。到目前为止，郑太太总共才来了五次，而郑小姐三年顶多才来两次而已！她们每次来都会有不同寻常的事情发生。如果说郑夫人上周是为了秦小姐的事而来的话，那么郑小姐这次来又是为了什么呢？莫非她此行的目的也和她母亲一样吗？对此大家议论纷纷，猜测不已。

　　郑小姐是坐出租车直接从大学校园来到公司的。她爸爸看到她也觉得很意外，因为这个时间段她应该在教室里上课才对呀，怎么现在连电话也不打一个就到公司来了？难道她是逃课出来的？且不说未经允许擅自离开学校是要受到纪律处罚的，单从她以往的表现来看，也从未有过逃课的记录呀，如今却出现了这种反常的情况。到底是什么原因？对于父亲这么多的疑问，她的回答是：

　　"今天上午的课由于任课教师去外地出差而取消了，我们可以自由活动。这么多天我早就在学校待烦了，所以才会想到来这里散散心。这不正说明公司在我心目中的地位很重要吗？怎么，难道爸爸不欢迎我吗？"

　　职员们都来陪她聊天，说了很多赞美她的话。可是她对此好像没什么兴趣，也没有多少话要和他们讲，在整个交谈的过程中她给人的印象完全是一副心不在焉的样子。她的眼光始终在人群中扫来扫去，又不时往室外张望，似乎在寻找着什么，终于她流露出了失望的神情。曹会计请她在财务室的留言簿上签上芳名,唐主管献殷勤地说仓库里的所有物品任她取用,都未能讨好她。只有董小姐看出了端倪,便说请她到文秘办公室里参观,她立刻就同意了。

进去后,看到苗小姐正坐在电脑前打字。郑小姐说熟练操作电脑对她来说是一件很困难的事,眼下就有一些技术问题需要向人请教。那位专家级的网络工程师去哪里了,怎么没有见到他?

"你说的是李助理吗?"苗小姐抬起头来说道,"公司决定今天购置几台电脑,把我们办公室的两台旧电脑换了。郑总指派懂行的李助理去某电脑公司选购了,这可能会耽搁很长时间,因此他上午是否能回来还不一定呢——这件事令尊大人没有告诉你吗?我虽然不像李助理那么精通电脑,但是基本的操作还是会的,你有什么问题可以问我,或许我可以帮你。"

"不,倩兰,你帮不了郑小姐的,还是等李助理回来亲自教她吧。"董小姐的这一番话表明她已看透了郑小姐的心事。

原来郑小姐这次到公司来主要是为自身考虑,与秦小姐没有任何关系。且说那天李思平到别墅来做客给她留下的印象极佳,他玉树临风的形象时常在她脑海里浮现,这带给她精神上很大的愉悦,让她产生了很奇妙的感觉。她也说不出究竟是什么原因导致她这样。尽管她早就知道表姐一直钟情于他以及他在家乡有女朋友的事,也曾一度想把他忘记,可是在试了很多次之后,她发现自己无法做到这一点,还不如任这种感情肆意发展来得快活。而此时她进入大学学习也有一个多月了,在这么长的时间里,她遇到的男生没有一个人能替代李思平在她心目中的位置,所以她就更加珍视他了。今天正好趁着不用上课的机会,来和他见上一面,除了要给他一个惊喜之外,更主要的是看看有没有可能和他进一步发展关系。不料此时他不在公司,她的计划遭受了初步挫折。

好在李思平在上午下班前半小时回来了。她变得开心起来,立刻迎上前去,笑盈盈地问候了他一番。他也感到惊喜,很是客客气气地和她答话。他本以为他们的谈话很快就能结束,不料她对他的事情特别感兴趣,一聊起来就说个没完,以至于在他向郑总汇报工作的时候她依然在他身边,片刻不离左右,还缠着他马上就教她学习计算机呢。他很奇怪她对自己怎么这么热情,其表现明显与以往不同。她爸爸对她在外人面前的任性表演很是恼火,便"斥责"她不该影响他们正常的工作。她不高兴了,非让爸爸同意让李思平给她当家教不可。不然的话,她就不回学校上课了。

看到郑小姐对待李思平如此亲昵,听到她与他说话时娇滴滴的声音,员工们对她突然造访公司的意图顿时都明白了八九分。看来李思平实在太招女孩的喜爱了,就连郑总家各方面条件都极其优越的千金小姐也看上他了!不过以前怎么从没有人提起此事呢？此番她来莫非要向他表白不成？众所周知的是，他在家乡有女朋友呀，并且两人如胶似漆，这已经让很多人碰了钉子。难道她已经找到办法把这一障碍排除了？还有，她这样做是不是得到了父母的首肯了呢？尽管目前这一切还不得而知，但是眼下她确确实实流露出了特别喜欢他的意思。

对此曹会计有些担心。由于郑小姐的介入，女儿潜在的竞争对手可就至少三个人了，这显然不是什么好事。而在这些选手中郑小姐的实力又是最强的，因为她爸爸是李思平的老板，对他的影响力之大自然是别人无法比的。她可以仗着爸爸的宠爱，处于"近水楼台先得月"的地位，何况她又有强大的经济实力当后盾呢。而李思平作为她爸爸手下的员工，或许会抵挡不住他的巨大压力以及她的种种诱惑而就范，所以她取得成功的面是很大的。也正因为如此，她对女儿的威胁也就相当大了。此时曹会计觉得有必要和唐主管讨论讨论这件事，看看他会发表什么见解。于是她说道：

"我说这个小丫头为什么不喜欢听恭维话呢，原来人家是专门来公司追求李助理的，根本就没有心思听我们叨叨，害得我们白费了半天口舌。唐主管，你说她精明吗？竟然当着她爸爸的面对着李助理撒娇，摆出一副既可爱又刁蛮的公主派头。这分明就是告诉他，她这样做是获得她爸爸批准的。她做得这么过分，郑总怎么也不管管她，难道他也有意要把李助理招为女婿吗？我看郑小姐极有可能会把李助理迷惑住，用不了多久他就会成为她的男朋友，不答应她是不会罢休的！"

"这种情况恐怕不会出现吧，曹会计。先不说李助理是否会与乡下那位女友分手，就是他为了郑小姐而抛弃了女友，他们也是不可能走到一起的！试想一下，郑总夫妇会任由女儿一意孤行，看到她和一个比她大四岁且没有什么财产的男生谈恋爱而无动于衷吗？当然不会，他们是一定要干涉的！尽管她爸爸非常宠爱她，但在此关系她一生幸福的问题上未必会支持她。她的母亲一定会反对，因为目前她正在催促李助理与女友分手，好让秦小姐取而代之。在此关键时期，她怎么可能允许女儿出来节外生枝？如果她同意的话，不仅与她先前的做法相矛盾，而且郑小姐也会和她的表姐成为情敌了——这是郑夫人绝对不愿意看到的局面——以后她们的亲戚关系还怎么处？所以你说的'李助理会成为郑小姐的男朋友'的事难成。郑小姐这次来公司，纯粹是她个人的行为，和其他人都没有关系。即使她真的喜欢上了李助理，那也只是她一厢情愿而已。这是不可能有什么结果的。"

曹会计承认他说的有一定道理，因而心情放松了一些。但是在回家的路上,围绕今天发生的事,她又想到有没有这样一种可能:郑总早就有把女儿许配给李思平的打算——或许这是用常理难以解释的——而并非她先前所认为的"他试图撮合董小姐与李思平",所以他先是杜撰了那条并不存在的所谓"公司规定",后来又一直欺骗大家说"李思平在家乡早就有女朋友了",其实根本就没有这回事!郑总这么做的目的,就是不希望别人特别是自己再给李思平介绍对象,而李思平也很配合郑总,原因当然是他想攀龙附凤,成为郑家的女婿。等到郑小姐到了法定结婚年龄,李思平就会说:'他已经和乡下的女朋友分手了!'郑总再劝说他太太同意让他们结为夫妻。如果事情真是这样的话,那么关于李思平身上的很多谜团可就能解开了。可是这不过是一种合理的猜测而已,怎么能验证它是真的呢?她一时也想不到什么好办法,只好先等等看再说了。

谁知郑小姐刚坐上她爸爸的轿车返校,唐主管转身就恭喜李思平即将成为郑总的乘龙快婿。李思平不禁吃了一惊,问他何出此言。

"郑小姐刚才异乎寻常的表现说明,她对你是有意思的。关于这一点所有的同事都看出来了,以你的聪明不应该看不出来呀。你该不是在跟我装糊涂吧?"

"不要开玩笑了,唐主管!郑小姐怎么可能会看上我呢?再说,她还是个未成年的少女呀,哪里会产生这样的想法。她主要是太任性了,所以才会让你们有此误解。"

"她今年已经十八岁了,你怎么能说她未成年呢?她早已经有了自己独立的想法,也会按照自己的想法去做事,现在是情窦初开。很幸运,你被她的慧眼相中了!李助理,你今后的人生一定会灿烂辉煌的,请千万别错过了这个千载难逢的机会呀!"

"不!无论从哪方面讲,我都配不上郑小姐!所以这件事请不要再提!她能把我当作普通朋友看,就是我最大的荣幸了!我哪里还敢有什么非分之想?更何况我早已有女朋友了。"

郑小姐在返校的路上一再让她爸爸保证,她去公司见李思平的事一定要对家里人守口如瓶。不料晚上她从学校回到家后,却因为此事被她母亲狠狠训斥了一顿。这让她感到很愕然。难道是爸爸泄的密吗?其实不然,真正的泄密者是郑夫人在公司里的眼线。

"妍冰,你太不像话了,居然在上课期间溜到公司去找你表姐的意中人,并且全没有一点女孩子应有的矜持,把父母的脸都给丢尽了!对于你的这一行为,我想想都替你感到脸红。我想知道,你究竟有什么企图。"

郑小姐申辩说:"李思平是表姐的意中人,可是表姐并非李思平的意中人,因为他在家乡有女朋友啊。即使这样，表姐还是一心要做他的女朋友，那么我为什么就不能有这种想法？这次我确实是把自己想象成他的女朋友，和他开了个玩笑。我去公司的真实目的是想让他教我学习电脑，而爸爸已经同意他做我的家教了。"

母亲骂她不知羞耻，她怎么可以把李思平想象成她的男朋友呢？这太离谱太没有家教了，自己绝不会赞成她的这种想法！今后不准再和李思平有任何往来，因为她所犯的错误是不可原谅的！

联想到程翻译正是去当方小姐的家教才和自己分手的，站在一旁的秦小姐立刻生气地质问表妹："当初我想和李助理谈恋爱，你却说我们俩在一起不合适，原来是你自己看上了他呀！现在你又要请他来当家教，你是真的要向他学习计算机吗？老实说，你这一招是不是跟程翻译学的？看不出来，你的心机够深的呀！"

"我看上他了又怎么样，与你有关系吗？你何必要多管闲事呢？我学计算机也好，不学计算机也罢，反正他这个家教我是请定了！"说完，她就去了自己的房间，把秦小姐给气得不行。郑夫人一边安慰外甥女，一边数落丈夫把女儿惯坏了，怎么能未经她的允许就答应让李思平给女儿当家教呢？就这样，在太太的压力下，郑总不得不改变了主意。

第三十四章

这个星期天的下午，李思平宣传完王家的洗化用品刚从外面回来，突然接到了王林打来的电话，说他准备明天到市里来找工作，想先在李思平这里住上几天。对此李思平表示了欢迎，并说愿意随时恭候他的到来。

且说自大学毕业以来的这几个月，王林天天在家打游戏，总也不觉得腻烦，引起了他父母的极度不满，便经常在他面前唠叨，说他不该这样游手好闲下去了，必须要出去做事。他以就业没有门路为借口，还想赖在家里继续上网。他的父母为他指明了一个好的去处："你的那位同学李思平，目前正担任回春医药公司的总经理助理一职，真可谓春风得意！而我们家以前曾经在很多方面帮助过他，与他的交情可以说是相当深厚的，你何不去找他想想办法呢？没准他会提拔你当个科长呢，这岂不是光耀了王家的门楣吗？"

王林没有办法，只得听从了父母的安排。在他临走的时候，父母并没有忘记叮嘱他查看李思平是否一直在履行王家洗化店形象代言人的职责。

看到王林有了上进心，李思平很高兴，马上就为他收拾好了床铺。原本以为他在星期一上午就会来公司,因为他家离市区并不远,可是直等到吃晚饭的时间他才露面。为什么他会姗姗来迟呢?原来他上午坐车确实是直奔这里来的,但是在下车的地方发现了一家网吧,此时他的游戏瘾犯了,便什么也顾不得了,立刻走了进去。十个小时的鏖战让他感到又累又饿,这才想起来要去公司找李思平的事。

在李思平的宿舍里,王林一眼就看到了李思平为他妹妹的洗化店制作的宣传材料。妹妹果然没有看错人,李思平这个形象代言人是合格的。不仅如此,他在参观了机房和办公室之后认为公司的工作环境和工资待遇也是令人满意的。毫无疑问,他心里当然十分愿意在这里工作了。李思平邀请他一起共进晚餐,他就趁此机会把自己的这个想法讲了出来。他的要求并不高,只希望能在老同学手下当个网络管理员就行。李思平虽然满口答应要把他引荐给郑总,但不敢保证事情一定会成功。后来他们还谈到了女朋友的话题,王林说他现在还是个"单身贵族"呢,而李思平工作这么好,一定有女朋友了!李思平一不小心就忘了郑总的嘱咐:"我和你一样,也是单身,但不是'贵族'!"

第二天李思平很早就起床了,他原想等上班后先把王林介绍给同事们认识,并把王林要找工作的事向大家吹吹风,有了这个铺垫,或许对于他下一步的工作开展有利。谁知王林实在太困了,躺在床上怎么叫也叫不醒。李思平见此情形,只得作罢。不久郑总要去那家电脑公司签订购买电脑的合同,把李思平也叫去了,而这一次他的主要任务是验货。他想,就趁这个机会把王林想在公司工作的事跟郑总说说吧。

再说秦小姐这几天实在过得烦恼透顶,因为她最盼望的事——李思平与其女友分手,好与她谈恋爱——不仅没有实现,还平添了表妹去公司与李思平"调情"的新闻,表妹这是摆明了要和自己过不去。并且她早就知道,自程翻译与她分手以来,表妹表面上不说什么,其实背地里一直都在幸灾乐祸,巴不得她永远找不到男朋友。现在表妹又采用这种方法打击她,真是太过分了!这怎能不让她感到伤心和愤怒呢?难道她的人生就应该这么黯淡无光吗?永远也找不到真正属于自己的爱情了吗?她痛苦地思索着,无论怎么想都不甘心。到了星期一的夜晚,她脑子里突然灵光一闪:既然表妹可以假扮李思平的女朋友去公司里找他,那么她为什么不可以这样做呢?或许她这么做,真的能勾起李思平对她的爱恋之情,而与那个乡下女孩分手,这不就遂了自己的心愿了吗?表妹的做法给她的另一个启示就是:要做成此事,事先一定要保密。由此她决定自己要去公司的事不告诉任何人,而明天她就要开始行动了,去追寻自己的幸福。

　　第二天上午九点钟左右，秦小姐在没人注意的情况下悄悄地溜出了别墅，然后戴上墨镜，打的去了公司。职员们都在忙碌着，虽然早有人看到她了，但因为她乔装得很好，并没有谁把她认出来。她上了二楼，径直向机房办公室走去。机房办公室的门半开着，她一眼就看到李思平不在里面，有点失望。她又想到他极有可能在姨夫的办公室里，可是她不能去那里，因为她怕姨夫发现她，再打电话让姨妈把她领走，这样目的不仅达不到，她本人还会成为表妹的笑柄，到时候她可就更惨了。当前她只有把希望寄托在李思平还在宿舍里了。

　　她走到了宿舍门口，听到里面有响声。于是她便轻轻地去推门，门竟然开了，原来它是虚掩着的，并没有上锁。她心中一喜，立刻走了进去，看到有人正背对着她打游戏，而她听到的响声就是此人操作键盘发出的声音以及他的叫声。

　　她高兴地叫了出来："思平，你好，我们又见面了，你的这间宿舍收拾得可真是整洁！你什么时候喜欢上打游戏的？我觉得新开发出来的这款国产游戏你打得真棒，一般人很难达到你这个水平！"

　　那个人一惊，忙扭过头来看了她一眼，随即站起来说道："小姐，我不是李思平。李思平去上班了……"

　　眼前的这个男生身材比李思平要高大和魁梧得多，看来自己确实是认错人了，于是她急忙道歉说："对不起，我可能走错房间了，原来这里不是李助理的宿舍……"

　　"你没有走错地方，这里正是李思平的住处。可是现在是上班时间，你应该去他的办公室找他呀。是不是他不在公司？要不要我给他打个电话，让他回来和你见面？"

　　秦小姐感受到了这个相貌堂堂的男生对她的尊重和热情，心头觉得温暖，再加上她已看出来他是个游戏高手，突然间对他产生了浓厚的兴趣，便说："谢谢你，不用打电话了，也许李助理现在很忙，不想受到打扰，忙完了他自然会回来。我可以在这里等他吗？"

　　"当然可以。请坐，小姐！我去给你倒杯茶。"

　　一杯热茶很快就端到了她面前。她微笑着道谢，然后和他攀谈起来。

　　"先生，你贵姓，也是这个公司的员工吗？"

　　"我免贵姓王，名叫王林。我不是这里的员工，是到这里来找工作的。思平已经向我承诺过了今天要向郑总推荐我，我现在正等他带给我好消息呢。"原来王林在李思平离开后不久便起床了，吃过早饭后一时觉得无聊，便坐在电脑桌前打起了游戏，不巧被一个突然闯入的素未谋面的女生撞见了。他难免有些惊慌失措,在弄清楚她的具体身份之前,只好小心翼翼地和她说话了。

"你和李助理是什么关系,怎么会待在他的宿舍里?"

"我和李思平是大学同学,曾经相约'有福同享,有难同当',你说这样的关系是不是够铁呢?他有什么事都不瞒我。早就听他说起在这里混得不错,所以我才特地来投奔他——我是昨天晚上才来到公司的。今天起来得有点晚,又没有什么事做,就一边打游戏,一边等候郑总的召见。可是直到现在还不见思平叫我去总经理办公室,我都想出去找他了。小姐,我可以冒昧地问一下你的芳名吗?怎么不到办公室反而到宿舍来找思平呢?"

"原来你是李助理的同窗好友呀,真是失敬!自我介绍一下,我叫秦玉娜,是李助理的朋友。非常高兴认识你,王先生!不瞒你说,我刚才去办公室找李助理了,却没有找到,这才想到来宿舍找他的。很幸运在这里见到了你,可见公司里真是藏龙卧虎啊。"

王林上前和她握了一下手,说认识她也很高兴,不过她把他说成"龙""虎"实在是太过奖了,因为他不过是一只贪睡的"加菲猫"而已。他的幽默引来了秦小姐的一阵大笑,而她好久都没有这样快活了,于是谈话的兴致便更高了。

王林猜想她既然可以到宿舍来找李思平,那么就说明他们俩的关系不一般,她会不会是李思平的女朋友呢?可是昨天他明明说"他没有女朋友",这样看来,大概是他们的恋爱关系还未确定吧。秦小姐则在想,既然王林是李思平的同学,又和他交谊深厚,那么他必然知道李思平的底细,自己何不问问他,或许就能得到有价值的信息呢?看来王林出现得正是时候啊,那么即使她这趟来见不到李思平,总也不至于空手而归的。

两人又聊了一会儿,她说:"王先生,冒昧地问一句,我可以向你打听点情况吗?"

"当然可以,秦小姐!"他很爽快地说道,"请尽管问吧,只要是我知道的事情,保证会一五一十地告诉你!"

"谢谢你,王先生!李助理在来公司之前有过女朋友吗?"

王林笑道:"这个问题你要是问别人,他们未必说得清楚,你要是问我,那就算找对人了!因为李思平来徐州之前曾在我家住了十几天,他的事情没有我不知道的。我可以负责任地告诉你,他从来就没有什么女朋友,直到现在也是如此!也许你会觉得奇怪:像他这样一位长相英俊、魅力非凡的男生为什么不谈恋爱呢?说实话,我也不清楚他为什么会这么做,大概是他还没有遇到合适的吧。而每次问他,他总是说,等将来创业成功了,然后再考虑谈女友的事。"

"我怎么听说他在家乡和一个姓刘的小姐谈恋爱呢?不知这是不是

真的？”

“这纯粹是谣传，根本就是没影的事！思平早就跟我说过，那位刘小姐是他姐姐的好朋友，又是对门邻居，并且她的年龄比他姐姐的年龄还大，思平怎么可能会和她谈恋爱呢？秦小姐，看得出来你对思平很有好感，对他的事情也很关心，请放心和他交往吧，不要再有什么顾虑了。”

不料秦小姐摇摇头说：“谢谢你告诉我这些，王先生，你真是一个好心人！我也实话告诉你，我和李思平的关系不是你想象的那样。我们根本不可能走到一起！因为他的生活是那么单调乏味，毫无情趣可言，和他谈恋爱就会断送我一生的幸福！我们还是不要再谈他了。说说你吧，王先生。我相信你的生活是丰富多彩的，对不对？”

“思平没有谈恋爱并不代表他的生活就单调乏味，实际上他唱歌、跳舞、溜冰、打球是样样精通。上大学期间，他经常参加各种文艺活动，大家都为他出众的魅力所倾倒，因而他拥有众多的粉丝。秦小姐，要是你知道这些事情的话，还会认为他是一个毫无情趣的人吗？像你这么一位聪明美丽的女孩，其实是非常适合他的，和他谈恋爱你一定会得到最大的幸福！我觉得你不应该放弃他，因为你这样做将来或许会后悔的。请认真考虑我说的这些话。与思平相比，我的生活可就枯燥得多了！因为我除了天天打游戏之外对其他的事没有什么兴趣。当然我也谈过几次恋爱，可惜最终都以失败收场，而如今工作还没有着落，不知到什么时候才会有出头的那一天。好在我与思平总算有一点相同的地方，那就是到目前为止，都还没有女朋友。这件事对我来说是一种安慰，我唯一的精神寄托却是打游戏。”

“不，我和李思平在任何方面都不合适——我们既没有相同的爱好，也没有共同的语言，除了把他放弃之外，再没有别的路可走……王先生，我倒是和你的爱好相同，因为我也喜欢上网打游戏，到了废寝忘食的地步！我一向认为打游戏是年轻人一项很时尚的娱乐活动，不知你是否同意我的看法？”

王林深表赞同，并说他十几年如一日打游戏的经历就是最好的明证。这样一来，说理效果自然就极佳了。秦小姐觉得真是遇到了知音，便和他越聊越投机，越聊越开心，到最后他们不仅互留了联系方式，还切磋了一番技艺。

这时宿舍的门突然开了，李思平走了进来。可以想象，当他看到王林居然与一名女生坐在电脑桌前有说有笑打游戏的时候，他心里该是怎样的疑惑。而当他很快认出那名女生竟然就是秦小姐时，他脸上该是怎样的惊讶表情！这完全超出了他的意料，此刻他脑子里一片空白，不停地在心里问自己：她为什么会出现在宿舍？眼前的这一切都是真的吗？

　　王林的反应却比他机敏多了，他一见到他立刻就喊道："思平，你怎么现在才回来？秦小姐已经在此等候你多时了！"

　　李思平面带微笑，说道："我刚才有事出去了。很抱歉，秦小姐，让你久等了。说起来我们也有三周多的时间没有见面了，看到你一切都好，我感到很高兴！"

　　她依旧端坐在电脑前不动，良久才说："我是今天才真正开心起来的，因为有你的同学王林先生陪着我打游戏，让我感觉到了生活的美好。"

　　说完了这些之后她又好长时间不和李思平说话。李思平觉得她今天的表现怪怪的，似乎对王林很欣赏，很明显她话里的意思是在夸王林会体贴人。终于李思平忍不住了，问道："秦小姐，你来找我是不是有什么话要跟我说？还有，你此次到公司来郑总知道吗？"

　　"李助理，你误会了，我到你的宿舍来并不是来找你的——我只是要和王先生谈点事情。现在游戏也打完了，一切都该结束了——不，王林，我们明天还要继续打游戏，你说怎么样？"待王林点头同意后，她头也不回地走了。

　　眼前的这一幕让王林看得目瞪口呆。李思平又一次懵了，因为秦小姐的表现与以前相比简直判若两人！以前她对待自己是多么热情，并曾多次让郑夫人传达对他的爱意，现在却是一副冷冰冰的面孔，二者的对比太鲜明了！这其中必有缘故。

　　他是与郑总一起坐车从电脑公司回来的。在路上他把王林的情况简要向郑总进行了说明。郑总看在他的面子上同意见上王林一面，要是王林真有才，给他一个职位也无妨。当郑总得知李思平昨天晚上让王林住在了他的宿舍里，便有些不高兴了。郑总说，王林作为一个外人和无业人员，怎么可以住在公司里呢？无论如何，今天晚上都不能再让他住了，一定要让他离开公司，住宿的事请他自己另想办法。李思平当然要为王林求情了，可是不管他怎么劝说，郑总都坚决不答应。

　　再说秦小姐此番到公司来找李思平，原本是想向他倾诉自己是多么喜欢他，并希望以此来打动他，从而促使他答应与乡下的女友分手，而与她成为情侣。她却从王林口中得到了一个惊人的消息：李思平在家乡根本就没有女朋友！这是她此行的一个意外收获！正是这个意外收获，让她开始意识到李思平先前一直都在说谎，这使她的精神和情感受到了很大伤害！她受了他那么长时间的欺骗到如今才知道真相，心里的委屈和愤怒是可想而知的。既然他是如此不堪的一个人，那么她还要和他谈什么恋爱？于是她便迅速改变了初衷，由对他的一往情深转而变为深恶痛绝，此时她已经对他没有任何好感了。虽说她早就看出来姨夫一直在帮着他说话，她却完全不知道正是由于姨夫的幕后指使，他才变成了一名可恶的撒谎者！要是她知道的话，或许可以原谅他。

　　她不认为王林是在撒谎。从他流露出的要撮合自己和李思平的想法来看，尽管这体现了他为同学着想的可贵精神，可是很明显他并不清楚自己与李思平的感情纠葛，因此他基本上是作为一个局外人来讲话的，立场还是很客观公正的，其说法的可信度自然就非常高了。他说这番话的时候，态度十分诚恳，证据也很确凿，不由得她不相信。再说他们是初次见面，彼此之间并不了解，所以他才会把自己误当作李思平的准女友了，正想取信于她，以便将来和她处好关系，也不可能对她说谎呀。让她想不明白的是，她与姨夫有这种亲戚关系，而李思平不过是外人，但姨夫不仅不帮她，反而和李思平合起伙来欺骗她，这又是为什么呢？莫非是姨夫看上了李思平，想招他为婿，故而才会编织谎言三番五次地阻止自己与李思平谈恋爱？他大概没有把财产多寡当成选择女婿的唯一标准，反正他有的是钱。表妹也没有把四岁的差距当成不可逾越的鸿沟，只要她喜欢就行。而表妹上次之所以来公司找李思平，就是姨夫纵容，甚至一手策划的结果！他竟然还同意李思平给表妹当家教就充分说明了这一点。而李思平呢，也一定是妄想成为郑家的乘龙快婿而与他们配合默契，完全不顾她的感受。她认为自己的这一解释是合理的，由此也就更加厌恶李思平，在心里不断骂他是个伪君子，并准备对他进行报复，以出心中的一口恶气。当然她对私心太重的姨夫和表妹也是颇有怨气的。既是这样，那就决不能让他们的"阴谋"得逞，她一定要想方设法让表妹和李思平谈不成恋爱，这样才能解自己的心头之恨。

第三十五章

　　秦小姐刚走，王林就说："我原本以为秦小姐来公司找你并等了你这么长时间，一定是有重要的事情要跟你谈，谁知她和你见面后不仅没有这样做，反而如此匆忙地就离去了，甚至连一句告别的话也没说，真是太让人难以理解了！思平，你说说，你和她是什么关系？出现这种情况到底是怎么回事？"

　　"我和秦小姐算是朋友关系吧，因为我们只是见过几次面，交往却并不多。说实话，我对她的这番举动也感到莫名其妙，实在不清楚她这样做的原因。不过王林，你可不可以告诉我，在秦小姐在宿舍等我的这段时间里你都和她聊了什么。看得出来，你很讨她的欢心，是不是在此以前你就与她认识呢？"

　　"不认识呀，我以前从未见过她。今天上午当我在房间里打游戏的时候，她突然就进来了，起初还把我误认作你了呢。她虽然没有说出她此访的目的，但是她能到宿舍来找你，并且很亲热地喊出你的名字，这就足以说明你们俩的关系不一般了！我当时认为她应该就是你的准女友或是暗恋你的人，此次来找你十有八九是想向你表白的。我想给你打电话，却被她以'李助理现在可能很忙，不便打扰'的理由给阻止了。我们在聊天的时候，她先询问了我和你的关系，然后又向我提问了与你有关的两个问题……"

李思平心里一惊，急忙问道："是哪两个问题？你是怎么回答的？"

等到王林把李思平想知道的事情讲出来之后，他心里凉了半截，意识到郑总一直让他对外宣布的那个谎言已被揭穿了！秦小姐知道了他根本就没有女朋友的真相，一定会非常气愤，所以她不仅不会再愿意和他谈恋爱——这是他目前所遭受的最大损失——还会把他当成骗子、撒谎者来对待！这样看来，她刚才对他爱理不理的态度其实就很正常了。或许王林的泄密只是无心之举，要怪只能怪自己事先没有告诉他在这件事上千万不能说实话，由此造成的后果则是非常严重的。秦小姐回去后，必定会把他说谎的事告诉郑夫人。不知道郑夫人会怎样惩罚他。还有，同事们会怎样看待他的这一行为？他是否还能在公司继续待下去呢？此时他心里忐忑不安，可其实他很无辜，因为他是在郑总的"指使"下才撒的这个谎，确有不得已之苦衷。但是他仍然要背负恶名，因此他非常希望郑总能站出来替他承担责任。同时他又很后悔自己太胆小了，一味地屈从于郑总的压力而不敢讲真话，否则的话，如今他极有可能已经和秦小姐订婚了！可是再这样想又有什么用？一切都已无法挽回了！

王林当然不知道李思平想的这些事情，他继续说道："我在对秦小姐说过了你没有女朋友的事后，便劝她放心大胆地去追求你。可是她却说：'李思平并不适合我，因为我们既没有相同的爱好，也没有共同的语言。'这我就想不通了，既然她对你没什么好感，为什么还要到宿舍来找你，又待了这么长的时间？即使说你们真的不合适，那也是普通朋友啊，她也不应该不顾礼仪，冷冷地把你晾在一边，不和你告别就离去呀！她到底是什么来历？"

"她是郑总夫人的外甥女——郑夫人是她的亲姨妈，出生在淮南的一个富商家庭，大学毕业后一直没有找工作。她父母上个月到海南做生意去了，临行前把她托付给郑总夫妇照看，所以这一个多月以来她都住在郑府，而我和她认识也是在郑府举办的宴会上。当时她给我的印象是既热情开朗又通情达理，而现在她做得正好相反，这大概是我做错了什么事惹得她不高兴了吧。"

"原来秦小姐大有来头呀！"王林不无惊喜地说，"郑总竟然是她姨父，怪不得她对你会这么傲慢无礼呢。思平，我并不觉得你做错了什么，因为你应该清楚，富家千金的心思一向是让人琢磨不透的。今天她生气了，保不准明天就会好了，因此你还是有机会的……"

"不，她不会再给我任何机会了……因为从她对我冷冰冰的态度来看，她已经把我从她的朋友圈中剔除了。既然连朋友都做不成了，她又怎么可能愿意和我成为恋人呢？不过王林，看得出来，她倒和你聊得挺开心的。你们不仅坐在一起打了游戏，她还约你明天接着打。你们才刚刚认识，关系就已发展到一个相当高的水平，说实话我确实感到有点好奇。"

"这没有什么可奇怪的。因为我们的爱好相同嘛，都算是超级游戏迷，平常很难碰到，遇到了自然就觉得相见恨晚了，相互之间切磋一下技艺也是很正常的事。当然我对秦小姐也有一见如故的感觉，我们聊得最多的就是打各种游戏的窍门……"

尽管如此，李思平并不认为秦小姐会爱上王林，因为这两人在财产方面的差距太大，更何况王林目前还是一无业游民呢。他的这一想法表明，他并不清楚秦小姐最初的择偶标准，也忘记了郑夫人曾经询问过他"是否喜欢玩网络游戏"的事。

这时曹会计突然闯了进来，只听见她嚷道："李助理，今天秦小姐是不是到你这里来过了？我刚才在一楼大厅遇到她，实在太意外了，她那样的打扮我差点没有认出她来。在短暂的交谈中她告诉我说：'太太，我们都被李思平骗了！因为我听他最好的同学王林亲口说，他不仅在家乡没有女朋友，就连恋爱也没有谈过一次！那个刘小姐不过是他姐姐的好朋友而已。'李助理，请你正面回答我，秦小姐说的是不是实情？"

这一番话让王林恍然大悟，明白了秦小姐为什么会那样对待李思平了，于是他也跟着曹会计责备起李思平不该说谎欺骗大家来了。正当李思平感到窘迫之际，郑总又一次在这个关键时刻出现了。他立刻命令他们停止喧哗，并说清楚是怎么回事。曹会计情绪激动地把事情的经过简要叙述了一遍，并要求李思平当着郑总说清楚他到底有没有女朋友。

"你说什么，曹会计？玉娜今天上午到公司来过了！她怎么不去见我？事先我又没有得知一点这方面的消息，太奇怪了！"他狐疑地看着在场的每一个人，然后把目光落在了李思平的身上，并以威严的语气问道："李助理，你说说，你在家乡到底有没有女朋友？"

李思平心里明白，要想获得郑总的帮助，摆脱不利的局面，就必须按照郑总的意思说。于是他答道："我是有女朋友——刘小姐就是我的女朋友。"

"可是你八月份在我家住的时候不是这样说的！当时你的原话是：'刘小姐是我姐姐的对门邻居兼最好的朋友，比姐姐还大一岁，我对她是非常尊敬的，所以我们只是普通朋友关系。'是不是这样的，思平？"王林说。

郑总抢在李思平前面说:"李助理,当时是不是有些话你不好意思讲?或者是你和刘小姐早就有约定,哪些事情不能对外说。但是如今事情到了这一步,你就不要藏着掖着了,都讲出来吧。"

"王林,你说得一点不错,我当时确实是这样告诉你的。但是请原谅,我没有说真话,其实我和刘小姐一直都在秘密谈恋爱!之所以会这样,是因为她怕我姐姐知道了这件事责骂我,所以才对我说,此事在得到姐姐的同意之前一定要严格保密,知道的人越少越好。我们还约好,不到情况紧急的时候是不可以把此事讲出去的——这就是我为什么没有对你说真话的原因,因为我们不过是在闲聊而已。我来公司后为什么又把此事公布出去了呢?原因是我确实遇到了紧急情况——郑夫人,还有您(他的头转向曹会计),都要给我介绍对象,我却早就有女朋友的人了,怎么能够答应呢?我除了把实情讲出来以外,不可能再有别的选择了。"

李思平说得煞有介事,好像真实情况就是那样的,而从表面上看,他的神态也很正常。其实他内心十分紧张和慌乱,生怕被别人看出了破绽。他在郑总的"教唆"下当面对人撒谎,说出那些自欺欺人、连自己都不相信的话来,更让他充满了对刘小姐的愧疚之情!他非常害怕这些话要是传到了刘小姐的耳朵里,她会怎么看他,还会把他当作朋友吗?因此他在心里不断地痛骂自己的厚颜无耻,出身高贵的刘小姐怎么会看上他这个普通人家的子弟?这纯粹是往他脸上贴金!他有的只是对刘小姐崇高的敬意,却不敢对她有任何非分之想。他觉得自己今后再也没有脸面对她了。

曹会计认为他根本就是在信口胡诌,因为他和刘小姐谈恋爱是他的自由,这关他姐姐什么事?说他姐姐知道了此事会责骂他,是毫无道理的!再说,像谈恋爱这种事情只要发生了,无论怎么瞒都是瞒不住的,而只要做得问心无愧,又何必要隐瞒呢?因此其说法完全不能让人信服,相信郑总一定可以识破他的谎言。

不料郑总的脸上露出了笑容。他说:"你们都听到了吗?玉娜从王林口中探听到的消息并不是真的,李助理在家乡确确实实和刘小姐谈了恋爱,对于这一点我们不能再有丝毫的怀疑!虽然恋爱只是秘密进行的。"

她没想到郑总竟然支持了李思平的说法,心里非常气恼,但无法发泄出来,只好垂头丧气地离开了。郑总看着王林说:"你就是李助理的大学同学王林吗?怎么没有经过我的允许就住在宿舍里了?我们的规矩是外面的人是不可以在这里面住的,因此请你尽快搬离公司!"

王林说他是来公司找工作的,只要郑总觉得他还有点才,就随便给他一个职位好了,这样他就成了公司的员工,自然就不必搬走了。李思平也为他说好话,再次请求郑总让他留下。可是郑总一句话也听不进去,如同他在去电脑公司路上的表现一样。他坚决不同意让王林住在宿舍里,还说给王林安排工作的事另议。随后他却拿出一些钱来,让王林在公司附近租房子住。

郑总离开后,王林少不了要埋怨李思平没有对他讲实话,这说明李思平不把他当兄弟,害得他出了这么大的丑,更让郑总对他有了成见,故而才会不录用他。

秦小姐回到家后,果然把她从王林那里打听到的消息都告诉了姨妈。郑夫人尽管脾气很好,可当得知李思平一直在说谎欺骗她的时候还是有些恼火,于是马上就给李思平打电话,质问他王林所说的事情是不是真的。当时郑总恰巧就在李思平身边,他迅速接过了李思平的电话告诉太太说,是王林的级别不够,与李助理的交情不深,因而未能获得真实的信息。李助理确实没有撒谎,他在家乡真有刘小姐这样一位女朋友!然后他就把李思平说过的那一番话向太太又学了一遍。郑夫人沉默了半晌才说,此事过于复杂,实在让人难以辨别真伪,因此她决定暂不对李思平进行处罚,但也不会向他道歉。秦小姐仍然认为这不过是李思平的诡辩而已,她从此绝不会再相信他。郑小姐倒宁愿相信王林的说法是真的,因为这样一来,她就更有理由去接近李思平了。

秦小姐秘密到公司来访问的事经过曹会计的大力宣传大家都知道了。他们不可能不感到事情蹊跷,因为上两周郑夫人和她的女儿就曾先后在公司出现,没想到这一周秦小姐又来了!她们的来访间隔的时间太短不说,更重要的是又全与李思平有或多或少的关系,由此可见李思平的能量和魅力之巨大了。而如今人们关注的焦点是李思平在女朋友的问题上是否撒谎。他们经过争论,虽认可了李思平的说法,但一致认为他竟然与姐姐最好的朋友谈恋爱,这显然并非明智之举,姐姐即使不反对,也一定会因为这桩可能的姻缘让她少了一个朋友而不高兴的,所以他与刘小姐能否到民政局领证现在还很难说。

现在刘小姐还未到徐州,还未举办画展,她的知名度就已经很高了。公司的人都知道她既是李思平的女朋友,又是李思平姐姐的好朋友的双重身份了。如果她得知了此事,又会作何感想呢?

第三十六章

秦小姐第二天果真给王林打了电话,约他一起打游戏,并说她马上就去公司。但王林告诉她,他已经被郑总从公司里赶出来了,现在在外面租房居住,不过租房的钱是郑总给的。秦小姐自然怀疑是李思平使坏,就对他更加怀恨在心了。她拿了两台笔记本去了王林的租住地,和他在虚拟的王国里快快乐乐地度过了一天。他的乐观豁达、对自己的忠诚挚爱之心让她很是欣赏,而他打游戏的精湛技艺则让她为之着迷,因此她义无反顾地爱上了他,认为他才是自己一直苦苦寻找的意中人。这也是她到公司的第二个收获。这样她选择对象在转了一圈之后,又回到了原点。

当她把这一想法说出来的时候,王林感到很是惊讶,因为就在昨天他还以为秦小姐是李思平的准女友呢,根本没想到她真正喜欢的人竟然是自己,并希望和他成为恋人!事情的发展完全出人意料,真是太具有戏剧性了!可是他与秦小姐认识的时间太短,了解太少,更何况他还是个既没有财产又没有工作的自由人,她会为自己的这一决定后悔吗?

对此秦小姐明确表示,随着交往的深入,相信他们是一定可以做到心心相印的。他目前正处在待业中也没有关系,反正他是名牌大学的毕业生,而她姨父则是公司的老总,她只要让姨父高薪聘用他,一切问题不都就解决了吗?王林听了非常激动,以至于整个晚上都睡不着觉。他不停地、兴奋地自言自语道:"难道天上掉馅饼的好事真让我碰到了?我一直梦寐以求的愿望真的马上就要实现了?不管我怎么想都觉得难以置信!"从他获得爱情的神奇经历中不难看出,只要真心实意地对待一个女孩,并且和她有相同的爱好,在多数情况下往往都能得到丰厚的回报。

这天晚上秦小姐回去后,一脸笑容地对郑夫人说:"姨妈,你猜我今天去了哪里?实话告诉你吧,我终于找到了一个十分中意并且真心对我好的男生,他可真说得上是一个完美无瑕的人,我完全为他倾倒了!"

且说郑夫人本来一直为自己给外甥女找不到合适的男朋友而发愁呢,现在好了,外甥女自己解决了这个棘手问题,这给她带来了惊喜,她听了非常高兴。另外,这件事本身也说明了玉娜已经从上次恋爱失败的阴影中走出来了,这确实是一个好消息!于是郑夫人忙问她,她说的那个男生是谁。

"这个人说来也不是别人,正是揭了李思平老底的、李思平的同学——王林!"于是她就把王林方方面面的情况以及她爱上他的经过都讲了出来,并询问姨妈的意见。郑夫人说:"既然你觉得王林一切都好,你和他在一起会幸福,那我还能有什么意见?我完全支持你的选择,让他明天到别墅来吧。我和你姨父要见见他。"

秦小姐在高兴之余很担心姨父可能会反对她与王林谈恋爱,因为正是姨父把他从公司里赶了出来,又不给他安排工作。之所以会出现这样的状况,主要原因是李思平在姨父面前说了他的坏话,让姨父对他有了成见。郑夫人明确表示她一定会让丈夫消除对王林的成见,并给他一个合适的职位的。她不认为李思平会对他的同学落井下石,因为现在并没有证据能证明这一点。

郑总回来后,很快就从太太那里得知了外甥女爱上王林的事。不过他并没有像太太似的急于表态,而是说一切要等到和王林正式见面后再发表看法。他心里其实是并不支持外甥女和王林谈恋爱的,这倒不是因为他们在财产方面的差距很大,而是由于他们相识的时间太短,彼此之间还缺乏了解——像这样在爱情的基础还没有打牢的情况下就匆忙谈恋爱,谁能保证他们将来一定会幸福呢?

第二天上午十一点钟左右,李思平正在机房做着日常工作,突然郑总打电话把他叫到了三楼办公室。郑总说:"李助理,你准备一下,半个小时后我们一起去丽都大酒店,振宇药业集团的郭享名董事长要请你吃饭。"

李思平感到很疑惑:"我以前从未听人提起过郭董事长,更不用说认识他了,他为什么会请我吃饭呢? 郑总,您是不是弄错了? "

"不会弄错的,李助理! 我来告诉你怎么回事吧。振宇药业集团是一家大型的药业公司,由分布于全国各地的三十多家成员公司组成,每年光上缴的利税就有数千万元之多,而我刚才所说的郭董事长就是该集团公司的老板。他平生最大的爱好,除了交友之外就是向包括医药在内的各个行业投资了。实不相瞒,我们公司就有他百分之二十的股份——这件事我原来是对任何人都保密的,如今却不得不向你透露一下。我早就把你修好计算机系统的事向他汇报过了,他对你出众的才能很是欣赏,一定要我提拔你,但又要求不让你知道这是他的意思,这就是我一直没有跟你说起他的原因。除此之外,他还说过要亲自请你吃顿饭。可是当时他正在外地的分公司处理一件棘手的事情,无法分身,此事就搁置了下来,直到今天他才腾出时间来履行当初的诺言。就在刚才他给我打来电话,重提要请你吃饭的事,我几乎都不记得他以前说过这样的话了! 他连这样一件小事也放在心上,你说他是不是很守信且十分器重你呢? "

"郭董事长确实是一个待人真诚、品德高尚的好老板,永远值得我尊敬! 可是他对我的提拔和奖励,让我在感动的同时,又感到受之有愧,因为我为公司所做的一切都是我应该做的,并且我做得还不够好,因此我哪里好意思再让他请我吃饭呢? 这样实在太破费了! 郑总,能不能给他说说,这个饭局我就不去了吧。"

"你是主角,我能去赴这个宴还是沾了你的光呢,你怎么能不去呢? 好了,李助理,你就不要再辜负郭董事长的一番心意了! 赶快去宿舍换一身你最好的衣服吧，这样既显示出对领导的尊重，又让你看起来更有精神，他见了保准会更加喜欢你！现在你只有二十多分钟的时间了。另外还要记住，郭董事长请你吃饭的事不要对其他任何人说起。"

李思平走出办公室后不久，郑总便接到了他太太打来的电话，说王林已经到了，他什么时候能从公司回来接见一下。只有他这个总经理出场了，外甥女才会觉得脸上有光。郑总说今天很不凑巧，中午振宇药业集团的郭董事长要请他吃饭，不能回去了，让太太替他好好款待王林。除此之外，他并没有透露此次吃饭的更多内幕。

秦小姐很不高兴，说姨父不回来也行，但是要答应她两个条件：一是同意王林当她的男朋友；二是要尽快给王林安排工作，最好不是网管员，而是要比它大一级。郑总想，看来外甥女是铁了心要和王林处对象了，没有人能让她改变主意！既然这样，他何不顺水推舟，给她这个面子呢？这样既可以体现出他对她的关心，同时也显得自己大度，何乐而不为呢？于是他当即答应了她的要求。

随即郑夫人便拨通了姐姐的电话，把外甥女已找到新男朋友的事向她汇报。秦太太这次表现得很谨慎，因为她怕王林也会像程翻译一样有很多"恶习"。郑夫人让姐姐放心，因为王林所有的爱好都和外甥女相同。秦太太说，既然是这样，那就让王林随时听候召唤吧，她和丈夫要当面对他进行考察。

当郑总和李思平到达酒店的包间时，发现郭董事长已经在那里了。也用不着介绍，因为偌大的席间总共只有他们三个人，李思平决不至于不知道哪一个是郭董事长，而郭董事长也绝不会把他认错。正如郑总先前述说的一样，郭董事长对他果然十分热情，一见面就握着他的手，感谢他修好了公司的计算机系统，为公司挽回了损失。在请他坐下后，郭董事长又为如今才请他吃饭而深表歉意，话说得非常诚恳，让他都有些过意不去。席间闲聊时郭董事长非常详细地询问他近期的工作情况以及取得的成绩，还一再夸奖他年轻有为，将来必定前途无量。李思平回答道："非常荣幸与您见面，感谢您对我的栽培和厚爱，我今后一定会更加努力地工作，决不辜负您对我的期望。我能修好公司的计算机系统只是运气好而已，您完全不用把这件事放在心上，挂在嘴边，我做的这项工作只是我的分内之事，不必再给我额外的奖励。"

郭董事长对他的回答深感满意，但认为宴请他是必须的，自己一定要做到言而有信。

在和李思平交谈的同时，郭董事长还和郑总谈了今天的天气、炒股的心得、他公司新近生产的一些药品以及当前公司面临的挑战等——他们几乎什么都谈到了，唯独忽略了一点，那就是李思平的恋爱问题。

　　再说这餐桌上的每一道菜，李思平以前别说是吃过了，就连见都没有见过。这不仅让他增长了知识，更让他见识了什么叫豪门气派。郭董事长却说这都不算什么，他以后还会请他到档次更高的酒店去用餐。也就从这时起，李思平才算是真正见了世面。

　　从酒店出来后，李思平没有再坐郑总的宝马，而是受邀坐上了郭董事长的豪车。郭董事长不仅见多识广，而且对李思平关怀备至，这让他对郭董事长充满了深深的敬佩和感激之情。快到公司的时候，他突然意识到郭董事长的相貌和他以前认识的一个人有点像，只是他酒喝得有点高了，一时想不起这个人的名字了。其实即使他能想起来这个人是谁，也很难断定自己的看法就是正确的。

　　郑总大约在下午三点钟左右回到了家，那时王林恰好刚刚离开郑府。郑夫人简要地向丈夫叙述了王林来做客的整个过程。据她的观察，王林是一个举止得体、诚实谦恭且才华和风度一点也不输李思平的优秀青年，他最值得称道的一点是能做到对玉娜百依百顺——这种功力一般人显然是望尘莫及的——所以由他来当玉娜的男朋友是再合适也没有了！郑总听了赞叹不已，马上表示既然王林有过人之处，那就让他明天来公司报到吧，给他一个网络工程师的职位。秦小姐心想，目前只有李思平是公司的网络工程师，姨父却说明天让王林担任这一职务，这就是说他把李思平给顶下去了，李思平以后只能当助理而不再兼管机房，这样一来，他的权力就削弱了不少，而王林基本上也就和他平级了！如果此事真能实现的话，这可就迈开了打击李思平的第一步，她心里是非常期待的，当即向姨父表示了感谢。

　　此时郑总的醉意还没有完全退去，一不小心便把中午和郭董事长一道吃饭的人中还有李思平的事讲了出来。秦小姐听了就有些不高兴了，她想，李思平不过是一个撒谎成性、居心叵测的骗子，根本就不配陪郭董事长这样一位亿万富翁吃饭！可是姨父为什么就这么信任他，单单只带了他一个人去呢？难道堂堂的医药公司就再无别人了吗？于是她向姨父建议道："如果下次再有哪个老板到访公司，就让王林陪他吃饭好了，因为您刚才不是说'王林有过人之处'吗？那么陪人家吃顿饭，他也一定能出色地完成任务。而那个李思平，不过是徒有虚名而已，是必须要把他排除在外的！"

　　她的这番话让郑小姐很是生气，说她的说法绝对错误，因为李思平这样一位不可多得的青年才俊作为总经理助理，和爸爸一起陪客人吃饭本是他的工作职责之一，把他排除在外是没有任何道理的！而王林即使以后当上了网络工程师，也是没有资格出席这样的宴会的，表姐作为外人肆意干涉公司的事务更是错上加错！

秦小姐当然不服气,立刻就进行反驳。两位少女为了各自的意中人在社交中应获得的权益争得不可开交,郑总不得不拿出家长的威严命令她们立即停下来,保持安静。

也就在这天下午,唐主管接到了那位喜欢说媒的朋友钟先生的电话。他说那位去美国考察的富翁牛老板已经回来两天了,他通过朋友把要给牛老板介绍对象的事告知他本人了,牛老板不仅很爽快地应允了下来,而且希望明天上午就和女方见面,这样第一步的工作就算完成了,接下来就要看唐主管了。唐主管让他的朋友尽管放心,他马上就去和董小姐联系。

董小姐听到自己即将与富翁的相亲的消息异常兴奋。却说自从唐主管说打算把一座汽车城的主人介绍给她时起,她就始终没有忘记过这件事,不仅一直在计算着牛老板回国的日子,而且立下了"非牛老板不嫁"的誓言,为此她多次拒绝了亲友们及媒人的上门提亲,也坚决不去和别的男生相亲,一门心思地等待牛老板。皇天不负有心人,这一天终于让她等到了!她和唐主管商量好明天上午九点在金山公园和牛老板见面,唐主管便把这一安排电话告知了钟先生。

苗小姐偏偏要给董小姐泼冷水,她说唐主管办事太不靠谱,因为他连牛老板的人品、相貌、年龄、婚史等基本信息都没有搞清楚,而钟先生也不告诉他——可能钟先生也不知道——就急于要把董小姐介绍给牛老板,这其中是不是有诈?牛老板真的是汽车城的主人吗?他和女孩见面就一定是要和她结婚吗?再看唐主管以往的说媒记录,竟然没有一次成功,可见他是一个多么蹩脚的媒人,因此董小姐千万不要高兴得太早。

董小姐听了却不以为然,依然坚持要与牛老板见面。她说,凡是富翁都比较注意保护自己的隐私,即使是在相亲的前夕,他们仍然不希望自己的信息泄露出去,这有什么大惊小怪的?牛老板越是这样神秘兮兮的,就越证明他有钱,因此她是绝对不会错过这个机会的。她对苗小姐唯一的要求是对她去和牛老板相亲的事对外要严格保密。

第三十七章

28 日上午刚一上班,王林就来公司报到了,郑总果然让李思平把网络工程师的职位让给了他。他没有经过任何考试就直接升任此职,心中当然十分得意了!看来和领导攀上了亲戚,受到的待遇就是和以前大不一样。秦小姐也很欣喜地在电话里说,既然这么容易就把李思平取代了,那么将来把他排挤出公司也会是顺理成章的事。

王林上任伊始便发布了郭董事长来公司访问的消息，以此说明他知道公司的内情——他当然是昨天从秦小姐口里得知此事的——这样一来，几乎人人都知道了原来李思平也和郭董事长一起吃了饭。因此上午当唐主管在总经理办公室只见到他一个人的时候，便直截了当地询问郭董事长是怎样的一个人，有什么来头。他见事情已经泄露，只好回答说：

"郭享名董事长是振宇药业集团的老板，为人既讲诚信又很豪爽，还非常精明能干。他热衷于向各行各业投资，据说我们公司也有他百分之二十的股份……"

"太奇怪了！据我所知，到目前为止，公司的股份持有人中并没有一个姓郭的大股东啊，这是怎么回事？振宇药业集团我倒是听说过，它是最近两年才发展起来的一家药业巨头，与我们虽说也有生意上的往来，但不是很多，它的老板据说是姓郭，连云港市里人，其总部也设在连云港……不过我没有见过他，而郑总以前也从未提起过与他有什么私交呀！他突然出现在公司还请郑总吃饭，莫非要向我们推销他的药品不成？还有，你为什么也会受邀出席这个饭局呢？"

"关于郭董事长持有我们公司股份的事，是郑总亲口告诉我的，不会有错，您之所以不知道，是因为此事之前是严格保密的。如果您不信，就请去问郑总好了。"他当然没有忘记郑总昨天叮嘱他的话，认为不能把郭董事长请客的真正原因说出来，免得秘密泄露得太多。"至于郭董事长为什么会请郑总吃饭，也确实正如您说的那样是想推销药品，不过郑总没有明确表示'要'还是'不要'，只是说此事待他斟酌斟酌再决定。我之所以有幸陪郭董事长吃饭，是因为郑总考虑到我担任着总经理助理的职务，陪客人吃饭是我的职责所在，并且他这样做也是得到郭董事长同意的。其实我原本是不想去的，因为出席这样的饭局我还不够资格。唐主管，您到这里来是不是有事找郑总？您总不会是专门来找我谈我陪郭董事长吃饭的事吧？"

"我现在确实有件事要和郑总谈，不过它和郭董事长没有任何关系。李助理，郑总去哪里了？"

"他刚才有事出去了，一会儿就能回来。"

"好的，我就在这里等他吧。"

继续与唐主管闲聊，李思平很快就得知了王林和秦小姐谈恋爱的事，尽管他心里的委屈和痛苦比起看到程翻译和秦小姐出双入对的情况更甚，还是当面向王林表示了祝贺。同事们在知道王林是凭借裙带关系才上来的之后，背地里都叫他"程翻译第二"，纷纷传说不久以后他也会和当初的程翻译一样，混个

"主任"或者"经理"当当。哪知他刚一坐上网络工程师的位子，野心却急剧膨胀，认为自己的前程绝不会仅仅限于此，他最起码也要成为公司的副总，与郑总平起平坐。要是再能"更上一层楼"的话，他希望会被内定为郑总的接班人，到时候公司所有的人都要对他毕恭毕敬，那该多风光！

正当王林胡思乱想之际，郑总却宣布由李思平担任网络总工程师，对公司的网络系统总负责，凡是与计算机有关的一切事务都要向他报告。这样一来，他就成了王林的顶头上司。王林看到老同学不仅继续管理着机房，而且"骑"在自己的头上，心里那个难受呀就不用说了。秦小姐就更生气了，她原本以为王林已经和李思平平级了，没有想到姨父竟然会突然提拔李思平，让王林当他的下属，还要天天向他请示汇报。她怎么能受得了这个窝囊气？秦小姐强烈要求姨父取消网络总工程师一职，李思平有何德何能，配当网络总工程师？郑总对她的反对置之不理。

在这种情况下，秦小姐只好向郑夫人求援。虽然最终她的努力白费了，郑总并没有收回成命。李思平却感到压力巨大，一个上午三次请辞网络总工程师的职务，都没有获得批准。

再说董小姐因为要去相亲，八点半还不到就准备找郑总请假，其请假的理由是头痛得厉害，需要休息一上午。她之所以不说实话，是因为她不希望自己去相亲的事弄得人尽皆知。她到了总经理办公室门前正打算进去，不料唐主管却从里面走了出来。他一见到她就说："董秘书，你是不是为相亲的事来向郑总请假的？不必请了，我刚才已经替你请过了，请赶快去金山公园吧，千万别迟到了！让牛老板等你就不好了。我想我也没有必要陪你一起去，因为我和你一样也不认识牛老板，去了也没用。我只在公司等待你恋爱成功的消息就行了。"

她向唐主管表示了感谢，并夸他考虑问题很周到。但是她又想到，此事经过他的宣传，怕早已经泄密了，她竟然还想着编造一个合适的理由请假，如今看来真是多余！

她提前十分钟到达了金山公园，并在约定好的位置等候牛老板。正当她在猜想他到底是怎样的一个人时，只见一名青年男子向她走来。此人身着一身运动服，个头显然比李思平矮了许多，他的相貌则是平常得不能再平常了。他在问明了董小姐确实是他相亲的对象时，很高兴地说他叫牛联城，是凯博铭汽车城的老板，昨天有个并不熟识的朋友打来电话，说要给他介绍对象。他想既然人家这么热心，自己怎么也不能辜负人家的一番美意吧，于是就答应见面。这才有缘与董小姐在此相会。

董小姐见他举止庄重、说话得体，倒像是个有教养的人，便说见到他她也很荣幸,然后又问他有名片没有。他很抱歉地说,因来得匆忙,名片忘记带了。这样一来,他说他就是凯博铭汽车城的老板就一时无法得到证实了。一问他的年龄,竟然比她还小一岁!她心里难免会犯嘀咕,如果他真的是一位富翁且准备娶妻的话,那怎么会与世俗普遍认同的男的应该比女的大三十几岁或四十几岁的说法大相径庭呢?既然与流俗不符,那么他的富翁身份似乎就应该受到怀疑,但是还不能完全排除他的巨额财产是继承得来的可能。另外,他为什么会穿一身运动服、而不是西装革履地来相亲呢?应该说他的这种穿着是不适宜出现在相亲的场合的。对此牛老板的解释是为了避免麻烦,因为他上午还和另外几个朋友约好了一起去打高尔夫球,而他在从事这项运动时必定要穿运动服,他想不如就穿运动服去和董小姐见面,等约会一结束他就可以直接到高尔夫球场去,而不必再回去换衣服了,这样既节约了时间,又可免除往返之劳,岂不是一举两得吗?

　　他这么一说,董小姐可就全明白了,原来他穿这身衣服只是为了打球方便,根本就不是为了约会,那么在他心目中约会肯定不如打球重要了,这说明他丝毫也没有把约会当回事,更没有把她放在心上!她感到受了羞辱,心情很是不爽。一想到自己那么死心塌地地等了他一个多月,几乎到了望眼欲穿的地步,岂料等来的是这样的结果,她就更加伤心了。很快她又认为,只要他确实有钱,对于他的这种做法,她还是可以原谅的。那么怎么能证明他有钱呢?首要的一点就是看他开什么牌子的汽车。于是她说道:"牛先生,我认为你完全可以做到既穿西装来与我见面,又不至于耽误打球,你只要把一套运动服放在车内就行了。这样,等我们的约会结束后,你在车里就能换衣服,而不用再开车回家去拿了。我相信你的轿车一定很豪华舒适,换起衣服来必定会像在家里一样方便,也不用担心被别人看到,对不对?"

　　"不错,董小姐。"牛老板赞赏地点了点头说,"其实这一点我也早就想到了,应该说这样做是完全行得通的,因为我店里面有数百辆汽车供我选择,而我的坐骑——那辆全球限量版的路虎,更是精品中的精品!但是在我去美国之后一个多月的时间里,谁也没有开过它,而我从美国回来后,今天也是第一次开。刚才我是打算驾驶它到这里来的,却发现无法把它发动起来,一检查才知道油箱里没有油了。这才想起在我去美国之前,曾经让我店里的维修工到车库把车里面的油都放了,并把油带回到了店里,因为这么长的时间不使用这辆车,油怕是会对油箱有损害。没想到我的这一做法会耽误正事,要是我能早一点想起来加油就好了。既然无法做到在小区里给车加油,那我也就不能把它开出去,因此我也就不能按照你说的做了,真是太可惜了!"

董小姐听了很是惊讶,问道:"那么你是怎么到达公园的呢?"

"当知道我不能开车来这里的时候,已经是八点五十了,临时从店里调车怕是来不及了,而我又最怕约会迟到,就像上班必须要准时一样,所以我就在小区门口拦了一辆出租车到这里来了。"

董小姐万万没有想到一个汽车城的老板居然会打的来与她相会。因为据她所知,像他这种身份的人在任何情况下都是不可能缺车用的,然而在这相亲的关键时刻,他偏偏就无车可用!这说明了什么?她马上就联想起了苗小姐昨天跟她说的那番话,这其中果然有诈!再从这位所谓的"牛老板"的年龄、服装、交通工具等方面综合来判断,他百分之百是冒充富翁来骗婚的。既然这样,那就没有必要再和他谈下去了,于是她找了个借口要开溜。他却叫她等一下,说:"是这样的,董小姐,"他有点不好意思地说,"我今天出门确实太匆忙了,不仅没有带名片,连现金也没有带,就是刚才坐出租车的钱还没有给呢。我让司机在公园门口等我,说一会儿就把钱给他……我是想问你带现金了吗,能不能借给我一百块钱?我下午就把钱还给你。"

"你为什么不给你的亲戚朋友打电话,让他们把钱送来呢?"

"你说得有理,我怎么就没有想到这一点呢?我马上就给店长打电话!那么你请回吧,祝你一路顺风,再见!"

她当然不认为他是脑子不够用,而是觉得他的骗术实在太低级了!但也不知是怕他以后再来纠缠她还是她动了恻隐之心,她竟鬼使神差般地从包里面拿出一百块钱递给他,说道:

"你别打电话麻烦别人了,他们还要来回跑,怪折腾人的。这100块钱你拿去,就当是我送你的,不用还了。"

说完,她也不等他回答,就迅速向公园出口处走去。边走边想,今天真是倒霉,富翁没有见到,却见到了一个骗子,自己还搭上了100块钱……算了,破财消灾吧。这个教训太深刻了,她今后再也不轻信"会与什么富翁相亲"之类的话了。

董小姐下午回到公司后,除了唐主管之外,其他同事都过来询问她相亲的情况,这其中也包括了李思平。她简要地叙述了相亲的经过,并列举出在牛老板身上表现出的种种可疑之处,毫不掩饰地说出了她内心的真实想法。大多数人都表示认同,苗小姐则趁机对她说:"雯兰,我早就给你说过,不要与这种连唐主管都搞不清底细的人见面,他们十有八九都是骗子,可你就是不听!怎么样,在亲身经历了差点被骗的事件之后,你现在该相信我说的话不假了吧?要我说,谈恋爱就应该与身边最可靠、最帅气的男生谈,别的不说,最起码这样很保险。你说对不对？"

　　她的用意是显而易见的，那就是仍然希望董小姐能与李思平成为一对恋人。董小姐只是对她以前的提醒表示了感谢，却绝不会因为此事而改变自己的择偶标准。

　　在所有的人中只有李思平认为，董小姐列举的牛老板所谓的"种种疑点"其实是不足为奇的。他说："牛老板确实很年轻，但是因为年轻，他就一定不是亿万富翁吗？有哪部字典上解释的'富翁'就一定得是'年龄很大的有钱人'？他是不是亿万富翁，关键看他的财产多少，与他的年龄大小没有太大关系。他穿运动服来约会，表明他很享受休闲的时光，因而他的心态很放松，并没有轻慢你的意思，没有哪条法律规定相亲时男方必须要穿西装、打领带才行。他没有开车出来，也可能是他的车确实没油了，而临时再调车又来不及，他为了赶时间，只好坐出租车来与你相见，这正好说明他是一个处事低调、诚实守信的人，应值得赞扬。而他兜里没带钱的事就更好解释了，他是穿了一身运动服来相亲的，通常情况下人们是不会把钱包放在运动服里面的，因为运动起来很容易丢失。虽然现在没有证据证明他是一个富翁，但也不能就轻易地下结论说'他是一个骗子'。我认为眼下最好的又最可靠的方法是去凯博铭汽车城做调查，看老板是不是与你见面的那个人。如果他们是同一个人，就能证明他不是骗子。"

　　董小姐虽承认李思平的分析不无道理，但是她不屑于去调查一个男生，不管他是骗子还是老板，因为那样太有失她白领丽人的身份了。她说："我绝不可能调查他的。如果他能主动向我提供他是汽车城老板的确凿证据，我还是会和他继续交往的，否则我就只能认为他是骗子，以后也不愿再见到他！"

　　说到这里，可能有读者会问：作为媒人的唐主管，为促成这次相亲可是花了不少心血，按说他应该对相亲的结果十分关心才对，可是直到现在他都没有与董小姐见面，也没有交流过，这其中难道有什么讲究不成？原来，他以为自己费尽周折才把亿万富翁牛老板介绍给董小姐认识，她一定会感他的恩，亲自到库房来当面向他表示谢意，甚至还有可能央求他劝说牛老板同意这门亲事。你想想，到那时他该多得意，在同事面前多有面子啊！所以只有董小姐来拜访他的份，他绝不可能去主动见她的。他一直等待着那个想象中的激动人心的时刻的到来，可是事与愿违，他左等右等，却始终不见董小姐的影子，不过这也没有让他泄气。

　　正当他感到纳闷之际，李思平推门走了进来。他看到了立刻显出高兴的样子，说："李助理，现在怎么这么清闲？是不是郑总已经批准你辞去网络总工程师的职务了，你才想起要跟我聊聊天放松一下的？"

"郑总没有批准。其实秦小姐说得很对,我是没有资格担任这一职务的,因为我资历浅、威望低,也没有什么才能……这件事我们以后再谈吧。可是你怎么不问问董小姐与牛老板相亲的事呢? 你是他们的介绍人,莫非你已经知道结果了?"

"那还用问吗? 董小姐一定是对牛老板非常满意了! 我猜想她现在已深深陶醉在爱情的甜蜜之中,早把我这个媒人忘了。"

"不,唐主管,事实正和你说得相反! 董小姐对牛老板不仅不满意,反而说他是个冒充富翁的骗子,今后再也不会和他交往了。我刚从她那里过来,听她讲了上午相亲的经过……"

唐主管听了李思平的叙述后,便明白了董小姐不来感谢他的原因了。他对于这样的结果当然是感到非常意外和震惊的,但是他也弄不准牛联城究竟是不是富翁,正想给钟先生打电话把这个问题弄清楚,不料钟先生先给他打电话了。钟先生很兴奋地说,牛老板那边已经传来消息了,他对董小姐各方面都非常满意,希望这个星期天再和她见面,并把向她借的一百元钱还给她。

"这确实是一个好消息,可是牛老板真的是亿万富翁吗? 为什么他在与董小姐相亲的时候,一点亿万富翁的派头都没有表现出来呢? 他年龄太小,穿着太随便就不用说了,关键是他作为汽车城的老板竟然没有开车去相亲,而是打的到的现场,这无论如何都说不过去! 不瞒你说,董小姐对他的富翁身份起疑心了。"

"我的朋友告诉我,牛老板这个亿万富翁是货真价实的,绝不会有假! 不过他这个人有时候不拘小节,又对普通人的生活很向往,所以才会让董小姐有此误解。请给她解释清楚吧。"

唐主管答应了,立刻就去找董小姐,把钟先生刚才告诉他的话都一一讲给她听,并让她一定要把握住这个千载难逢的机会,星期天和牛老板见面就和他确立恋爱关系。可是她坚持认为所谓的"牛老板"就是一个骗子,她不会再上当了。她发誓说今后她绝不会再和他见面,而要让她答应和他谈恋爱更是绝无可能! 就请他死了这个心吧。不管唐主管怎么劝说都没有用,到最后他不得不如实给钟先生回话。牛老板很快就知道了董小姐不仅没有看上他,还说他是一个骗子,非常生气,也说再也不要见到她了。

第三十八章

第二天上午,董小姐一个人在办公室里忙着手头的工作。这时李思平走了进来,他拿出了最新一期的《新周刊》杂志放在她面前,翻到其中的一页指给她看,只见那上面印的是凯博铭汽车城的广告,有很多文字资料和宣传图片。她认真阅读着广告的内容,"董事长牛联城先生""资产一亿元"等字样赫然映入她的眼帘,看来牛联城真的就是凯博铭汽车城的董事长,这一点不会有错了,但是会不会有人冒名顶替他来与自己相亲呢?当她看到他的照片时,不禁叫了起来,原来昨天与她相亲的人就是牛联城本人!

这时又有几名同事拿着同一期的《新周刊》杂志来找她,指着牛联城的照片问她,昨天与她相亲的是不是这个人,如果不是,那她确实是遇到骗子了。她不得不向大家道歉,说她昨天说错话了,误把真正的牛老板当成了骗子。

众人走后,董小姐开始细细地回想着昨天发生的事情,心里是既高兴又懊悔。高兴的是她那天确实是与一位富翁相了亲,而且那个富翁还爱上了她,她几乎就要踏入豪门的门槛了;懊悔的是她肉眼凡胎不识真人,竟然又把他给拒绝了!这样一来,她就损失了整座汽车城,一切奢华的生活都与她无缘了,而她一个多月的等待到头来可以说是"竹篮打水一场空"。眼看着自己多年的梦想即将化为泡影,她心中难受的滋味是可想而知的,此时她的眼泪都掉下来了。可是她又不甘心,觉得自己决不能这样轻易错过这个机会,一定要想方设法找回本该属于自己的幸福!不管怎样她都要做一番努力,否则真的就要遗恨终身了。

可是她该怎么办呢?昨天她跟唐主管说不打算再与牛老板交往时,口气那么坚决,话说得那么绝,一点回旋的余地都没有留,弄得唐主管很没有面子,如今她还怎么好意思去让他与牛老板那边联系,说她愿意星期天与牛老板见面呢?看来找媒人帮忙这条路不太好走了。既是如此,那就直接与牛老板联系吧。可是她得罪他比得罪唐主管还要彻底,因为她把他说成"冒充富翁的骗子",如此造谣诽谤的话估计昨天就已经传到了他的耳朵里,他必定会非常气愤,即使现在她想和他谈恋爱了,也一定会被他拒绝的。想到这里,她有点心灰意冷,认为事情基本上已是无法挽回了。

仅仅过了几分钟后她又振作了起来,毅然决然地对自己说:"不,事情决不能这样算了!不管结果如何,我一定要做最后的努力!现在我就给牛老板打电话,先听听他怎么说。要是媒人没有把我'诽谤'他的那些话讲给他听,那我不就如愿以偿了吗？"此时她心里还有一个盘算：即使事情不成功,她这种"吃回头草"的行为外人也是不知道的。于是她不再迟疑,当即拨打了《新周刊》上所公布的他的手机号。

"喂,您好！"电话那边传来的果真是牛老板的声音,"我是凯博铭汽车城的牛联城,您是哪一位？"

"您好,牛联城先生！您听出来我是谁了吗？"她小心翼翼地说道,"我是董雯兰呀,昨天我们刚刚在金山公园见过面,我想你一定没有忘记吧。"

牛老板沉默了一会儿,说道:"原来是你呀,董小姐。你找我有什么事,是要买车吗？"

"不,我不买车。我打这个电话是想说,那一百块钱不用还了,因为我说过,把它送给你了。另外我还要告诉你,我这个星期天有空,一点也不忙。"

"很抱歉,董小姐,我星期天可能会非常忙,忙得连一点自由支配的时间都没有！不过你放心,那一百块钱我一定会还给你的,因为'欠债还钱,天经地义',我从来不欠别人的债……董小姐,我现在有一个问题想问你,你是从哪里知道我的手机号的？我记得昨天我并没有把手机号告诉你呀。"

"我是刚刚从《新周刊》杂志上看到的,你还真是凯博铭汽车城的老板！昨天是我误会你了,实在是对不起……"

"原来如此,我明白了。人这一辈子又有谁不犯错误呢？那天的事就不用再提了。不过董小姐,我要告诉你的是这个手机号是我的工作号码,是不谈私事的。好了,我说得够多了,现在该忙会儿了,就到这里吧。"随即他挂断了电话。

她还愣在那里,他明白了什么？莫非他从自己对他前倨后恭的态度上看出她是个拜金女吗？而他对拜金女的看法又是怎样的呢？这些问题的答案到目前为止还不得而知。从他对自己冷淡的态度来看,他显然已经知道了她诽谤他的那些话,这让她的心情再次跌入了谷底,感到糟透了。可是他很有涵养,到底还是给她留了情面,并没有点破她的不当言论,这似乎又说明他并没有把她完全抛弃,她依然很有希望成为他的女朋友。可问题的关键是怎样才能让他答应再与她见面呢？

直接与牛老板联系的行动失败之后,她一直都愁眉不展,午饭一点也吃不下去,满脑子想的都是牛老板的汽车城和他的亿万家产。她考虑再三,觉得眼下只有依靠媒人的那条三寸不烂之舌说动牛老板重新对她产生好感了,除此之外,恐怕再无别的办法。可这样一来,她就不可避免地要到库房去给唐主管道歉,并恳求他再帮她一次了。向人家说好话、赔笑脸本来是她最讨厌做的事,可是如今为了自己的终身幸福,她也顾不得那么多了,只要唐主管肯答应帮忙,自己这么做还是很值得的。

请媒人帮忙最尴尬的一件事是,她"吃回头草"的行为就会被外人知道了。她最担心的是像唐主管这样一个好大喜功的人,为了给自己脸上贴金,不可能不不遗余力地宣扬此事,到时候她就会成为别人的笑柄,这对她的声誉可是大大地不利!她又想到,别人嘲笑她与她嫁入豪门享受荣华富贵相比,简直不值得一提!别人要说,那就让他们说吧,反正嘴长在人家鼻子底下。她认为在关系到自己的终身幸福事情上她决不能作庸人之举,而被世俗的规则所限制。最后她决定,大胆按照自己的想法去做,不达目的决不罢休!

她走出办公室的时候,恰巧遇到了正准备进门的苗小姐和另外两名同事。他们问她去做什么,她撒谎说去总经理办公室送个文件。苗小姐却发现她手里并没有拿文件,而更奇怪的是她根本就没有进总经理办公室,而是去楼下了。由此他们知道了她没有说真话。

她到了库房,刚说上两句承认错误的话,就得到了唐主管的原谅,这说明他本来就是一个很心软的人。她的一番吹捧他的话更让他听得格外舒服,还没等到她向他许诺事成之后会给他什么好处,他就很爽快地同意了她的请求,并表示马上就办此事,让她回去静候佳音。毫无疑问,她主动认错的做法让他多少挽回了一些颜面,从而再次激发了他对于说媒的热情。而他作为这门亲事的主要策划者之一,自然也不希望它中途夭折,所以在这一点上,他与她算是达成了妥协。她完全没有想到与他的谈话会进行得这么顺利,便欣喜地离开了。

尽管如此,她知道她的不当言论确实对牛老板的声誉造成了一定的损害,即便他能原谅她,最快怎么也得等到一周之后。可是在此之前她一个多月都等了,七天的时间怎么可能会坚持不下来呢?所以对她来说,这根本就不成问题,因为她有的是耐心。让她没有想到的是,就在当天晚上八点钟唐主管就给她打电话了,说是经过他的一再"动之以情、晓之以理"的劝说和争取,牛老板不仅意识到他确实亏欠了她一个多月的感情,而且最终承认了他相亲时在穿着、所乘交通工具等方面是有不当之处的,这样才导致了她对他误解的产生——既然两人都有错,而他又犯错在先,因此他同意再给她一次见面的机会,时间就定在明天上午,地点则是在凯博铭汽车城,他会派车去接她!而在此之前与他相过亲的众多女孩中还没有谁享受过这种待遇,所以他的这一安排对她来说不仅是一种荣耀,更是别有深意的,她需要认真体会才能明白他的心思。

此刻董小姐的心里就像吃了蜜一样甜,因为从牛老板非同寻常的表态中她看到了胜利的曙光,而唐主管头头是道的说明和分析,更暗示了她美好的人生旅程即将掀开新的一页。她认为这一夜她一定会兴奋得睡不着觉,事实也确实如此。

　　第二天她坐牛老板派去的车到了凯博铭汽车城，只见牛老板穿着一身鲜亮的衣服，带着全体员工在外面的台阶步道上迎接她，并对她的到来表示热烈欢迎，她自然受宠若惊。之后牛老板又亲自陪着她到各处参观，由此她看到了很多新奇的事物。在主楼的顶层当他们一起俯瞰城市美景的时候，他向她倾诉了爱慕之情。他说：“自从我看到你的第一眼起，就被你的美貌迷住了。虽然我去过很多地方，但是在我见过的女孩中没有一个能比你更漂亮、更有气质！当时我就发誓一定要娶你为妻。早知道你是我找寻已久的梦中情人，我就不应该穿运动服、坐出租车去和你见面，很抱歉，那天我实在太草率、太任性了！因为之前别人也给我介绍过很多女孩，没有一个让我中意的，所以我才会以为你也和她们差不多，就想草草打发了了事。可是我的这种想法实在是大错特错！这样相亲的结果是你不仅拒绝了继续和我交往，还说我是个‘冒充富翁的骗子’。说实话你做得对，假如我是你的话，与我约会的男生是这样一副光景，我也会这样做的！虽然我现在想通了，不过在那时当我听到你的答复时确实有点生气，因为以前都是我拒绝别人的份，从没有人拒绝过我！如今不仅颠倒过来了，还被人说成了骗子，这弄得我颜面扫地，心里窝火，以至于你昨天给我打电话的时候，我的气还没有消，也不想见你。到下午的时候你那边的媒人唐主管直接给我联系，问道：‘董小姐对你的误会已经消除了，并且她也知道错了，你这个星期天能否再和她见面？’当时我说：‘这件事等到下周再说吧。’我本来是想再让你着急几天的，可唐主管晚上打来电话说：‘牛老板，你要是不想和董小姐谈恋爱了，那我明天就把她介绍给别人。’我一听这才真正慌了，连忙说：‘不！我明天就和她见面，地点就在我的公司！’我可真怕你这只金凤凰落到别人家的梧桐上。我什么条件都能答应你——你愿意做我的女朋友吗？”

　　他的这样一番诚挚而又热烈的表白深深地打动了她的心，她认为他是可以托付终身的。此刻她喜极而泣，因为她多年的梦想真的实现了！从今以后这座汽车城就成了她的宫殿、她的王国，她将以女主人的身份光明正大地“统治”这里。

　　虽然牛老板主要是因为她的花容月貌才青睐于她的，但不可否认，她对既定目标执着不懈地追求对于她的成功也起了很重要的作用。虽然这中间也有曲折，但她还是坚持做到底了，最终得到了自己想要的幸福，实在是可喜可贺。她又有些后悔，因为要是早知道牛老板一定会娶她为妻的话，她就用不着那么着急在刚拒绝了他之后又让唐主管再找他——她只需静下心来等他几天，他大概就会自己找上门来——她“吃回头草”的事也就不会发生了。

　　牛老板说他曾经和很多女孩相过亲,这一点确实不错,而他这次去美国,实际上也是去相亲了。原来他是继承了家族的产业才一跃而成为亿万富翁的,而在此期间他父亲的挚友吴先生对他多有帮助,他对此很是感激。吴先生是美国的华侨,也是一名富商,他看中了牛老板的质朴诚实,很想把女儿嫁给他,便打电话极力邀请他去美国。他不好推辞,只得听从了吴先生的安排去了大洋彼岸,临走的时候把汽车城交给他几个最得力的助手打理。他在吴府受到了盛情款待,并在那里住了一个多月。吴小姐是位学贯中西的博士,才能出众,更重要的是对他很有好感,不仅带他到全美各地游玩,还传授给他不少汽车销售方面的知识。可惜她的颜值却并不高,不是他喜欢的类型。他觉得自己这辈子要是不能和一个美女结婚,是无论如何也不甘心的,由于吴先生对他有恩,他自然不敢把拒绝的话直接说出口,但也不说同意,他和吴小姐的关系就这样一直尴尬地维持着,毫无进展。现在他遇到了自己心仪的人,便不再顾忌什么了。他想,今天就给吴先生打电话,说已经找到女朋友了,让吴小姐不用再等了。

　　就在这一天的上午,李思平接到了郑小姐打来的电话,说是请他上午到别墅来教她学电脑,还说这是他爸爸的意思。其实这完全是她的主意,郑总夫妇事先并不知情。李思平到了之后,他们才发现了女儿的这一"越权"行为,不过他们还没有说什么,秦小姐就跳出来说道:"妍冰,你想要学电脑,为什么不让王林来教你呢?他虽然与李思平一样,都是计算机本科毕业,但是他的专业技术可比李思平强多了!再说他现在已是你的准表姐夫,你也应该与他多沟通沟通感情呀,你何必把一个外人请到家里来呢?"

　　郑小姐对她的说法很是反感,立刻针锋相对地回敬道:"谁是外人?在这个家里你才是外人呢!我不说你也就罢了,你偏偏要自讨没趣,真是不可救药!你去和那个王林打游戏好了,没人管你,请你也不要管我的事!"说完,她就带着李思平去了她的活动室。

　　秦小姐气得脸色煞白,但郑夫人只是给她使了一个眼色,她的心情马上就好了,也明白要做什么了。她立刻跟着郑小姐和李思平进了那间活动室,边走还边给王林打电话,说是遇到了紧急情况,让他马上到别墅来。郑小姐要赶她出去,她却说是姨妈让她过来旁听的,并且让她全程陪同,免得发生意外。郑小姐大声表示抗议,可是一点用也没有,因为母命不可违。等到王林到了之后,情况就更糟了!秦小姐监视着郑小姐,王林紧盯着李思平,向他们宣布清规戒律:不准他们离得太近,不准他们窃窃私语,更不准他们嘻打哈笑……总之,除了正儿八经地上课之外,几乎什么都不准他们做。他们只能木偶似的那样坐在那里,一动也不能动。郑小姐说这样的课上得一点意思也没有,李思平一看这个阵势,早明白了自己是不受郑夫人欢迎的人,几次都要告辞而去,但郑小姐就是不放他走。没奈何他这个老师还得继续当下去,因为毕竟还有三个学生听讲呢。

到了吃午饭的时候,秦小姐和她男朋友的任务也同样艰巨。对于郑小姐和李思平来说,吃饭根本就不是享受,简直是受罪了。看到一向充满了青春活力的李思平如今都有些疲惫了,秦小姐非常得意,认为自己的工作还是很有成效的,应该受到表扬,而王林的想法也和她惊人地一致。

就在秦小姐想着再接再厉地做好监视工作,争取尽快把李思平轰走的时候,却接到了母亲打来的电话。母亲说,她们家在海南的生意做得特别好,现在要扩大经营规模,急需秦小姐过去帮忙;另外,别忘了把她那个新交的男朋友也带去,因为他们要把一批生意交给他打理。实际上,秦先生夫妇正需要一个身强力壮的理货员,如果在当地雇人的话,所开工资就会非常高,他们有点心疼这一大笔钱落入别人的腰包。正在发愁之际,秦太太突然想起几天前女儿给她说过的又找到男朋友的事,觉得身材高大的王林或许正是理货员的最佳人选,如果让他来做这项工作的话,不仅不用支付报酬,还能借机考验他对他们是否忠诚,真是一举两得!既然如此,那还等什么?他们立刻就以"要与女儿的男友见面"为借口把王林骗到海南去。

王林当然不知道未来的岳父岳母会让他去当苦力,他还认为到那里是去享福呢,即使不好吃好喝地招待着,最起码上网是一定不会受到限制的。其实不光他不知道,就连秦小姐也被蒙在鼓里了。他们收拾好了行李,又一起去找王林的房东结清了房租,当天晚上就坐上了去海口的飞机。王林在公司短暂的上班生涯随即也就宣告结束了。

看到秦小姐和王林被"发配"到了海南,最高兴的人莫过于了郑小姐了。她想,这两个"祸害"一走,从此不会有人再打扰李思平给她上课了!可是她完全想错了,因为她母亲才是她与李思平亲密交往的最大反对者。其次是李思平本人,她父亲则排在第三位。

第三十九章

这个星期天的晚上,李思平边看电视边想,过了今天,可就要进入十一月了,刘小姐跟他说好的要在这个月份举办画展,不知道她的那几幅画画好了没有。虽然他很希望她能尽快到徐州来,但又不敢给她打电话,这除了要避免对她形成干扰外,更主要的原因是他心里有愧,觉得自己实在没脸再和她主动联系。

　　周一即 11 月 1 日很快就到来了。这天上午上班时间刚过,只见董小姐和一名穿着讲究的青年男子手拉手有说有笑地走上楼来。不用说,这个人就是牛老板了。此刻大多数不知道内情的同事都傻眼了,董小姐上周四不是还把牛老板当成"骗子",并发誓说绝对不会和他谈恋爱吗?怎么现在他们俩倒像是一对恋人,这么亲昵呢?这究竟是怎么回事?!

　　董小姐看出了大家的疑惑,便大大方方地走上前去,声音洪亮地宣布牛老板就是她的男朋友,他们上周六刚刚确立恋爱关系。大家都对这个戏剧性的变化惊讶得说不出话来,只是在心里猜测着出现这种情况的原因。趁着这个当口,董小姐便把同事们一一向牛老板做了介绍。牛老板则满脸笑容地向大家点头致意,并递上名片,说之所以陪董小姐到公司来,主要目的是要拜会大家,感谢大家几个月来对他女友的关心和帮助,而他能认识这么多的好朋友,实在是他的荣幸!希望大家能多多关照他的生意,要是大家有事需要帮忙,他一定也会解囊相助的。

　　大家没有想到身为亿万富翁的牛老板不仅没有一点傲慢的架子,反而表现得如此谦恭有礼、豪爽真诚,不免对他心生好感,都争着和他攀谈。曹会计想,既然他此行也有推销产品的意图,那么就不妨和他谈谈汽车,便提出,凡是回春医药公司的职工到汽车城购车,能否一律都享受八折的优惠?他当场就同意了。苗小姐想,既然这个其貌不扬的人把董小姐追到手了,破坏了自己试图让董小姐和李思平谈恋爱的计划,那就不能便宜他,一定要让他放放血,便要求他周末请大家在大酒店吃饭。他说这就更不成问题了,他到时候一定会在五星级的酒店摆上几桌恭请大家光临。看到他这么慷慨大方,人们就更加喜欢他了,因此他们向这一对恋人说了很多表示祝福的话,并以董小姐的同事身份为最大荣耀。

　　董小姐却很遗憾地说,她马上就要向郑总提出辞职,而去男友的汽车城担任财务总监一职,所以他们很快就要分别了。她的这一决定让大家又一次感到意外,同时人们也为她的离别而伤感。对此她也深有同感,不过她说以后会抽出时间经常来看望大家的,以弥补这一缺憾,相信他们的感情仍然会像以前一样好。人们在精神上得到了慰藉,便想到她尚未过门就已经把财政大权抓到手了,他们应该为她驾驭男友的高超手段而感到高兴才对呀!

　　她在向牛老板介绍李思平时说:"除了苗小姐之外,李助理就是我最好的朋友了。他经常到文秘办公室来指导我如何使用电脑,还时常向我推荐洗化产品,我觉得他正是经常使用那些洗化产品才变得面如冠玉的。"

　　牛老板仔细打量着李思平,发现他真的是一名美男子,自己与他站在一起,立刻就成了他的陪衬。牛老板的亿万家产并不能使他在相貌上胜过李思平一筹,因此尽管他表面上对李思平客客气气的,骨子里却对李思平怀有戒备之心。他想,但愿李助理以后不要再和董小姐见面才好,要是他们还经常联系,将来一定会出大问题。

之后牛老板还专门去库房拜访了唐主管。相比较而言,他对待唐主管的态度比其他人都要恭敬得多,因为多亏了唐主管的帮助他才获得了美满的姻缘。他去向唐主管表示谢意原本就是很应该的事。在聊天的过程中他一再询问唐主管家的详细地址,准备晚上给他送几条十几斤重的鲤鱼过去。唐主管却觉得如果牛老板能送给他一辆面的,他就更有面子了;要是送他一辆豪华轿车的话,还得给他配名司机才行。

在总经理办公室里,郑总对董小姐稍作挽留后,便在她的辞职报告上签了字。李思平感慨道,上个月程翻译去了乾坤大酒店,如今董小姐也找到了归宿飞走了,新员工里只剩下了他一个人! 他们成立的那个互助小团体自此已不复存在了。

董小姐偎依在牛老板的身旁向大家挥手告别。人们看到她的爱情生活这么幸福,当然非常羡慕她,都说那天她拒绝了牛老板后,一定是牛老板对她割舍不下,继续对她展开不懈地追求,而她在知道确实错怪了他之后也觉得不好意思,同时又为他的诚意所打动,更为他的富可敌国所震惊,便答应做他的女朋友。应该说这种猜想是符合一般情况的,可问题是它遇到特殊情况就不灵了。

当上述说法即将成为定论的时候,唐主管却出来说话了。他说,你们都想错了,根本就不是那么回事。董小姐其实是"吃了回头草"的,倒追的牛老板!此语一出,立刻招来了人们的一片质疑声,这说明他们一开始并不相信董小姐会这么做,可到底架不住唐主管以事实为依据不厌其烦地加以证明,因为没有谁比他更清楚相亲的内幕了。此时苗小姐又想起,牛老板的身份被证实以后,董小姐的种种反常表现似乎也验证唐主管的解释是合乎情理的。人们最终认可了他的说法,也突然明白了为什么董小姐会这么急着辞职了。她大概早就知道自己"吃回头草"的事早晚会泄露出去,到时候大家一定会拿这件事和她打趣,她也一定会受不了,所以才想着要离开这个是非之地,而去男友的公司任职。

实事求是地讲,董小姐这样做实在是一种明智之举,因为现在大家再怎么议论、嘲笑她都没有用了——她不在公司,这些话一句也听不到了,因此也就不会对她造成任何影响,正所谓"耳不闻、心不烦"。苗小姐据此则进一步认为,不要把董小姐刚才说的那番话当真,她以后一定会和大家少接触,甚至尽量避免接触的,而牛老板的所谓"请客"也不过是敷衍他们而已,因为财政大权都在董小姐手里,她一定不愿意花钱买罪受,让大家一边吃着她的饭一边在背后议论她。以后事情的发展果然正像苗小姐说得那样,丝毫不差。

王林走后,网络工程师的职务仍由李思平担任,只是他"总工程师"的头衔被取消了,这说明郑总当初设立这一职位原本就是针对王林的。现在董小姐也走了,谁又来接替她呢?郑总思考了片刻,觉得还是李思平最合适,于是就任命李思平兼任他的秘书,并让其马上起草一份发言稿,他明天在全市医药系统大会上发言要用。安排完这些事情不久,他就出去了,只剩下李思平一个人待在办公室里撰写发言稿。李思平写到一半的时候,思路却被手机铃声打断了。他一看来电号码,迟疑了几秒钟才接听。他说:"喂,你好,丽莎……"

电话里面却传出了宋太太的笑声:"你好啊,李助理,我们分别了快有三个星期了吧,听到你的声音可真开心!自从上个月中旬你走了以后,朋友们可是一直很惦记你。不过我们很快就又见面了,因为我和丽莎小姐此刻正坐在她的宝马车里到徐州去,也许用不了半个小时就会到达那里了。丽莎小姐要在市文化馆办个人画展的事你可曾听说?她带的画可真多呀!由于我没有手机,所以自从一上车我就一再催促她给你打电话,可是她却说:'到徐州把一切都安顿好了,再给李助理联系也不迟。'我说:'那样可就太晚了!我们应该把去徐州的消息早点告诉李助理,这样才能体现出我们之间的深厚交情,而我们到徐州后的第一件事最好是去李助理的公司转一圈,把他也接上,没准他还可以帮我们指指路、拿拿行李什么的。'你说我的说法是不是在理?我一路上光和她争论这件事呢,都感到有点郁闷了,好在刚才她终于同意我用她的手机给你打这个电话了,可真不容易呀……"

宋太太就这样喋喋不休地说着,不过李思平倒是听得很认真。他除了对她们来徐州一事感到高兴之外,还表示会在公司随时恭候她们的到来,并给她们找个宾馆先住下来。他边说边思考一个问题:刘小姐来办画展,为什么把宋太太也带来了呢?他想了一会儿认为,这应该是刘女士的主意,她对女儿只身来徐州不放心,所以才会让宋太太和女儿做伴,而宋太太也算得上刘府的半个管家了,有她在,自然会把刘小姐照顾好,因此刘女士的这一安排是合乎情理的。

这时电话那头传来了刘小姐的声音:"李助理,你正在上班吧,希望这个电话不会对你的工作造成影响。你不必为我们的住处担心,因为我已经租好了一处房子,地址是金山路 XX 社区 1314 号,到徐州后我会直接开车去那里,暂时就不到你的公司去了,所以你不必等我们。"

他明白她此时不直呼他的名字是不想让宋太太知道他们的亲密关系,于是他也这样做了。他先说很乐意为她效劳,在问候了她几句之后,又表达了希望尽快与她见面的意愿。而她也早有此意,便说道:"我们住进去之后下午就会给你打电话,邀请你来做客。请你放心,搬运行李这样的小事我们做得来,就不用麻烦你了。我正在开车,先说到这里吧,有空再聊。"

不料刚到中午宋太太就打电话来了。她说:"李助理,我们已经住到丽莎小姐租好的房子里了!说来也许你不信,它是一幢三层楼的别墅,房间里的装修竟然豪华宾馆还要漂亮几倍,各种生活设施那就更不用说了。在别墅后面还有一个精致美观的花园,真是个游玩散心的好去处啊。李助理,请尽快到这里来吧。丽莎小姐其实也是这个意思,她现在去准备午饭了,不在起居室里。相信你到了之后也会和我一样开心的。请快一点来,我们等你过来吃午饭。另外,我还有一件重要的事要跟你说……"

刘小姐竟然租下了一座别墅!他初听到这个消息确实有点吃惊,但是当他稍微冷静了一些之后,又觉得宋太太的说法不可信,因为她是一个多么喜欢夸大其词的人啊,她的话里面不知道藏有多少水分!刘小姐只是为了办画展,临时要在徐州住上几天,她们总共只有两个人,根本没有必要租这么大的地方。刘小姐能否负担得起租下一座别墅的费用倒还在其次。除此之外,他还怀疑宋太太的这个电话是瞒着刘小姐偷偷打的,而不是刘小姐让她打的。既然还没有收到刘小姐的正式邀请,那他就不能去。至于说宋太太所说的"重要的事",他认为不外乎是为她侄女月小姐相亲时的背叛行为继续向他道歉而已,而这个他早就听得腻烦了,一点也不想再谈论此事。于是他就以中午休息时间太短为由委婉地谢绝了她的邀请。

宋太太果然是没和刘小姐商量就打的这个电话。当刘小姐到起居室来喊她吃午饭的时候,便问她刚才给谁打电话。宋太太说是给李思平。刘小姐点点头说:"太太,不光您很想见到李助理,我也很想见他呢。可是请少安毋躁,他下午就会到这里来了。"

到了下午三点多钟李思平真的就接到了刘小姐邀请他去别墅做客的电话。他也很愉快地接受了邀请,并想等到下了班再去赴约。可是在一旁的郑总听到他们的谈话,便问给他打电话的女孩是谁。他知道隐瞒不住,只好说出了实情。郑总听了很高兴地说:

"这么说,你的女朋友刘小姐真的到徐州来了,还要办画展,真是太好了!李助理,看来你确实兑现了以前的承诺,我感到很欣慰。毫无疑问,刘小姐打这个电话就是想和你尽快见面,要是我还把你留在公司,她指不定会怎么怪罪我呢。"于是郑总也不等李思平请假,就同意他可以马上离开公司,还说在当前情况下约会比工作更重要。不仅如此,郑总还指派自己的司机开车把他送到了目的地。你说遇到这样热心的老板,李思平是不是很幸运?

他下了车,出现在他眼前的果真是一幢豪华气派的三层洋楼,仅仅从外观和地势上看,就可以想象出房子的主人该是怎样的有钱了,由此可见宋太太并没有说谎。刘小姐和宋太太看到她们的朋友这么快就来到了别墅,自然都是满心欢喜的。她们以隆重的礼节把他迎进了一楼大厅,开开心心地和他聊天。他发现刘小姐待他一切如常,心里稍安。

不久她们便带他到房间各处参观。他发现里面的装修及物品摆设的奢华程度一点也不比钱府差,只不过它的整体规模稍小了一些而已,但对于两个女人而言,作为临时住所绝对是够用了。于是他便问刘小姐别墅的主人是谁,而她又是怎样租下这样的一所大房子的。她说:"别墅的主人姓潘,是一名中年男人,但是我对他其他方面的情况并不清楚。我几天前在网上查看徐州的租房信息时,发现他的这套房子向外出租,觉得很不错,便给跟他联系,在电话里就把包括租金在内的一切事宜都谈妥了,这就是我们能这么快入住这里的原因。"

后来他们到了三楼,刘小姐把他领进她卧室旁边的一间房子里,说这里是她的画室。他问她所有的画作是否已经完成,画展将在什么时间举行。她指着放在台子上的两个写有"甲""乙"字样的行李箱说:"我带来了一百多幅画,这两个箱子里的就是。这些画都是要展出的,它们中的绝大多数都已完成,只有部分画作还需要修饰一下。画展举办的时间是 11 月 6 日,持续两周后结束,美术馆那边让我随时听候通知。李助理,要不你先看看这些画作,给我指点指点吧。"

站在一旁的宋太太说:"画作今天就别看了吧,反正以后有的是时间。我们现在去后面的花园里游玩一番,怎么样?"

在欣赏花园美景的时候,他边走边夸奖这幢琼楼玉宇般的住宅与刘小姐不俗的眼光实在是很相称。刘小姐笑道:"李助理太过奖了,其实我的眼光和一般人一样,并不高呀!我之所以会选中这里,主要是因为它环境优美,而且非常安静,这在城市中是很难得的。我觉得住在这里特别适合进行艺术创作,它会让我浮想联翩,灵感如泉水般涌现。你现在是否也已经喜欢上它了?"

"是的,这里确实是城中的一处世外桃源,不管是谁来了,都会陶醉于其中的。可是租这样一个地方,一定很贵吧?"

刘小姐笑而不答。宋太太趁这个机会,急忙说道:"李助理,既然你认为这是个很好的地方,那么就请搬过来和我们一起住吧。反正这里好多房间都空着呢,我们在二楼分给你一间房子。你不知道,丽莎小姐做起画来就不会和我说话了，没人陪我聊天那该多寂寞！"

李思平以住在这里可能会不方便为由，明确表示了拒绝。刘小姐却说："我和宋太太都住在三楼，因此你在二楼住没什么不方便的。况且这里地方这么大，感觉空荡荡的，有你这样一位男生在此居住，我们也感到安心些。二楼的房间宋太太已经打扫好了，里面的一切都是现成的，你只管放心入住就是了。"

他仍然没有同意。于是宋太太就开玩笑地说，他一定是留恋公司的那个"安乐窝"才不愿意搬过来的，可见那里应是个可爱和好玩的地方，什么时候邀请她们去那里看看？李思平说随时欢迎她们去，只要她们有时间。

此时天色渐暗，刘小姐便到厨房去准备晚餐，宋太太和李思平则继续闲聊。她突然压低声音神秘地对他说："你是不是觉得奇怪，丽莎小姐为什么会租下这么大的一所宅子？老实说，这也正是我感到困惑的地方，因为要是按我的想法，只要租一个三室两厅的居室就足够了，哪里会想到她会带我到这样一座'宫殿'里来住！上午当她指着这座住宅告诉我说'这就是我们租住的房子'的时候，你猜不出来我是多么惊讶，还以为她是跟我开玩笑呢。"

"我现在对这所住宅的主人潘先生很感兴趣，他是怎样的一个人？为什么愿意把别墅租给刘小姐？"

"你问别墅的主人是谁，很抱歉，我没有见到，丽莎小姐和他见面的时候并没有带上我。当时她把车停在了别墅附近，对我说：'我去去就回，太太。请待在车里，不要乱跑。'尽管如此，我仍然以为她会在外面停留很长时间，可没有想到十分钟之后她就回来了，手里多了一串钥匙。打开了别墅的大门之后，我也曾问过她一个相同的问题，她的回答和她刚才告诉你的完全一致。她一边说，一边又把一把大门上的钥匙给了我。到吃中午饭的时候，她又说，她租这个宅子也有为了让我住着舒适的考虑在其中。她的这一说法让我感到太受用了，于是我就不打算再问她什么了……"

李思平陷入了沉思之中，不料此时宋太太的脸色变得凝重起来。他一见心想坏了，宋太太大概马上又要为月小姐对不起他的事道歉了，他必须要做好应对措施了。谁知她说的是："李助理，你知道吗？上海世博会已于昨晚圆满闭幕了，它接待人数之多创下了世界纪录。关于这次盛会，我唯一感到遗憾的就是你没有亲临现场感受热烈的气氛。不过你也用不着懊悔，因为世博会的主题馆会一直保留着，你总还会有机会去看看的。"原来这就是她要给他说的"重要的事"呀，看来自己真是多虑了！月小姐和他相亲的事过去了那么久，宋太太应该已经把它忘记了。

他对她的好意表示感谢，并说世博会闭幕的事他昨晚已经从电视上看到了,相信全国人民都会永远铭记这个伟大盛会的每一个精彩的瞬间,而他去不去现场其实都是一样的。

这时刘小姐进来说,晚饭已经做好了。于是他们一起向餐厅走去。饭后他们在起居室里又说了一会儿话,李思平还给姐姐打了个电话,随即便起身告辞。她们挽留不住,只好叫了一辆出租车把他送回了公司。

第四十章

第二天一大早,李思平走出宿舍准备去外面吃早饭,不料他刚走到一楼大厅就遇到了郑总。他好生奇怪,因为郑总以前从没有来这么早过呀,今天如此反常,难道是公司将有什么特别重要的事情发生吗?郑总指了指沙发示意他坐下,然后便和他谈起了公司最近在经营中遇到的几个问题。他尚未记录完毕,郑总却询问起了他昨天与刘小姐见面的详细经过。对此他虽然觉得有点意外,但还是如实回答。郑总听完,郑重地说道:

“李助理,恕我直言,你昨晚不该离开别墅,而应该听从刘小姐和宋太太的劝说,在那里住下来呀。你想想看,那个别墅地方那么大,只有一老一少两名女性住在里面,你走了之后,她们是不是会很害怕呢?万一发生了什么意想不到的事情,她们该怎么办?要是你在里面住了,自然就可以助她们一臂之力,她们就会觉得有安全感。你说我说得是不是在理?”

李思平不得不承认昨晚他撇下那两名女性离开别墅的行为确实欠考虑,是自己太自私了,郑总批评得对,他完全接受。

“既然你认为我说得有理,那么从今天起你就到别墅去住吧,负责保护刘小姐和宋太太的安全,所以你也没有必要再住在公司了。等一会儿你收拾一下个人物品,再给刘小姐打个电话说一声,就搬过去吧。你离开前请把宿舍的钥匙交给我。另外,李助理,我现在还要交给你一个新任务,相信你一定乐于完成。由于你的女朋友刘小姐即将在本市举办画展,公司考虑到她初来此地,对这里的一切都不熟悉,因此就决定派你协助她策划筹备此次画展。这也就是说,从现在起直到画展结束,你都不用来上班了。不知你意下如何?”

对于郑总这样的安排,他事先并没有听到一点风声,因而也就没有任何心理准备,所以感到很是惊讶。不过从情理上讲,他确实很希望在刘小姐举办画展的时候能帮上忙,因而郑总的做法是符合他的心愿的,并且郑总这样做的理由也是很正当的,是为了刘小姐的安全与事业着想。他怎么可能不接受郑总的好意呢?但他对郑总话里提到的一点进行了纠正,即刘小姐并非她的女朋友,他们只是普通朋友关系。其实这件事他本来昨天就想做的,只是郑总没有给他时间。

郑总有些不解地问:"为什么到现在你还不承认刘小姐就是你女朋友的事实呢?难道是她配不上你吗?"

"不,是我配不上刘小姐!等您以后见到她了,相信您一定也会认为我是不配和她谈恋爱的。因此郑总,请千万不要再这么说了,这会让我无地自容的!我之所以答应住在别墅并在她办画展期间全力协助她,主要原因是公司的派遣,其次才能谈到我与她的友谊。"

"李助理,你应该明白,现在全公司的人以及我的家人都知道刘小姐就是你的女朋友,风早就放出去了,你必须要接受这一事实,否则没法给大家交代呀!即使她真的不是你的女朋友,你也要演场戏给大家看。你最好找个合适的时间让她以你女朋友的身份在公司出现,或者我们以后去看她的画展时,你当众宣布这件事也行,这样就能堵住众人的嘴。至于以后的事情会怎样,你们自己看着办。还有,当刘小姐问你为什么你能在接下来的那么多天里协助她办画展时,你应该说是你自己请假来的,而不能说是公司派你来的,这样才显得你们情意深厚。"

"好吧郑总,我都答应您。当刘小姐举办完画展离开徐州后,我再当众宣布我与她已经分手了。您看这样可好?"

"到时候也许你就不会这样想了,当然这是后话。你离开公司后,我会找个合适的机会告诉大家,李助理的女朋友刘小姐已经到徐州来了,并且她过几天还要在市美术馆办画展。而为了协助女友办画展,李助理已请了长假了。这就充分说明他是真心爱着女友的,并把她的事完全当成了自己的事来办,这种甘愿为爱付出的精神着实可嘉,应予以表扬。然后我就会邀请大家一定去参观画展,为你们捧场。如果我所猜不错的话,从今天起到画展开幕,这几天的时间里肯定会有同事给你打电话,询问你为什么不去公司上班,毫无疑问这会对你的协助工作造成干扰。为了避免这种情况出现,我决定送给你一部新手机,有什么事我们可以通过它进行联系,你暂时不要把它的号码告诉其他同事,而你原来的手机从现在起就不要再用了。"最后我再叮嘱你:希望你尽最大努力协助刘小姐办好此次画展,因为大家都把她看作你的女朋友,用不了多久社会上的人就会知道她还是我们公司总经理助理的女朋友,只有她的画展办好了,我们公司的脸上才有光。这正是我非常重视这件事的原因。明白了吗,李助理?"

很明显,郑总这一系列不可思议的做法是想给自己和刘小姐创造尽可能多的接触机会,最终目的是希望两人发展成情侣关系,并且不想让人来打扰他们,李思平对这一点是完全看明白了。他不明白的是，郑总作为一个局外人，为什么会这么热心地撮合他和刘小姐呢？郑总所做的这一切真的仅仅是为公司的荣誉着想吗？由此他联想到以前发生的那些郑总一手制造的稀奇古怪的事件：他应聘时当场被郑总录取，郑总坚决不同意他与秦小姐谈恋爱，给他放了11天的国庆节假……这些事情是不是也与刘小姐有关呢？他突然感到自己陷入了一个巨大的迷局之中，一切都任人摆布，而布这个迷局的人会是谁呢？郑总在其中又扮演着怎样的角色？虽然他说不上来，但很清楚郑总一定在守着一个巨大秘密，并按照秘密的原则行事。看来整个事件的背后并不简单，必然隐藏着一个能量极大的神秘人物。只有弄清楚这个人是谁，一切谜团才能迎刃而解。现在他却只能遵照郑总的吩咐去做。就这样他在思考了片刻之后，问道："可是我不在公司期间，谁会代替我继续履行职责呢？"

"关于这个问题我早就考虑过了，由苗小姐担任秘书的职务，于超然暂任网络工程师。我相信他们有能力把工作做好，你就放心地去吧。"

李思平首先把新手机的号码告诉了父母和姐姐，然后又用新手机给刘小姐打了一个电话，说他已经想通了，愿意马上就搬到别墅去住。刘小姐和宋太太在得知这个消息后都很高兴。前者认为这是她的朋友钟情于自己而勇敢迈出的重要一步，后者则不用担心没人陪她说话而感到寂寞了。她们仍然像昨天一样在大门口迎接他，和他一起吃早饭。他对刘小姐说，他这次是请了长假来的，原因是很希望成为她的一名助手，为她即将举办的画展出一份力，而这正是她求之不得的——这无疑给她提供了与他近距离、全时段交往的机会，他们的关系自会变得比以往还要亲密。她说："李助理，我相信你一定会是我最得力的助手。因为你不仅知识丰富，而且考虑问题全面，做起事来认真而又不失细心，再加上你英俊的外表、开朗的性格，还有待人热情的态度，定能轻而易举地赢得别人的信任与好感，更重要的是你多才多艺。你的这些优点必然会让我受益匪浅，所以有了你的参与，我取得成功的可能性就更大了！"可见她对他的评价是多么高，又是多么欣赏和依赖他呀！

对此他连连摆手道："刘小姐，我哪有你说得那么好？我只不过是来跟你学习罢了，可不敢在你面前班门弄斧。"

宋太太自打见到他的那一刻起，说得最多的一件事却是她今早到二楼又把分给他的那个房间打扫了三遍，以至于现在地板光亮得能当镜子用——她想以此来向他献殷勤，他就会更加喜欢听她那些婆婆妈妈的话了。然而不久以后当他把携带的行李物品拿到该房间时，却发现它的地板上是铺着地毯的，因此这就很难证明宋太太确实打扫过这个房间了。其实有地毯铺在上面，地板光亮不光亮根本就是无关紧要的事。

用过早餐后,他们就到起居室里讨论一天的工作。刘小姐本想单独邀请李思平去她的画室谈一些事情,可是宋太太说:"丽莎小姐,你怎么还不到楼上去对那些画进行修饰呢?要知道你的画展可还有四天就要开幕了!由我陪着李助理说话就足够了,不用再浪费你的宝贵时间。"

刘小姐看了看李思平,犹豫了一下说道:"今天早上,我给家政公司打了电话,让他们上午各派一名钟点工性质的厨师和保洁员来别墅服务。我想等她们来了以后,亲自考核一下厨师的手艺,看她做的菜是否合乎我最得力的助手的胃口……太太,考核保洁员的任务就由你来负责吧。要是我们对她们感到不满意,就应该及时向家政公司提出换人,免得影响我们的日常生活。"

虽然刘小姐厨艺不凡,在目前情况下她却不能把那么多的时间和精力都放在做饭上,而宋太太做的饭她又吃不习惯,因此不得不从外面雇厨子了。

"这些小事还要你劳神过问吗?"宋太太答道,"我自己就会处理好的。要是派来的厨师菜烧得吃了让人反胃或是保洁员打扫卫生不像我一样卖力,我就会把她们打发了。不瞒你说,在考核家政人员方面我还是很有一套的,而我正想通过这种方式告诉李助理怎样才能做一名好管家呢。别愣着了,丽莎小姐,你就赶快上楼去忙你的吧。"

刘小姐只好上楼去了。照理说,接下来宋太太就应该讲讲如何管理家务的事了,可是不知什么原因,她却滔滔不绝地向他讲起了她在徐州见到的新鲜事,讲到开心之处还哈哈大笑。他很担心这样的笑声会影响到刘小姐的工作,但他又不想打断她,觉得那样太失礼了。好在不久以后,两名家政人员到了。他想,宋太太要考核她们一定得花费不少时间,这样她的笑声暂时就不会再在别墅里飘荡了。谁知宋太太见到了那两名家政人员只是简单地讲了几句话,就吩咐厨师先上街买菜,而保洁员则要在一楼打扫卫生——她连一点要考核她们的意思都没有流露出来。他正想提醒她别忘了这件事,谁知她却说:"现在我要给你讲一讲考核家政人员的方法了。"尽管她讲得头头是道,并且她的这些理论据说又是百试百灵的,可是眼前就有现成的家政人员,她却不按其法去实践一下,这又怎能让他信服呢?他想到,要是一整天都听她这样空谈理论,那该是多么无聊!

到了中午刘小姐下楼来,发现一楼已经被打扫得一尘不染了,而再一尝饭菜,又十分可口,看来那两名家政人员是称职的,于是她便表扬她的助手和宋太太在考核时尽心尽责了。李思平笑道,他什么都没有做,这全是宋太太的功劳啊!宋太太也不客气,立刻就接过了话头,夸耀她对待工作是多么一丝不苟,对待家政人员又是怎样地严格要求，故而才会把别墅管理得井井有条。整个午饭期间她都一直在发表长篇大论，弄得那两名年轻人连私下聊几句的机会都没有。

李思平原以为宋太太到了下午也会像这样没完没了地唠叨，然而没想到自从她走出一楼大厅，就再也没见到她的人影，犹如人间蒸发了一般。他和刘小姐找遍了宅子里的每一个角落，始终没有发现她的踪迹。他们也不能给她打电话，因为她压根就没有手机。刘小姐想了想说："思平，我们用不着着急，宋太太也许是到外面溜达了，用不了多久就会回来的。先不必管她了，请跟我到三楼去，看看我的工作成果吧。"

他注意到她对自己称呼的改变，因为按照他们的约定，只要没有第三人在场时，他们之间就可以直呼其名，这样显得亲近些。此时他们真应该感谢宋太太的突然失踪，这不仅让他们得到了安宁，更给了他们难得的单独相处的机会。

他们去了三楼。刚走进画室，他就看到了夹在画板上的一幅风景画，觉得它十分眼熟，随即他意识到原来刘小姐画的竟然是别墅里的风光。她笑着说："我很喜欢这栋别墅，想把它里面的美景都画下来，以留作纪念。不过这幅画是我今天上午才开始画的，还没有画好呢。"

"丽莎，你上午修饰的那些画怎么样了？"

"都修饰好了，"她回答得很轻松，"现在它们和其他的画一样都安安静静地躺在这两个箱子里了。"随即就走到它们跟前，并把"甲"箱打开了。那里面果然放着很多幅画，但每一幅画都是卷着的，更没有装上画轴。她随手从里面拿出了几个画卷，展开后让他欣赏评论。

他细细观察，认为这几幅风景画无论是在线条造型上还是在色彩搭配上，或者是在创意构思上，都堪称是同类作品中的上乘之作，由此可见她的技艺已达到炉火纯青的地步，她应当被视为当今画坛冉冉升起的一颗新星。他很快又发现这其中有两幅画是国庆节时在她家画室里见过的，可见她确实是对一个月之前的画作进行了精心挑选，只带了其中的一部分过来展览。

她感谢他的谬奖，说她本以为拿这些拙做出来展览，十有八九会遭人嘲笑，因而心里很是忐忑不安，可现在听他这么一说，她对画展会获得圆满成功就充满信心了。

"可是丽莎，你的画就这么展览可不行，我看还需要装裱一下才好。"

"装裱是书画展览时必须要有的一个步骤。我需要找一家专业的书画装裱公司来完成此项工作，同时他们还要能提供装画的镜框以及挂画的材料等。但是我对徐州这边不熟悉，你说我该到哪里去找这样一家公司呢？"

　　她的助手很有把握地说:"这好办,在网上搜索就可以解决。我们先看几家此类公司的广告,哪一家制作的水平高及服务好就选哪家。你说这样行吗?"

　　她同意了。于是助手接着说:"那我们就去一楼的起居室吧,我看到那里有电脑。"

　　"不用再下楼了,电脑我房间里就有。"可是他哪里好意思到那里去,执意要下楼,她也只好跟着他到了一楼。他们在网上查了好久,终于相中了一家名为艺菲馨的装裱公司,并与之取得了联系。那家公司的负责人冯经理在问明了情况之后,让他们尽快把画送过去。

　　于是那两个装满画作的箱子被带到楼下,放入刘小姐宝马车的后备厢里。然后他们便一起去了那家公司。在会客厅里,冯经理亲自接待了他们。她说,她可以按照他们的要求装裱这些画,但是在此之前,他们应先付一部分款。刘小姐点了点头,然后对她的助手说:"思平,我们刚才来得匆忙,我只带了一张银行卡,却忘记带现金了,我想你身上带的钱大概也不多。现在我把银行卡的密码告诉你,你能不能去附近的银行取些钱来?"

　　"当然可以,我现在就去。冯经理,离这里最近的一家银行在哪个方向?"李思平问。冯经理在告诉他之后,继续与刘小姐洽谈。

　　他很快就找到那家银行,可发现每台取款机前都排了一队人,他也只好等待了。大约过了十五分钟,才轮到他取钱。他取好款之后马上就返回艺菲馨装裱公司,可是冯经理和刘小姐都不在会客厅。工作人员告诉他,冯经理领着刘小姐去制作间了,一会儿就会回来。果然没过多久她们就回来了。在刘小姐付过钱后,冯经理请她三天后来取画。

　　在回别墅的路上,刘小姐讲了一些她在制作间里的见闻。他听得很仔细,慢慢地他就把话题转移到宋太太现在是否已经回到别墅的话题上来了。他们当然希望她已在别墅,因为只有这样他们心里的那块石头才能落地。

　　这时刘小姐的手机响了,原来是那两名家政人员打来的。她们说,现在已到了她们的服务时间,可是别墅的大门却是锁着的,里面也没有人,是不是下午不用她们服务了?刘小姐让她们再等几分钟,他们马上就到别墅了。从这件事上可以得知,宋太太还没有回去。

　　他们到家后又过了十几分钟,宋太太才在别墅里出现,她却是一副满面愁容、步履蹒跚的样子,这与她往日的形象形成鲜明对比。刘小姐和李思平见了都吓了一跳,忙问出了什么事了。她说没什么,只是太过疲惫了而已。他们搀扶着她,让她坐在沙发上,同时又给她端上来一杯热茶。

　　看到她的气色比刚才好了一些,刘小姐便询问她下午去哪里了,她的突然失踪让大家很担心。她停了好一会儿才回答,她下午去买菜了,然后又为自己没有向他们说明情况就离开家并且这么晚才回来而道歉。

刘小姐感到很惊奇:"今天上午你不是刚让厨师到集市上买了一大堆菜吗?怎么还要去买菜呢?你买的什么菜?"

宋太太辩解说:"我想吃点茭白,可是厨师上午没有买到,我这才决定下午自己上街去买。但是我走了十几里路,转了多少个菜市场连我自己也记不清了,却一直没有买到。而此时三个小时已经过去了,我已是疲惫到了极点,就想打的回去,一摸口袋,竟然忘记带钱包了,而我又不记得你们的手机号码,只好徒步回来了。"

对此说法刘小姐他们就更加奇怪了:宋太太什么时候喜欢上吃茭白的,怎么以前从未听她说起过呢?她去买菜,怎么不想着带些钱在身上呢?即使她再马虎,也不应该把这个忘了!还有,她为什么不先打的回去,到别墅后,再给司机钱呢?他们正想问她这几个问题,可是看到她有气无力的样子,他们又不忍心问了。这时厨师过来通知他们,晚饭已经做好了。

在餐桌上,她的情绪仍然很低落,没有一点谈话的兴致,并且吃得非常少,在那一对年轻人还没吃完的时候,她就以"浑身乏力,需要早一点休息"为由回自己的房间了。

对于刘小姐和她的助手而言,这还是头一次见到生性活泼且健谈的宋太太提前离席呢,以往她可是从不会放弃任何一次出风头的机会呀!他们认为她的表现之所以有点反常,大概是因为走了那么长的一段路,她确实累坏了,以至于没有精力再闲聊了。从这一方面讲,她的提前离席又并非不合常理了。

第四十一章

第二天上午,宋太太起来得很晚。刘小姐和李思平已经吃过早饭了,她才来到餐厅。他们问她现在感觉如何。宋太太说她的疲劳还没有完全消除,打算早饭后再到楼上休息会儿,直到那两名家政人员来了为止,她相信到时候是可以监督她们干活的。他们对此并没有提出反对意见,但请她千万保重身体,不要太劳累,希望她多吃点东西,因为这对于体力的恢复是非常有利的。她对他们的关心道过谢后,明确表示,一定会按照他们说的做。

饭后看着宋太太到楼上去了,他们便在起居室里商量下一步的行动计划,一致认为到了该为画展的宣传做准备的时候了。刘小姐说,她想把此次画展的主题定为"记忆里最美好的风景",因为展出的这些画里的内容大多数都是她以前亲眼见到过的，只有极少数画作是她凭想象创做出来的。所有这一切都给她带来了美的享受和精神上的愉悦，所以称之为"最美好的"。李思平表示赞同，但希望她在今后的创作中多多运用联想和想象，创做出更多更好的作品。

于是就由刘小姐执笔，写了一份内容全面的宣传材料，而她的助手则负责为她建立个人网站，并在网上广泛发布她本周六将要在市美术馆举办画展的消息，欢迎社会各界人士莅临参观指导。做好了这些之后，他便根据她写的宣传材料开始设计宣传单。他们配合得十分默契，只用了两个小时就完成了所有的准备工作，并打印好了一份样张，虽然它并没有上色，但是她看后十分满意，夸奖他的话自然是说了不少。

他们坐下来休息，一边喝咖啡一边畅谈未来，心情都非常愉快。当然，他们也没有忘记回忆美好的往事。回忆得越多，他们的关系就会越亲密。不过谁也没有觉得这样不妥，反而认为关系密切对于他们实现工作目标是有益的，他们应该谈论更多喜欢的话题，并且他们也这样做了。仅仅谈了两个话题，宋太太就过来喊他俩吃午饭了，他们才意识到时间过得有多快！

饭后这一对年轻人对宋太太说，他们要上街找一家广告公司帮忙制作大幅宣传海报，然后再把他们已设计好宣传单经专业处理后打印数百张，问她愿不愿意跟他们一起出去。她明确表示不想去，因为她身体还是有点不舒服，想睡会儿午觉解解乏，所以待在家里才是最好的选择。他们认为她说得有理，便没有再勉强她。

他们下午的工作也进行得十分顺利，下午四点刚过，所有该办的事情都办好了，而那些与宣传有关的物品也很快被装上了车。刘小姐驾着车，原路返回。到了别墅的大门前，她恐怕影响宋太太的休息，就没有按汽车喇叭和门铃，而是让她的助手拿钥匙开了门。他们也没有上楼去，更没有让宋太太来看看他们今天的工作成果。两人只是在起居室里喝了一会儿茶，之后便一起去了花园，边走边聊上午没谈完的那些话题。在夕阳的映衬下，他们金童玉女的形象显得很是耀眼和高大，他们的欢声笑语也悦耳动听。等那两名家政人员来了之后，看到这样的场景，她们不可能不把他们当作一对正在热恋的情侣，其实从她们见到他俩的第一眼起，就认为他们是天生的一对。

晚饭的时间到了，刘小姐去三楼喊宋太太吃饭。她想宋太太休息了整整一个下午，精神头儿一定很足了。哪知敲了半天门都没人答应。她感到情况不妙，立刻就叫来李思平，打开了房门之后，却发现里面空无一人！他们顿时愣住了，宋太太不是说要待在房间里休息吗？可是室内为什么会没有她的踪影呢？她这样做是不是在欺骗他们？还有，她是什么时候出去的，又去了哪里呢？这一连串疑问让刘小姐觉得有些心慌,她很担心宋太太会出什么意外,马上就要开车出去寻找宋太太。李思平却制止了她,说道,由于不知道宋太太去了什么地方,这样贸然出去寻找只怕会徒劳而返。现在天刚黑,还是再等一等,说不定她很快就会回来了呢。刘小姐冷静了下来,也相信宋太太应该不会有什么事,便对他的说法深以为是。

不久他们突然听到一阵急促的敲门声,急忙出来看,果然是宋太太回来了。他们觉得很奇怪,因为宋太太手里明明就有大门的钥匙呀,她为什么不自己开门反而要叫门呢?而等到开了门之后,眼前的景象让他们大吃一惊,因为此时的宋太太脸色苍白、目光呆滞,仿佛遭受了什么重创似的,毫无生气。刘小姐先是手足无措,后又大着胆子走上前去,问她究竟是怎么了,可是她什么都没有说。李思平努力让刘小姐保持镇静,说是遇到这种情形,应该立刻送宋太太去医院才对。

他的话及时提醒了刘小姐,但是此时她心慌意乱的,根本不能开车了。李思平便做起了司机,带上她们,去了最近的一家公立医院。

医生在给宋太太做了全面检查后认为她是受了惊吓才出现的上述症状。对此李思平他们大惑不解。像她这样一位初来徐州且脾气极好的人不可能和谁结怨呀,到底是谁让她受了惊吓?而她又是在哪里受到的惊吓呢?他们也顾不得这些了,马上就问医生该怎么治疗。医生说,需要先给病人注射镇定性的药物,让她好好睡上一觉,然后视情况再制定相应的治疗方案。他们恳请医生一定要把她治好。医生让他们放心,因为他给病人注射的是国内最好的药物,相信她明天上午的状态一定会比现在好很多,甚至有可能恢复正常。

宋太太在被注射过药物后,躺在病床上很快就睡着了。医生向他们了解了宋太太近期活动的相关情况,临走的时候他特意嘱咐,为了避免病人再受刺激,在她醒后的一个星期内都不要再提及与她病情有关的一切事情。

当天夜里刘小姐就住在病房里看护宋太太。想到宋太太两天前身体还是健健康康的,并没有任何不适,如今却是病魔缠身,住进了医院,刘小姐的心情本来是有些悲伤的,可是由于有李思平陪伴在她身边,并不时地安慰她,给她以精神上的支持,她对此事的看法就很乐观了。她在打给妈妈的电话里说,眼下就是遇到再大的困难,她也能克服,但是宋太太生病的事最好不要告诉她的家人和亲戚,免得他们担心。

李思平这一晚上也没有回别墅,当然他是不好意思住在病房里的。他说,在病房外面的躺椅上休息就很好,因为在十一月,病区的暖气都开了,住在外面一点都不冷。再说,这样刘小姐找他也很方便呀。

　　看到宋太太睡得很安稳，刘小姐心里觉得踏实。不久她就从里面出来，和李思平小声谈论着与宋太太有关的一些事情。他们都认为她这两天的举动反常，并分析出了一些共同点：她都是突然神秘失踪，晚上回来后精神状态都不佳，而这一次显然比上一次要严重得多！且说她上一次失踪是以"出去买菜"为由的，这一次失踪的借口却没有说，它又会是什么呢？他们猜测她这两天大概是到同一个地方去了，但那个地方绝对不是菜市场，因为如果她是去买菜的话，是不应该受到这么大的惊吓的。很显然她没有说实话，她这样做的原因难道是有什么事瞒着他们吗？她为什么不能像往常一样心直口快地说出来呢？知道上述问题的答案固然很重要，不过遵从医嘱更重要，于是他们约定以后不主动向宋太太询问此事，除非她自愿把事情的经过说出来。

　　第二天上午宋太太一睁开眼，就说这里是医院，而怎么到的这里，她也知道得一清二楚，这表明她在进医院之前都是清醒的，只不过是说不出话来而已。刘小姐他们看到一切如医生预料，都很高兴。宋太太在吃了早饭之后，马上就下床走路，一切如常。医生对她恢复的情况表示满意，又开了一些药，让她服用，并提醒她的朋友，病人还需要静养一段时间，在此期间不要让她和太多的人接触。

　　宋太太却嚷嚷道："既然我已经好了，那现在就出院吧，医院的床位多紧张呀！"刘小姐他们自然不同意，让她一定要配合医生的治疗。她只同意再住一天，明天就走，谁也劝不住她。

　　下午刘小姐接到了美术馆方面打来的一个电话，说要请她过去一趟，商量举办画展所需的租金问题及其他相关事宜。李思平让她即刻动身去那里，宋太太由他来照料就行了。她对他当然是十分放心的，和宋太太说了几句话之后，便快步向停车处走去了。

　　宋太太原本就是一个闲不住的人，如今却让她长时间地躺在病床上，她怎么能感到舒服呢？她说："李助理，今天天气不错呀，你陪我出去走走，可以吗？"李思平觉得不好违背她的意愿，就有条件地同意了。

　　他们出了病房，不一会儿就来到院内的一个小花园里，在此过程中他们聊得还是很开心的。当走到通向假山上凉亭的一处台阶时，她突然停了下来，面带愧意地说道："对不起，李助理，我侄女恐怕真的不会和你谈恋爱了，我为她对你造成的伤害向你表示深深的歉意……"

　　旧事重提且先前没有任何征兆，这着实让李思平很意外。他说："太太，关于这件事你以前不是早就道过歉了吗？而且不止一次，如今怎么又想起来道歉了呢？月小姐也承认自己的错误了——这你是知道的——而我们也原谅她了，因此你的道歉是完全没有必要的，更何况这根本就不是你的错！月小姐不愿意和我谈恋爱,从我们见面的那一天起就表现得很明显了,她愿意和谁谈就和谁谈吧,我不仅不会干涉,还会祝福他们。以前的事情请不要再提了,我确实不想再谈起。太太,请原谅我的这一做法。"

"好吧,那我今后就不再提她了,我们都把她忘记吧。这一页就算翻过去了。可是一想到你上次相亲时受到的打击,我就寝食难安,因此我想以后再给你介绍个对象,算是将功补过,你觉得这样可以吗,李助理?"

"介绍对象的事情不着急,以后再说吧。"李思平说,"我们可不可以谈点别的,比如说,聊聊最近两天我和刘小姐为画展的顺利举办所做的工作。"

"好啊,请给我说说吧。"

"太太,现在起风了,我们该回去了,到病房后我会详详细细地把这些事情都告诉你的。"

刘小姐从外面回来的时候,在病房外老远就听到了宋太太的笑声,即使不能说明她的身体已完全康复,至少也表明她的状态确实比上午要好。刘小姐非常高兴,走进去之后马上就向宋太太表示祝贺。他们问她和美术馆那边谈得怎么样了,她说:"一切问题都谈妥了。租下了位于一楼的大圆厅和东、西两个小厅,并已预付了部分租金,我只需要六号之前把装裱好的画作送过去就行了。美术馆方面答应免费提供条幅、展板等物品,也会在电子屏上对我的画展进行宣传,但是分发宣传单的事需要我自己去做。"

李思平和宋太太都表示愿意去做这项工作。刘小姐只让李思平和她一起去,委婉谢绝了宋太太,因为她正在静养中,此时是不宜到街上抛头露面的。

晚上刘小姐依旧留在病房里照顾宋太太。李思平睡在躺椅上一直都在思考如下问题:宋太太到徐州来的这几天里对月小姐的事只字未提,为什么今天上午却突然谈起月小姐呢?这与她受到惊吓有什么关系吗?

由于刘小姐没有问他在她离开医院的那段时间里宋太太都和他聊过什么,而他也不想主动说起这个话题,因为这里面谈到了月小姐,而她正是他能避免提到就避免提到的一个人。

周五上午刘小姐为宋太太办好了出院手续,然后便在灿烂阳光的照耀下开车带她回到了别墅。里面一切如故,他们倍感亲切,喜悦之情便油然而生。宋太太的心情好像也不错,在畅谈了好一阵子之后,她才去自己的房间里休息。刘小姐他们则为下午将要开展的工作做着准备。

不料到中午时分,天空突然变得阴暗起来,接着又刮起了大风,气温骤然下降,可是这一切都未能让刘小姐和她的助手改变行动计划。吃午饭的时候,刘小姐对宋太太说:"我和李助理等一会儿要去美术馆接画,因为刚才艺菲馨装裱公司的冯经理给我打电话了，说是下午就可以把所有的画都装裱好并送到美术馆去，但她的汽车不停在一楼展厅前，而是从西门进入馆内，因为这样把画存入库房更方便，以往她都是这样做的。我们去那里的另一个重要原因就是要为画展做宣传。因此太太，我们不得不离开你一下午，照顾你的重任就落到那两名家政人员身上了，她们所在的公司同意做这项额外的工作。太太，你觉得这样安排可好？"

宋太太夸刘小姐考虑得很周到，不过她现在已经恢复正常了，根本用不着人照顾，他们只管去忙自己的事吧，不要再把宝贵的时间浪费在她身上，因为画展明天就要开幕了，他们要做的事情太多了，千万不要忘了防寒保暖。

刘小姐让她尽管放心，他们出门前会穿上羽绒服的，但是她也要接受那两名家政人员的陪护，否则的话，他们在外面是不会安心的。

宋太太答应后，他们便换上羽绒服，戴上手套，携带着全部的宣传材料去了美术馆。刚到美术馆前面的广场，老远就看到"青年画家刘丽莎小姐将于明天在本馆举办个人画展"的字样出现在主楼正门的电子屏上。孙馆长热情地接待了他们，并领他们到各个展厅参观。在此过程中他当然要问刘小姐她的那些画作几点能到，她说过一会儿装裱公司的车就会把它们送过来。

"很好，画到的时候你给我打个电话，我会让工作人员把西门打开，放车进来，这样把画存到库房去就很快了。在此之前，你还有时间查看装裱的质量如何以及总体数量对不对。"

刘小姐向孙馆长道过谢后，便开始了他们的宣传工作。他们首先把大幅的海报贴在美术馆的墙上，以吸引人们的注意，然后就向前来观看海报的群众分发宣传单，并希望大家多多捧场并把此消息传播给更多的人。

此时气温已降到摄氏零度，天空还飘着小雨，他们在广场上并没有遇到多少人，但是每一个拿到宣传单的人都对画展表现出了浓厚兴趣，这让他们受到了鼓舞。于是他们便迎着凛冽的寒风，在美术馆正门前的大街上继续分发宣传单。

李思平很担心刘小姐受凉，就劝她回汽车里休息，这项工作由他一个人来做好了。她没有同意，说和他一起接受风雨的洗礼其实是非常开心的，这让她有了一种很浪漫的感觉，真希望这种感觉一直持续下去。再说她对自己的事情怎么能不用心呢？要是她临阵退缩对得起谁呢？

"我想你母亲之所以让宋太太与你一起到徐州来，就是希望她能好好照顾你，没想到事情却反转过来了——你在病房里照顾了她两天。我虽然是请了长假协助你办画展，可是同时也肩负照顾好你的责任。你想想看，丽莎，要是你感冒了,对明天就要开幕的画展将会产生多大的影响呀,而我又怎么向你母亲和宋太太交代?因此请一定要接受我的劝告回车里去吧,更不要开什么玩笑了。"

"不是这样的,思平!"她小声说道,"尽管我妈妈忙于照看超市的生意,不能和我一起到徐州来,她却从来都没有说过要宋太太陪我去徐州的话。真实情况是,我打算一个人去徐州办画展,我完全可以照顾好自己,并能把画展办好,妈妈支持我这么做。不料宋太太在 10 月 31 日,即我来徐州的前一天突然主动提出了要和我一起去徐州,其理由是我独自一人太孤单了,她可以和我做伴,又可以照顾我。由于她以前对我们有过很多帮助,我们不好拒绝,所以才答应她了。"

"原来如此。宋太太真是一个善于为别人着想又特别热心的人呀!由她和你做伴,别的不说,至少可以做到互相照应吧,而你妈妈也一定更加放心,对不对?"

"事情的确像你说的那样。不过我和宋太太毕竟在年龄、个性等方面差别太大,毫无疑问我们是有代沟的,很难找到彼此都感兴趣的话题,待在一起也没有多少乐趣可言……"

这时冯经理打来了电话,说送画的车已经到了美术馆的西门,问刘小姐现在在哪里。刘小姐要李思平陪她一起去看看那些画装裱得怎么样。李思平却说:"丽莎,你的那些画明天就要展览了,我明天再看岂不是更好?你赶快过去接车吧,不用管我了,等我把这些宣传单分发完就会去找你的。"

天刚黑的时候,他终于把那几百张宣传单都分发下去了,但是他没有注意的是领宣传单的人以女生居多。此时刘小姐也从馆里出来了,她说:"我检查过了,所有画作的装裱质量都是非常高的,现在它们都已被送到画库里保存起来了,明天上午工作人员会按照馆长的指令把它们摆在展厅里,供参观者欣赏。思平,宣传单全部都发完了,是吗?你做得太好了,我本来还以为再过一个小时也发不完呢。站了那么长时间你一定很累了,现在我们就回别墅,让我好好犒劳你,之后就等着明天画展开幕吧。"

"可是丽莎,我们好像忽略了一个问题,在画展开幕前,是不是要先举办一个开幕仪式呢?我们却连最简单的策划方案都没有讨论过,这不能不说是一个失误,因此我们还不能休息,需要马上联系一家庆典公司。"

"你不必着急,画展明天才开幕呢,这件事明天再谈也不迟。"

他想,明天再做此事怎么能来得及呢?难道她是想把开幕式给省略吗?

第四十二章

话说在李思平离开公司的第一天里，同事们虽说没有看到他，但也不觉得奇怪，因为他们认为他可能被郑总派出去办事了。然而第二天他依然没有出现，更让人惊讶的是他的那间宿舍竟然又将变成库房使用，他们这才感到事情有些不对头。莫非他已经辞职不干了，所以这个房间才没有必要再当作宿舍？他们按照惯例纷纷向一向消息灵通的唐主管打听情况，他必定知道李思平不来公司上班的原因。可是这一次他们完全失望了，因为他对此不仅一无所知，甚至还想向他们了解情况呢。既然这一招不灵了，那就直接给李思平打电话吧，不料他的手机已经停机。在都不知道他的行踪的情况下，他们只好去问郑总了。郑总其实一直就等着有人来询问此事呢，他用先前早就准备好的那些话回答他们，然后便要求大家过几天一定要去市美术馆观看李助理女朋友的画展开幕式，并强调这是对处在热恋中的这一对年轻人最好的支持。

大家异口同声地表示赞同，其中的绝大多数人对于李思平对女友表现出的真挚感情大加赞赏。他一定是为了避免别人对他的协助工作以及他们热恋的打扰才停的机，因此他们都想见识一下刘小姐究竟是怎么样的一个女孩，才会把他迷得不想工作。

不过还是有人对他的做法感到不满。比如唐主管，就忍不住埋怨他，因为他这样突然离开公司，事先都没有向自己透漏过只言片语，以至于让他这个消息灵通人士失职，实在太不应该了！这难道不是他重色轻友的一个很好的例子吗？而同时埋怨他的还有苗小姐和于超然。他那么潇洒地离去了，却让郑总把本来是他应该干的活交给了他俩，这样公平吗？他们怎么能挑起这么重的担子呢？

曹会计却对郑总关于"李思平和刘小姐正在热恋"的说法持怀疑态度。话说上个星期她听信了秦小姐的话，曾当面质问过李思平"在家乡到底有没有女朋友"的问题，当时他不仅承认刘小姐就是他的女朋友，他们是在秘密谈恋爱，而且说出了一个非常牵强的理由。她本以为郑总一定会识破他的谎言，不料郑总完全站在他的立场上，带头对他的说法予以认可。而如今郑总比以前是有过之而无不及，因为他在众人与李思平联系不上的情况下，不仅出面报道了李思平和刘小姐热恋的重要新闻，而且宣布了刘小姐将在近期举办画展的消息，并郑重其事地让大家去给她的画展开幕式捧场。不知他这样做是否得到了李思平的授权？不管他说什么，目前都无法得到验证，而人们也不能亲口听到李思平关于他正在和刘小姐谈恋爱的说法，所以此事应该还是存疑的。不过通过以上这两件事，她是彻底看清了，郑总对刘小姐的事非常关心，一直在热心地帮她说话，这与他反对他太太把秦小姐介绍给李思平，也反对自己把女儿介绍给李思平，并一再想方设法地阻挠她们完成心愿的行为形成鲜明对比。郑总真正想给李思平介绍的对象原来既不是董小姐，也不是自己的女儿，而是刘小姐啊！这样的一个谜题是解开了，由此她认为他和刘小姐家的关系一定非同寻常，要不他为什么总是考虑她的利益却不成全他太太的外甥女呢？此时上次发生的那一幕也在她脑海里浮现了，怎么想她都觉得李思平是在郑总的压力和"教唆"之下才说出的那样一番话——这根本就不是他内心想法的真实表达，他可能一点都不想和刘小姐谈恋爱，而是郑总施展了一定的手段硬要他这么做的。那这样说来，他当时必定是在说谎了。他过去根本没有和刘小姐谈恋爱，现在也没有！曹会计体谅他的苦衷，也打算原谅他。

由此曹会计进一步想到，李思平此次莫名其妙地停机也一定是郑总捣的鬼！由于郑总曾有过编造虚假理由阻止她向李思平提亲的行为，因此她觉得他这样做就是针对她的，而这恰恰表现出他的心虚。试想如果李思平真的和刘小姐谈恋爱了，还用得着害怕别人来询问吗？开着手机，及时回答同事们提出的问题，并大大方方地接受大家的祝福不是更好吗？这样做不是才更符合李思平的个性？再说大家的良好祝愿能对他们造成多大的干扰？郑总却偏偏要让李思平停机，就是不想让她和李思平有信息交流，就是要再次打击她。既然郑总这么"不仁"，那么就休怪她"不义"了！她下定决心要把女儿介绍给李思平，再也不理会郑总的阻挠和反对了。而她之所以同意去看画展开幕式，为的就是见到李思平，到时候除了把自己的想法告诉他之外，还会要求他和女儿见面。

郑总也把刘小姐来徐州的事给他太太说了。因为以前对李助理的这位女朋友早有耳闻，所以郑夫人特别想亲眼看一看刘小姐是否如传说中的那样——最起码也要证实确实有这么一个人吧——所以她对此事很感兴趣，也很重视。于是就说，等到刘小姐的画展开幕的那一天，她也要过去参观。她的此番表态让郑总很高兴，在和她及员工们商量过了之后，他决定那天租一辆大巴，他们乘坐它去美术馆，这一则是显得自己有面子，二是可以让李思平他们感受到大家对此事的高度关注。这么大的动静，自然瞒不过郑小姐，她也吵闹着要去看，其借口是想接受一下艺术熏陶，其实她的真实目的是想看看她与刘小姐相比，究竟谁漂亮。郑夫人说，既然如此，那就把皓冰也带去吧，因为让他一个人待在家里，她怎么也不放心。

画展开幕的那一天到来了。早上七点四十分，李思平开着刘小姐的车和她一起去美术馆。快到那里的时候,他突然听到了鼓乐齐鸣的声音,而这个声音是从美术馆所处的位置传来的,愈往前走,声音就愈大,而且夹杂着人的欢笑声和呼喊声。放眼望去,他发现沿途彩旗遍插,迎风招展,美术馆上空则有彩球在飘舞——这一切都预示着人们在庆祝着什么喜庆的事情。他心中疑惑,便问刘小姐:美术馆今天是不是同时也要举办婚礼?她说,不可能吧,因为昨天孙馆长从未和她提及此事。

正说话间,刘小姐的手机响了,她马上拿出来接听。而这时美术馆的主体建筑则映入了李思平的眼帘,馆前的景象却他大吃一惊!只见广场上是人头攒动,热闹非凡,一人多高的宽大的舞台立在中央很是显眼,舞台上有数十人组成的乐队在演奏,一条横幅被高高挂起,上面写有"热烈祝贺青年画家刘丽莎小姐以'记忆里最美好的风景'为主题的画展胜利开幕"的字样。啊,这竟然是刘小姐画展开幕式的庆祝活动!他完全没有想到,感到太意外了。由此可见,这个开幕式不仅没有被省略,反而很正式和隆重呢。怪不得昨天她对开幕的事一点都不着急,原来早就准备好了。可是她为什么不告诉自己呢?

她说:"这样做当然是要给你一个惊喜喽!你居然以为是人家在举办婚礼,真是太有意思了!其实早在来徐州之前,我就已经和国内的一家著名的庆典公司——喜洋洋公司联系好了,他们也答应给我的画展开幕举办庆典。但是由于种种原因,他们直到昨晚八点钟左右才来到徐州,顾不得休息,便连夜搭成了这个舞台,为的是不耽误今天的开幕。他们的工作效率是不是很高?刚才这家公司的经理高先生,同时也是主持人,给我打电话,让我们到后台去找他,因为开幕式马上就要开始了。"

他们下了车,直奔后台而去。此时主持人正在和孙馆长商量什么事情,见到他们来了,便简要地把开幕式的流程讲给他们听,并要求他们过一会儿登台和观众见个面。孙馆长提醒主持人道,距离八点只剩下三分钟了。主持人立刻登上舞台,在讲出了几句漂亮的开场白之后,他说道:

"下面有请本次画展的举办人、青年画家刘丽莎小姐携男友李思平先生闪亮登场。"

台下顿时响起了一阵热烈的掌声。刘小姐优雅地把一只手伸向李思平,意思是要和他一起走,李思平却说主持人讲错了,因为他只是刘小姐的助手而并非她的男友。孙馆长以为他在开玩笑,顾不得那么多了,便在背后推了他一把,他只好和刘小姐手拉手地走上了舞台,接受众人的欢呼。主持人则不失时机把这郎才女貌的一对大大夸奖了一番,现场热闹的气氛逐渐进入了高潮。

随后孙馆长也登上台,与主持人一起宣布本次画展开幕。霎时礼炮齐鸣,声音震耳欲聋,众多灿烂的礼花在空中绽放,煞是美丽。此过程大约持续了五六分钟,到广场来的人就更多了,他们的心情都是很兴奋的。孙馆长示意人群安静,请大家先欣赏文艺演出,然后再进入馆内参观。

走到台下,李思平还在埋怨主持人不了解情况,信口乱说。刘小姐却笑着说:"如果说这也算一个'错误'的话,那它也是美丽的。因为刚才你那么配合地和我手拉手、肩并肩地站在舞台上,让人们看到我不是在孤军奋战,这本身就是对我最大的支持,我感到非常开心和幸福。所以我一点也不介意高先生说错话,也请你不要把此事放在心上。"

他除了说"只要你觉得快乐就好,不过刚才我是在演戏"之外,便不再谈论此事了,而是一心一意地观看文艺表演。

精彩纷呈的演出同样让他感到惊讶,因为每一个节目演员的阵容都相当强大,且必有至少一名国内知名的歌手出场,可见它的档次是非常高的。由于之前在为画展做宣传的时候连开幕式都没有提到,就更不要说会有哪些人参加文艺演出了,因此观众绝不会想到会在现场见到这么多的歌手,此时他们的表现完全可以用狂热来形容。李思平看着刘小姐说:"丽莎,你能请到这么多的歌手,确实给现场所有人带来了惊喜,我猜你一定是花了大价钱吧。"

她摇了摇头说:"并没有花多少钱啊。十月中旬我第一次和高先生联系的时候就已经把他们提供的各项服务的费用谈好了,现在也不会再加钱。这些演员能来都是冲着这家庆典公司的面子,和我没有任何关系。"

"那这样说来,这家庆典公司的实力可是强大无比喽,否则的话,怎么会有这么多的歌手买他的账呢?"

"是的,这正是我选择这家庆典公司的原因。"

事后他得知,这家庆典公司不过是连云港市一家普通的庆典公司而已,它不仅实力一般,就连名气也小得很,根本达不到"国内著名"的程度,而在徐州像这样的公司也多得是。这不由得让他对她的说法产生了怀疑,因为此次演出一看就知道是大手笔,一次请到这么多的歌手绝非这种类型的庆典公司所能做到。退一万步讲,即使它有这个能力办到,可是他犯得着仅仅为了一个素不相识的女孩、一点点酬金这样做吗?毫无疑问他肯定会得不偿失的,有谁会愿意损害自己的利益而做这样的傻事?这是不合常理的。因此此事必定不是像刘小姐说的那样,而是另有内幕,否则她为什么放着徐州那么多同样规模的庆典公司不用,却要到连云港去请人呢?她这种不合常理的做法究竟暗藏着什么玄机呢?

演出结束之后,展厅的大门徐徐地打开了,人们蜂拥而入。观众认为既然开幕式的演出这么惊艳，那么展出的那些画作就一定差不了，因此谁都想先睹为快。

且说这时候郑总一家人和全体同事早已坐大巴车到达了现场，也与李思平取得了联系。李思平没想到能在这样的场合与这些久违的好朋友见面，因而很是高兴，但同时他又感到有点意外，因为大家一起来看画展开幕式，怎么郑总事先没有给他说一声呢？

郑总看出了他的疑惑，因而见到他的第一句话就说，自己这次带着大家来看开幕式，除了要对他和刘小姐表示支持外，另一个重要的原因是检查他的协助工作是否完成得尽善尽美，这当然要在他完全不知情的情况下进行了。然后郑总便盛赞画展开幕式办得好，文艺演出更精彩，可见他的协助工作确实取得了很大的成绩，大家对此非常满意。

苗小姐却不像郑总说话那么客气，她责怪李思平这么长时间手机一直关机，是不是存心不想让大家找到他。而他自从离开公司就没有回去过一趟，是不是早就把大家忘了？

唐主管主动站出来为李思平打圆场，说："我想这一定是个误会，李助理不可能一直不开机，大概是他住的地方气场太强了，导致我们的电话打不进去，才误以为他是关机了。是不是这样啊，李助理？"此时他早就把埋怨李思平的事忘到爪哇国去了，因为他看出来郑总对李思平的赏识态度，便决定和领导的步调保持一致，而这样总不会有错的。

李思平先为他的不辞而别向大家道歉，然后又说他已换了新手机。曹会计立刻就把新号码要了过来，在了解了他现在的住址后，问他知不知道自己的那间宿舍现已变成了库房，这是不是说以后他都不会再住在公司了。

刚得知此事他是感到惊讶的，随即他意识到，这是郑总为了让他没有退路、只能踏踏实实地住在刘小姐所租的别墅里而使出的重要招数，对此他除了默认这一事实、被动接受郑总对他的住宿安排之外，还能有什么办法？他还没有来得及回答，郑夫人母女便走了过来，她们提出马上就要与刘小姐见面。郑总则不失时机地说："是呀李助理，快把你的女朋友叫过来吧，大家都想近距离一睹她的风采。"

此时刘小姐与高先生及演员们刚好告别完，正准备与李思平会合，所以她来得正是时候。李思平大大方方地把她介绍给大家，可是在说到他们俩的亲密关系时，他的"女朋友"的脸上还未见异样，他的脸却红了。

至此郑夫人再也不能认为李思平以前是在欺骗她了，于是她便为以前冤枉他的事向他诚挚道歉，又把刘小姐大大恭维了一番，说她的漂亮和气质非一般人可及，与自己想象中的李助理的女友是一模一样，可见"刘小姐与李助理是天生的一对"的说法绝非虚言；苗小姐的看法也和郑夫人差不多，看来自己以前一心要撮合董小姐和李思平的做法的确是错了；而郑小姐也自动放弃对李思平的追求，因为她遇到了像刘小姐这样与李思平这么般配的对手，只有甘拜下风了。

可是曹会计仍然怀疑李思平与刘小姐并非情侣，因为郑总刚才说那句话的目的就是要提醒李思平必须按照他的意思去做，这不仅是故技重施，更是不自信的表现！而李思平在说"刘小姐是我的女朋友"时神态则很不自然——这一切都表明这两人在演戏过程中露出的破绽是非常明显的，她绝不会再被他们欺骗了。

刘小姐面带甜美的微笑，热情地向大家点头致意，礼貌周全地感谢他们来给她捧场，她感到荣幸之至！因此她必须要亲自陪着大家看画展以示尊敬。看得出她对人们的夸奖是满心欢喜的，只不过她觉得这样的夸奖稍微过了一点点而已。

大家簇拥着刘小姐进入了一楼展厅，只见里面是人流如潮，十分拥挤。人们都非常惬意地欣赏着挂在墙壁上那些画作，不时听到有人大声发表见解，说这些风景画真是色彩鲜明，意境高远，极富神韵，不仅是不可多得的佳作，而且与画展的主题也很切合，作者的功力之深厚、水平之高妙自是非一般画家可比的呀。刘小姐非常谦虚地向每一名评论者表示谢意，并请大家多提批评意见。尽管她非常想和大家在一起享受这难得的欢聚时光，更想给大家多讲讲她的这些画作，可遗憾的是她很快就被孙馆长叫走了，因为市美术协会的专家马上要和她座谈。

说起来李思平还是第一次见到这些装饰好的画，它们看起来的确比装裱之前要美观、生动得多了！再加上整体色调的和谐与清新，自然就会让人更有赏心悦目的感觉。他沿着画廊没走几步，就觉得有几幅画很是眼熟，原来它们就是几天前刘小姐从甲箱子里拿出来给他看过的那几幅，他顿时来了兴致，正准备给大家做讲解。可就在这时，曹会计却走到了他跟前，说要借一步说话。

他们到了一个不引人注意的角落里。她没有丝毫犹豫便直奔主题，说是经过深思熟虑，她还是想把女儿介绍给他，明天上午就安排他们见面，然后她便把女儿在容貌、才学等方面的优点不厌其烦地又讲了一遍。虽说以前她曾数次与他谈过此类的话题，但那时刘小姐不在眼前呀，因此并不让人觉得有什么不妥。可如今就在刘小姐的画展上，并且他还刚刚当众宣布过他和刘小姐是"情侣关系"，曹会计竟然还敢这样做，这不是公然向刘小姐挑战吗？事情确实有点出乎意料，他还是很平静地拒绝了她。他说：

"很抱歉曹会计,我已有女朋友了。您刚才不是也看到了吗?"

"如果我没有猜错的话,你这个女朋友是假的,你们根本就没有谈恋爱!因此就请你不要再自欺欺人了!"

"您这样说有什么根据吗?"

"你不要再瞒我了,我已看出来这门亲事是郑总强加给你的,你是在他的压力下不得已才接受的刘小姐。而你现在的手机也是郑总给你更换的吧,目的是不想让人(尤其是我)打扰你,并试图给大家造成一个你和刘小姐在一起很快乐的错觉,可是你骗得了别人,却骗不了你自己!其实你心里是一直不乐意和她谈恋爱的,对不对?"

"不!我不是不乐意和刘小姐谈恋爱,而是不配和她谈恋爱……"

突然他听到了郑总说话的声音:"李助理,你和曹会计怎么掉队了?大家到处找你们都找不着,原来你们在这里呀!你们刚才好像是在聊天,都聊什么呢?"

曹会计当然不想让郑总知道他们谈话的内容,于是说了句"我和李助理也在找大家呢",便走开了。李思平也跟着郑总回到了队伍里,继续参观画展。郑总为防止有人再中途跑开,便要求所有人等一会儿都要按顺序把观后感写在留言簿上。

大家为完成这项任务,都看得非常认真,而不敢再走马观花了。他们查清了画的数量,总共是 110 幅,也区分开了什么是水粉画,什么是水彩画。尽管如此,他们对刘小姐这种以表现风景为主要内容的画风仍然是不感兴趣,也难以准确理解其中的含义,因而发表的评论就很少有出彩的地方。但是当看到最后一幅画的时候,他们不由得眼前一亮,因为里面终于出现了人,而且是一对青年男女!他俩手拉手、肩并肩地站在一起,面向大海,好像在看日出。但美中不足的是,他俩是背对着观众的,无法看到他们的正面像。这两人是谁?是不是就是李思平和刘小姐呢?对此大家进行了热烈的讨论,后来就连李思平也参加了进来,他说以前刘小姐是说过要和他一起去看海,但是由于种种原因而没有去成,因此画中的这两人就应该不是他和刘小姐了,如果这两人真的就是他俩的话,那也是刘小姐凭想象创做出来的,实际上他们在海边一起看日出的情况是不存在的。

他的这番话并没能平息大家的争论,没奈何他只好当面询问刘小姐。她神秘地笑了笑说:

"思平,你真的不能确定他们俩是谁吗?既是这样,那就留作悬疑吧,我相信你以后会知道答案的。"

第四十三章

　　郑夫人在离开美术馆之前，再三邀请刘小姐在画展闭幕后一定要与李思平一起去她府上做客，刘小姐当然是很愉快地答应了，并对她的美意表示衷心感谢。曹会计则紧缠着李思平不放，但是她多少次要求他明天与她女儿见面，他就婉言拒绝她多少次，直到她不好意思再谈此事为止。他本以为她已经死心了，却没有料到当天晚上她会给他打电话，说她已经订好了他与她女儿见面的地点——"大有缘"咖啡馆，明天上午他必须去赴约，否则的话，她就天天给他打电话，让他不得安生。

　　当时他正在别墅里与刘小姐、宋太太一块吃晚饭。宋太太精神头十足地让他给她讲画展开幕时的见闻，并表示她身体已经恢复得差不多了，明天一定可以去看画展。他为了不引起误会，既没有把他和刘小姐以"恋人身份"一同登台的事告诉她，也没有把同事们夸奖他们的那些话讲出来。虽说他在这件事上保密措施做得很好，没有料到在刚才那件事上出了问题。原来当他在起居室里接听曹会计的电话时，由于没有把门关严，通话的内容都被宋太太偷听到了。

　　他刚一出来，宋太太马上就问他，是不是有一个曹姓会计要给他介绍对象呀？他见事情已经泄露，无法隐瞒，不得不将实情和盘托出。她越听越高兴，心想：原来一心想给他介绍对象的不止她一个啊。于是也不待刘小姐发言，她马上就表示支持他与林小姐见面，这是因为前几天她说过要给他介绍对象，虽说这一提议被他否决了，但是她仍然想着要兑现承诺，只可惜目前她并没有合适的人选，该怎么办呢？今天上午她一个人待在别墅里，心烦得不得了，就幻想着有人会在此事上帮她一把，尽快让他有一段完美的姻缘，哪怕是不让她当媒人都行！没想到她的这一愿望这么快就实现了，如今曹会计要给他说媒，这实际上就是在帮她呀。她只要说服他去相亲，自然就可以减轻她对于他的愧疚感，让她心里好受些，如果亲事成功了，也有她一半的功劳呀。

　　尽管宋太太极力想促成此事，但是李思平仍然不同意见面。这时刘小姐说话了，她认为他不应该这么直截了当地拒绝一位热心肠同事的好意，因为这样会伤和气的，怎么着也要给曹会计一个面子，去与她女儿见见也无妨。

　　刘小姐完全站在宋太太的立场上说话，这让李思平在感到意外的同时，又觉得很正常，因为尽管郑总一家和同事们都把他当作她的男朋友了，但其实他的"男朋友"身份是假的。他们在开幕式上只是在演戏给众人看，他自然不会当真，刘小姐应该也一样。所以当她得知有人给他介绍对象时才不会吃醋，反而会赞同他和女方见面,大概是希望他把今天上午的事情尽快忘掉,免得对她产生"非分之想"。她的做法对宋太太来说则是一个巨大的鼓舞,于是宋太太就劝得更加起劲了。李思平在她们的"两面夹击"之下,节节败退,直到最后被说服。宋太太还怕他反悔,便亲自监督他给曹会计回了电话。

晚上当起居室里只有他和刘小姐的时候,他说:"丽莎,不得不说,在同事们都已相信我们是'恋人关系'的情况下——虽然事实上并非如此——曹会计还非要把女儿介绍给我不可,这分明就是在向你挑衅嘛,可以说完全无视你的存在!按说你不仅不能同意我和她女儿见面,还应该斥责她的无理才对,可是你做得恰恰相反!当然你的做法是正确的,可会暴露我们的真实关系,人们会认为我们根本就没有谈恋爱,而是在欺骗他们。你有没有想过这个问题?你是不是要做些表面文章掩饰一下呢?最起码也要说几句责备曹会计的话让我的同事们知道你很生气吧。"

"曹会计几次三番地要把女儿介绍给你,这说明她很看重你,是真心对你好,而我也希望你一切都好——既然我和她在这一点上想法是一样的,那么我为什么要责怪人家呢?我是以你'女朋友'的身份出现在你的同事们面前的,如今遇到曹会计挑衅的情况,如果我对她说上几句狠话,别人就会怀疑我们根本就不是一对情侣,这样他们就会知道我们一直在撒谎了。可是思来想去,我还是不忍心这样做。说句心里话,不要说我们没有谈恋爱,就是我们现在已在热恋当中了,我也不会说她半句不是的。至于你和林小姐见面后别人会怎样议论我们的关系,我也不去管它了,只希望林小姐是你中意的人,并能给你带来快乐。不过有一点还是让我感到困惑:曹会计做得这么'明目张胆',难道看出来我们的'恋人关系'是假的吗?"

"丽莎,你的胸怀之宽广、品格之高尚,实在是超出了同龄人不知道多少倍!无论我怎么夸奖你,都无法表达出我对你深深的敬意。曹会计太强势了,一心只按自己的想法去做,半点也不考虑别人的感受。我也说不准她是否已看出来我们的破绽,但是当她得知你并不阻止我明天与她女儿见面时,必然就什么都明白了,我们之间的真实关系也会在她面前暴露无遗的……"

"思平,你的夸奖太过了!我远远没有你说得那么好,只希望做任何事情不觉得亏心就行了。我之所以支持你和林小姐见面,就是因为我们的'恋人关系'是假的,我不能为了满足自己的虚荣心而用一个假的理由阻止你去相亲,这对你是不公平的!我也不想打击曹会计给女儿说亲的积极性。如果林小姐真的是一个各方面都很优秀的女孩,而你却因为我的阻挠而错过了她,那岂不是我的罪过吗?我一辈子都会感到不安的。尽管我这么做会使我们之间的真实关系暴露,可是为了你的幸福着想,我觉得这样做是值得的,因此也就顾不了那么多了,我不会在意别人在这件事上怎么看我的。"

"其实我并不惧怕背负'撒谎者'的恶名,只是我担心你跟着受连累,这会对你今后在画坛的发展造成不好的影响。补救的办法是一定要把你'忍让'和'宽容'的美德讲出来,让大家都知道,而这些优秀的品质的光彩其实也是掩盖不住的。"

第二天上午,刘小姐开车先把李思平送到了"大有缘"咖啡馆,然后便载着宋太太去了美术馆。李思平走进馆内,发现曹会计早已在等他了,林小姐却没有和她待在一起。她说:"露曼梳妆打扮已毕,正坐公交车往这里赶呢。李助理,请少安毋躁。"

他以为林小姐对此次相亲非常重视呢,但是过来赴约却要坐公交车,可见她是一个会精打细算的人,确实得到了她母亲的真传。其实林小姐晚来的真实原因是母亲叫她和自己一起去咖啡馆,不料她此时正在思考一道数独题,不想被别的事情打扰,于是就说:'我还没有化好妆,这最少也要花上十分钟时间。妈妈,要不你先过去吧,别让那位助理先生久等,以为我们怠慢他。'母亲也怕此事再生变故,便丢下女儿匆匆地到这里来了。

他们边喝咖啡边聊天。曹会计说:"李助理,既然刘小姐并不反对你和露曼见面,这就足以说明她对你根本没有那种意思了,你并非她的心上人,否则的话,她不和你大吵大闹一番才怪呢。看来你们真不是恋人关系,因为摆在我们面前的证据是确凿无疑的。"

"太太,不是这样的!我和刘小姐真的是'恋人'关系,这一点毋庸置疑,我先前之所以多次拒绝与令千金见面,正是由于这个原因。然而我最终还是前来赴约了,这是刘小姐不断催促的结果,而并非您说的'她不在乎我',其实她非常怕失去我。说到这里您一定会觉得奇怪,既然她这么爱我,为什么还会同意我与令千金相亲呢?二者确实是有矛盾之处,一般人难以理解。现在我就把她的想法告诉您,免得您再一直误解下去。她这样做,一方面是希望我能找到一个比她还要好、更爱我的女孩,另一方面是希望我以我们同事之间的交情为重,顾全您的面子,更主要的是不想伤令爱的心。您明白我的这番话的意思了吗?面对您的挑衅行为,她表现出了最大限度的隐忍和克制,试问天下有几个女孩能做到这一点?难道您不认为她是一个十全十美的人吗?"

"是吗?那这么说来,我要好好感谢刘小姐的美意喽!不过恕我直言,我还是觉得你们俩在一起不合适。她大概也看出了这一点,因而才会选择自动放弃与你的恋情,这不能不说她还有些自知之明。请她放心,我相信露曼是不会让她失望的，并完全可以取代她，因为露曼不仅比她要年轻漂亮得多，更重要的是露曼比刘小姐更加喜欢你，要知道她对英俊潇洒的你可是仰慕已久啊，多次向我表达想与你见面的愿望……"

"您就这么确定令爱会爱上我？要是她爱上我了，而我没有看上她，那该怎么办？"

曹会计还没有回答，这时李思平看到了一个上身穿红色大衣、下身穿裙子的身材高挑的女孩走进了店里。"瞧，李助理，露曼来了。你看她是不是妩媚动人？"曹会计小声对他说道，随即便把女儿叫到身边，给他们两人做了介绍。他发现林小姐果然容貌俊美，气质优雅，而她脸颊的红晕尤其引人注目。看来她母亲对她外表的夸奖倒也并非虚言。只是没想到她对待他的态度自始至终都十分冷淡，连一点应有的热情都没有表现出来，就更不要说有取悦于他的举动了。他不知道是什么地方出了问题，因此觉得很是奇怪。他们坐下来还没有聊上多长时间，她就提出来告辞，理由是她要立刻去买张彩票，如果晚了就错过了中奖的机会。她母亲劝了她几句，也没有劝住，只好说："露曼，你要实在有事，就先去忙吧。我还要和李助理继续聊聊。"

他看到她是兴冲冲地离开咖啡馆的，并且一走到马路上就叫了一辆出租车疾驰而去，而没有再坐公交车。

她母亲自然要为她的突然离场为自己找个台阶下，便说道："露曼大概是害羞了。李助理，难道刚才你没有注意到她通红的脸庞吗？我也忘了告诉你，她还有矜持的优点呢。"

"我注意到了，矜持是女孩们最值得赞扬的优点之一。我对表现矜持的女孩一向持赞赏的态度。"

"那好啊，你对露曼的印象如何？是不是觉得她很漂亮？"

"是的，令爱的漂亮的确是百里挑一的，我相信就连一些女歌星也不能和她相提并论。"

"既然你认为露曼的美貌无人可及，那么她在你心目中一定是最优秀的了，她必定也适合做你的意中人，对不对？"

"我心目中最优秀的女孩，是熟读经书的著名学者，而并非倾国倾城的美人，但这并不等于说，美貌就不重要，只不过与满腹经纶的才学相比较，它居于次席罢了。当然，如果一个女孩能集这两种优点于一身，那就更完美了。令爱很漂亮，但是由于我和她是初次见面，并不清楚她的才学究竟如何，所以我还不能确定她是不是最优秀的，现在说'她适合做我的意中人'似乎还为时过早。"

"我相信露曼一定能达到你所认为的最优秀的女孩的标准，因为她不光是美女更是才女。她喜欢学习数学,心算的速度惊人。她善于理财,买彩票经常中奖。最让人感到可喜的是她对花轿还颇有研究,并制作了不少花轿的模型,将来你光临寒舍的时候就会看到了。"

"太太,容我和令爱交往一段时间后再下结论,好吗?"

"李助理,你为什么就不能痛痛快快地答应这门亲事呢?还要考虑什么?说实在的,自从八月份我与你初次见面时起,就觉得你是我理想中的女婿人选。可是好几个月过去了,我的这一愿望还是没有实现,我没有耐心再继续等下去,因此这件事必须要尽快定下来!等我回去后问问露曼的意见,明后天就给你打电话。"

"太太,请不要这么心急,此事应从长计议,才会对大家都有好处。如果没有别的事情,我想先回去了。再见!您再喝杯咖啡吧。"

"好吧,不过我有一个要求:这件事一定要对郑总保密!因为如果他知道了,十有八九是会跳出来干涉的。"

他坐车去了美术馆,而宋太太正等他来呢。原来自从他在咖啡馆前下车的那一刻起,她就一直惦记他相亲的事,想知道结果如何,而对于其他事情简直就没有任何兴趣,由此可知她参观画展的时候该是多么心不在焉。他把相亲的详细经过跟她讲述了一遍。她很高兴地说,看来曹会计是铁了心地要招他为婿,而林小姐与他又非常般配,真是太好了。她相信用不了多久他就会与林小姐喜结良缘,而曹会计明天一准给他打电话说林小姐愿意和他谈恋爱。刘小姐虽然也和宋太太的看法差不多,不过她表现得却是相当平静。

出人意料的是,一连两天过去了,曹会计那边却一点动静都没有,这是什么原因呢?此时宋太太的心里是越来越着急了。到了星期四即光棍节这天,李思平突然接到了苗小姐打来的电话。她说:"李助理,不知你是否听说了,曹会计的女儿已经找到男朋友了,她的这位男友还是位博士呢。说起来也许你不信,他们竟然是几天前在公交车上认识的,两人可以说是一见钟情,目前正处在热恋之中。这个消息是曹会计刚刚向大家宣布的,所以绝对可靠……"

怪不得这几天曹会计会中断与他的联系,原来她女儿已找到合适的对象了!这一结果虽说刚开始让他很是意外,但很快他就如释重负,因为这意味着她今后不会再纠缠他,他获得了真正的解脱。

挂断了电话,他又想到,林小姐前几天与自己相亲的时候不就是坐公交车去的吗?难道她就是那一天在车上遇到的那位博士?当时她的脸色那么红润,这大概是她在与自己中意的人偶遇后心情极度兴奋的外在表现吧,而与曹会计所说的害羞没有关系。她与自己只聊了几分钟便匆匆告辞而去,难道是要与那位博士再次相见吗？其做法分明就是要告诉他，她对他没什么兴趣，而并非她有矜持的优点。上述情况如果这样解释的话就更加合理了。

宋太太和刘小姐在得知此事后都感到非常惊讶，因为就在几天前曹会计还那么坚决地要让女儿和李思平成为恋人，转眼间林小姐却和另外一名男子坠入了爱河，完全弃李思平于不顾，这究竟是怎么回事？！

李思平猜测得不错，林小姐确实是在与他相亲的那一天在公交车上遇到的那位博士。且说早上她母亲先去咖啡馆之后，她接着思考那道数独题，但始终解决不了，而她又不甘心，于是就把它带到公交车上，拿出纸和笔继续演算。此举受到了坐在她旁边的一位年轻男士的高度赞扬。她看到他相貌清秀，衣着讲究，不禁心生好感，便边做题边和他闲聊。他说他是位数学博士，刚从北京来到徐州，正准备去矿业大学报到。

"是吗？既然您是位数学博士，那么请您帮我做做这道数独题，如何？"

博士非常爽快地答应了，拿起笔来就做，终于在林小姐下车之前把答案解了出来。此时她不仅完全相信了他的话，还被他渊博的学识和杰出的才能所深深折服，爱慕之情自然而然地也就产生了。她想和他继续交谈，怎奈车已经到了咖啡馆前的站台，他们马上就要分别了。情况紧急，她不再顾虑什么，便直截了当地问他有没有女朋友。而这位博士先生，恰好又特别喜欢痴迷于数学研究的女生，此刻更是被她的美貌和热情深深打动，便毫不犹豫地说了两个字——"没有"。这一回答让她心花怒放，就和他相约十五分钟后在矿大北门再次见面，不见不散。

下了车，她仍然沉浸在一见钟情的喜悦之中，满脑子都是博士的影子，心里再也放不下别人了。因此见到李思平后她就一直在敷衍他，一点也不想和他说话，她只想尽快摆脱他，好与自己中意的人约会。

以后发生的事情大家猜都可以猜到了，也不必细表。总之，林小姐和博士谈恋爱了，整天花前月下的，悄悄话好像永远都说不完，而他们的关系也得到双方父母的认可。

曹会计即将得到一个拥有博士头衔的佳婿，哪里还会把李思平这样一个只有学士学位的男生放在眼里？她只希望他把与女儿相亲的事忘得一干二净才好呢，怎么可能还会再和他联系？如今她平日里必做的一件事就是绘声绘色地宣传女儿和一位博士谈起了恋爱，女儿是多么幸福快乐！而对李思平和刘小姐的事绝口不提。

自己的猜测被一一证实了之后，李思平先是自嘲了一番，后又想到，要是苗小姐他们知道了林小姐其实是在与他相亲的路上与别人一见钟情了，是不是会更加吃惊、也更加觉得不可思议呢？这次发生的事情也许可以用"巧合"来解释，而以往他遇到的那么多稀奇古怪的事情也能用"巧合"来解释吗？

第四十四章

李思平的再次相亲失败虽说并没有使他受到打击，但是它让宋太太的心情跌落到了冰点。她原本对他同样是寄予了很高期望的相亲却让别人成了，她感到心里憋屈，这与他上一次的遭遇大同小异。她为他感到不平，为什么这么多不顺心的事情老是让他们遇到呢？这样一来，她也就无法补救对他的亏欠。，她心里该有多痛苦！在接下来的几天里她变得沉默寡言起来。

她的两个青年朋友以为她仅仅是因为此事才闷闷不乐的，便各自讲出一番道理来开导她，殊不知她的忧愁远不止于此，更不是几句宽慰的话就能消除的，而这一切的根源其实与国庆节期间她给李思平说的那个媒脱不了干系。

宋太太当然热烈期望侄女能和李思平成为一对恋人，因为这样可以使自己实现成为一名成功媒人的梦想，只是没想到中间会出意外，导致了相亲以失败告终。虽说事情并不是她的错，但是由于这是她说的媒，她得给李思平及其亲人一个满意的交代。因此她很积极地配合大家不断地向月小姐施加压力，甚至以断绝亲戚关系相威胁，试图逼迫月小姐与钱公子分手，重新与李思平谈恋爱，然而她所有的努力不仅没有使月小姐回心转意，反而使月小姐在"错误"的道路上越走越远。

李思平的亲人们觉得脸上无光，便把这笔账算到宋太太身上。她明显感到他们对她的厌烦，到后来甚至到了视而不见的地步，她何时受过人家这样的冷遇？她感到很委屈，就在心里憋了一口气，暗暗发誓，此事决不能这样算了，不管采取何种手段，一定要把月小姐从钱公子身边夺过来，让她成为李思平的女朋友！或许只有这样，自己才能取得大家真心的谅解。当然这种事情要悄悄地做，不能再像以往那样张扬了，免得做不成又成为别人的怨府。

此后宋太太便不露声色地关注侄女在钱府的活动，也曾经以看望她的名义到钱府两三次，其目的除了监视她和钱公子之间有无不合礼法的行为之外，更主要就是劝她尽快离开此地，重新和李思平交往。月小姐当然知道姑妈的用意，因而姑妈每次来，她都会叫上钱太太来作陪，让姑妈没有开口的机会。到后来她干脆就说，给钱公子进行初步治疗需要一个绝对安静的环境，请姑妈不要再来打扰她！钱太太对她的说法表示支持，这样直接就把宋太太拒之门外了。虽然成了钱府最不受欢迎的人，但是宋太太不会因此而改变初衷，她还是想尽一切办法与侄女保持联系,并对她施加影响。

一晃三个多星期过去了,当人们逐渐淡忘此事的时候,宋太太却依然牢记着自己立下的誓言。28 号这天,她探听到了一个确切的消息——月小姐三天后将带着钱公子去徐州精神病医院继续治疗,而钱老板夫妇都不会跟着去。由此宋太太相信钱公子是真的有精神病了,同时她的机会也来了:在县城不好接近他们,到徐州缺少了家庭的保护,拆散他们就容易多了。她对自己说服侄女远离钱公子很有信心。她要是这样尾随着月小姐和钱公子而去,会引起别人的警觉和怀疑,这该怎么办呢?恰巧刘小姐 11 月 1 日为画展的事也要去徐州,宋太太心中暗喜:真是天助我也! 于是她就以照顾刘小姐的生活为由要求和她一同去。刘女士认为她说得在理,便同意了。

到徐州安顿好了之后,她就急于知道精神病医院在什么地方。不过她心里清楚,不能向身边的人求助,因为这样会走漏风声,只有询问素不相识的人才最保险。打定了这样的主意之后,她于 2 日下午便开始行动了。当时她是悄悄地离开的别墅,在费了一番口舌之后,她终于得知了精神病医院的地址,然后马上就坐出租车去了那里。此时月小姐正在病房里用汤匙给钱公子喂饭,场面相当温馨和情意绵绵,其他人都十分羡慕这一对神仙般的情侣。宋太太看到这一幕,肺都快给气炸了,不过她并没有鲁莽行事,而是把怒火强压了下来。等到月小姐一从病房里走出来,她马上就质问月小姐是不是与钱公子谈恋爱了。月小姐见姑妈突然出现在她的单位,认为姑妈是在跟踪她,因而心里很不高兴,便直截了当地回答:"是的,我和钱公子确实是在谈恋爱。这犯法吗? "

"你利用工作时间和病人谈情说爱,从职业道德上讲,这就已经'犯法'了! "宋太太气愤地说道,"而我最不能容忍的是你违背了自己的承诺! 当初你是怎么保证的? 你说你只是给钱公子治病而已,不会和他谈恋爱的,可是你最终还是这样做了。你为什么会言行不一致? 想想你以前的所作所为,我都为你感到害臊……"

"不错,我以前是做过那样的保证,但那是'以前'。如今经过与钱公子这一个月的接触,我的这种想法改变了,我已经爱上了他,因为他是一个真诚、善良和博学的人,他是我理想中的恋人。还有,他们一家人都对我非常好,我没有理由不喜欢这样的家庭……我一直想不明白的是,我和钱公子谈恋爱有什么不好,就这么让你烦吗? 你还是我的姑妈吗? 如果你还是我的姑妈,为什么你还会让我与那个几乎没什么财产的李思平谈恋爱呢? 看到我将来的日子过得艰苦,你就特别心满意足,是不是? "

"你在撒谎! 你攀龙附凤的想法从一开始就有了,绝不是现在才产生的!

你一定是看上钱家的巨额财产了，所以才会想和钱公子结婚，是不是这样？从这一点上也可见你的鼠目寸光。李思平现在是不如钱公子有钱，但是他将来取得的成就一定会超过钱公子的，和他结婚你才能得到真正的幸福，懂不懂？而你现在要做的只是耐心等待，可是你为什么就是等不及呢？"

"随你怎么说吧，反正我就是要和钱公子在一起，谁干涉我们都没用。姑妈，我还要工作，没有时间陪你闲聊了，请回吧。"说完她就转身回办公室了。

从医院里出来，宋太太似乎要病倒了。月小姐对她的欺骗让她受到了沉重打击，心情自是糟到了极点，而她那个美好的愿望也成了泡影。这就是那天晚上她的表现为什么会与以往大不相同的真正原因。

第二天下午三点多钟，在经过了一番激烈的思想斗争后她决定，马上到精神病医院去，对月小姐进行最后一次劝说。她还是不甘心就这样被侄女打发了，而一想到自己说的这个媒正是由于钱家母子的插手而夭折，她就气不打一处来，觉得怎么着也不能便宜了钱公子。此时李思平和刘小姐都不在别墅里，她现在出门正是一个好机会。

到精神病医院后，她同样还是在病房里见到的月小姐，当时月小姐和好多人正在听钱公子朗诵诗歌，不时有掌声和欢呼声从里面传出。在这样一个欢乐的时刻，宋太太却不合时宜地闯了进去，径直走到月小姐面前，说有事要和她谈。月小姐一看又是她，对其来意便明白了七八分，于是冷冷地说道，自己现在没有时间，有什么事以后再说。但是宋太太还是立刻说起了那些她和李思平是怎么怎么般配的话，由此奉劝她尽快与钱公子分手，越快越好。在这种情况下，钱公子的朗诵停止了，宋太太成了全场的焦点人物。月小姐气得满脸通红，大声说道："我和谁谈恋爱是我的自由，任何人都无权干涉！更何况你早已和我断绝了亲戚关系，没有资格再对我的事指手画脚了。请你出去，不要打扰我们品诗的雅兴！"

"这种事情我怎么就管不着？"宋太太立刻反驳道，"你难道忘了当初要不是我给你介绍对象，让你到县城来，你怎么能遇到钱公子？不过当时我给你介绍的男朋友却不是钱公子，而是李思平！可是你倒好，在相亲现场就把李思平甩了，直接跟有钱人走了。你对于自己的这种出格行为是不是很得意，觉得特潇洒？你有没有替我想一想，我应该怎么给李思平一家交代？你知道我所承受的心理压力有多大吗？既然这一切的不幸都是由我说的这个媒引起的，那我就要管到底。我就要把你的老底揭穿！你要嫁给钱公子，我要请你想清楚，和一名精神病人结婚会有什么出息，不过是……"

宋太太只顾自己的嘴痛快，没有料到她的这番话惹恼了屋里的精神病人，他们认为她是在侮辱他们的人格,便开始围攻她,向她讨个说法。她何曾见过这样的阵势,完全被吓坏了,一面夺门而逃,一面大喊"救命"。在几名好心护士的帮助下她才脱离险境,并被安全送出医院。不过她到底还是受了惊吓,回到家后就大病了一场。尽管她再三不肯说出致病的原因,最后还是被医生给诊断出来了。

以上发生的这些事情是宋太太星期天上午主动讲给李思平听的,当时刘小姐有事一个人去美术馆了,别墅里只剩下了他们俩。他边听边想,原来她来徐州的根本目的是要劝月小姐和自己谈恋爱呀。这是一个根本不可能完成的任务,实在难为她了,而她到徐州后的一切异常表现从中都可以找到答案。她讲完后他十分感动地说:"太太,非常感谢您为我所做的一切,您的执着精神着实令人钦佩。不过一想到您在精神病医院的经历,我现在却点后怕,因为您的做法的确太危险了,弄不好会有性命之忧,我可承担不起这个责任。再说我也不值得您这样做呀。请您听我一句劝,今后可千万别再干这么冒险的事了,保护好自身安全才最重要。月小姐有自己的人生目标和追求,既然她不愿意和我处对象,您又何必强求呢?说起来她与钱公子也算得上是很般配的一对,并且两人又情投意合,我要衷心地祝福他们。此事就到此为止吧。您也不要有什么愧疚,因为您没有犯任何错误,而我每一天都过得很快乐,您还有什么不放心的呢?我要给您提的一个意见,您为什么不把心里的想法早一点说出来呢?老是藏在心里,即使没有那档子事,您也会憋出病来的。"

"我是想悄悄地把此事做成,重新获得大家的好感,如果我把这种想法早一点说出来,你们一定会阻止我去精神病医院与月小姐见面的。尽管我保密措施做得好,遗憾的是我还是没有完成自己的既定目标。"

"对不起,太太,前段时间我家里人对您确实太冷淡了,我现在就打电话,让他们向您道歉。另外,我还要告诉您一个秘密,其实在我心中早就把您看作一个称职的并且是最好的媒人了。"

刘小姐从外面回来后,李思平就把宋太太与他的谈话内容都告诉了她。她点点头说:"其实对于宋太太来徐州的意图,我和妈妈也不是一点都没有察觉,只是没想到她会真的去找月小姐,更没有料到她会受到精神病人的围攻。"

原来国庆节假结束后,虽然宋太太再没有向别人说起过她又去钱府的事,但是钱老板夫妇却在当月中旬把此事告知了刘家母女,并希望她们劝说宋太太不要再去他们家干扰月小姐的工作,因为这对于儿子的康复至关重要。由此她们便获悉了宋太太的行踪,也大致猜出了她内心的想法。她大概还对钱家母子破坏李思平和月小姐相亲的事耿耿于怀,对自己的初次说媒失败并不甘心,其做法好像是在找机会把月小姐从钱公子身边夺过来,重新把她介绍给李思平。尽管她们口头上答应了钱老板夫妇的请求,但没有把他们讲的这些话向包括宋太太在内的其他人提起,更没有采取任何行动。这主要有以下两点原因:

其一,她们不想介入宋太太与月小姐的冲突。因为她们很清楚地知道,宋太太是一个不达目的决不罢休的人,从她经常造访钱府的表现来看,她显然还在为对月小姐的出格行为生着闷气。既然她还在气头上,不管她们劝说得下还是劝说不下宋太太,都会损害她们与她的关系,因此这对她们来说没有任何好处。宋太太与月小姐的矛盾还是由她们自己解决最好。

其二,她们对钱府的制裁仍然有效,绝不会配合钱老板夫妇去做与租赁关系无关的事情,这是她们当前坚持的一项基本原则。

"大约在 10 月 25 号的时候,我和妈妈从钱老板那里了解到月小姐月底要陪钱公子去徐州精神病医院看病的消息,但是此事对宋太太是严格保密的。不料宋太太在我即将去徐州的前一天,突然提出要和我一起去徐州,理由是她可以照顾我。我感到很奇怪,因为她在放国庆节假时就知道我要去徐州办画展的事,可是她为什么不早不晚、偏偏在月小姐和钱公子动身去徐州的那一天才说陪我去徐州呢? 这应该不是巧合,二者之间必定有关联,宋太太去徐州决不仅仅是照顾我的生活那么简单! 我分析宋太太十有八九是亲眼看到了他们离开钱府并坐上了去徐州的汽车,于是就想追踪而去。但她又怕人家会看出来她的想法,因此才想到要和我同行,想以此来掩盖她的真正目的。我妈妈赞同我的观点,不过她也和我一样,没有点破宋太太的心思,反而同意了她的要求。来徐州后宋太太的举动果然十分异常,在她身上发生了一系列蹊跷的事情,都和月小姐脱不了干系。"

"既然你知道了宋太太来徐的目的,那么为什么不早点把它告诉我呢?"

"其实对于她来徐州的目的我也仅仅是猜测而已,因为我并没有确凿的证据,如果贸然告诉你了,但以后的事实却证明根本不是那么回事,岂不让你笑话? 再说此事与月小姐有关,我怕提到她会引起你对不愉快往事的回忆,为了避免这种刺激发生,我觉得还是不说为妙,因而就不想把真相往月小姐那边引,而是希望宋太太自己说出来,如今这个目的总算达到了。"

"原来如此,"李思平边听边点头说,"谢谢你的好意,丽莎。现在我已经能更深刻地理解月小姐那天跟钱公子一起走的本意了。她确实是一名优秀的医生,一直在竭尽所能地挽救一个精神病人,即使和他成为恋人也在所不惜! 尽管其做法有点惊世骇俗,但不可否认的是,她还是非常勇敢的。不瞒你说,我是越来越欣赏她了。"

　　他们一起去见宋太太。刘小姐安慰她说："太太,您是不是特别想给李助理介绍个女朋友? 如果是这样,那您就无须着急。"

　　"是的,丽莎小姐,我确实想给李助理介绍个女友,以弥补我的过失。可是我现在没有合适的人选,怎么,你能帮我实现愿望?"

　　"我敢保证,您的这个愿望一定会尽快实现的!"

　　宋太太和李思平都惊讶看着她,问她为什么这么肯定。她只是意味深长地说了句"以后你们就会明白了",便把这个话题转移了。

　　同样是在这天上午,郑府也发生了一件大事。王林和秦小姐从海南回来了。他们不是在十月底奉命去给秦小姐的父母帮忙吗? 当时秦太太还说要把一批生意交给王林打理,按说到了那边他应该勤勤恳恳地工作以取悦准岳父母才对呀,可是为什么他和秦小姐这么快就回来了呢?

　　原来王林到了海南后才发现事情根本没有他想象得那么好,秦先生夫妇不仅没有任何想让他掌管生意的意思,反而把他当作普通工人使用。他一天中的多半时间都在搬运整理货物,累得是腰酸背痛,四肢无力,有时连饭也顾不得吃,就得去工作。在店里待了两个星期,连根网线也没有摸着,就更不用说打游戏了。他以前何曾受过这种罪? 因而心里是叫苦不迭,非常后悔到这里来了。秦小姐的境况虽然比他要好一些,但同样也失去了人身自由,最要命的是她的父母这段时间一直在盘算着要把她嫁给当地的一个富翁呢。

　　秦小姐周六下午偷听到了父母关于此事的对话,才知道自己完全上了当,立刻就把王林叫过来商量对策,一致决定马上离开这里,于是当天晚上他们就坐飞机回来了。郑总夫妇知道他们是偷跑出来的,不仅没有责怪他们,反而把姐姐姐夫数落了一顿。

　　郑总仍然任命王林为公司的网络工程师,以替代于超然,接下来他和太太要为王林及其女友安排住处了。秦小姐仍然在郑府居住,王林则被安置在一个小旅馆里。他认为这不是长久之计,因此当他听说李思平目前并不住在公司的时候,马上就提出来要到李思平的那间宿舍去住。郑总却态度鲜明地拒绝了他,因为那间宿舍已经改作仓库了,以后也永远不会再作宿舍使用。郑夫人知道了,要追查宿舍里的那些生活设施及相关物品的下落。郑总告诉她,那些东西并不是公司的财产,她无权过问。

　　秦小姐此时已了解到李思平的女友正在徐州举办画展,郑总一家和公司员工都已经去看过了,并对刘小姐赞赏有加,她当然也想认识一下刘小姐,于是就吵闹着让姨夫再把员工们组织起来,大家周一上午一起去参观画展。其时郑总恰好也有这样的想法,立刻爽快地答应了。郑夫人母女却都表示不会再去了,因为上次她们已经参观过了。

却说月小姐在和钱公子交往的过程中早就对他渐生好感，并且她的很多行为也都透露出了"想和他谈恋爱"的信息，只是她比较害羞，一直不好意思启齿而已。现在宋太太为了阻止他们关系的进一步发展，已经把这一层窗户纸戳破了，那她就不再顾忌什么，等宋太太一离开马上便切入正题，直截了当地询问钱公子，是否愿意让她做他的女朋友。

第四十五章

周一上午李思平仍然像往常一样陪着刘小姐到美术馆去。刚走进大厅，他就愣住了，因为他发现展出的画作不再是原来的那些了，而是全部换成了新的；并且这些画也不再是以山水风景画为主，而全部是人物画；画中的人物不是别人，正是他自己！这太出人意料了，他的惊讶真是难以形容，由此在他心里便产生了一连串的疑问：原来的那些画是什么时候被替换的，怎么他事先一无所知呢？如果他所记不错的话，那些画的总数应该是 110 幅——这不是刘小姐带来的全部画作吗？既然它们已全部展出过了，那么现在的这些画又是从哪里来的？如果它们也是她的作品的话，怎么他以前从没有见过，也没有听她提起过呢？再有，她展出这些画的目的又是什么呢？

于是他开始提问："好奇怪呀，丽莎，先前展出的那些画怎么被替换了？"

此时一直微笑着站在他身旁的刘小姐终于开口说话了："是这样的，思平，从画展开幕到昨天下午为止，是画展的第一阶段，现在已经进入了第二阶段，画作当然也要换成新的了！我昨天上午到美术馆来，就是和孙馆长商量下午闭馆后换新画的事，我所做的主要工作是排好每一幅画在展厅的位置，剩下的事交给馆里的工作人员去做就行了。我之所以没有把此事告诉你，最主要的原因是想给你一个惊喜，我想你一定不会介意吧。"

"原来如此，我当然不会介意。可是你带来的 110 幅画作不是都已展出过了吗？现在的这些画又是怎么回事？"

"不是的，思平，我带来的画作总数是 160 幅。上周展出的那 110 幅画不过是原先装在甲箱里面的，如今你见到的这 50 幅画那时还在画库里放着呢，它们在装裱之前是装在乙箱里的。"

"不要说画展开幕的时候我不知道还有 50 幅人物画没有展出，就连人物画我甚至都不知道它们的存在，因为你一直给我看的都是山水风景画，对于人物画却只字未提，你的保密措施做得实在太好了！丽莎，你光让我看风景画却不让我看人物画，也是要给我一个惊喜吗？我才以为上周展出的那110幅画就是你带来的全部画作呢，却没有想到你所说的'一百多幅'指的是160幅！"

"很抱歉，思平，我事先没有把那50幅人物画的存在以及画作总数的准确数目告诉你，才让你产生了这么多困惑。我之所以这样做，也确实是要给你一个惊喜。"

"可是仅仅是为了给我一个惊喜，你这样大费周折，值得吗？"

"值得呀！你想想，自我们认识以来你给我带来了多少快乐呀，比如，和我一起在超市里工作、陪我去菊山公园写生以及这次帮我办画展等。因此我要用这个惊喜来回报你，希望它同样可以给你带来快乐，充分感受到生活的美好。看到你开心了，我就会更加开心，我这样做不是对我们大家都有好处吗？"

"你所说的'我们'也应该包括观众，因为我发现他们的表情也和我刚才的差不多，此刻你是不是比只看到我一个人开心还要快乐呢？其实我并没有做过什么让你开心的事呀，不过我倒是真心希望你天天快乐！说实话，你的这种'瞒天过海'的做法可真是绝妙！现在我明白你为什么把甲箱和乙箱里装的画分得那么清楚了。甲箱里装的都是风景画，你计划好了要在第一周展出它们；乙箱里装的都是人物画，你打算在第二周展出它们。这样做的好处是不会拿乱了而使你的用意过早地暴露。为了在这一天才让我得到惊喜，你在展览之前给我看的画都是从甲箱里拿出来的，这样我就会误以为你展出的画都是风景画，而绝不会想到别的。是不是这样，丽莎？"

"谢谢你，思平，我会永远快乐下去的！你刚才分析得不错。请继续往下讲。"

"我认为你此次画展的重头戏是要向观众展示这些人物画，这才是你的真实意图，而上一周的风景画展览不过是打的幌子而已。在此我不得不夸奖你一句：你做得非常成功，连我都骗过了！可是如果5号下午艺菲馨装裱公司来送画的车到达美术馆的时候，我不继续发宣传单，而是和你一起去画库接画，就能早一点知道这一切了，对不对？"

"是的，只不过你太忠于职守了，把我的事完全当成了自己的事来做。我在为你的这种精神感动的同时，也为你错过了一次机会而感到惋惜。"

"那么昨天上午你一个人去美术馆，却让我留在家里照顾宋太太，是不是也有继续保守这个秘密的考虑？"

"是，不过最主要的原因是我猜测当我不在家时，宋太太会把心里话毫无保留地对你讲出来，因为她一向喜欢单独和你聊天，这样关于她的一切谜团就能揭开了。现在看来，我的做法是对的。"

"是吗？你可真聪明，不过你也不要把自己看成宋太太向我诉说心里话的一个障碍，其实即使那天你不出去，宋太太还是会把想说的话讲出来的。你没看出来她极度压抑的心理已经到了能承受的极限了吗？丽莎，再向你提一个问题：为什么每一幅画里都只有一个人，并且这个人还是一名男生呢？我怎么越看越觉得这名男生好像是我呀，要是我看错了的话，请不要笑我自作多情。"

"思平，你没有看错呀，画里的男生的的确确是你。"她莞尔一笑，继续说道，"我画得像不像？你尽管把心中的想法说出来，只要你不认为我侵犯了你的肖像权就行。"

"能成为你画中的人物，我感到非常荣幸！实事求是地讲，你把我画得太高大帅气，太气宇轩昂，太光彩照人了！其实我根本没有你刻画得这么好。如果把上述美化和夸张的成分都去掉，你画得还是很惟妙惟肖的。不过丽莎，你把我画到了画里，数量不算少不说，并且把这些画挂出来展览，这么做有什么意义？再有，你是从什么时候起为我画像的？"

"我之所以为你画了这么多像，是因为你的阳光、乐观、自信给我留下了极其深刻的印象，一想到这些我的心情就极其愉快，而为了把我看到的关于你记忆最深、最美好的瞬间永远留住，我决定要把它们如实地记录下来，以免遗忘。可以说，与你的交往是我一生中最宝贵的精神财富，而把这些画展示出来，我就是要告诉人们，我多么希望能像你一样快乐地生活，勇敢面对一切困难……我是在七月中旬即我们见面后的第二个星期开始偷偷地为你画像的，此后的几个月里几乎就没有停止过，直到本月2号为止。也正是在为你画画的过程中我才渐渐地萌生了要办画展的想法。我要把我暗中为你画的像向世人公布出来，让所有人都来和我一起分享愉悦。"

"我真的能起到这么大的作用，以至于让你为我画了那么多画吗？这一点连我自己都觉得怀疑！说实话，丽莎，你的说法实在太过奖了，我愧不敢当。可是既然你做此事这么长时间了，为什么先前没有向我透露过半个字呢？"

她红着脸说："这种事情在正式公布之前当然要保密了，对你尤其不能说。在过去几个月的时间里，知道此事的只有我和妈妈两个人。现在这个秘密已经呈现在世人面前了，让我们一起来欣赏这些画，重温那美好的往事，好吗？就从最前面的几幅画开始看吧。"

他们在第一幅画前驻足。她说："这幅画表现的是我们初次见面时你给我留下的难忘印象：英俊潇洒的男生，不仅待人彬彬有礼，而且活泼开朗，一举一动都透露着可爱。"

她的手指向了第二幅，说："这幅画的场景你看出来了吗？当时你第一次出现在我的画室里与我闲聊,你文雅的谈吐、不俗的见解,我至今还记忆犹新。第三幅画表现的是你在我家超市里工作的画面,你对待顾客热情似火,充满了青春的活力,且服务周到、态度谦和,像你这样的员工恐怕没有谁不喜欢……"

不久他们来到了第十二幅画跟前。他说:"丽莎,如果我所猜不错的话,在这幅画里我应该是陪着你在菊山公园写生。"

"是这样的,"她高兴地说道,"你漂亮的容貌与公园的美景相映成趣,我陶醉于其中,几乎忘记了回家。"

"你太夸张了吧,我怎么能与大自然相提并论呢?那天我们在菊山的时间的确不短,可惜你并没有画太多的画。"

"是没有画太多的画,因为那时我的心思就已经在如何创作这幅画上了!"

接下来看到的画作所反映的内容也都被李思平一一猜对了,如第三十五幅画表现的是晚上他在她家的电脑室里聚精会神地盯着电脑屏幕的画面,他眼前立刻浮现出他即将去徐州工作前与她话别的场景,她让他把自己的个人信息传到英才网上实在是帮了他的大忙;第四十四幅画显示的是在县城郊外,他面容略显激动而又肃穆地站在一片草地上,他明白这叙述的是他在遭遇了"黑色相亲事件"之后和她结成知心朋友的事。她说:"这些画真实记录了我们从认识到成为知心朋友的全过程,对我来说是很有纪念意义的。"

就这样这对年轻人边看边聊,在展厅里转了一个多小时,不仅没有感到一丝疲倦,反而觉得趣味盎然,全然不知来参观画展的人们已经被他们的举动所吸引,都聚拢在他们身后,仔细倾听着他们的谈话。可见他们对过去时光的留恋达到了如痴如醉的程度!

看完了第四十九幅画,李思平怎么也找不到第五十幅画了。正疑惑间,刘小姐微笑着把他带到了展厅中央,指了指正对着展厅大门的那面墙上的一块红布说:"它就藏在这块布的里面呢,你没有想到吧。"

这时一名工作人员走上前来,把那块红布慢慢揭去,展现在李思平面前的画面让他感到很是惊讶。原来此画与前面的那些画都不同,因为上面的人物不再是他一个人,而是变成了包括他在内的两个人,新增加的那个人正是刘小姐本人!整幅画面表现的是他与刘小姐站在海边看日出的场景:两人手拉手肩并肩站立着,面带笑容,目视远方,只见一轮红日在海面上升起。从两人如此亲密的表现来看,毫无疑问是一对情侣。

观众们刚看到这幅画时的反应也和李思平一样,随后他们便赞叹这两人的爱情实在太浪漫了,真是让人羡慕,还一致认为这幅画是此次画展的点睛之作,因为它让大家立刻联想起了第一轮画展中的最后一幅画,虽说它与眼前的这幅画大致差不多,但是人们从中只看到了那一对青年男女的背影,而不能确定他们到底是谁,而现在这幅画展现的则是正面像,可以清晰地看出他们的真容,它好像就是为回答这个问题而准备的答案。既然人们心头的疑惑被解决了,那么女画家举办此次画展的主要目的也就显而易见了。她就是要通过展示这幅画,晒一晒自己与男友甜蜜的爱情。她为他画了那么多幅画,早已充分说明了他就是她的意中人,可是那些画作在这幅画面前都不过是陪衬而已。

只有李思平心里清楚,这样的图景其实和上次的一样,完全是刘小姐凭想象创做出来的。虽然他们以前讨论过去海边看日出的事,但从来都没有做过。更主要的是他们仅仅是知心朋友关系而并非恋人,所以他们之间也不会有如此亲昵的举动。可是这么不合情理的事,她为什么还要把它画出来并公之于众呢?她这样做莫非是要向他表达爱意不成?他突然想起昨天她跟他和宋太太说的那句神神秘秘的话,她该不是要把她自己介绍给他当女朋友吧?除此之外,还会有别的解释吗?这种含蓄式的“大胆”还是让他有些心慌意乱,因为他一向认为自己是不配和她谈恋爱的。

“丽莎,我不得不说,你的想象力未免太丰富了!我以前虽说劝过你要多多使用想象和联想,但现在看来你还是慎用为好,因为你应当承认,画面中显示的内容在现实中从来都没有出现过,对不对?”

“不错。你国庆节时没有答应和我一起去看海,因此我只好发挥自己的想象,创做出了这样一幅画,其过程当然就比较缓慢了,这也正是我原定于十月中旬就举办的画展不得不往后推迟的主要原因。虽然此画是虚构出来的,可是你能保证这样美好的图景在不久的将来不会出现吗?我期待有一天你会兑现我们一起去连云港看海的约定……”

此时聚拢在他们身边的观众已经认出来他们就是画面里的那一对恋人,于是在雷鸣般的欢呼声中把他们围住了。因为观众同样也是富于幻想的人,凭他们的丰富经验,早就猜到了接下来将要发生什么事,于是纷纷拿出相机或手机,热切地等待着电视节目中经常见到的求婚的一幕出现。然而让他们大失所望的是,这样的好戏并没有上演。人们岂能甘心受到这样的戏弄,因而齐声高喊着:“求婚!求婚!”甚至有人扬言:“如果男方不马上向女方求婚,就不放他们走!”

眼看着局面到了难以收拾的地步,再不有所行动就会凉了观众的心,刘小姐便给刘思平使眼色,让他假意承认他就是她的男朋友,以便给自己找个台阶下。他没有办法,只好硬着头皮答应了。于是刘小姐略显腼腆地对大家说道:“尊敬的先生们、女士们,亲爱的朋友们,想必大家都已看出来了,我和李思平先生是一对情侣,并且我们的这种关系已保持了数月之久。他为什么现在不向我求婚呢?因为在今年国庆节的时候他在家乡已经向我求过婚了!"

现场"嘘"声一片,场面再度变得混乱起来。

"大家如果不信请看这里,"她脱下了右手的手套,并把右手举起,人们在她的无名指上看到一枚钻戒,"这颗钻戒就是他当时向我求婚的见证,这样大家总该相信了吧。"

此时人们对刘小姐的话都深信不疑了,李思平却感到困惑。先不说她这枚钻戒是怎么来的,就说她提前已把戒指戴在手上这件事吧,任你怎么想都会觉得非常蹊跷,莫非她有未卜先知的本领?

这时一群人迈着整齐的步伐走进了大厅,为首的中年男子高声叫道:"李思平先生在家乡向刘丽莎小姐求婚,我们没有亲眼看到,因而感到很是遗憾。现在能不能请李思平先生再求一次婚,并亲自把求婚戒指戴在刘丽莎小姐的手上呢?大家说,这样好不好?"雷鸣般的欢呼声再次响起,大家的情绪又变得高涨起来了。

李思平觉得这人的声音好熟悉,好像是郑总,定睛一看,果然是他。原来郑总又带着员工们来参观了,正赶上这样一个"岔口",来得真可谓恰逢其时。

在众人的"逼迫"之下,李思平不得不单膝跪地,言辞恳切地向刘小姐"求婚",在得到允准后,便把钻戒戴在刘小姐右手的无名指上。此时现场沸腾了,人们一边兴奋地叫好,一边拍照留念,记录下这精彩的瞬间。在闹了良久之后,围观的人群才逐渐散去。

郑总率领大家走到了他们跟前,向他们表示祝贺,并送上诚挚的祝福。这时王林和秦小姐拨开众人走了出来,李思平看到很是惊奇。他们向他简单地说明了原委,随后他便把王林他们向刘小姐做了介绍。

刘小姐十分热情地和他们寒暄,他们则把她的容貌、气质、画作等各方面都大大夸奖了一番。如此一来,她也少不了赞扬他们,这不仅仅是出于礼貌,更主要的原因是她希望自己也能和这一对恋人成为好朋友,因而说的都是肺腑之言。

由于亲眼见到了李思平向刘小姐求婚的场面,王林就更加确信他们以前秘密谈恋爱的事是真的了,因此他就更加生李思平的气,因为李思平在八月份去他家的时候对他隐瞒了此事的真相,这说明李思平根本就没有把他成当好兄弟看待,以至于后来他在此事上栽了跟头,吃到了苦头。秦小姐则认为李思平以前果然没有骗她,是自己不信姨夫之言才冤枉了他,这说明他对她还是很尊重的,只不过她太固执了而已。因此她既高兴又惭愧,非常希望能弥补自己的过失,这样一来,她自然就不会再想着把他排挤出公司了。

员工中只有曹会计没有来,因为她女儿和李思平的恋爱没有谈成,她作为介绍人自然就不好意思和他见面,以免尴尬,她的借口却和郑夫人母女是一样的。

送走大家后,李思平对刘小姐说:"丽莎,刚才的求婚是假的,是不能作数的,它只是为了起到一个轰动的效果,以此来体现展厅里热烈的气氛。我只是你的助手,并非你的男朋友,对不对?"

她迟疑了一阵才缓缓说道:"是的,我承认刚才的'求婚'只是在演戏,我们并非恋人关系。"

"那你创作眼前这幅画的真实用意是什么?"

"你虽然不是我的男朋友,但还是我的知心朋友吧,因此我才创作了这幅画,希望我们的这种关系更上一层楼,变得比以前更加亲密无间,如果做到了这一点,我们就会像这幅画里描绘得一样,将来可以手拉手、肩并肩地一起去海边看日出了。"她这番话的意思其实仍在向他表达爱意,因为知心朋友的关系再往前进一步,可不是要谈情说爱吗?然而李思平又一次被骗过了,他说:"原来如此,这幅画表现的主旨就是纯洁的、深厚的友谊!看来大家确实误解你的意图了。这不怪他们,因为人的本性就是过于敏感,有点什么风吹草动,人们往往就会往爱情方面联想,这已是司空见惯的现象了,而我们也不得不按照他们的思路走。"

"一点不错。既然所有的人都以为我们是一对情侣,并且你还当众向我求了婚,那么我们这个戏还要继续演下去,直到画展结束为止,可以吗?"

"好吧,丽莎,我答应你。我还有最后一个疑问,你是什么时候把戒指戴到手上的?而那枚戒指又是怎么来的?"

"戒指是我来徐州之前买的,因为我早就料到当我把这幅画展示出来的时候,众人一定会产生误解,他们多半会逼你向我求婚,怎么才能顺利过关呢?这就需要一枚求婚戒指了,因此我才会想到买戒指。直到今天早上我认为是时候它该出马了,便小心翼翼地把它戴在手上,而手上再戴上手套,这样你就不会看到它了!"

"一切果然都不出你的预料,真是神了!由此也可见你眼光之高远、计划之周密,我不佩服都不行!"

"你以为我所有的事情真的都预料到了吗?这样想可不对,我还有一点没有想到!"

"哪一点?"

"在所有的人都已把我们看作恋人的情况下,你为什么还不顺着这个意思承认这一关系呢?"

宋太太当天下午也看到了这些画,很明显刘小姐为李思平画这么多画的目的就是要向他表明爱意,尽管她说的"我和李思平几个月之前就谈了恋爱"的话是假的,是为了摆脱众人的纠缠而故意这样做的,可李思平当众向她求婚的事却是真的,并且获得了成功!看来她真的兑现了昨天给自己的许诺,于是宋太太不得不和众人一样,认为她和李思平就是一对恋人了。只是宋太太比较懊悔,因为这一对年轻人明明很般配,并且他们天天就在她眼前转来转去,可是她愣是没有看出来。要是她能跳出保守思想的窠臼,在他们认识后不久就给他们做媒,那么她岂不是早就成了成功的媒人了吗?还用得着费那个劲撮合月小姐和李思平?那岂不是"舍近而求远"了吗?

第四十六章

转眼间就到了 21 号的下午,刘小姐的画展终于圆满落下了帷幕。经过与美术馆协商,她可以把第五十幅再在展厅悬挂一年,而其余的画作则全部拍卖,所得钱款都用来做慈善。做好了这一切之后,她便应郑夫人之邀和刘思平一起去郑府做客。那天秦小姐恰巧跟着王林到新彭镇去了,要过两天才能回来,因此刘小姐他们并没有在郑府见到她。虽然如此,却一点也未影响到郑总夫妇对他们的殷勤款待,郑夫人在宴会上更是对他们说了很多祝福的话。当刘小姐起身告辞的时候,郑夫人便祝她明日回家一路顺风,她对此表示了深深的谢意。李思平则向郑总提出他明天就要回公司上班,郑总却让他再休息一天上班也不迟,因为这段时间他协助刘小姐办画展实在太辛苦了。

他们回到别墅已是夜里十点钟了,此时宋太太早已睡下。他们虽然玩得开心但也感到有些累了,便洗洗各自回房休息。

第二天一早李思平刚来到一楼大厅,老远就听到宋太太嚷嚷着今天就要回县城呢。他立刻表示赞同,因为画展已经结束,他们没有必要再留在徐州了,况且到目前为止她们离家已经超过了三个星期,是时候该回去了。

宋太太听了不失时机地拿他们打趣。她说:"要我说,李助理也应该和我们一块儿回去,因为你已经是丽莎小姐的男朋友了,应该以新的身份拜见刘女士才对。而丽莎小姐呢,近期与未来的公婆见面也是必不可少的——这些可都是大喜事啊,既然是喜事,那自然就完成得越早越好了。李助理,我想你和丽莎小姐谈恋爱的事你一定打电话跟家里人说过了,也让你爸妈今天就去你姐姐家等候我们了,对不对? 这样我们一回到县城就可以好好庆祝一番了,你们说这样不是很好吗? "

李思平根本不会跟家里人提及此事,更没有让他的父母今天就到县城去,但此时他不得不言不由衷地说:"这么重要的事我当然给家里人说过了,我爸妈虽然非常高兴,但他们今天有别的事要做,不能去县城。再说,我明天就要到公司正式上班了,要是今天回去的话,还要再赶回来,时间上就有点紧张了。"

宋太太要他即刻就给郑总打电话,说是准备携女友回乡探亲,再请几天假,对于这样正当的理由,相信郑总肯定会准假的。但是他说什么也不同意打这个电话,因为郑总先前给他的假实在太多了,他哪里还好意思再向郑总开口请假呢。在此情况下,宋太太只好劝刘小姐动用"恋爱中的女孩所拥有的特权"来使他"屈服"了,但是刘小姐只是笑着让他们多吃点早饭,别的什么也没有说。

"那这么说来,李助理今天是不能和我们一起回去喽!"宋太太很无奈地说,"这确实是一件非常遗憾的事,不过我和丽莎小姐还是要回县城。李助理,你这个周末一定回去,好不好? "

刚一吃完饭,宋太太马上就回到自己的房间,十分利索地收拾好了行李,并把它们放入刘小姐汽车的后备厢里,说是用不了多久就可以到家了。李思平劝刘小姐现在就给房东打电话,说他们要退房,她却说:"思平,我什么时候说过今天就要回县城? "

他一怔,随即答道:"不错,你是没有直接说过这样的话。但是昨天在郑府当郑夫人祝你明天回家一路顺风的时候,你向她表示感谢,这不就从侧面印证了你认可'今天回家'的说法了吗? "

"郑夫人从来没有问过我明天是不是回家,就说了这句祝福的话。我出于礼貌,自然要向她表示感谢。当时我想没有必要再就'什么时候回家'的问题跟她解释一番,因为如果我那样做的话,那就辜负了她的好意。"

"可是现在画展已经结束,你该做的事情都已经完成,如再不回县城,难道打算在徐州长住吗? "

"你说对了,思平,我确实有要在徐州长住的想法,不过这种想法并不是现在才产生的。不瞒你们说,我在来徐州之前就计划好了,办完画展后一定要在徐州买一套住房。这样一来,我要是再来徐州办画展的话,就不必再租房子了。当我和妈妈没事的时候就到里面居住,说不定以后我会在徐州定居呢。此想法绝不会因为其他事情的发生而取消。既然我的这个心愿还没有完成,现在我还不能回县城去。"她很平静地答道。

"什么? 你要在徐州买房子!"李思平和宋太太惊讶地几乎同时叫了起

来，"你为什么会有这样的想法？要知道你家的生意都在县城呀，你要是住在徐州了，怎么还能帮上你母亲的忙呢？再有，这么大的事你跟你母亲商量过了吗？"

"在徐州买房子有什么不好？这里山清水秀，风景优美，且人才辈出，我现在早已乐不思蜀了！可以说，我在徐州住的时间越长，在此地安个家的愿望就越强烈。关于这个打算我在十月份就已经和妈妈进行了充分的讨论，她支持我的想法，并让我不用担心生意上的事，她自己就能处理好。"

"我明白你的意思了！"宋太太恍然大悟似的，笑着说，"丽莎小姐，你是不是把将要买的这个房子当作你和李助理结婚的新房呀？因为李助理就在徐州工作，将来结了婚是一定要在这里买房子的，你们总不可能住宿舍吧？而租房子住显然也并非长久之计。不过买房子和婚姻一样也是大事，需要两家人好好合计，然后再作打算。只是没想到丽莎小姐竟然会在刚刚与李助理确立恋爱关系的情况下，就单方面做出了这么重大的决定，这种非凡的魄力实在让我感到惊奇！通过此事可以看出，丽莎小姐考虑事情的周到与超前远非一般女孩可比，更有对李助理体贴的意思在其中啊！如果我是一名男生的话，肯定会羡慕李助理的。"

"不是这样的，太太。我不是说过了吗？买房子的事是我来徐州之前就定下的，与我和李助理是否谈恋爱无关。至于我们结婚后会住什么样的房子，也只有等到那个时候再说了。思平，你的看法呢？"

李思平虽然对她想要在徐州购置房产的行为不敢妄加揣测和评论，但还是劝她要谨慎，毕竟买房子是要冒很大风险的，而为此要花去大量金钱也是一般人所不愿承受的。

刘小姐还是下定决心要购房，并一再强调说钱不是问题，她一定会想方设法规避各种风险的。

"既然你主意已定，那么准备买哪个地段的房子呢？"他问道。

"这个还没有想好。我想让你今天和我一起到城内的一些新建的高档社区转转，先看看有没有我特别中意的房子，可以吗？太太是不是还想回县城呀？要是这样的话，那我开车送你去车站，你再坐长途汽车回家，好吗？"

"我们是一起到徐州来的，自然要一块儿回去，否则我不好向你母亲交代，还是留下来陪你吧。你不要忘了，买房子砍价我可是高手，要是你遇到了特别中意的房子，那只管告诉我，我保证让你花最少的钱就可以拥有它。"

"你的这个长处我哪里敢忘记？我们在县城买的那套住房就多亏你帮忙！另外买好房子后，我还要装修，不知你是否愿意继续助我一臂之力呢？"

宋太太听了兴奋得犹如打了鸡血一般，原来装修房子才是她最擅长的事。这段时间她无所事事，一直感叹"英雄无用武之地"，现在终于有了一个施展才华的机会，便急切地盼望这一对年轻人能马上出发去看房。如她所愿，他们很快就这样做了，并且一整天几乎都在做这件事情，直到晚上才回到别墅。当然这段时间，李思平也没少劝刘小姐不管出于何种原因她都应该放弃在徐州购房的计划，可惜都没有成功，于是只得一心一意地帮她完成心愿了。

他们边吃晚饭边和宋太太聊所看房子的基本情况，详细说明没有看上它们的原因。这时郑总突然给李思平打来了电话，询问刘小姐回县城了没有，要是她还在徐州的话，他打算向她买几幅画，因为她的画实在太美妙了，很有收藏价值。李思平说出了实情，刘小姐因为要在徐州买一套住房，所以还没有回去。郑总的判断也和宋太太差不多，误以为李思平和刘小姐要买婚房，此事一定要支持，于是一高兴，继续给李思平放假，让他什么时候买好了新房，什么时候再来上班。尽管他一再向郑总解释，不是他和刘小姐要买房，而是刘小姐自己要买房，她要买的这个房子也并非当作婚房使用……郑总却一句话也听不进去，依然要他执行刚才的决定，并强调说，完不成买房的任务不准回来！而秦小姐怕他回来再成为王林的顶头上司，也巴不得他在外面多停留一段时间才好呢。

几天后他们终于在江南梦境小区相中了位于某住宅楼第十六层的一套房子。这套房子的面积大，且户型实用性强，舒适度高，室内空间视野开阔，显得典雅气派，李思平认为这与刘小姐艺术家的身份是很匹配的；站在阳台上可以看到风光旖旎的云龙湖，而小区的周围又栽种着大片茂密的树林，还有数量众多的绿化带，不仅景色非常优美，而且隔音效果还相当好，因而很安静。只要交百分之二十的首付也是令人满意的。于是刘小姐拍板说，自己要买的那套房子就是它了。

随即宋太太便被他们邀请到了售楼处，经过她的一番讨价还价，开发商竟然同意给他们打八折。刘小姐非常开心，当天就带着大家去了一家大酒店庆祝。也就在这个宴席上，宋太太制订了详细的装修计划，把所有可能会影响装修进度的情况都考虑到了。其中派给李思平的活可不少呀——既要买装修材料，又要请施工队的，他哪里忙得过来？再说，按照郑总与他的约定，买好了新房，他明天就要回公司上班，根本没有时间再管装修的事了。因此，宋太太的方案其实是有瑕疵的，他无法接受。

没想到郑总知道了新房已买的事后依然不同意他上班，让他装修好了房子再回去。郑总还说，今后无论有什么事他都无须再向公司请假，因为他的假期会自动顺延。不仅如此，郑总还说准备提拔他做副总经理，等他一回公司就向全体员工宣布这一任命。

对于郑总这些不合常理的举动,刘小姐一点也不觉得奇怪,这让李思平是彻底看清楚了。郑总与刘小姐家的关系的确不一般,否则他怎么会这么费尽心思地撮合他们?又怎么会完全站在她的立场上讲话呢?而自己一再得到提拔,也必定与此有关!再联想到郑总在画展上曾有过"强迫"他向她再次求婚的举动,而这一点最让人对他们的关系感到可疑。他实在忍不住了就问她,以前是不是就和郑总认识。她说:"不认识啊,我是第一次到徐州来,以前怎么可能会和郑总认识?我初次见他还是在画展开幕式上。你为什么会这样认为?"

"丽莎,难道你没有发现吗?自从你来徐州之后,郑总就一直给我放假,现在你都已经买好房子了,他还是不允许我去上班,但是工资照发。在正常情况下有哪个老板会对员工好到这个程度?由此我才产生了'你们以前早就认识'的想法。很抱歉,可能这两件事之间根本就没有联系,只是我的错觉而已……"

"你认为郑总一直不让你上班还照开你工资即为反常现象,这也不见得吧,他有可能是因为你以前工做出色而给你的奖励呢,你说对不对?虽然我与郑总相识甚晚,但是通过这件事我可完全看明白了。他真是一个体贴员工的好老板呀,确实值得表扬!"随即她向他表示了祝贺。

这样一番谈话下来,他自然是一无所获,只得打消了继续问下去的念头。

由于随身所带的钱已基本花完,刘小姐便要妈妈往她卡里汇款。第二天上午十点多钟她和李思平一起去银行取钱。正排队呢,她的手机却突然响了,拿出来一看,是一个陌生的号码打来的。她一边接听,一边让李思平替她取钱。电话那头传来的是一个女生激动的声音:"丽莎,你好!能猜出来我是谁吗?你该不会把大学同学都给忘了吧?"

"怎么会呢?"大学同学的来电让她感到很是意外,便连忙走出了大厅,通话也同时进行,"我时刻都惦记着同学们,只是好长时间没跟大家联系了而已。你的声音我再熟悉不过了,你是裴艳艳班长,对不对?班长,你还在上海吗?工作生活都还如意吧?"

"真的是你,丽莎!要知道你和大家失去联系可有三年半了,你原来的手机怎么停机了?给你写信也不回,大家都不知道是什么原因,心里很是着急,就差去连云港找你。现在好了,又和你联系上了!不错,我还是在上海工作,各方面一切都好。不过我现在可是在徐州,你没想到吧?"

"那太巧了,我也在徐州,并且已在这里住了差不多有四周的时间了。你是什么时候到的徐州?是不是因为出差呀?你是怎么知道我的手机号的?"

"不是出差,我和朋友约好了一起来旅游,昨天到的徐州,现在正在市美术馆参观。刚才我们无意中看到一幅画,画的内容是一对恋人在海边看日出,我和姚小莉、吴新梦光注意看画中的那名帅气的男生呢,不料鹿薇突然叫道:'你们说,画中的那名女生像不像我们的同学郭丽莎呢?'我仔细一看,可不就是你吗?这可真是'踏破铁鞋无觅处,得来全不费工夫'呀,总算是了解到你的一些讯息了,便连忙向这里的工作人员打听这幅画的由来。他们告诉大家说,前段时间有一个叫刘丽莎的女画家在这里办过画展,这幅画就是她的作品,画中的人物就是她本人及其男朋友……我们听了都感到很奇怪,大学同学名叫郭丽莎,姓郭不姓刘呀,但是这画里的女生明明就是郭丽莎,可见她和刘丽莎应该是同一个人,但是你是什么时候改的姓啊?又为什么要改姓呢?太让人感到困惑了!于是我们就问他们有没有你的联系方式,他们说:'我们没有,但是我们的馆长可能有,你们最好还是去问他吧。'我和同学们马上去拜访了孙馆长,他在知道我们与你的关系之后,便把他让人拍摄的一些关于你的照片拿出来让我们辨认。我们一看,更加确认是你无疑!于是他就给我们简要地讲了你在这里办画展的情况,而其中你男朋友再次向你求婚的过程讲得尤其精彩,以至于我们听了都着了迷,忘记了正事,最后他才说出了你的手机号。这就是我能与你通上话的原因。你为什么把姓改了?毕业后没几天你突然不告而别,甚至连即将到手的工作也不要了,离开上海后又一直不和大家联系,这到底是怎么回事?!"

沉默了好一会儿刘小姐才回答道:"一言难尽……这样吧,班长,你们晚上有时间吗?我们选一个上档次的酒店一块儿聚聚,叙叙旧,怎么样?反正我现在是特别想念大伙的。"

"那好呀!同学们也正有此意。不过我们可都是带着男朋友来的,根据对等原则,你可也要带着你的那个'他',就是你画中的那名英俊男生一起来呀,还别说,你们俩真是般配呀,否则你可就要给我们当灯泡了!"

"没问题,一言为定,那晚上见!"

李思平取完钱从银行出来,刘小姐便告诉他:"我的几名大学同学带着她们的男朋友从上海过来了。她们上午在美术馆参观,看到我们在海边看日出的那幅画,也向孙馆长了解了你再次向我'求婚'的整个过程,便理所当然地认为你就是我的男朋友了,指名道姓地要见你呢,所以才给我打了刚才的那个电话。我和她们约好了晚上见面,思平,你愿意以我男朋友的身份出席宴会吗?"

"你画了那样一幅画挂出来展览,本来就够让人误会我们的关系了,现在你又让我在你同学们面前冒充你的男朋友,这岂不是错上加错吗?而人们对我们的误会也就更深了!我尤其担心的是,你的同学们会在宴会上看出来我们的恋人关系是假的,那不就糟了吗?这对你的影响该是多么不好,所以我看此事就算了,还是你一个人去赴宴吧。"

"怎么能算了呢?要是你不去的话,同学们一定会嘲笑我自作多情的,所谓的'求婚'根本就是在弄虚作假,到那时候我该有多难堪!所以你现在必须要帮我这个忙。如果你对做我的假男朋友不满意的话,那我现在就正式聘请你担任我的真男朋友,总可以了吧?"

"男朋友有聘用的吗?你的说法真好笑。我希望你能看清的一点是,我不配做你的男朋友呀!"

"你怎么不配了?我觉得你正合适,再说你现在还没有女朋友,你以我男朋友的身份与我的同学见面,就当是一次演习好了,哪里有那么多的顾虑呢?有那幅画和孙馆长拍的照片为证,希望你就不要再推辞了,放心大胆地进入角色之中吧。"

此时他已无法拒绝她的这个看似具有某种合理性的要求,但认为她的做法是往弄假成真的"危险境地"又迈进了一大步,因此一再强调下不为例。

刘小姐回到别墅后邀请宋太太也参加她晚上与同学的聚会,宋太太起先是很高兴地答应了,但是当她了解到受邀人必须要成双入对地出席才行的时候,便改变了主意,决定不去了,其中的原因是显而易见的。她的丈夫已去世两年多,她一直单身,并且她也没有要再找个丈夫的打算,所以她是不符合赴宴条件的。既然如此,还是不去为妙,这样就可以避免形单影只的尴尬事发生了。

刘小姐与同学们相约在距离江南梦境小区不远的某高档酒店见面,她们在包间里寒暄了多时。在此过程中李思平无意间了解到了与刘小姐有关的三条重要信息,正打算继续听下去,刘小姐却提议所有女生暂时都到外面去,她有话要和她们讲,而她们谈话的内容则被要求务必对男生们保密。

女生们回来后,宴会便马上开始,此时她们的话题变成了"比比谁的男朋友漂亮"。她们可以说是这方面的行家里手,看人那叫"一看一个准",很快便得出了一致的结论:郭丽莎的男友李思平果然是一个让一般女孩见到都心动的男生,即使授予他"美男子"的称号那也是实至名归,在他面前,她们的男朋友都显得黯然失色了。裴艳艳为了进一步证明她的见识非凡,又补充道:"我看丽莎的这位男友的真人可比画像俊美多了!不过有个这么称心如意的男友,为他画那么多的像也是值得的。不仅如此,丽莎还把她与男友一块儿在海边看日出的图景画下来,晒给众人看,这大概就是人们所说的浪漫爱情吧。而现实中的这一对似乎比画中的还要幸福和甜蜜,我好羡慕你们,更要祝福你们!"

班长的话代表了所有同学的心声,刘小姐和她的"男友"不免要起身向大家表示感谢了。不久之后,男生们也开始议论哪名女生最有魅力了,这种评头论足的结果是刘小姐获得了胜利。

散席后,刘小姐又邀请客人们到她刚买的房子里参观。大家都夸她很有眼光,选中了这套钻石级的新房作为他们的安乐窝,正像她选的男朋友一样。当客人们告辞的时候,向刘小姐及其"男友"提出了如下要求:他们不必出门送别,而要在新房里亲密地手拉着手体验一下二人世界的感觉。

第四十七章

客人们走后,刘小姐真的和李思平按照他们的意思做了,体验到了一种从来没有过的情趣。不久这两人来到了阳台上,一起欣赏美丽的夜景。

"丽莎,你现在感觉如何——是不是很开心呀?"

"是很开心,不过也有烦恼。"她叹了一口气说道,"可以说是喜忧参半。"

"喜忧参半?能具体地说说'喜'在哪些地方,而'忧'的又是什么吗?"

"'喜'的是今天和昔日的同窗好友久别重逢,开怀畅饮,这可以说是人生的一大快事;'忧'的是买了这个房子……"

"你是不是已后悔在徐州买房子了?并且你也不打算在这里定居了?"

"我并不是后悔在这里买房子。我'忧'的是买了这么大的一个房子,感到里面空荡荡的,总觉得好像缺少点什么,以后住在里面能快乐起来吗?"

"不错,它里面现在是空空如也,但是当它装修好了以后,你再买上各种家具和电器,恐怕就不会有这种感觉了。"

"我不是说缺少什么物品,因为这些东西都是可以用金钱来获得的,这对于我来说不成问题。我真正需要的是一个能在这片属于我自己的天地里陪伴我度过一生的人,这却是用金钱买不来的。"

他突然意识到她跟他说的是一个相当敏感的话题。绕来绕去,她说的还是要找个男朋友的事。可是她给他谈这个问题,莫不是她的意中人就是他吗?当然是的,除了他还能有谁?这仅仅从她多次主动要求他冒充她的男朋友的事情上就可以看出来。他也不可能不明白她的意思,但是他还是不敢答应,因为他怕她和身为平民的自己谈恋爱会误了她的一生。他说,要不,让他单位里最擅长给女生做媒的唐主管给她介绍个对象,或者给宋太太说一声也行。可是刘小姐除了他之外谁也不要。此刻她正含情脉脉地注视着他,过了好一阵子才终于鼓起了勇气轻声说道:"思平,我希望那个能陪伴我度过一生的人是你!因为你的乐观精神、对人热情的态度以及在你身上表现出的青春活力都深深感染了我,给我带来了前所未有的愉悦,让我感受到了生活的美好,从而对未来充满信心。自从我们认识的那一天起,我就被你迷住了,可以说你就是我一直苦苦寻找的白马王子。我满脑子想的都是你,几乎到了无法自拔的地步。每次和你在一起,我都觉得自己是这个世界上最幸福、最快乐的人!所有的忧愁和烦恼都消失得无影无踪。要是没有了你,我的人生该是多么黯淡、多么悲凉,你对我的重要性无论怎么强调都不过分!事到如今,不妨跟你明说了,我此次来徐州的真实目的就是要向你表白的,办画展不过是我打的一个幌子而已。想你从我为你画的那么多画里、特别是那幅我想象中的我们一起在海边看日出的画里应该看出我的用意了,对不对?可是为什么你偏偏要装糊涂,不肯往恋爱那方面想呢?即使你不这样想也没关系,那么在众人点破了这一层并逼你求婚之后,你为什么还不愿意做我的男朋友呢?这与我早先设想的可不一样啊!既然我的既定目标没有实现,我当然不会中途放弃,于是决定在徐州买房,这既是向你施压,又是进一步对你做出的暗示,可是你还是没有流露出一点要和我谈恋爱的意思……我现在实在无计可施了,只想问你一句话:亲爱的思平,你愿意做我的男朋友吗?"

她脸色微红,神态却十分庄重,在夜光的映照下,显得很是美丽动人,也更让人觉得她像个圣洁的女神!上述这些再加上她情真意切的话语,都让他的心跳加快了,他哪里还忍心再拒绝她?要是他那样做的话,那可真是孺子不可教也,对她来说可实在太残酷了!因此他决定决不能再让她的愿望落空了,便毫不犹豫地、充满深情地答道:"丽莎,我愿意!我愿意……"

这可是她一直想要的回答呀,即使他把"我愿意"三个字重复一百遍、一千遍她也不会感到厌烦!这么快就获得了甜蜜的爱情,她反而有点不相信了,连声问道:"你说的是真的吗,思平?你没有骗我吧?"

"是真的,我确定愿意做你的男朋友!我之所以做出这样的决定,不是我一时的头脑发热,而是经过了认真和冷静的思考后得出的结果……"

刘小姐再也抑制不住激动的心情了,快乐地叫道:"思平,这可太好了,我太高兴了!我爱你,永远爱你……"

她走上前去抱住了他,而他也说着同样爱她的话,和她紧紧地拥抱在一起。至此,他们终于成了名副其实的恋人,但他们踏上相恋之路的过程是曲折而传奇的。

从李思平方面说,他虽然早在她劝说她妈妈同意让他担任超市主管的时候就对她产生了感激和崇拜之情,但是此后不管她怎么向他提供帮助,或是怎么不断地暗示他希望他当自己的男朋友,他对她的这种感情都没有本质的改变,只是比上次的升了一级而已。要不是刚才她孤注一掷地向他进行最后的表白，他终其一生都不敢有想和她谈恋爱的想法的。

她却是从一见到他起，就深深地爱上了他。她妈妈早知道了她的心思，便全力支持她追求爱情。她把他留在自家超市里，为的就是接触方便，而让他陪自己去菊山公园写生，其真实目的是想和他在清幽的自然环境里体验初恋的感觉。除此之外，她还通过宴会、闲谈等方式和他保持频繁交往，以便进一步加深感情。八月初他突然要离开县城去徐州工作，她心中尽管有一万个舍不得，但还是答应了他的辞职要求，并在宴会上为他送行，这样做不仅仅是兑现自己的承诺，更是因为爱！正因为爱他，所以才要为他着想，要让他高高兴兴地而不是心烦意乱地去徐州；正因为爱他，所以她才要学习厨艺，这是为了日后成为他合格的太太做准备；正因为爱他，她才会在他遭遇挫折的时候百般抚慰他，并和他结成了知心朋友；正因为爱他，她才会在他完全不知道的情况下为他画了那么的像，然后借着办画展的名义把它们展示出来，其中那张她想象中的他们一起在海边看日出的画，充分体现出她对他的爱有多深多纯多炽热！尽管他一再表示他不配和她谈恋爱，可是她还是不愿放弃自己的理想，抱着"不达目的决不罢休"的信念，继续对他展开追求，这从她办完画展后不仅没有回家，反而决定要在徐州买房的举动上就可以看出来，而买的这个房子其实就是他们的婚房。所谓"精诚所至，金石为开"，正因为在向他表达爱意方面做足了功课，所以她最终才深深地打动了他的心，让他"无路可逃"，于是她便获得了自己想要的幸福。尽管为了实现这一目标付出了很多心血，但是她觉得这样做还是值得的。

不过既然她这么爱他，那么为什么在他还没有去徐州工作的时候不向他明说呢？何必要做那诸如为他画像并要举办画展之类的麻烦事呢？对此她的解释是："当时宋太太已准备把她侄女月小姐许配给你了，她把此事告诉了我和妈妈，不仅嘱咐我们要保密，还说了'不准其他人给李思平介绍对象'的话。在这种情况下，我自然不好违背她的意愿，把想和你谈恋爱的想法说出来。如果我那样做的话，就会损害我们和宋太太的友好关系。更主要的是，我怕贸然提出来这样的想法会被你拒绝，因为你不是一直强调"先创业，然后再谈恋爱"吗？你想想，一旦出现被拒的尴尬场面，我的颜面何在？我失去了友情，也没有了爱情，该是多大的打击啊！以上这些种种不利因素促使我采用一种委婉的表达方式向你示爱，于是我选择了办画展，先暗中为你画像，以后再把它们展示出来以表明心志。其实那时候我还有一种担心，就是你姐姐有可能会反对我们谈恋爱，因为我和她在一起聊天的时候，她从来都不提我有没有可能和你恋爱的话题。我猜她大概是怕我们走到一起后她会因此而少了一个朋友。"

"那你现在为什么就不顾虑我姐姐的想法了呢？"

"我已经想好了，今后我将以永远并存的'双重身份'——既是她的好朋友又是她的弟媳——和她交往，不仅在她生了小孩后会随两份礼，就是平常的问候、宴请等也都是两次，这样她不就一点损失也没有了吗？我明天就打电话把我的这个想法告诉她。"

"丽莎，你想得真是太周到了！不过我相信我姐姐一定不会让你同样的事情做两遍的，因为她是一个那么通情达理的人，不是吗？我现在想问你一个问题，国庆节期间当我决定要去蓬莱广场和月小姐见面时，你为什么不仅不提出反对意见，反而愿意开车带我去见她呢？你就不怕我和她会成为情侣？"

"因为我爱你，所以我当然怕失去你了，但是也正因为我深爱着你，所以才会比别人更希望你幸福。这种幸福并不是说一定要和我在一起才会获得。根据你那天的表现，我认为或许那个月小姐正是你真正喜欢的人，如果她也真心喜欢你并能给你带来快乐的话，我倒并不反对她成为你的女朋友乃至终身伴侣，我不仅不会和她竞争，反而会默默地祝福你们。我们俩尚没有开始，就已经结束了，这大概是我们的缘分未到吧，我不会埋怨谁，只能怪自己太自作多情了，我应以平常的心态来对待此事。而向你提供力所能及的帮助则是我一直坚持的基本原则，不管出现何种情况，我都会这样做。可是真正到了你相亲那天我心里还是出了状况，因为到蓬莱广场几分钟的车程，我却觉得仿佛过了一个世纪。"

"丽莎，你不仅胸襟宽广，而且心地善良，你总是把成全别人放在第一位，不到最后时刻你是不会考虑自己的，这还可以从你上次支持我和林小姐见面的事上看出来。可以说，一切杰出女性所具有的美德你都具有，这让我有足够的理由对你肃然起敬。在我心目中，你就是最美的女孩！同时我也为你所受的委屈以及心里承受的压力而深感自责。"

"谢谢你的理解！不过思平，请不要再给我戴高帽了！如果你再继续说下去的话，那我可就要用冰袋给脸降降温了！我哪有那么高尚？你不知道，在对待爱情的问题上，其实我还是很自私的，只不过我不想举出来具体的例子而已，不过你以后会知道的。"

"是吗？那我就耐心地等待，直到你讲给我听为止，因为我想看看你的这种自私是不是也同样可爱？丽莎，不瞒你说，在今天的宴会上，我有了一个意外且重要的收获，因为我知道了你的原名叫郭丽莎，是连云港市人。你先前的性格不仅不忧郁，反而很开朗，当初你在菊山公园里的表现似乎就印证了这一点，这样我对你的了解可以说又进了一大步。而我们认识后不久我爸妈又亲耳听宋太太说过'刘女士的丈夫并不是在社区买好房之后才离开的,而是在购房的前一天就走了',不知她说的是不是真的?"

"我这么告诉你吧,宋太太没有撒谎,真正撒谎的人是我,因为我爸爸其实从来都没有和我们一起到过县城,就更不要说陪我们在社区买房子了。不仅如此,我之前还在其他好多事情上说了假话。比如说,我说过'我们一家都是南方人',其实只有我妈妈是南方人,出身于浙江的一个书香门第,而我爸爸是连云港市里的,我从小也生活在连云港……思平,我要向你道歉,希望你能谅解。而说到我的个性,我也不否认我以前确实是很开朗的,可是后来由于家庭发生了一些变故,才导致我变得忧郁的。"

"我明白了,你把自己的真实信息隐瞒起来是有不得已的苦衷啊。否则,以你的为人我相信你断不会不说实话的!你甚至还改变了自己的个性,这说明你一定遭遇了不同寻常的事情。可以把你的故事讲给我听吗?"

"是的,我确实是有不便让外人知道的难言之隐。不过现在是时候把我家里的一些真实情况告诉你了,因为你已经是我的男朋友,有权知道这些。我原本生活在连云港市一个幸福的家庭里。首先说我的爸爸,他并不像我先前所说的那样,被调到北京从事某项重要的且姓名也需要严格保密的工作,实际上他只是一名房地产开发商,之所以那样说,是因为北京有一家重要的分公司他经常去,但是他公司的总部却是在我们市里,离我们原先住的地方并不远。他也不是长期住在北京不能回来和我们团聚,因为他一年中在那里停留的时间顶多三个月,如果家里或总部有事,他随时都能离开北京,没有谁能限制他的自由。我们好几年不和他见面其实另有原因。再说我妈妈——你当然已非常熟悉了——曾经是爸爸手下的职员,当年曾被公认是公司的第一美女。爸爸对她是一见倾心,就和她谈起了恋爱。结婚后妈妈就不上班了,而是一心一意做起了家庭主妇,根本就没有想过自己将来会开超市挣钱。爸爸的生意越做越好,越做越大,进入新世纪没多久他在国内拥有的分公司竟然达到了二十家,年收入上千万元。那时候我们一家人是多么其乐融融。爸妈感情和谐,相敬如宾,他们又都很疼爱我。尤其是我爸爸,宠我宠得简直是'要星星不会给月亮的'。我考上大学后,他曾不止一次地说,等我大学毕业后,一定会送给我一件珍贵的礼物。尽管我一直猜不出他说的礼物是什么,可是由于心里充满了期待,因而感到十分美妙和甜蜜。我就像温室里的花朵一样,生活得无忧无虑,从来都没有烦恼。在大学里虽然也有不少男生追求过我,可是我一个都没有看上,因为他们都不是能让我心动的那种类型。我平常除了憧憬美好的未来之外,剩下的就是希望爸妈会更加恩爱了。

"可是让我完全没有想到的是,我的这一愿望不仅没有实现,对爱情一向专一的爸爸反而出轨了! 就在我大学毕业前夕即三年半之前,爸爸和他的年轻但容貌一般的女秘书凯特好上了,二人犹如一对情人出入各种场合。此事在公司被传得沸沸扬扬,我妈妈也听到了风声,但是她并没有信以为真。直到有一天她突然驾临公司,推开爸爸办公室的门,亲眼看到了他和凯特在一起非常亲昵的样子,才不得不相信那些传言是事实了,便质问他们在做什么,知不知道这是不道德的行为。爸爸觉得在员工面前折了面子,一怒之下便提出了离婚。妈妈惊呆了,起先她没有想到爸爸会为了这样一个女职员而背叛了与自己的爱情,现在更没有想到他会这么绝情,竟然要抛弃自己的妻女! 她为这个家付出了这么多,如今却得到了这样的回报,实在是不公平,她的伤心和痛苦是可想而知的……此刻妈妈的心虽然在流血,可是她表面上仍要装作坚强,举止上也并未有失风度——她既没有痛哭流涕,也没有和爸爸吵闹,而是很爽快地就答应了和爸爸离婚,她却提出一个要求:离婚的事情千万不能让我知道。大家看到事情闹大了,就赶忙劝爸妈和解,说爸爸刚才不过是在和凯特开玩笑,而这一幕恰巧让妈妈看到了,这才产生了误会,希望爸妈不要意气用事,否则后悔莫及。岂料爸爸仍在气头上,不肯向妈妈服软,妈妈就赌气一直在等他道歉,也给了他很多机会,没有想到她等来的是长达一个多星期的冷战,后来爸爸甚至都夜不归宿了,此时他们的关系也降到了冰点。于是妈妈认为爸爸已经变心了,与他的婚姻已无药可救,倒不如离了好,成全他和那个凯特。打定了这样的主意,她就和爸爸商量好第二天去民政部门办理了离婚手续,并签订了一份协议,主要内容是,他们离婚后我跟妈妈一起生活,而妈妈可分得家里的那套房子和一辆汽车,当然还有一笔巨额财产。这些事情都办好之后,爸爸便从家里搬了出去,到另一高档社区去买房了。

"那个时候我还在上海,刚拿到毕业证,正怀揣着梦想和同学们一起努力找工作,有一家动画设计公司已准备录用我了,大家都为我高兴,我心里的甜蜜真是难以形容,因为这是我凭自己的本事得到的工作。不料这时有一个陌生的号码给我发来短信,说我爸妈已于三天前办理了离婚手续。这对我来说不啻于晴天霹雳,可是我仍然强作镇静,为的就是不想让同学们知晓此事。随后我便找了个借口远离她们,到一个僻静的地方给这个号码打电话,不料它已经关机了,此后它就没有再使用过。我只好给爸妈打电话,询问他们离婚的消息是不是真的。爸爸说这是没影的事,让我不要听信谣言,安心做自己的事。妈妈见我突然问这样的问题,就知道事情已经泄露,隐瞒已无济于事,便讲出了实情。我边听边哭,心乱如麻,便什么也顾不得了,当天就买了车票往家里赶。归途中我一想到爸妈看似稳固的婚姻竟然毁于一旦就非常痛苦,因为我明白,在我的世界里从此不会再有幸福和快乐了,以后的生活会怎么样,我无法预料,也想象不出。这种我从来还没有受到过的打击,几乎使我病倒了。我回到家中,看到妈妈憔悴的面容,忍不住和她抱头痛哭了一场。她一边安慰我,一边让我不要对爸爸有怨言,因为离婚是出于她的自愿,而并非爸爸的逼迫,爸爸不把离婚的事告诉我也是他们先前就商量好的。可我不可能不痛恨爸爸,试想一下,如果不是爸爸喜新厌旧搞婚外恋,怎么会造成今天这样的局面?他要不是放弃了一个丈夫和父亲应尽的责任,又怎么会给我们这个家庭带来巨大的伤痛?我再次拨通了爸爸的电话,质问他:'这就是你送给我的所谓珍贵礼物吗?这太独特了,只有外星人才想得到!你怎么会这么绝情?!离婚的事你是不是蓄谋已久啊……'爸爸并没有反驳我,沉默了好久才说,希望能和我当面谈谈。他的态度让我对他抱有幻想,认为他可能幡然悔悟了,毕竟他和妈妈在一起生活了二十多年,应该说还是有很深的感情的,离婚只不过是他一时的冲动,现在冷静下来了,他已意识到自己的这种做法是多么不理智,下决心要纠正这个错误了。他可能是希望我发挥感情纽带的作用,疏通与妈妈的关系,给他一个台阶下。而我见到他之后只要再动之以情、晓之以理,没准他就会和妈妈重归于好了,到时候皆大欢喜,我们这个家庭岂不是又恢复到正常状态了吗?

　　"哪知爸爸来了之后,根本就不提他悔悟的事,只是说他要履行当初的诺言,准备把他控股的一家分公司当礼物送给我。如梦初醒的我当然是断然予以拒绝,明确告诉他:'要想让我接受这件礼物,除非你先与妈妈复婚,还我一个完整的家,否则此事决不可行!因为所有的人都知道离婚对于孩子的伤害是最大的,我丢掉了即将到手的工作不说,又整天感到愁苦不堪,犹如坠入黑暗无底的地狱……'这番话对爸爸的触动似乎很大,他说他非常对不起我,因为提出离婚时他完全昏了头,根本没有考虑我的感受,因而心中充满了愧疚。最后他说复婚的事他会认真考虑的,让我们等他的电话。看到事情有门,我们满心欢喜。然而一连几天过去了,爸爸那边都没有一点动静,这时一个不速之客却找上门来了。你一定想不到这个人是谁——她竟然是凯特!看到这个最不应该出现的人站在了我们面前,我们先是吃了一惊,随后我便镇静了下来,问她来这里干什么,是上门来挑衅还是来奚落我们的?她说都不是,她是来帮助我爸妈复婚的,除此之外她又一再强调她和我爸爸之间是清白的。我怀疑她在撒谎,因为爸爸正是为了她才和妈妈离的婚,而这正是她求之不得的,她哪里会好心让爸妈破镜重圆而使她自己失去了嫁给爸爸的机会?而当我得知这段时间她一直和爸爸在一起时,我便明白爸爸为什么不和我们联系了,他们的关系还怎么可能清白？于是我的情绪变得激动起来，料定她此访百分之百动机不纯，便很不友好地让她马上消失，永远不要再来打扰我们。妈妈倒是很客气地对待她，但表示家里的事自己能解决，用不着外人插手。她见我们不肯信她的话，对她又极为反感，只好离开了，从此便再也没有来过。可是这件事让我有了一种不祥的预感：有这个女人从中作梗，爸爸一定不会和妈妈复婚了。"

"果然仅仅半个月后，她和爸爸结婚的消息便传来了，我们的最后一丝幻想破灭了！爸爸又一次欺骗了我，成了陈世美一样的负心之人，这让我感到非常愤怒，由此我便更加痛恨他的所作所为，发誓要和他断绝父女关系，不仅不再随他的姓，而且今后他休想再见到我，我要把他从我记忆里彻底抹去！请原谅我现在也不想提起他的名字。而妈妈也很伤心和后悔，尽管表面上看不出来，可是从她不愿意走出家门、无论做什么都没精打采的表现上就能看出这一切。我认为长时间这样下去有百害而无一利，于是就想着尽快离开这座我们已生活了二十多年的城市，到一个没有人认识我们的地方去，或许换个环境生活，我们就会忘记那些烦恼和忧伤，重新振作和快乐起来。妈妈同意我的想法，于是我们就马上付诸行动。卖掉了房子后，我们原先的手机也停用了，为的是让爸爸永远都联系不到我们。

"我开着汽车，和妈妈一起离开了市里，一路向西驶去。我当时想的是，或许我们永远也不会再回来了，除非爸爸和凯特离婚并答应和妈妈复婚，我才会原谅爸爸并重返市里。可是要是他真的愿意这样做，却不知道我们的新手机号码，无法与我们联系上，那该怎么办呢？就在我胡思乱想的时候，车子已经到达了东海县城。妈妈觉得此地环境不错，就说想在这里租了一套房子住下来，我明白她的意思，她不想让新住地离市区太远，便同意了。不久我们就有了要在县城购房的想法。那时正好仙居苑小区刚建成，我们就去它的售楼处参观，并在那里邂逅了宋太太，她爱说爱笑，对所有的人都很热情，心肠也很好。我妈妈和她很谈得来。可是她又是一个很喜欢打听别人私事的人，很快就问妈妈从哪里来，怎么不见丈夫跟着呢。为了不使我们的秘密泄露出去——因为在世俗的眼里，女人离婚是件很丢脸的事——我立刻抢着回答说：'我们一家前天刚从南方来到这里，看到社区环境优美，便想在此处买房，可就在昨天我爸爸被北京一家保密级别极高的单位打电话叫走了，说是要到三年后才能回来。而在我爸爸回来之前，他的姓名、单位和职务都是保密的，既不能与他联系，也不能把他的照片给人看，就连我本人的姓氏也要改成妈妈的，可是我们购房的计划不变。'这个谎言就这样把宋太太给应付过去了，此后她虽然没有再问过此事，但把得到的信息传播给了小区里的居民。我为了证明自己所言非虚，就完全按照我说过的去做了。不过我心里还是没底，因为 2010 年的年底要是我爸爸不在小区出现，我的谎言就会被揭穿！一旦出现这种情况，别人将会怎么看我，我又怎么再在此处立足呢？早知如此，我当初就应该说实话，须知'撒了一个谎，要用十个谎来圆'，但后悔也晚了，可能是我那时经历的事太少了，所以才会在这个问题上没想周全。

　　"三个月后宋太太离开小区去了上海，大约要六年之后才能回来。她走后不久又有人问我爸爸的事，我趁机把此谎言改成了'其实我爸爸是在刚买了新房之后才去的北京'，这样听起来似乎才更合情理，比起我爸爸'在购房的前一天就走了'的说法更有人情味，而且它与我之前的说法又只相差一天，也不会有人太较真。我之所以敢这么做，是因为最知道详情的外人宋太太远在上海，而其他人并不了解真相，因此他们就很难以确凿的事实为依据来反驳我。果然我这样说了以后，人们并没有提出质疑，反而都相信了。那时我已经想好了，如果到 2010 年的年底我爸爸不能和我妈妈复婚的话，我们就搬离小区，这样人们就不会知道我是否撒过谎了。可是我没有想到的是宋太太居然会在今年七月份提前回来，她一回来我就有预感，我的那个谎言很快就会被揭穿，而我在我爸爸之事上的所有言论都将会受到怀疑。也许不等到我们离开小区，我就会因为撒谎而名誉扫地了，所以那几天我心里其实一直都惴惴不安。可是不知什么原因，我最担心的事却没有发生。或许你们并没有把我说的'我爸爸是在社区买过房之后才去的北京'这句话告诉宋太太，或者说你们跟她说了，但是她记性不好，早就忘记了我最初跟她说过的那些话，因而她就找不出我话里的漏洞了。可听你刚才那么一说，便知你们还是发现了问题，但是为什么没有人来质问我呢？尽管宋太太回来后让我感到心慌，可是说实话，她在我们购房和装修的过程中确实是帮了大忙的，要我好好感谢她是应该的。她帮的最大的忙是向我们推荐了那套房子，从而让我们和你姐姐一家成了对门邻居，正由于这个关系我们才会相识直至相爱，因此我们俩得好好感谢她，虽然她当时那么做完全是无意的。

　　"在县城安定下来之后，妈妈重新规划了她的人生。尽管拥有一笔巨款可以让我们不必为衣食担忧，可是她仍然觉得自己不该无所事事，应有所作为。她思考了好多天，毅然决定走上经商的道路，并以此来塑造一个全新的形象，因为她相信自己在做生意方面一点都不比爸爸差。后来的实践证明她做得非常出色，这是我们有目共睹的。而在生活上，她比以往过得更潇洒、更充实、更精彩，我真为她的巨大转变及取得的成绩感到高兴和骄傲！等到你姐姐一家搬过来之后，我们就成了最好的朋友，无话不谈……以后发生的事情你基本上都知道了，我也就不必多说。"

　　在刘小姐讲述故事的过程中,李思平一直默默地认真听着,没有插一句嘴。原来刘家母女表面看似风光的背后原来隐藏着这么多心酸!他既同情她们的遭遇又佩服她们的坚强,而她们之间深厚的母女亲情以及刘女士成人之美的做法又让他深受感动。因此等刘小姐一讲完,他马上就热烈赞扬起她们高贵的品质和金子般的心灵来,并由衷地称赞刘女士是位伟大的女性,善于为别人着想,却偏偏忘了她自己!好人必有好报,他相信郭总最终一定会和她复婚的。刘小姐认为自己不仅找到了男朋友,更找到了知音,此刻她激动得热泪盈眶,又一次和他拥抱在了一起。

　　就这样过了几分钟,李思平又说:"你爸爸尽管有错,可他毕竟是你的亲生父亲,你不应该断绝与他的一切联系。你想想,你们走后,他无法获得你们的下落,该多么着急啊?我建议你近期不妨与他通一次话,把你的现状及一些想法告诉他。另外,如果有可能的话,我想让你陪着我一块去拜访他,目的是先和他认识一下,好让他对我有所了解。这样行吗?"

　　她沉思了一会儿,点点头说:"好啊,那个誓言可以消除。你的其他提议也都很有道理,我会认真考虑的,希望不久的将来我能做出一个让你满意的答复。"

　　"我现在回答刚才你提出的那个问题,之所以没有人来质问你前后的说法不一致,是因为我姐姐让我们一家人把宋太太说的'我帮刘女士买房时并没有见到她丈夫'的话一定要对你们保密,我们也并没有把那个矛盾之处告诉宋太太,而别人也没有这样做,估计是他们根本没有想到这会是一个问题。"

　　"原来是你姐姐在保护我呀,她真不愧是我的好朋友!这么看来,我要好好感谢她的做法就更加正确喽!"

　　不过刘小姐刚才提到宋太太让李思平想到了一件有趣的事。宋太太此次来徐州的目的是要拆散月小姐与钱公子,好让月小姐成为自己的女朋友,而早已知晓宋太太内心真实想法的刘小姐却是来向自己表达爱意的。这两个想法如此不同甚至立场都有些对立的人会结伴到徐州来,这是不是太奇怪了呢?

　　于是他说道:"既然之前你对宋太太来徐州的真正意图已有所了解,那么就应该预料到她到徐州后会有一些什么活动,而她的所作所为对于你实现自己的目标显然是不利的,因此为自己打算,你似乎更应该拒绝带她来徐州才对,可是为什么你做得正好相反呢?不仅如此,你还和她相处得十分融洽,其间并没有发生过任何矛盾,这确实太让人感到不可思议了!"

　　"从表面上看,我和宋太太的想法似乎分歧严重,但实际上我们的目标是一致的,因为我们都希望你有一个幸福美满的婚姻,而不必管将来是我还是月小姐当你的女朋友,所以我们走到一起并无不妥,自然也就不会产生什么矛盾。从感情上讲,我也不忍心拒绝宋太太的请求,因为她以前对我和妈妈有很大帮助,我早就想向她表达谢意,因此我只能答应带她到徐州去。虽然我猜到了她这样做的真实目的,但是我也不能点破它。最后一点是我不相信宋太太此行会获得她想要的结果,因为从以往的事例中可以看出月小姐是一个很有主见又很实际的人,并且她的意志也很坚定,想让她改变主意恐怕很难,而我对自己的此次表白行动取得成功则充满了信心,并作了十分充分的准备,因而不惧怕和任何人竞争。不过说实话,我确实一点都不想和宋太太一块来徐州,因为我感觉到她在我身边不仅会碍手碍脚,而且她极有可能会坏我的大事,后来的事实证明她的行为确实让我们分心不少,并差一点影响到了我们对画展的宣传。"

"这么说来,一切都在你的预料之中了!你对每一个人、每一件事都分析得十分透彻,真说得上是个出色的心理学家呀……"

他们光顾着聊与宋太太有关的话题,却没有料想到她会打电话给他们,询问宴会是否已经结束,并催促他们赶快回去,因为现在夜已经很深了,她很是为他们的安全担心。他们在新房里的谈话就这样被打断了,不过他们是满心喜悦地走出门去的,因为他们将迎来的是全新的一天。

第四十八章

第二天上午刘小姐把她表白成功的喜讯打电话告诉了妈妈。刘女士的表现当然是异常兴奋的,因为她等这一天实在是太辛苦,如今目标终于实现了,她要和大家一起分享这来之不易的快乐,当即表示今天就举办宴会好好庆祝一番,而他们自然是回去得越早越好了。刘小姐完全赞同妈妈的想法,马上就告诉宋太太,她现在就给潘先生打电话退房。其实早在画展刚刚结束之后,宋太太就想到了庆祝之事,只不过当时李思平和刘小姐并没有真正谈恋爱,刘小姐不能按照她的意思办罢了。因此当知道了刘女士的决定之后,宋太太显得特别高兴,并且她也并不认为新房子现在停止装修会使原定的装修工期变长,因为这种情况她在制订装修计划时早就考虑到了,而装修的这个活儿又跑不了,等到他们从县城回来后,依然要由她来负责。

随后刘小姐又给张太太打电话,除了告诉她自己和李思平已成为恋人的事之外,又把自己的想法——今后将以"双重身份"和她交往——讲给她听,这样做的目的是再明显也不过了。张太太本来早就怀疑自己的这个朋友对弟弟有意思,不然,她以前怎么会让他一个人陪她去幽静的公园里写生呢?而在刘小姐在徐州举办画展的这些天里,张太太更认为她是想要向弟弟表达爱意,这从她让他住在她所租的别墅里就可以看出来。张太太曾一度想到,如果他们确实谈起了恋爱,她于情于理都不会阻拦,但是遗憾多多少少还是会有一点的。如今果然得到了刘小姐和弟弟谈恋爱的确切消息,她一点也不感到意外,但没有想到刘小姐会向她许下"双礼"的承诺。她没有丝毫犹豫,便欣然接受了这样一份厚礼。这是她求之不得的事,唯有如此,她在各方面才不会有任何损失。更何况,拒绝别人的美意又并非她行事的风格,也显得自己没有礼貌不是?

再说李先生夫妇,自从上次儿子遭遇了"黑色相亲"事件后便觉得很受伤,回到家里一直闷闷不乐,始终走不出失败的阴影,对"给儿子找对象"之类的话题也就很少提及了,不过在他们心里却是希望刘小姐能当儿子的女朋友的,因为她做事稳重又处处为儿子着想,将来一定可以使家门更加兴旺。如今他们突然得知儿子不仅已经找到了女朋友,而且这个女朋友竟然就是刘小姐,他们的精神为之一振,一下子就变得开心起来了,便亲热地和她在电话里聊了差不多有十分钟。而她则转达了妈妈对他们的亲切问候,并邀请他们今天中午去她家参加庆祝宴会,她和思平以及宋太太也即刻从徐州出发回县城去。

张太太在给弟弟通话时,一再夸这门亲事攀得好,既能让她与刘小姐成为亲戚,又不会影响她们之间的朋友关系,真是一举两得!可是他与刘小姐能发生这么一段轰轰烈烈的爱情故事,是不是也有她一半的功劳呢?因为如果不是她把他介绍给刘小姐认识,他们不要说谈恋爱了,可能连面也见不上呢。

刘小姐让李思平收拾行李,她一个人开车出去,说是要把钥匙还给潘先生。不久她便回来了,和男友及宋太太一起踏上了返乡之旅,终于在中午十二点之前到达县城,受到刘女士和宾客们的热烈欢迎。而那一对恋人,更是大家争相祝福的对象。此次的庆祝仪式非比寻常,因为刘女士是请的专门的恋庆公司来操办此事,所以它比起以往的任何一次庆祝来都要更加隆重和热闹,而出席的人数之多也是创下了纪录的,就连一直受到刘女士"制裁"的钱老板夫妇也在受邀者之列,这是因为女儿成了李思平的女朋友,可以和自己心爱的人儿长相厮守,同时这也让李思平的对象问题得到了圆满的解决。这两件喜事其实可以合为一件,非常合乎刘女士的愿望,于是她认为没有必要再对钱老板夫妇继续"制裁"下去了,便原谅了他们。无独有偶,李先生夫妇也原谅了钱太太,把她以前所犯的过错都一笔勾销了,在酒席上还给她敬了酒呢。

说到宴会上最志得意满的一对,则非张先生夫妇莫属,因为刘李两家成为亲戚,他们得到的实惠最多,而以后他们获得的利益还有可能增加。一想到这些他们便难掩自己的喜悦之情,总想畅快淋漓地表现出来。张先生笑逐颜开,频频地与客人们举杯，同时他"插科打诨"的本领也排上了用场，给人们带来了很多欢乐，以至于很多人都把他误认作庆祝仪式的主持人了。张太太由于已怀孕数月，所以既不能饮酒也不能太过兴奋，然而她可不想让丈夫把所有的风头都出尽，便一边缠住刘小姐，不停地和她耳语，又一边在酒席上大吃特吃，说是要给腹中的胎儿补充营养。殊不知，她的做法却又走向了另一个极端，非常不值得提倡。

钱老板夫妇却是此次宴会上最不开心的人。钱老板依然像往常一样惋惜李思平不能为他所用，虽然他并不同意女儿和李思平谈恋爱，但认为李思平与比他大几岁的刘小姐谈恋爱并非明智之举，实在是可惜了这样一位才华出众的男生了。钱太太虽然窃喜于自己使用计谋让儿子把月小姐从李思平身边夺过来，但仍然抱怨女儿不听她的话，没有及时把李思平"抢到手"，以至于让刘小姐捷足先登。女儿当初就不应该考研，而是要先订婚，因为只有婚姻才是女人一生中最重要的事，爱情倒还在其次，其他的就更不用说了，可是现在讲这些又有什么意义，一切都晚了。

而宋太太则和上述人等都不同，因为她是庆祝仪式上最忙碌的人。她见谁就向谁讲述在徐州期间那一对恋人每天的主要活动，以此来证明她是他们爱情的见证人。为了把宴会的气氛推向高潮，她甚至提出让他们在仪式上当众接吻。幸亏主持人没有采纳她的建议，否则刘小姐他们一定会很尴尬的。

此后的几天里便不断有亲朋好友请李思平和刘小姐前去赴宴，一日三餐几乎就没有哪顿饭会空下，不久后他们便感到疲倦了，想要躲清静。刘女士对李思平自然比以往还要亲切和蔼，极愿意为这位准女婿及女儿"打掩护"，可最终他们还是没能推辞掉任何一个宴请。在觥筹交错中度过美好的时光固然很快乐，可这样一来，他们的私人时间也全给占光了，以至于不能静下心来好好谈论恋人之间应该谈论的事情。好在一周之后，这种情况发生了改变，因为从第八天起每天只中饭有人请，其余的时间他们可自行安排了。

且说第八天的中饭是钱老板夫妇请的，到了晚上他们终于有了空闲，便在画室里坐下来聊天。刘小姐突然想起有一个重要的话题还没有谈，于是就说："思平，我们已经正式确立了恋爱关系，对不对？现在你应该可以说说为什么会违背你一贯的原则去和月小姐相亲了吧，我特别想知道答案。"

"丽莎，你的记忆力真是惊人，这么长时间了竟然都没有忘记这个事情，看来我今天不说是不行了！那我就告诉你，事情是这样的……月小姐的姓名不是叫月蕊蕊吗，家在城北住，而我高中时的一个女同学恰好也叫月蕊蕊，与月小姐的姓名完全一致，而她家据说也在城北！宋太太刚一说出月小姐的名字，我以为给我介绍的这个对象月蕊蕊就是我的那个同学呢，可实际并不是，是我想当然了。"

"是吗？你竟然遇到了同名同姓的人，这也说得上是很巧了！可是这么多年过去了，你还一直对这位月蕊蕊同学念念不忘，那么你们俩的关系应该不一般吧，否则为什么宋太太一提到这个名字，你就很爽快地答应与她见面了呢？当时你一定是把原则什么的都置之脑后了。能给我讲讲你们在上学期间发生的故事吗？还有，你是什么时候知道这位月小姐并非你的那位女同学的，是在相亲之前吗？是不是你曾经私下问过宋太太她侄女在哪里上的高中，结果却发现你们并不曾同校过？"

"是在相亲之前知道的，当时我的确曾想问宋太太这个问题，可是还没有来得及，钱老板夫妇就过来拜访了。没想到在闲聊当中宋太太不仅把我要去和她侄女见面的事讲了出来，还透露了她侄女的一些基本信息，不知你是否记得宋太太说她侄女'皮肤洁白如玉'的话？实际上我的那位女同学的皮肤却是有些黑的，由此我就知道这两人只是姓名相同而已，并非同一人。不过知道这个信息也晚了，因为我已经答应了宋太太第二天要和她侄女相亲，不能再更改了。至于我和月蕊蕊的关系，其实也很简单。我们就是普通的同学，她是从别的学校转到我们学校来的，仅仅过了一个月她就又转学走了。虽然我和她是前后位，但是这期间我们仅正式说过两次话，所以我们一点也不熟，哪有什么故事可讲呢？从她走后到现在我们再没有见过面……我之所以会记住她，是因为上学这么多年来，她是我同学里面肤色最深的一个人。"

"你的性格那么开朗，又多才多艺，在班级里人缘一定也很好，可是为什么只和她说过两次话呢？即使是这样，我也想知道你们都说了什么。"

"论起才艺，月蕊蕊其实一点都不比我差，而她的学习成绩在班里更是名列前茅，最值得一提的是她对中国古代典籍很有研究，还擅长写高水平的论文，是一个标准的'女学霸'，举手投足都让人赞赏不已。虽然她不是女生里面最漂亮的，但是最有魅力的。男生们都以能和她说话为荣，我甚至觉得她能激起我对一切美好事物最热烈的感情，便把她当作智慧与神圣女神的化身崇拜。但是不知什么原因，她只喜欢和女生交往，从不轻易和男生说上一句话，很多人都在她面前碰了钉子，我第一次正式和她说话也不例外。当时我是想让她加入班里的文娱活动小组，因为我是文艺委员，不料被她给拒绝了。可是我一点都不生气，反而觉得她向我摆手的姿势也很可爱。转眼间她进班就满一个月了，那天下午学校举办运动会，大多数同学都去操场了，我和她恰好都留在班里。我的签字笔掉在了地上，她帮我捡起来，我向她表示感谢，她笑着说：'没关系。'这就是我和她的第二次谈话,结果是令人满意的。我本以为事情就到此为止了,没有想到还有下文。她竟然主动地和我谈起了人生理想。我说过了之后便问她将来会做什么,她很自信地说:'我希望以后会成为一名学者,把全天下有价值的书都读了一遍之后再去全国各地旅游,做自己喜欢做的事,如果是这样的话,我的人生就很灿烂辉煌了……'她的说法给一直在象牙塔里苦读的我带来了新鲜感,让我深刻地体会到原来人的活法有很多种,而生活本来就是丰富多彩的呀。你可以想象,听了她的话后我的心情该是多么激动!她的愿望真的是美妙和令人神往啊!我是开阔了眼界,增长了见识,可谓受益匪浅!真希望将来能和她一起去旅游。我没想过要成为学者,因为我觉得自己还不配。这时有两名女生在教室门口喊她,说有事找她,她边走边说:'明天再和你谈论这个话题吧。'满怀期待的我第二天很早就来到教室,想等她来了之后继续和她畅谈,并把我的想法告诉她,但是令我失望的是她始终都没有出现,也没有一个同学知道她为什么没来上课。正当我为她的失约百思而不得其解的时候,班主任老师宣布了她又转学的消息。对此大家都感到很意外,因为事先没有任何征兆预示她会这么做,而她更没有就此事提前透过风,这到底是怎么回事?难道她在欺骗我吗?我便问班主任她转学的原因,班主任说:'昨天晚上月蕊蕊的妈妈突然给我打电话,说从明天起,月蕊蕊将转到另一所学校去。至于为什么会这样,她却没有说。'有几个和月蕊蕊关系很好的女同学给她打电话,却发现她的手机已经停机。我也曾偷偷地到别的高中打听过她,但都一无所获。尽管如此,我也没有灰心,对她的寻找也从来没有停止过。大学毕业前夕我和高中时一个同学通电话,无意中听说她在徐州,因为有同学亲眼在市里见到过她。我感到十分欣喜,便决定毕业后也到徐州去,没准就会与她重逢了,我的借口是去徐州找工作。而和我关系最好的大学同学王林恰好就是徐州近郊的,他许诺说,可以在徐州帮我找到一份正式工作。这样一来,就可以把我去徐州的真实目的掩盖了。在我进入回春医药公司之后,便打着'宣传洗化产品'的幌子,经常利用休息日,在公园、商场进出口以及大学校园附近等处徘徊,希望能与她不期而遇,可是每一次我都是'乘兴而来,败兴而归'。现在我怀疑月蕊蕊可能早已离开徐州,到别的城市去了。看来我和她真的是无缘再见了,而我们的第二次谈话也成了我们的最后一次谈话!"

"思平,我明白了,尽管你和月蕊蕊相识时间很短,并且交往很少,可是你心里却很喜欢人家。根据你的上述表现我认为你有暗恋她的倾向,你不辞辛苦地寻找她就是为了和她进一步发展,对不对?"

"你认为我暗恋她?不,不是的!我之所以一直在找她,除了想弄清楚当年她转学的原因外,更主要的原因是我想和她继续畅谈梦想,以弥补往日的遗憾。"

"事情真的如你所说吗?暗恋月蕊蕊的因素你总不可能一点都没有吧?尽管你一再强调'先创业,后成家'的所谓'原则',但是当宋太太说出给你介绍的对象名字叫月蕊蕊时,你却毫不犹豫地同意和她见面,这就充分说明她就是你的心上人,你拒绝别人给你介绍对象的真正目的就是为了等她!而那个'原则'不过是你不想与其他女孩相亲的一个借口而已。现在我终于明白了,你大学四年里没有谈过一次恋爱也是为了等她!而你的那个'在和女友正式确立恋爱关系之前,我不会和任何人谈论此事'的誓言,其中的'女友'原本是指月蕊蕊,对不对?说心里话,到现在你是不是还在想着她?"

他沉默了半晌才说:"什么事情都瞒不了你。好吧,我承认我是有点暗恋她,也曾不止一次地幻想过会和她成为情侣,这也是我迟迟不答应和你谈恋爱的原因之一。可是这么多年来我既见不到她,又无法与她取得联系,因此我所做的一切只是枉费心机。退一步讲,即使我与她再相见了,估计也没有什么用,因为她早已不记得我是谁了,期望她会和我这样一个'陌生人'谈情说爱是决无可能的,或许自始至终她都没有看上我,是我自己想入非非,以至于到了走火入魔的地步!幸亏你那天晚上向我表白,让我突然间就醒悟了,原来你才是我最应该爱的人,因为你的才华一点都不亚于月蕊蕊,更重要的是你是唯一一个全心全意对我好的女孩,我决不能为了那个不切实际的幻想而把你错过了!要是那样的话,我一定不会原谅自己。既然我们现在已成为恋人,那我就向你保证,只有你才是我的心上人,除了你之外,我不会再爱任何人!而那个月蕊蕊,我会尽快把她忘记的。"

"暗恋某个人对于处在青春期的高中生来说是很正常的现象,你就别自责了,我完全理解你。可是思平,我不需要你的保证,只看你的实际行动,我希望能和你恩恩爱爱、快快乐乐地度过一生。虽然如此,我也并不要求你把月蕊蕊完全忘记,你可以经常向我提起她的优点,即使你谈到她'黝黑的皮肤'我也不会介意。不过说到'皮肤黝黑',我倒认识一位这样的姑娘,她就是郑夫人的外甥女秦小姐,同时她也是你同学王林的女朋友。你不是和她见过很多次面吗?而每次看到她,你是不是都会想起你的那位女同学呢?"

"丽莎,说起来也许你不信,秦小姐与月蕊蕊长得简直一模一样,连走路的姿势都很像!你说出现这种情况,是不是比姓名一致还要巧呢?我初次见到秦小姐,就把她误认作月蕊蕊了,以至于闹出了笑话……"

"是吗?天下竟然有这样的巧事?你不仅遇到了与月蕊蕊同名同姓的人,

更见到了与她长得几乎完全一样的人，而这两种情况都碰到的概率是微乎其微的，可是你偏偏就遇上了，这真是巧得不能再巧了！既然秦小姐与月蕊蕊长得这么像，你会不会就把她当成月蕊蕊，对她产生好感甚至追求她呢？"

"确实正如你所说。那天我对秦小姐的一举一动都非常关注，特别希望能和她多多交谈，而她好像也很喜欢我，总之我们聊得很开心。而郑夫人也看出来我们互生好感，就想撮合我们，但是由于种种原因我们没能走到一起。如今秦小姐成了王林的女朋友，两人是情投意合，难分难舍，我真心地祝他们幸福。"

"尽管秦小姐不是月蕊蕊本人，但是她长着和月蕊蕊一样的面孔，如果你和秦小姐恋爱了，倒不失为一种很好的替代方案。你与她最终却失之交臂，你多少还是有些遗憾的，对不对？"

"不，我一点都不觉得遗憾，因为我遇到了你这样一位最懂我最体贴我的女孩，有你做我的女朋友，我非常知足，我今生今世也只会爱你一个人！而秦小姐其实跟我并没有多少共同语言，我和她即使恋爱了，将来也一定会分手。"

她也用同样热烈的话语来回应他，不过她心里明白：他国庆节的时候之所以没有把他差点与秦小姐谈恋爱的事说出来，主要原因是怕她猜出来有一个与秦小姐长得一模一样的女同学存在，而这个女同学正是他暗恋的对象！他的做法表明他那时是不想让她知道藏在心里的那个秘密的。尽管现在他把一切谜底都公布出来了，可是她认为做事应留有余地，她还是不要点破那一点为好，因此也就没有再提此事。

几天后的一个上午，李思平正在姐姐家与大家聊天，突然接到了郑总打来的电话，说是郭董事长又到徐州来了，准备今天中午在世外桃源大酒店请他吃饭，以兑现当日的承诺，因此他无论如何都要出席。可是现在距中午十二点已不到两个钟头，要是坐长途汽车去徐州十有八九就会迟到，这该怎么办呢？刘小姐让男友不必为难，因为她可以开车走高速直接把他送到酒店，这样时间上就够用了。大家都说这是个好主意，他也同意了。可是当他们坐上车要走的时候，宋太太却执意要和他们一起去徐州，不过她并不是去赴宴，而是去装修新房，因为自从回县城以来浪费的时间太多，装修之事可不能再拖了。刘小姐说现在还无暇顾及此事，等过几天再说吧，到时候她一定会开车送她去新房的。

他们在路上大约花了一个半小时便到了酒店门口，李思平下了车，正要和刘小姐告别，不料她突然将车发动起来，转眼间就消失在了他的视线中。当他还在发怔的时候，郑总却走了过来，把他领到了一个豪华的包间里。他刚进去，立刻就有人给他打招呼，他定睛一看，原来是孙馆长，紧接着曾经在刘小姐画展上当主持人的高先生也走过来了。他感到很奇怪，怎么他们也会受邀出席宴会呢？郭董事长此次请客是什么套路？而包间里的客人还有很多，但大多数他都不认识，于是郑总便一一给他介绍。当介绍到一个又高又胖的中年男子时，郑总说："这位是潘先生，金山路1314号别墅的主人，李助理以前见过吗？"李思平一边摇头，一边说着"幸会"，突然间他醒悟了：出席宴会的人都与刘小姐举办的那次画展存在着关联，而举办此次酒宴的目的好像就是为了犒劳这些为画展提供帮助的人，但是如果要请客的话也应该是刘小姐请客呀，为什么郭董事长要做东？这中间是不是有哪个环节出了问题呢？

这时包间外响起了一阵脚步声，还伴随着欢快的笑声，只见一个身材高挑的女孩挽着一个穿着讲究的中年男子的胳膊走了进来。李思平一眼就认出那名男子正是郭董事长，而挽着郭董事长胳膊的女孩竟然是刘小姐！当下他大吃一惊，心想，她怎么和郭董事长在一起呀？刚才她那么急着离开酒店，难道是要与郭董事长会合吗？而他们表现得这么亲昵，莫非有什么亲戚关系不成？这时李思平看清楚了，他们的面容非常像，便恍然大悟：原来那个和郭董事长长得很像的人就是刘小姐啊！自己当初怎么把她给疏忽了呢？

客人们纷纷向郭董事长问好，郭董事长面带微笑地示意大家坐下，然后径直走到李思平跟前，亲切地和他握手，并说很高兴和他再次会面。李思平刚说了一句"郭董事长好"，就被站在一旁的刘小姐打断了话头。

"你应该叫'伯父'才对！"她一脸幸福地倚着郭董事长的肩头说，"思平，你不是想让我陪你一块儿去见我爸爸吗？现在我就向你隆重介绍，站在你面前的这位风度翩翩的男士就是我爸爸！怎么样，你的愿望得到满足了吧。对于我这样的安排，你是不是很满意呀？"

李思平刚知道这个消息无疑是非常惊讶的，这太出乎他的意料了！他虽说先前早已知道刘小姐和郭董事长都是连云港市里的，并且刘小姐在父母离婚之前随父姓叫郭丽莎，他却没有往"他们可能是父女关系"方面联想，主要原因是，刘小姐说她爸爸是一名房地产开发商，而郭董事长是一家药业集团的老总，这二者风马牛不相及，怎么可能是同一个人呢？据此他判断郭董事长不仅不是刘小姐的爸爸，他甚至都不认识她呢。没有想到事情正相反，他感到很困惑，便在心里不断地问自己：这到底是怎么回事？谁能告诉我其中的原因？可是不管他能不能知道答案，这都将是一个非常重要的事件，难道它会是解开困扰自己多日的一系列谜团的一把钥匙吗？他要好好地思考思考这件事。不过这些想法他都不能说出来，他当时的回答是："是的，丽莎，我很满意。不过我确实没有想到郭董事长就是你爸爸！这是我始料未及的事……"

客人们都开心地笑了起来。郭董事长拍着他的肩膀说："思平，从我们初次见面时起,我就觉得和你非常有缘。今后我们就会更亲,可以说是一家人了!让我们来拉拉家常,如何?"随即便让他坐在自己身边,和颜悦色地询问他家里的情况。而刘小姐呢,则坐在了他的身边,并不时插上几句活泼可爱的话,这样一来,包间里的欢快气氛就更加浓厚了。

宴会正式开始后,郭董事长发表了热情洋溢的演说,向为女儿的画展提供帮助的诸位好朋友表示最诚挚的谢意,并一一盛赞他们的美德。客人们也纷纷发言,说他们不过做了应该做的事,且做得还不够好,郭董事长根本没有必要再次宴请他们,他们实在是受之有愧。

宾主双方的言论表明郭董事长对女儿举办画展的事不仅知道得一清二楚,而且他之前还为此请过一次客呢,毫无疑问在所有的人中他出的力是最大的,而刘小姐画展开幕式的豪华阵容也必定是他一手策划的!这让李思平马上就明白了一件事:刘小姐绝不是听了他的建议近期才与她爸爸联系上的,而应该是在画展开幕之前就与她爸爸有联系了。根据已了解到的情况,可以推断出她这样做的目的除了想让爸爸帮她把画展办好之外,必定也有和他沟通感情的意思,因此他们现在的关系才变得像从前一样和谐。可问题是那时她不仅没有消除自己立下的"爸爸不和妈妈复婚,她就永远不会和他联系"的誓言,甚至连一点点这样的念头都没有,在此情况下其做法就确实有点让人想不通了,而根据他对她的了解,她可不是一个轻易会违背自己誓言的人呀!然而她偏偏就这样做了,其真实原因究竟是什么呢?为什么在一个多星期前她向他表白的时候,只字不提她与她爸爸联系过的事呢?难道是怕他知道其实她早就违背了自己的誓言吗?当时她还说"请原谅我现在也不想提起爸爸的名字",是表明她仍然对她爸爸有怨气呢,还是故意把他的名字隐瞒起来,免得自己提前知道他的身份呢?说起自己与她爸爸的第一次见面,是因为他修好了公司的计算机系统,所以拥有公司百分之二十股份的郭董事长才请他吃了顿饭,按说这也很正常,可是郭董事长怎么那么巧恰好就是刘小姐的爸爸呢?不过这依然不能排除这就是一次普通的会面的可能性,只是如今在知道了各自的身份后才觉得是一种巧合。可是徐州那么多公司,为什么偏偏只有她爸爸拥有股份的公司会通知他来面试并录取他呢?这难道也是一种巧合吗?而刚才郭董事长对自己说"很高兴再次和你见面",而这句话刘小姐明明也听到了,可是她一点惊奇的反应都没有,莫非她对自己与她爸爸的第一次见面是知情的吗?或许当时她并不知情,过后她爸爸跟她说起过此事,因此她才不会觉得奇怪。可是她怎么从来都没有告诉过自己"其实你早就与我爸爸见过面了"呢?她到底还藏有多少秘密呢?

正当他在沉思的时候,刘小姐却走到了台前,除了再次向大家表示感谢外,还当众宣布她恢复原来的姓氏,大家今后请叫她"郭小姐"或"郭丽莎"。郭董事长听了非常激动,握着女儿的手向她承认了自己以前的错误,希望能做出进一步的补偿,以获得她的原谅。女儿也很受感动,含泪承诺道,他们的父女关系再也不会因为任何意外事件而中断了。全场都起立为他们鼓掌,经久不息。李思平快步走上前去,向女友和她爸爸表示祝贺,并带头唱起了《相亲相爱的一家人》。人们都跟着他的节奏合唱,场面甚是温馨。很快郭小姐的脸上便露出了甜美的笑容。歌声停止后,喝彩声、欢呼声不断,郭董事长请大家在各自的座位上就座,在共饮了一杯酒之后,便吩咐这一对恋人向来宾们敬酒,人们便利用这个机会极力地夸奖和赞美他们。

不久郭小姐他们便来到了潘先生面前。按说潘先生和郭小姐已经打过好多次交道,早就应该非常熟悉了,可是郑总还是把他向她进行了介绍,这让李思平感到非常奇怪。敬酒结束后,郑总便提议众人为这一对恋人的甜蜜爱情干杯,宴会由此进入了高潮。

突然郭董事长的手机响了起来,他一看来电号码便立刻出去接听了。几分钟后他回来了,高先生发现他情绪有点低落,忙问出什么事了。他的脸上勉强露出了一点笑容,很平静地说道:"对不起诸位,我现在有点急事需要马上去处理,先失陪了,请大家继续畅饮,不要因为我的离开而觉得扫兴。"说完他先把女儿叫到跟前,嘱咐了几句,之后又和郑总小声交谈,然后便匆匆走出了包间。大家都面面相觑,不知道究竟发生了什么重大的事才会让他这样做,但有一点可以肯定,那就是他决意要离开这里一定与刚才的那个电话有关!可是那个电话又是谁打来的呢?现场包括郭小姐在内没有一个人能说得清。

第四十九章

毫无疑问郭董事长的中途突然离席给宴会的欢乐气氛蒙上一层阴影,因为他是全场的灵魂人物。自他走后,大家对于用餐和聊天似乎都失去了兴趣,所以没过多长时间席就散了,人们都很有礼貌地向郭小姐和她男友告别。郑总是客人里面最后一个离开的,他对那一对恋人说,郭董事长大概是去哪家分公司处理紧急事务了,而这种事情以前经常发生,不会有什么事的,请他们尽管放心好了。他按照郑总刚才的吩咐,已经在酒店给他们分别订好了房间,有什么需要可以随时给他打电话。

尽管如此,郭小姐此时的情绪还是非常低落,因为她和爸爸的关系算是刚刚恢复到正常状态,还有很多重要的话没来得及跟他讲,他就匆匆地告辞而去,难道还有什么事能比他们父女团聚更重要的吗？这让她的心里感到茫然若失。进入自己的房间后，她马上就给爸爸打电话，想问问事情办得怎么样了，不料始终都与他联系不上，到最后他的手机竟然关机了。由于无法知道是凶是吉，她心中的忧愁和焦虑可想而知，整个下午她说的话都很少，面容也显得苍白。李思平虽然一直陪伴在她身边，可是他所能做的，也只是尽最大努力安慰她，让她觉得事情并未到十分糟糕的地步。

　　到晚上她先给妈妈打了个电话，说明今天不能回去的原因——他们都喝了酒不能再开车了，但对她爸爸突然离席的事只字未提。接下来就是继续出神地等待她爸爸的消息，晚饭也没有吃上一口。李思平认为再这样下去她整个人可就要崩溃了，便劝她早点休息，她那时头脑已是昏昏沉沉，不得已只好听从了。他替她盖好被子后便出去了。

　　他所住的房间就在隔壁。一个人静静地待在里面，自然就可以更深入地思考问题。郭小姐今天突然高调安排他与她爸爸正式见面的做法使他越来越相信：他与郭董事长的第一次见面她不仅完全知情，没准也是她安排的呢。如果是这样的话，她与她爸爸联系的真实原因十有八九就与他有关了，如果无关，那就是他自作多情。可能在知道他进入回春医药公司工作后不久她便与她爸爸联系上了，把她爱上他的事讲了出来，并要求她爸爸在不暴露真实身份的情况下请他吃饭。而她爸爸在了解过他的情况后，可能会说："真是巧得很，这个小伙子所在公司有我的股份，这件事太好办了。我只要给郑总打个电话，让郑总出面请他去赴宴就行了。"这样的猜想是合理的，但更合理的猜想是：她与她爸爸联系上的时间可能还要早！而他能找到这份工作，也极有可能是她让她爸爸安排的，因为对她爸爸来说这也是很容易做到的事。如果不是这样，郭董事长恰好就是郭小姐的爸爸，而他又恰好就在她爸爸拥有股份的公司里上班——这两点如果仅仅用"巧合"来解释又怎么能令人信服呢？要是郭董事长不是郭小姐的爸爸，那么他以"酬谢"的名义请自己吃饭丝毫也不会令人生疑，可问题是他恰恰就是！那么公司为什么会录用自己并且是当场录取就很值得怀疑了，所以这二者必定存在着某种关联。似乎可以这样认为：正因为郭董事长是郭小姐的爸爸，所以他才会为女儿的幸福着想，并按照她的意思，把她认定的意中人——也就是自己——安排在他拥有股权的公司里。他选中了郑总的公司，而郑总自然也要买他的面子。这样一分析大致就可以知道，郭小姐违背自己誓言的真实原因就是为了给自己找工作！如果事实真的是这样的话，那么自己那么顺利地被郑总的公司录用并在录用后享受种种优厚待遇的谜团就都可以解开了。郭董事长就是那个藏在郑总背后的神秘人！他不仅给了自己工作，还让郑总不断地提拔自己,这么做的目的大概是讨女儿的好,希望女儿能认他这个爸爸。他在幕后联络了很多人帮助女儿办画展——当然这个画展本来就是幌子,这就说明他应该是支持她向自己表白的;她所租的别墅真正的出资人也是她爸爸……如果自己的这份工作的确是她让她爸爸给他找的,他一定会感到脸红,因为当被公司录取之后,他给她打电话说:'回春医药公司的领导真是慧眼识才、当场就录取了我。'这就等于是向她宣布自己是凭真本事得到的这份工作,一点也没想到正在和他通话的她竟然会是使他获得职位的人,他这种当着"真人"的面炫耀的行为真是可笑到了极点!至于她为什么一直不把真相告诉他,大概是怕他知道自己并非是凭真本事找到的工作而生气吧。但是在这一猜想得到证实之前,他还是不愿相信它是真的。

就这样半个多小时过去了,突然他接到了郭小姐打来的电话:"思平,告诉你一个好消息:爸爸刚才给我回了电话,说他已经处理完了事务,平安地回到家中,让我们不用再担心了。他却并未说明他处理的到底是什么事务。我让爸爸这几天在家好好休息,有事一定要给我打电话。他都答应了。"

"你爸爸一切平安就好,这正是我们所期望的。丽莎,你是不是应该吃点夜宵庆祝一下啊?"

"好啊,那你到我这边来吧。"

他进门之后果然见她像来徐州之前一样开心,也很高兴,便和她一起坐在餐桌前,边吃边聊。

"丽莎,你为什么不把郭董事长就是你爸爸的事早点告诉我?"他微笑着发问,"难道你这样做也和以往一样,是要给我一个惊喜吗?"

"差不多吧。我以为凭你的聪明以及敏锐的观察力早已看出来了这一点,根本用不着我把答案说出来。难道你不觉得我和我爸爸长得很像吗?"

"这么说来,你早就知道了我和你爸爸的第一次见面的事了,对吧?"

"是的,是我让他去见你的。"她直言不讳地说道,"这样做的目的除了让他亲眼看一看我选男朋友的眼光并不低之外,更主要的是让他也关心关心你。"

"你爸爸对我确实非常关心,谢谢!你是什么时候与他联系上的呢?"

"是在 8 月 16 号,当时你还在新彭镇王林家中。你还记得吗?那天晚上我回来后说我去海边写生了,其实我根本就没去,而是去找我爸爸了。你姐姐看到的那些画是我根据记忆和想象提前创做出来的。

"原来如此。可是你为什么要这么做?要知道那时候你并没有消除自己立下的那个誓言,而你爸爸也没有和凯特离婚呀,就不要谈他和你妈妈复婚的事了,你去找他不是违背了自己的誓言吗?"

"不错,我是违背了当初的誓言,可是一想到那个本来已属于你的工作被别人夺走,你不得不住在同学家里一边打工一边找工作的事情后,我心里却比违背了誓言还要难受百倍!我不希望自己的心上人在外四处漂泊、寄人篱下,这会让我寝食难安的。我常常想。要是你能主宰自己的命运、拥有光明美好的未来那该多好!于是我就痛下决心一定要帮你找到一份正式的且称心如意的工作。然而可笑的是我本人却是闲人一个,根本无法实现这一目标,看来也只有借助于他人之力了。可我该找谁帮忙呢?思来想去,觉得唯一能帮我的人也只有我爸爸了,尽管我已经单方面和他断绝了父女关系,可是我知道他还是很疼爱我的,如果我有事去找他,他一定不会置之不理。既是这样,那我就去找他,因为为了你,我可以什么都不顾!这自然也包括我当初立下的那个誓言。妈妈了解到我的想法后也表示赞同,但要求我只能当面跟爸爸说,而不要让另外的人知道我与他联系的事。我明白她的顾虑,做好准备工作后,就在 16 号那天上午秘密出发了,开车去了连云港市区。这是我自从三年前离开那里以来头一次回去,感到既亲切又陌生。由于我不能给爸爸打电话,也不能去他的住处找他,唯一能做的事就是在他公司附近等他。当我到达公司不远处时,却发现原先的房地产公司的牌子没有了,取而代之的是'振宇药业集团总部'的金字招牌,进出里面的车辆和人员也很多。当时我就愣住了:爸爸的公司怎么没有了?这是怎么回事?!这个药业公司应该不是他的,因为他对药品行业是一点也不熟呀。难道他已经破产了吗?那他现在又在哪里呢?此时一种不祥的预感涌上了心头,我觉得此次可能会白跑一趟了。我本来想马上就离开那里,但转念一想:既然来了,就决不能这样一无所获地回去,不如在这里耐心地等待,没准就会有奇迹发生呢。然而从上午十点一直等到下午五点,我都没有见到爸爸,便真有些泄气了,正打算驾车离开,不料这时从后面开过来一辆豪车,在即将进入振宇药业总部的大门时突然停住了,一个熟悉的身影从车上走了下来。啊,那个人就是爸爸!他径直向我走了过来,边走还边喊我的名字,原来他认出了我的这辆车,便认为我必定就在车里面,于是我慌忙下车去迎他。对于我的突然出现他是非常惊喜的,因为据他讲,我和妈妈'失踪'的这三年里,他不知给我们打了多少电话,可是我们的手机始终都处在停机状态。他除了没有给我外婆那边联系外,把能找的地方都找遍了,但一无所获,没想到今天遇到了我。因此一见面他就关切地问我这几年去哪里了,过得如何,我简要地回答了他。他听后面露愧色,说我们这样疏远他,都是由于他不好,他应该受到惩罚。沉默了好一阵子之后,他说:'丽莎,纵然我有千万条不是,可我依然是你爸爸,对你的爱也不会因为和你妈妈离婚而改变,要知道父女亲情是割不断的,所以我希望你能和我恢复父女关系，好吗？'我说：'要我与您恢复父女关系也行，不过您要答应我一个条件。'他说：'只要我能做得到的，你尽管讲，不要说一个条件，就是十个条件也不在话下。还有，我曾经答应你的'给你一家分公司'什么时候都作数！这里不是说话的地方，我们去附近的酒店谈吧。'"

"在去酒店的路上，我问他公司的牌子怎么换了。他说两年前他感到做房地产生意不赚钱，于是就在朋友的帮助下成立了振宇药业集团，由他出任董事长，目前效益还可以。进入酒店的包间后，我就把爱上你的事和你找工作不顺的情况都告诉了他，并要求他尽快在徐州给你安排个既体面又舒适的工作，该工作最好能和计算机专业有关，这样可以让你在此职位上充分施展才华，实现人生梦想。他高兴地说：'丽莎，你有意中人了，真是太好了！我本来一直很担心此事呢，现在我就表明态度：我完全赞同你和这个叫'李思平'的男生谈恋爱，虽然我并没有见过这位可爱的年轻人，我也一定会竭尽全力来帮助他，因为他就是我未来的女婿啊。可是我在徐州没有分公司，要想给他安排一个好工作也只有找我在徐州的朋友帮忙了。我明天就到徐州去，请给我几天时间，我一定把此事办好。'我说：'这件事一定要保密，千万不能让李思平知道或察觉到。我把他的手机号码留给您，将来跟他联系的时候，您就是说是在英才网上查到的他的号码。'爸爸让我放心，说他一定会做得滴水不漏的。吃饭的时候，我们谈起了很多美好的往事，我的眼泪都快流下来了。爸爸说，都是由于他的出轨把这一切给毁了，他对不起我们母女俩，为此他要向我们道歉，并且他也很为当年的那个轻率决定而感到后悔，希望我回去之后把他的这番话告诉妈妈。我见他确实认识到了自己的错误，便忍不住要安慰他，甚至还主动问起了他的近况，其实我是一点也不想谈到那个'第三者'凯特的。当听到凯特在两年前为爸爸生了个很可爱的男孩的时候，我却是非常高兴的。我在心里说，啊，我有弟弟了，这可真是一件天大的喜事！我真想去看看弟弟呀，可是在目前情况下还是算了吧。从酒店里出来，已经是晚上七点多了，爸爸让我赶快回去，他办好那件事后会给我打电话的。"

"果然几天之后的一个下午他就给我来电话了，说已经在徐州一家效益很好的医药公司给你谋了个网络工程师的职位，并且你本人已经去公司报过到了，明天就能正式上班，最后还问我是否满意。我说等我了解过情况后再说吧。到晚上你给我打来了电话，说你已在徐州找到了工作，单位与职位都与爸爸说的完全一致，这就说明他没有骗我，果真兑现了诺言。尽管如此，我也没有同意完全与他恢复父女关系，而是让他继续帮助你、提携你，直到我完全满意为止……思平，我把这一切都告诉你了，希望你不要为我的这种不当行为而生气，好吗？"

看来他刚才分析得一点不错,她与她爸爸联系的时间果然是在他进入公司上班之前,而她与她爸爸联系的根本目的就是要为他找工作！这一猜想得到了证实,他的脸上一阵发热,尽管已有了心理准备,可还是低下了头,甚至都不敢与她的目光对视。她总是会设身处地地为他着想,这让她的形象看起来是那么圣洁和高大,相形之下,他却是非常渺小和孱弱的！他哪里还有资格生她的气？而她不惜违背了自己立下的誓言、不顾一切地去求她爸爸为他安排工作的行为又是多么值得赞扬,这让他很受感动——实际上这是她第二次给他安排工作了——可见她对他的爱是多么强烈、真挚和执着啊,这与她为他画了那么多幅画的做法是何其相似！他感到有一股暖流涌遍了全身,因为他是被浓浓的爱深深地包围着的。而他在公司所享受的一系列优厚待遇实际上也是她为他争取来的,如果不是她及时出手相助,他现在还不知在哪里"流浪"呢。如果再加上她以前的关爱和恩惠,还有那个她已经买好的新房,她对他的情意真的可以说是比山高、比海深,足以让他产生心灵上的震撼,他无论怎么感激她、报答她都不为过。可是他又为她做过什么呢？哪怕是给她提供过一次实质性的帮助也行啊,然而想了半天他连一件这样的事情都想不出来,对此他感到非常惭愧。在此情况下说任何感谢的话都是多余的,他必须要庄严地向她承诺:用一生一世去陪伴她、爱护她、珍惜她,这样才能不辜负她对他的无价情意！即使这些后来都一一做到了,他也应该感到欠她的还是太多太多,这辈子怕是甭想还清了,那就下辈子接着还吧。她听完他炽热的表达之后不可能不动容,不过她却说他根本用不着要向她偿还什么,因为真正的爱情是不用考虑回报的。

她越不要求回报,她得到的回报就越丰厚。他的心已完全被她俘获,不管将来几生几世,都只会为她所拥有。而在追求爱情过程中她还与三年没有联系的爸爸恢复了正常关系,这是一个"以爱情促进亲情"的典型案例,确实可喜可贺！

她的叙述也让他明白了他之所以没有把郭董事长认作她的爸爸,是因为她向他表白时说她爸爸是个地产商人,而公司里的人都说郭董事长是药业集团的老总,郭董事长也一直以这样的身份出现,在此之前从没有人提到他改行的事,而这正是问题的关键所在。如果说别人不知道郭董事长的过去倒还情有可原,那么郭小姐对这一切都了如指掌,可是她为什么一直不把这个事实说出来呢？

对此她这样回答:"如果向你表白的那天晚上,我把我爸爸两年前已由地产商人转变成药业集团老板的事讲出来,即使我不明说郭董事长就是我爸爸,你也一定会想到是他,因为我们不光同姓,还都是连云港市里的,更主要的是你认识的药业集团的老板只有他！你不往他身上想还会想到谁？其实我那时一直在酝酿着一个计划：要筹备一个答谢宴，宴请为我的画展成功举办提供大力帮助的人们。而就在这个宴会上，让你和我爸爸正式见面——这算是在此答案揭晓前我给你的最后一个惊喜吧——目的是让大家看到我爸爸对我们的恋爱关系是完全认可的。而要把这一切都办得圆满，就必须做好保密措施。如果让你提前猜到了我爸爸的身份，那我不就前功尽弃了吗？"

当唐朝伟大的文学家李商隐慨叹自己命运的时候，他定然不会想到此刻在地球另一端的印第安人的迁徙，这是由于信息完全不通的缘故；而李思平没有想到郭董事长就是郭小姐的爸爸，则是由于关键信息的隐瞒让他无法做出正确判断的缘故，真是太遗憾了！他继续问道："既然你爸爸在老早以前就向你承诺要帮助我了，并且你也愿意和他恢复父女关系，那么为什么在向我表白提到他的时候，你却说'请原谅我现在不想提起他的名字'，这究竟是因为保密的需要呢，还是你对他依然有怨气呢？"

"两方面都有吧，怨气当然是有一点，因为当初他违背了我的愿望没有和妈妈复婚，却和凯特结了婚，可见他的绝情，我怎么可能对他没有怨气呢？直到今天我才算真正原谅他了。但那样说最主要的原因却是保密。"

"如果我所猜不错的话，1314号别墅其实是你爸爸给你租的，而画展开幕式的总策划人也是你爸爸，对不对？"

"是的，别墅是我爸爸在我来徐州之前就已经给我租好了，并把一切都收拾停当，他让我到徐州后直接去别墅，他会派人给我送钥匙，这就是我这么快就能入住里面的原因。八月中旬我去过连云港，不久便萌生了要在徐州举办画展的想法，我爸爸不仅明确表示支持，还帮我与美术馆孙馆长取得了联系。孙馆长满口许诺一定会协助我把画展办好。之后我爸爸还动用各种关系联系上了一些全国知名的歌手，请他们开幕式当天去演出。当然我爸爸那天是不适合露面的，因此他便让他的好朋友、喜洋洋庆典公司的经理高先生来具体承办此事。"

"最让我想不明白的一点是，你已经和别墅的拥有者潘先生打过好多次交道了，为什么敬酒的时候还要郑总给你们作介绍呢？难道不是他给你的钥匙吗？"

"不是他，给我送钥匙的另有其人，你一定想不到他是谁！实不相瞒，他就是郑总！很抱歉思平，你以前曾问过我是不是早就和郑总认识，我没有说实话，其实我和郑总的第一次见面就是在别墅他给我送钥匙的时候。当时他说他和我爸爸是好朋友，我的事我爸爸都跟他说了，他一定会协助我完成心愿，有什么事请尽管吩咐他。我道过谢后，他又说：'这个别墅的房东是一名姓潘的中年男子,你爸爸十月底到徐州来的时候看中了他的这套房子,说:'丽莎在徐期间住在里面正合适。'于是就由我出面把这套房子租下来。我和潘先生达成了一个协议,主要内容是说你和他之间的信息交流都要通过我才能进行,他不会直接和你取得联系,更不会找上门来。这样不仅可以减少外界的打扰,更主要的是能守住一些秘密。'我觉得郑总考虑问题实在是太周到了。"

"那这么说来,退房时你所打的那个电话其实是打给郑总的,而你也是把钥匙交给的他,对不对?"

"是这样的。"

"怪不得你打这个电话的时候要躲着我,而你还钥匙的时候又不带我去呢,原来如此!"

"你不知道的事还有一件,8 月 16 日那天我曾经要求爸爸在给你找好工作后最好能'看住'你,不要让你和别的女孩谈恋爱,他同意了。这就是我做过的那件'自私'的事——我以前好像给你提起过——你会不会觉得我做得太过分?而郑总的说法则表明他一定从我爸爸那里听说过此事。"

这番话让李思平明白了郑总为什么会一再宣传自己在乡下已有女朋友并阻挠郑夫人、曹会计给他介绍对象了,原来这也是出自郭董事长的授意!不过他能这样做,而郑总又这么听他的,就说明他们的关系非同一般。郑总甚至还把它看得比亲戚关系还重要,这有点太不可思议了!

李思平半开玩笑地对女友说:"我说你的'自私'非常可爱呀,如今看来果然一点不错!你的做法表明只有你才可以和我谈情说爱,我实在找不到你有一丝丝做得过分的地方!这样一来,我和那个秦小姐没有谈成恋爱的根本原因也就找到了。"

她对他的说法感到很诧异,于是他就把郑总自从听说他在县城有她这样一位很好的异性朋友后如何费尽心思地要撮合他们、如何阻挠他和秦小姐谈恋爱的事都和盘说出。这次该轮到她脸红了。

"对不起,思平,是我的自私害你和秦小姐没有谈成恋爱,真的很抱歉!早知这样,我就不该把这种自私自利的想法告诉爸爸……"

"你没有错,丽莎,其实真正要说'对不起'的人是我!"于是他便把自己以前在紧急情况下撒谎说一直在和她秘密谈恋爱的事讲了出来,对于他这种罔顾事实、信口胡说、毁坏她名誉却往他自己脸上贴金的行为,他现在都感到羞愧难当,而如今他才把此事告诉她,更可见他多么自私!因此请她一定要惩罚他,只有这样他心里才会好受些。

"我觉得你做得对呀,思平。"她笑道,"因为你是为了避免受到郑夫人、曹会计等人的指责在郑总的保护下才这样做的,有迫不得已的苦衷,要知道这可是保护自己的一种最好的方式啊!更何况你的说法对我的名誉不仅没有任何影响,反而让我们谈恋爱的事更加深入人心,这是我求之不得的事,我为什么要惩罚你呢?你就不要自己惩罚自己了!要是你不说假话而受到了伤害,我才会心痛呀。"

"谢谢你,丽莎,你对我实在太宽容了,这是你最大的美德!尽管你希望你爸爸能想法看住我,不让我和别的女孩谈恋爱,这当然是你深爱我的体现,从表面上看这似乎有点自私,可其实你是一个很心软的女孩,否则的话,你又怎么可能同意我和林小姐见面呢?所以说你没有任何错。可能是郑总与你爸爸的关系太铁了,所以他才会严格按照你爸爸的要求去做,我却并不怪他,因为从这件事上可以看出他真是一个特别讲义气和值得信赖的人,真为你爸爸有这样的朋友而高兴!真为我有这样的老板而荣幸!多亏了他一再给我们创造在一起的机会,才促成了我们的姻缘,因此我们都应该感谢他。"

"是应该感谢郑总,因为他是一个非常热心的人,太会为我们的幸福着想了!我爸爸交他这个朋友确实很有眼光。"

"你爸爸是不是真的有郑总公司百分之二十的股份?"

"这个我并不清楚,因为我爸爸从未跟我提起过此事,他只是说郑总是他在徐州的最好的朋友。"

"当我还在新彭镇的时候你曾对我姐姐说过,希望为我排忧解难,可惜你是心有余而力不足。你又曾当面对我说,我找工作的时候你没有帮上忙,感到很惭愧。你这样做,是不是不想让我把找到工作的事与你联系起来,从而撇清你的'嫌疑'?"

"是这样的,但是我最主要的目的是希望你能看到我对你的关心!"

"你的关心是无处不在的,丽莎,我现在的体会可要比那时更加深刻了……最后一个问题,在我去徐州找工作之前的那天晚上,你一再让我把个人信息传到英才网上去,这是否可以被看作你为以后向我提供职位所做的铺垫?因为郑总给我打电话的时候说他是在英才网上查到的我的手机号码,我一点都没有觉得他的话可疑。"

"现在看来,我让你把个人信息传到英才网上去的做法似乎成了我精心布局里的重要一环,不过在当时我确实没有要向你提供职位的想法,因为在王林已给你找到工作的情况下,我并不认为自己有机会这样做,再说我也不具备这样的能力啊!我只不过是想让你增加一项优势而已,或许这才更符合录取单位的要求。可没想到我的无心之举最终帮了我的大忙,因为任何一家公司都可以以网上的信息为依据联系上你，你却不清楚它是不是真的上网查过。"

第二天上午李思平给郑总打电话，说有事找他，问他现在是不是在公司。他说："我刚巧到达酒店，想看看你们休息得好吗。李助理，既然你说有事找我，那我们就当面谈吧。"见面后他们先说了一会儿郭董事长的事，李思平便直截了当地向郑总提出来辞职，这让郭小姐和郑总都吃了一惊。

郭小姐吃惊是因为这么大的事，男友事先竟然都没有和她商量一声，这属于是自作主张；郑总吃惊是因为此事完全出乎了他的意料，他实在不清楚究竟发生什么事才会让他这样做，便问他辞职的原因。

李思平先把郭小姐告诉他的那件事简要地说了一遍，然后说，既然自己的这个工作不是凭真本事获得的，那他哪里还好意思再待在公司？因此请允许他离开，不过这么长时间还是要感谢郑总和同事们对他的照顾和帮助，他会时刻铭记于心。

"不，事情不是你所认为的那样，你这个工作就是你凭真本事获得的！"郑总用不容置疑的口吻说道，"让我把事情的原委讲给你听吧。我和郭董事长的相识源于半年前的一次药品采购会，当时他向我介绍他们公司的产品，过后又请我吃饭。尽管生意没有谈成，主要原因是他们的产品我们公司实在不需要，我却发现他是一个诚实守信、慷慨豪爽，又特别看重朋友交情的人，而他也用同样的话夸奖我。既然我们有很多相似的地方，那自然就谈得很投机了，于是我们就成了朋友，可遗憾的是我们平常的交往并不多。大约是在八月中旬，即我们认识的两个月后，他突然到徐州来找我，说有事求我。他问我是否可以接收一名计算机本科专业的应届毕业生在我的公司工作。而这名毕业生就是你！至于为什么会推荐你，他也毫无保留地告诉我了，并请我无论如何都要帮忙，还让我不要把此事告诉任何人，尤其是不能在公开场合谈论。但现在你们几乎什么都知道了，因此就没有再保密的必要。我当时说：'郭董事长，我们都是朋友，有什么求不求的？您这么说不是太见外了吗？承蒙您的信任，您推荐的人我就收下了，因为您的眼光一定错不了。不瞒您说，我们公司正需要计算机方面的人才呢，这是因为现在公司的计算机系统出了问题，好多专家都没有修好。没办法，我只好贴出招聘告示，希望能录用一名真正精通计算机的全能型人才，把电脑系统彻底修复好，所以您来找我可正是时候，可以说是雪中送炭呀！请让李思平先生在招聘会开始那天来参加面试吧，算是走个过场，您看行吗？'郭董事长向我表示感谢，想请我吃饭却被我婉言谢绝，于是他便回连云港了。就在招聘会开始的前一天，他又来找我了，因为他想到了两件重要的事需要我去做：一是给你在公司内安排住处；二是给你打电话，通知你前来面试。因为他经过反复考虑,认为他给你打这个电话不合适,很容易暴露自己的身份,而我以'招聘公司老总'的身份和你联系却是情理之中的事。我说:'郭董事长,您就放心吧,为了您,我不仅可以打破'不准任何人住在公司大楼'的惯例,还会让李思平先生住得非常舒适。至于今后会不断地提拔他,那更是不在话下。请把他的电话号码告诉我,我现在就给他打电话。'郭董事长想了想,让我在招聘会开始后两个小时即十点钟再给你打电话,说是要考验考验你是否真心想找工作。他还告诉我:'通知李思平的时候你就说是在英才网上查到的他的电话,这样就不会引起他的怀疑了。'我说:'好的,那我晚上就腾出一间库房给他当宿舍,因为白天做这件事太惹人注意。'郭董事长说:'好,那我就去商场买一些家用电器及生活用品,到晚上叫人拉过来吧。'当天晚上我们就把宿舍布置好了。第二天上午他对我说:'如果李思平不具备修复电脑系统的能力,也请把他留在贵公司,只是他的工资由我来开。'我见他的态度既认真又诚恳,便说:'要不这样吧,郭董事长,如果李思平不能修好电脑系统,那就按照您说的办;如果他能修好,那我不仅会聘用他成为我公司的正式员工,还会帮你让他成为你的女婿,你看这样可好?'他欣然同意,并与我签订了协议。不久后你便修好了计算机系统,那我自然要兑现自己的诺言了……这样你就知道你这个工作就是你凭真本事获得的了吧,你还有辞职的必要吗?"

其实郭小姐以前对郑总说的这些事情也并不是太清楚,但现在她知道了,也明白了郑总确实是除了爸爸之外最应该感谢的人,于是她便向他给予的所有帮助表示衷心感谢。郑总却说不用谢,因为这些都是他应该做的。

李思平也终于知道了在新彭镇接到郑总电话前公司里的全部内幕,原来从一开始他就落入了人家设计好的"圈套",并越陷越深,始终被人家牵着鼻子走!尽管如此,他实际上却是这一"骗局"的受益者,正因为落入了这个"圈套",他才有了工作和女友,不知道有多少人会羡慕,想钻进这样的圈套呢。郭董事长之所以会如此不惜血本、煞费苦心地厚待他,实际上是为了弥补对女儿的亏欠,从而让她高兴,期望最终她能原谅自己;而让人完全没有想到的是,郑总与郭董事长的交情其实并不深厚,他却把郭董事长的事看得比什么都重要,并严格遵守他们之间的协议,可见他不仅义薄云天,更是一个诚实守信的人啊,简直让人肃然起敬。他知道如果他提出来辞职,可就要辜负了他们的一番心意了,他这样做能对得起谁呢?所以他不仅不能辞职,还要留在公司更加努力地工作,以实际行动来感谢他们对自己的厚待。于是他向郑总提出来即刻就回公司上班。

"李助理,你今天还是先和郭小姐回县城吧,三天后你再回来上班,怎么样？"郭小姐同意了，但李思平还有问题要问。

"郑总，郭董事长说我们公司有他百分之二十的股份，此事是真的吗？"

"这只是郭董事长十月底请你吃饭时我给他编造的一个理由，想让你觉得他请你吃饭是理所应当的，这怎么可能是真的呢？"

李思平恍然大悟，郑总以前让他说谎骗人的次数还少吗？怎么他自己竟然也会上当、相信郑总的这种说法这么长时间呢？虽说现在与自己有关的所有谜团都已弄清楚，他却不知道郑总究竟是说的真话多呢，还是说的假话多呢？相比较而言他还是觉得唐主管说过的话更可信，尽管唐主管有时候也会夸大其词，但是他陈述的绝大多数内容都是符合事实的。

第五十章

很快李思平要回公司上班的日子到了，刘小姐仍决定开车送他去徐州，顺便去新房看看。宋太太认为他们这次回去一定会接着装修房子，便嚷嚷着也要跟着一起去。收拾好行李后三人正要上车，突然郭小姐的手机响了，她一看，非常高兴，原来这个电话是她爸爸打来的！她慌忙躲开众人去接听，不一会儿她便回来了，只见她兴奋地快步走到她妈妈面前说："妈妈，告诉你一个好消息，爸爸要回家了！大约再过一刻钟就能到达这里，我刚才已把我们小区的地址告诉他了……"

她妈妈听了虽不像她那么激动，脸上却挂着温馨的笑容，似在表示一种愉悦的满足。她走上前去和妈妈拥抱在一起。趁此机会，妈妈附在她耳边小声问道："知道你爸爸是为什么事到这里来吗？"她摇了摇头说："我也不太清楚，但是爸爸坚持要见你……"

宋太太打断了她们的窃窃私语，大声问道："丽莎小姐，你爸爸是从北京回来的吗？我记得你说过他2010年的年底就能回来，而现在正好到了这个时间！"

郭小姐笑着望了男友一眼，缓缓说道："是的太太，我爸爸在北京三年的工作已经结束了，所以他才会急着要和我们团聚。"

大家都向刘女士母女表示祝贺，她们也依礼答谢。然而这时郭小姐想到一个问题，她因为要迎接爸爸的到来，没有办法开车送李思平去徐州，那么他该怎么回公司呢？实在不行，就再向郑总请个假吧。

李思平却不同意再请假。他说，他可以坐长途汽车去徐州，如果下班后还能坐上车的话，他会回来和郭董事长见面。

　　不料这时郑总给李思平发来了短信,上面说:"我刚才给郭董事长打电话,他说他现在东海县城,准备与妻子女儿团聚。我考虑在此幸福和欢乐的时刻,你作为郭小姐的男朋友是不应该缺席的,因此就给你再放三天假。李助理,那我们就三天以后再见面吧。"李思平在第一时间把此事告诉了郭小姐,她听后又把郑总的善解人意极力赞扬了一番。

　　在等待爸爸到来的这短短的十几分钟里,郭小姐一直在思考,爸爸突然造访这里是以前从未有过的事,他大老远地开车赶过来仅仅是想见到妈妈当面向她道歉吗?他是不是也有想和妈妈一起祝福自己和思平的意思?因为这样的话,这个家庭才会是完整的……不管怎样,有一点是可以肯定的:爸爸很喜欢和疼爱弟弟,为了这个孩子,他是绝不会提出和凯特离婚的要求的!而天天在家享受荣华富贵的凯特就更不会和爸爸离婚了,因为她可不是一个傻瓜,会轻易放弃好不容易才过上的阔太太的生活,而这样的生活才过了三年,还远远没有过够,可能她永远都不会过够!所以对爸爸的此次来访她们不能抱有太高的期望。

　　郭董事长在众人期待的目光里终于现身了,他下车后满面笑容地向大家问好,并和每一个人都握手致意。郭小姐兴高采烈地假装是三年多以来第一次和他见面,还把他早已认识的她的男友向他介绍。她妈妈却是真的三年多以来头一回和他见面,虽然如此,人们所期待的夫妻二人久别重逢必然会泪流满面的场面并没有出现,而且两人见面后的表现也非常平静,甚至说的话都不多。众人认为像他们这种有身份的人在大庭广众之下是不好意思表露感情,便簇拥着他们向楼上走去。

　　在上述过程中郭小姐发现爸爸尽管一直在笑,可是他整个人显得很疲惫,睡眠不足似的。他尽管没有和妈妈说上几句话,但是他的眼睛不时地望着她,一副欲言又止的样子。这又说明了什么?

　　不一会儿他们就到了位于四楼的家,朋友们怕再占用他们宝贵的团聚时间,于是都没有进门便纷纷告辞而去。郭董事长深情地注视着前妻,说有重要的事情要和她谈,她请他去了起居室。郭小姐从爸爸郑重其事的态度上看出他要谈的事决不仅仅是祝福自己这么简单,难道会有什么与她关系密切的大事发生吗?她不敢确定。而为了避免影响到他们的谈话,她和男友则到了距离起居室较远的画室里,轻声细语地说着话,极有耐心地等待着爸妈谈话的结果。

　　半个多小时后,爸妈从起居室里出来了。他们手挽着手,步履轻盈。妈妈眼角的泪痕依稀可见,她脸上露出了甜蜜的笑容,这说明她流的是喜悦的泪、幸福的泪!郭董事长向闻声而来的女儿及其男友宣布:他们准备复婚了,明天就去办手续!

　　初听到这个消息，郭小姐先是惊讶得半天说不出话来，以为自己在做梦，而在确认了不是做梦之后，她竟然高兴地哭了起来。且说自父母离婚以来，她就一直盼望着他们能够复婚，甚至不惜对大家撒谎说她爸爸三年后一定会在小区出现，没想到今天这一说法真的变成了现实，她的愿望也实现了，以前吃过的苦、遭过的罪也都可以一笔勾销了，这让她怎能不激动？又怎能不喜极而泣呢？

　　然而这一天的到来似乎又有些突然，她根本没有料到爸爸会这么快与凯特离婚，那么他是怎么说服凯特同意的，又是在什么时间离的婚呢？上次他中途离席到底是因为什么？自从那以来他一直做些什么，又经历了怎样的心路历程和思想斗争呢？所有这些谜团都等待着一一揭开。

　　其实这次离婚并不是郭董事长提出的，而是凯特坚决要求的。原来凯特是一个善良单纯、热情大方的女生，她十分钦佩郭董事长的才干和魄力，又被其潇洒的举止、渊博的见识所折服，觉得他作为一名成熟而成功的男士具有十足的魅力，而由于工作的关系，他们平时接触较多，他处处关心她，照顾她，这难免就会让她对他心生好感。恰好那时她那相恋了五年之久的男友又不断地与她闹矛盾，不久后男友竟宣布和她分手，一个人去上海找工作了，她情绪低落，整日伤心。郭董事长见到了自然不会袖手旁观，便想方设法地安慰她，开导她，希望她能尽快地振作起来。如他所愿，短短几天她就从失恋的阴影里走了出来，对他更加崇拜和感激，而在情感上对他的依赖则更深，这样一来，他们也就走得更近了。虽然如此，他们并没有出轨，凯特更没有想过要插足老板和他太太的婚姻，她不过是想获得老板的些许关爱而已。众人却认为他们的关系不正常，于是流言四起。在此情况下郭太太也误解了他们，有一天她接到线人密报，便赶到公司把他们堵在了办公室里，要他们当面说清楚是否做下了伤风败俗的事，不想这一闹却最终导致了她和丈夫婚姻的破裂。在此过程中，凯特其实一直反对郭董事长所做的一些过激的行为，也不希望他和太太的关系恶化到不可收拾的地步，曾多次对他进行规劝，可是都没有起到应有的效果，离婚的事情还是发生了。她认为此事与她脱不了干系，就想弥补自己的过失，便上门去找郭太太，试图说服她与郭董事长能够破镜重圆，结果吃了闭门羹，不仅被赶了出来，还被告知永远都不准她再登门。而同事们也在背后对她指指点点，把她当成破坏别人婚姻的罪人，这让她承受了巨大的压力。为了减少自己的负罪感，她只有请求嫁给郭董事长了。起初他并没有同意，因为他们在年龄上整整相差了二十岁呀！可是她一再表示她是真心爱他的，希望能与他成为终身伴侣，并不是贪图他的金钱和地位，如果他不答应，她只有以死明志了。既然话都说到这个份上了，他除了应允之外，还能有什么办法？

　　婚后他们很是恩爱。凯特特别温柔贤惠，对丈夫是百依百顺，而且把家务料理得井井有条。更为重要的是她从不干涉丈夫的私事，因此他对她相当满意，雇了两名保姆照顾她。一年之后她生下了一个男孩，他中年得子，高兴程度可想而知，喝满月酒时为其取名杰西，寓意是孩子既聪明又惹人喜爱，可谓他的掌上明珠。谁知两个月后，他们一家人幸福美满的生活却被打破了，她又一次陷入感情纠葛的漩涡中了。原来已经与她分手的前男友从上海回来了，他过得还是那么不如意，既没有找到稳定的工作，更没有找到女朋友，这时他才想起对他十分体贴的凯特来了，便回来找她，希望能和她重归于好。她却不得不让他打消这种念头，因为她早已是他人妇，最近又做了一个孩子的母亲。男友对此却并不介意，他一再说，对以前做过的那件事非常后悔，其实他内心里仍然深深爱着她，他无法欺骗自己，而他也相信她真正爱的人也是自己。然后他便试图用旧情打动她，劝说她与丈夫离婚，好与他从头开始。对此她明确表示这不可能，她现在生活得很幸福，丈夫又很爱她，因此她绝不会做任何对不起丈夫的事，便提出和他断交。今后她不会再见他了，而他也不要再来找她。可是男友并不死心，依然通过各种途径向她表明他是真心爱她的，他对她的爱至死不渝。她当然不会相信他的话，更没有答复，只是把他当成了一个笑话，以报复当初他抛弃了自己。

　　不久以后她却听到了一个传言，说男友对外宣布为了她他决定终身不娶！她在弄清了事实的确如此之后，受到了沉重的打击，因为她其实是个很心软的女人，再加上她毕竟又是深爱过他的，自然就不希望他做傻事，如果他真的为了她而终身不娶，那她岂不是又成了罪人吗？而他们恋爱五年的时光又是那么美好和甜蜜，哪能说忘就忘呢？她整天想的就是这些事情，觉得自己快要疯掉了，却不知道该怎么办才好，但愿有个女人能看上他，和他结婚，这样自己就不用再负什么责任了，或是他自动放弃这样荒谬的想法也好。当她在心里痛苦挣扎了一年半之后，却听闻男友仍然矢志不移，以至于此事弄得尽人皆知，便再也坐不住了，马上约男友见面，想劝导他不要钻牛角尖，天下的好姑娘多的是，又何必要在她一棵树上吊死？不知是因为她怜悯他，还是她真的被他的诚心所打动，抑或其他方面的原因。总之，他们尘封已久的感情又死灰复燃了，可这完全违背了此次见面的初衷，但是他们也不顾了，从此频繁的约会便拉开了帷幕。尽管如此，他们也没有突破道德的底线，可是"私会情人"的做法本身就是不道德的，所以他们非常害怕郭董事长知道，因而每一次约会他们都做得很隐秘。郭董事长还是有所察觉，曾经偷偷地跟踪过凯特，也曾旁敲侧击地警告过她。她发现情况不妙,不得不暂时中断了与男友的联系。

时间很快就到了第二次请李思平吃饭的那一天,郭董事长要到徐州去,走之前他悄悄地吩咐那两名保姆暗中监视太太的一切活动,有什么异常立刻向他报告。然而凯特做事十分小心,在丈夫离开后的两个小时的时间里一直都没有轻举妄动,因为她怕他会杀个"回马枪"。临近中午她才确信他真的去了徐州,不用再担心了,这才跟男友打电话。男友说,他们今后该怎么办,总过这种提心吊胆的日子何时才是个头。凯特却不敢向丈夫提出来离婚,因为这样就违背了她当初的承诺,她哪里有脸这么做?再说她又怎么舍得抛下自己幼小的孩子?这些都是让她感到无比痛苦的事。可是男友的苦苦哀求最终还是让她把这一切都置之脑后,她昏了头,决定和他私奔。男友激动地说,他们可以先逃到上海,在那里躲藏起来,然后再想法跑到国外去,这样郭董事长就鞭长莫及了。在男友不断催促下,凯特开始行动了。她先吩咐保姆好好照看杰西,她有重要的事需要出去一下,然后便携带着两个行李箱出了家门,坐上已等候在外多时的男友的车走了。那两名保姆一看就知道情况不对劲,马上就给郭董事长打电话——这正是他在酒席上接到的那个神秘电话——向他报告说,太太刚才带着行李离开家,坐上一个和她关系十分亲昵的年轻男子的车向南去了,他的车牌号是……郭董事长一听便什么都明白了,他却不能把这种事情告诉亲友们,只是说他现在有急事要办,随即便急匆匆地告辞而去。他命令司机向南行驶,并把车速开到最快,意在沿途追踪太太。一路上他心急如焚,哪还有心思接女儿的电话?经过四个多小时的不懈努力,他终于在苏南某地追上了凯特男友的车,在狠狠教训了这个让他讨厌的男生一顿之后,他又强令凯特上他的车,并把她带回了连云港。

凯特承认自己太轻浮,以至于做下了对不起丈夫和孩子的事,实在是无颜面对他们,其所犯罪过是不可原谅的,因此她请求丈夫责罚自己。郭董事长却只是让她好好反省,只要她能与前男友一刀两断,他看在杰西的份上还是可以原谅她并愿意和她相伴一生的。按说丈夫如此宽宏大量,凯特就应该痛改前非才对。不料在接下来的几天里,她却是一边带着孩子,一边哭泣,且茶饭不思,人很快就消瘦下去。郭董事长无奈,便问她到底想怎样。她脸颊挂着泪花,突然跪下说,她知道他是真心爱她,这三年里让她得到了一般女人所渴望得到的幸福,她怎么感激他都不过分,而她对他也不是没有感情,可是一想到男友会为了她而孤老终身,她就会感到极端痛苦,觉得那全是她的错,她必须要拯救他,这样心里才能好受些,因此请放她离开吧。郭董事长没有想到她会这么傻,别人胡言乱语的几句话她竟然就信以为真了,还想着去拯救别人,她能把握了自己的命运吗？她不是智力有问题就是感情太丰富。在震惊之余,他问她离开这个家、放弃阔太太的生活,真的就一点也不后悔吗？她认为他是松口了,这让她看到了希望,于是她使劲地点头说,她决不后悔！他见她是铁了心地要和前男友在一起,便明白无论自己怎么做都不能使她回心转意,心想,留住了她的人却不能留住她的心,这样的婚姻还有什么意思？这种老夫少妻的日子还是早点结束吧,因为早一点结束就早一点解脱。于是很快就和她办理了离婚手续,杰西被判给郭董事长抚养。可是凯特最割舍不下的就是这个孩子,临走的时候抱着他一再哭泣,并表示她会经常来看他的。郭董事长送她上车,她又一次感谢他,却没有接受他送给她的一大笔钱。她说:"这笔钱应该留给我们的儿子,如果我拿走一分钱的话,就等于承认我们的婚姻是交易了。"他也保持了绅士风度,称赞她的眷恋旧情,并没有把埋怨她对自己和儿子残酷的话说出来,免得她更加伤心。

　　凯特挥泪告别而去,郭董事长却一夜无眠。他首先思考的是自己的第二次婚姻为什么会这么短暂。最后他醒悟了,凯特之所以愿意嫁给他,除了要感恩之外,更多的则是为无意间破坏了他和太太的婚姻而赎罪,因此他们之间并没有产生过真正意义上的爱情。既然他们的感情基础这么不牢固,而凯特对前男友的爱情之火又没有完全熄灭,一旦遇到合适的机会,就有可能发展成燎原之势而不可遏制,现在的事实恰恰就证明了这一点,那么他们的婚姻最终走向解体不也很正常吗？这却让他尝到了被抛弃的滋味,财产和地位都救不了他,他的颜面尽失,感到了从未有过的委屈和痛苦,他好想有人会来安慰自己啊！这时他想到了前妻,要是她在自己身边,一定会温柔地抚平他心里的创伤。与凯特一直在想着前男友类似,前妻也是处处为自己着想——她甚至不惜与他离婚来成全他和凯特,这难道仅仅是一种谦逊和忍让的美德吗？恐怕不尽然吧,他认为她的做法体现出了对他深深的爱！而自离婚以来到如今她还仍然单身,这又表现了她对于爱情的坚贞和执着,对此他很受感动,同时又感到愧对她的实在太多,因此他必须要向她负荆请罪,以重新获得她的爱情。再说这个家也需要有一个新的女主人呀,管理家务,照顾孩子,他觉得没有谁比前妻更合适了。打定了这样的主意后,第二天天一亮他就开车从市区出发到县城来了。

　　在起居室里他首先为以往的事向前妻道歉并做出深深的忏悔,以求得她的谅解。而在得知他的遭遇后,她也表示了同情,说了很多让他感到温暖的话。他们又回忆起以前恋爱时的浪漫美好以及婚后的幸福生活,都很激动。他趁此机会便单膝跪地提出了复婚的要求,她原本是想等个十天半月再答应他的,可是看到他态度如此诚恳恭敬,她哪里还忍心让他等那么长时间？幸福和喜悦的泪水自然也就提前流出来了。

　　现在郭小姐的家庭又是完整的了，她绽放灿烂的笑容偎依在爸妈身边，该是多么幸福、多么开心啊！而当她的男友也加入了他们的行列之后，这个家庭就更加完美和和谐了！她却并不以此为满足，因为她希望能实现最美妙的事，那就是过上二人世界的生活。

　　饭后郭董事长有一个单独和女儿聊天的机会，他说："丽莎，你不要忌恨凯特，因为她从来都没有怂恿过我和你妈妈离婚，恰恰相反，在得知我们离婚之后她还一再劝我要考虑你的感受而尽快复婚呢。你还记得三年多以前收到的那个短信吗？它其实就是凯特发的，目的是想让你劝说我和你妈妈和好如初。后来她把此事告诉我了。"

　　"原来如此！"郭小姐说，"看来我真的是误解她了，她的品德从各方面来说都称得上是温婉贤淑，绝非自私自利的人！我要感谢她主动放弃郭太太的身份，让我们一家人团聚。更应该感谢她生了弟弟，让爸爸有了男性继承人！如果有可能的话，我希望能和她成为朋友。"

第五十一章

　　第二天，郭董事长和前妻就到连云港市民政部门办理了复婚手续，郭小姐和男友也跟着一块去了，那两个超市自然就交给张先生夫妇经营了。郭太太看到杰西非常活泼可爱十分高兴，表示她会像抚养亲生儿子一样来养育他，以弥补自己没有生儿子的遗憾。郭小姐也很喜欢杰西，把他当成了家族未来的希望，说他将来一定会把爸爸的事业发扬光大，她为此感到欣慰。这样这一家人才算是真正的团圆了，欢乐和喜庆的气氛充满了家里的每一个角落。

　　李思平和郭小姐这两天所做的最浪漫的事就是去看海了。他们手拉手肩并肩地站在一起看日出日落、潮起潮落，一如郭小姐那幅画里所展现的情景。现在是冬季，海风刮得猛，并且寒冷刺骨，为了取暖，他们只好相互偎依着，彼此之间心贴得更近，更显得情意绵绵。摄影师不失时机地用镜头记录下这一连串值得铭记的画面。他们后来看到了这些照片才明白，原来现实可以比想象中的更美好！

　　到了第三天，李思平提出要回徐州上班，而郭小姐也说要到徐州去装修新房，但是郭董事长都没有同意。他说他正在考虑给李思平在连云港安排个工作，而那个新房明年春天再装修也不迟，到时候他会请专业的装修公司来做此事。恰在这一天，已经多日不和李思平联系的程翻译突然打来电话说，他与方小姐准备在圣诞节举办婚礼,届时李思平和郭小姐一定要赏脸来喝喜酒呀。按说他并不认识郭小姐,又从未有过交往,是不应该邀请她出席的。其实他这么做是听了方小姐的话,因为李思平和郭小姐正在热恋中,二人形影不离、如胶似漆,如果只请李思平而不请郭小姐,让他在婚礼上形单影只,岂不是莫大的罪过了吗?更重要的是此时他们尚没有订婚,如果邀请他们来参加婚礼,他们必然要交两份礼,而将来他们结婚的时候只需要还一份礼就行了。你算算,做这样的"买卖"多划算,何乐而不为呢?方小姐的精明过人可见一斑。

程翻译和方小姐开了一个好头,从此以后,喜讯便一个接着一个地传来:12月31日牛老板和董小姐结婚,紧接着王林和秦小姐也在元旦举行了婚礼,五天后是苗小姐当了新娘——这帮人商量好了似的,无一例外地都邀请了郭小姐也来参加他们的婚礼,因为这是有先例可循的。排在最后的是钱公子和月小姐,他们在元宵节过后才迈入了婚姻的神圣殿堂,由此也实现了从医患关系到夫妻关系的巨大转变。而上述的这些新婚夫妇见到李思平及其女友当然会问什么时候喝他们的喜酒。他们总是笑着回答,这个问题他们目前还没有考虑。这就充分说明他们正沉浸在爱情的甜蜜之中,十分享受恋爱的过程。

却说在王林的喜宴上,王林的父母见到李思平,未及寒暄便问他最近为洗化店所做的宣传情况,而王慧小姐仍然幻想着要与他来一场真正的约会呢。陈小姐和黄小姐也都找到了男朋友,这两名男生不仅像李思平一样漂亮,而且家里相当有钱,这表明如果李思平也足够有钱的话,原是可以成为陈小姐或黄小姐的男朋友的,只是他未必会看上她们。

春节过后不久,郭小姐和男友终于到上海去旅游了,不过这并不是宋太太游说的结果,而是郭小姐同学们的盛情相邀。他们的第一站当然是去母校和大家见面了,之后才去参观了世博会旧址,一些著名的公园和商场也留下了他们的足迹,所见所闻都使他们感觉到国家日新月异的变化。郭董事长果然也没有食言,他请了最好的装饰公司去给女儿装修新房,用的是最好的装修材料。为女儿构筑爱巢,怎么能偷工减料、以次充好呢?整个装修工作在持续了三个月之后才宣告结束。在新房的大厅里漫步,犹如进入了一座富丽堂皇的宫殿,让人有美不胜收之感,卧室的装修则具有华美奢侈和庄重优雅的双重气质,住在里面自然让人陶醉。第一批生活设施很快就被运进来了,李思平看着眼熟,原来它们就是他在公司用过的那些器物,现在它们变成郭小姐嫁妆的一部分,继续为他所用。

到了6月18日,一场盛大而隆重的婚礼在连云港的海边举行了,总共有六百多名来宾应邀出席,可谓盛况空前!新郎新娘正是我们的金童玉女——李思平和郭小姐。他们原本打算 7 月 10 号再结婚的，因为这一天是他们相识一周年的日子，在这天办喜事很有纪念意义。张太太却说，她想在腹中的孩子出生之前就喝上弟弟的喜酒，并叫上郭小姐一声"弟媳"，她的预产期却是 6 月 20号，如果弟弟 7 月 10 号结婚的话她腹中的孩子早就出生了。她等不及了，婚事必须提前办。郭董事长便提议婚礼在她的预产期到来前两天即 6 月 18 日举行，因为这个日子是非常吉利的，大家都表示赞同。张太太见她的要求得到了满足，自然得意扬扬。可以想象，一个大腹便便的孕妇出现在婚礼上的时候，会给现场增添多少热闹和喜庆的气氛啊。正因为她的存在，人们才更有理由祝愿新娘新郎早生贵子，他们也相信这个愿望一定会实现。没想到的是，婚礼还没有结束，她就被救护车拉走了。

凯特提前得知了郭小姐结婚的消息，也要求来参加婚礼。她看到杰西不仅受到了无微不至的照顾，而且被教育得越来越懂事，因而对郭太太很是感激，而郭太太对她也同样充满敬意，他们便以姐妹相称，从此交往不断。而郑夫人直到此时才知道刘小姐原姓郭，与郭董事长是父女关系。她吃惊之余不免要埋怨丈夫不早一点把事情的真相告诉她，同时又向李思平和郭小姐奉上一份大礼以示庆贺，还说他们的婚姻真的是天作之合。

晚上新郎新娘回到了他们在徐州的新房，众多的亲朋好友也跟着一块去了，这伙人足足在洞房里闹了一个通宵。刚消停一会儿，产房传来喜讯，说是张太太顺利产下了一位千金。这样一来，新郎新娘的辈分就升了一级。他们高兴得顾不上休息，立刻率领众人去医院看望孩子。

三天后，李思平夫妇回乡祭祖，李先生夫妇对待儿媳犹如对待最尊贵的客人一样，别提有多和蔼可亲了。他们把家中的财产一一报给她听，还把大门上的钥匙交给她来保管。李思平的太太哪里肯接，她与丈夫商量后一致决定，父母的这份产业将来由姐姐来继承也未尝不可，他们要凭自己的本事去挣钱。

不久李思平回到公司，正式向郑总提出了辞职，理由是想要独自去创业。郑总一开始坚决不放他走，可是在郭董事长父女的一再劝说下也只好同意了。经过一段时间的筹备，李思平的电脑公司宣布成立了，当天生意就十分兴隆，此后订单更是如雪花般飞来。李思平太太则成了一名职业画家，每当她有新作问世，来求购的人总是络绎不绝。他们夫妻俩真正过上了自食其力的生活，十分幸福美满。

再说宋太太，自从郭小姐出嫁后就觉得再住在仙居苑小区没有意思了，到徐州李思平夫妇所在的社区去买房成了她追求的目标，因为她仍然想继续和他们做邻居。受她的影响，很多人也正准备这样做呢，不久以后便掀起了一股到徐州购房的狂潮。宋太太等人搬离小区后，张先生夫妇感到更加孤单。而郭太太为了感谢张太太把李思平介绍给女儿认识，从而让她得到了一个好女婿，便决定把两个超市里的商品都赠给张太太，并请她照看房子。按说平白得到了这么多财物，她应该高兴才对，她反倒闷闷不乐起来了，回想起以前每次到刘府来她都会被奉为上宾，受到殷勤的招待，而现在她都可以住在这座房子里了，却再也没有谁请她享用美味佳肴，反而沦为了可怜的看房人。你说她心里能平衡吗？幸好张先生早就明白"有得必有失"的道理，因而能够泰然处之。他一方面满心欢喜地接收了货物，另一方面在考虑怎样与新来的邻居搞好关系，看还能不能再遇到像郭太太母女那样热情好客的人呢。

可是说到损失谁也没有钱小姐的大，此时她已经大学毕业了，且又与男友分了手，回到家中才发现财政大权已被嫂子所控制。原来钱老板一心只想着享受学习的乐趣，自打儿子一度完蜜月，他就宣布把公司交给儿子来打理，可是钱公子正在专心创作小说，哪有那个时间管理具体事务？于是他把此事推给了他太太，这样一来钱世富太太就不得不从医院辞职了。大家本以为她要大干一场，谁知她当家后所做的第一件事是"裁减"小姑的零用钱，因为她是这个家里最不知道节俭的人，不必要的花销太多了，必须要加以限制！钱小姐不服，可她到底没有斗过嫂子。此次失败让她明白从此以后事事都要看嫂子的脸色了，而她以前又何曾受过这样的罪？早知如此，当初就不应该让嫂子过门！要是能选择的话，她宁愿让郭小姐当她的嫂子。因为她看得很清楚，郭小姐绝不是一个吝啬和古怪的人，如果她和哥哥结了婚绝不会这样对待自己！现在说什么都晚了，因为世上没有后悔药可吃。钱小姐感到非常苦闷和烦恼，不知道今后的日子该怎么过。

钱太太虽说已经就以前曾做过的那件对不起李思平的事向他一家道过歉了，可是她心中还是有些不安的，便给女儿讲起了他的种种优点，这一方面是哄女儿开心，另一方面便是怂恿女儿去和他亲密交往了。与以往不同的是，钱小姐这次竟然完全听从了母亲的话，接下来奇怪的事情便发生了：在明明知道李思平已结婚的情况下，钱小姐却三天两头地去找他，还打电话说要到他的公司去应聘司机，不当场录取都不行……亲爱的读者，聪明的朋友，这其中的缘故不用我再说了吧。